生而為囚

◆全新修訂版◆

A PRISONER OF BIRTH

Jeffrey Archer

傑佛瑞・亞契——著
楊幼蘭——譯

致謝

我要感謝以下諸位給予本書的建議及協助：貝洛夫御用大律師（The Hon Michael Beloff QC）、凱文・羅賓森（Kevin Robinson）、賽門・班布里吉（Simon Bainbridge）、羅西・德庫爾西（Rosie de Courcy）、瑪麗・羅伯茨（Mari Roberts）、艾莉森・普林斯（Alison Prince）；以及懷默監獄（HMP Whitemoor）的：Billy Little (BX7974)、LVCM (Hons)、BSc (Hons)、Soc Sci (Open)、Dip SP & C (Open)。

目錄

序幕

「我願意。」貝絲說。

她努力裝出驚訝的模樣，但大家都覺得她應該早就猜到了，因為她國中時就已經決心要嫁給丹尼。不過雖然如此，看到他在擁擠的餐廳裡單膝下跪，她仍吃了一驚。

「我願意。」貝絲又說了一次，希望他趕快站起來，免得餐廳裡的人都停止用餐，轉頭看他們兩個。但丹尼還是跪著不動，又忽然像變魔術一樣，不知從哪兒拿出一個小盒子，打開之後，裡面有個式樣簡單的金邊鑽戒。雖然貝絲的哥哥已告訴過她這枚戒指花了丹尼兩個月的薪水，但她還是沒想到上面會鑲著這麼大一顆鑽石。

等丹尼終於站起來時，她又吃了一驚，因為他馬上用手機撥了一個號碼，貝絲很清楚他要打給誰。

丹尼得意地宣布：「她說願意！」貝絲將鑽石放在燈下細細端詳，臉上洋溢著微笑。她還來不及阻止，丹尼又對著話筒說：「你何不一起來？太好了，我們約在富勒姆路轉角的酒吧，就是去年我們看完切爾西球賽去的那家。老兄，就在那兒見囉！」[1]

貝絲沒反對，畢竟伯尼不僅是她哥哥，也是丹尼最要好的朋友，他可能已經答應要當婚禮的伴郎了。

丹尼關掉手機，叫服務生過來買單，但只見領班匆忙走上前，親切地笑著說：「本店請客。」

這是充滿驚奇的一晚。

※※※

貝絲和丹尼緩步走進「敦洛普紋章」酒館，發現伯尼坐在角落，身旁放著一瓶香檳還有三個高腳杯。

他們都還沒坐下，他就迫不及待說：「眞是天大的好消息。」

丹尼握著老友的手說：「謝了，老兄。」

伯尼「啵」一聲拔起軟木塞，倒滿三個香檳杯，「我已經打電話告訴爸媽。他們似乎不太驚訝，可是話說回來，這也是堡區[2]最公開的祕密了。」

貝絲說：「別跟我說爸媽也要來。」

---

① 切爾西隊（Chelsea Football Club）的主場所在地富勒姆（Fulham）位於市中心偏西處，是倫敦的富人區。

② 堡區（Bow）：鄰近倫敦市中心的東側，爲平民住宅區，與富勒姆相距約十六公里。

「絕對不會，」伯尼舉杯說，「這次只有我來。祝長命百歲，還有西漢姆隊[3]贏得杯賽冠軍。」

「嗯，至少其中一個有機會實現。」丹尼說。

「如果可能的話，我覺得你會娶西漢姆隊。」貝絲笑著對哥哥說。

「可能更糟。」伯尼回說。

「我下半輩子可能會有兩個老婆。」丹尼說著也笑了。

「除了星期六下午以外。」伯尼提醒他。

「一旦你接了老爸的棒，可能就要犧牲一點。」貝絲說。

丹尼皺起眉頭，他曾趁午休時去拜見貝絲的父親，並遵從東區[4]固有的傳統向他提親。雖然老威爾森很希望丹尼成爲自家女婿，但卻告訴他，某件關於丹尼以爲兩人已有共識的事，他改變了心意。

正當丹尼想著準岳父說的話，伯尼打斷了他的思緒：「如果你以爲等你接了我老子的事業，我就會叫你老闆，門都沒有！」丹尼聽了並未吭聲。

「那個人是他嗎？」貝絲突然說。

丹尼仔細瞧了瞧吧檯邊的四個男人，「確實看起來很像。」

伯尼問：「像誰啊？」

③ 西漢姆隊（West Ham United Football Club）的舊主場位於東倫敦的紐漢（London Borough of Newham）。

④ 東區（East End）：倫敦市中心以東、泰晤士河以北的通稱。自十九世紀初聚集了大量的貧民與外國移民，一度極度貧困擁擠，社會問題頻仍。「東區」一詞成了出身於此的中下階級烙印。

「就是在電視劇《處方》裡面演貝瑞斯福醫生的人。」

貝絲低聲說：「勞倫斯．達文波特啦！」

伯尼說：「我隨時可以去跟他要簽名。」

「我才不要，」貝絲說，「雖然媽每一集都有看。」

伯尼將杯子倒滿香檳，「我以爲妳很迷他。」

「我才沒有！」貝絲的聲音有點太大，結果酒吧旁的一個男子回過頭來。接著她笑著對未婚夫說：「而且啊，丹尼比那個演員帥多了。」

「少做夢了，」伯尼說，「丹尼老弟不過是刮了鬍子、洗了頭髮，別以爲他就此改頭換面，那是不可能的，老妹！記住，妳未來的老公是在東區工作，可不是市中心。」

貝絲握起丹尼的手說：「只要丹尼願意，任何事都做得到。」

伯尼猛捶丹尼的臂膀說：「老妹，妳覺得他會變成怎樣？大富豪還是蠢貨？」

「丹尼會把修車廠好好規畫，會讓你成爲——」

丹尼幫好友把杯子重新斟滿酒，同時說：「噓！」

「他最好認眞規畫，因爲結婚的代價可不低，」伯尼說，「首先，你們要住在哪？」

「巷口有間公寓地下室要賣。」丹尼說。

「你的現金夠嗎？」伯尼質問，「就算是在東區，地下室的房價也不便宜。」

「我們存的錢夠付頭期款，」貝絲說，「等丹尼從爸那兒接管——」

「那就來乾一杯，」伯尼話才說完，就發現酒瓶空了，「我再點一瓶。」

「不要，」貝絲堅持，「你們明天早上不必工作，但我得準時上班。」

「管它去死，」伯尼說，「我妹和我最好的朋友訂婚，這可是大日子啊。」接著他大喊：「再來一瓶！」

酒保笑著從櫃檯下的冰箱拿出第二瓶香檳，站在吧檯旁的男子看了商標之後說：「保羅傑香檳！」接著又在酒被端走前補上一句：「給他們喝眞糟蹋！」

伯尼馬上從座位跳起來，但丹尼馬上把他拉回去。

「別管他們，他們不配來這裡。」丹尼說。

酒保迅速走到桌前，拔出酒瓶的軟木塞，趁機告訴他們：「別惹麻煩。那邊有個人在慶生，老實說他們有點喝過頭了。」

酒保重新為他們倒滿酒杯，這時貝絲仔細瞧了瞧那四個男人，發現其中一個正盯著她看，只見他眨眨眼，張開嘴，還用舌頭繞著嘴唇直舔。貝絲立刻回頭，看到丹尼和哥哥正在聊天，不禁鬆了口氣。

「你們要去哪兒度蜜月？」

「法國的蔚藍海岸。」丹尼說。

「那要花不少錢了。」

「這次你不能跟來。」貝絲說。

這時吧檯傳來一個聲音：「要是那婊子別開口說話，看起來還不錯嘛。」

伯尼聞言又跳起來，發現其中兩人挑釁地瞪著他。

「他們喝醉了，」貝絲說，「別理他們。」

另一個男人說：「不知道耶，有時候我還滿喜歡婊子把嘴張開的。」

伯尼抓起空酒瓶，丹尼只好使盡全力把他拉住。

「我要走了，」貝絲嚴肅地說，「不想讓一群公學[5]的勢利鬼的毀了我的訂婚派對。」

丹尼隨即跳起來，但伯尼卻只是坐著喝香檳。於是丹尼說：「伯尼，好了，趁我們還沒衝動到做出會讓自己後悔的事，快點離開吧。」伯尼不情願地起身跟著離開，但眼睛始終盯著吧檯前的四個男人。貝絲看到那四個人轉頭背對他們，似乎在熱烈交談，於是鬆了一口氣。

只不過，丹尼才剛打開後門，其中一個男人就轉身說：「要走了？」接著他又掏出皮夾：「老兄，等你玩完她，剩下的還夠我們輪流上。」

「我聽你滿嘴放屁。」伯尼說。

「我們何不去外面解決？」

「悉聽尊便，豬頭！」伯尼才剛說完，丹尼就趕緊把他從門口推到巷子裡。貝絲則用力關上背後的門，沿著巷子走去。丹尼緊抓伯尼的手肘，但才走了幾步，伯尼就甩開他。「我要回去教訓他們。」

「今晚不要！」丹尼緊抓伯尼的手臂，繼續拉他沿著巷子往前走。

貝絲走到大馬路時，看到伯尼說的「豬頭」站在那裡，一手放在背後，向她拋媚眼，又開始

---

⑤ 公學（public-school）：英國的公學早期確實爲公共學校，不過在十八世紀後逐漸貴族化，並成爲英國精英教育的象徵。

舔起嘴唇，另一位男人匆匆繞過街角，還喘著氣。貝絲一轉頭就看到哥哥面帶微笑，兩腳張開站著一步也不退讓。

貝絲對丹尼大喊：「我們回店裡吧！」但另外兩個男人卻站在門前擋住去路。

「幹！」伯尼說，「讓我來教訓教訓這些混蛋！」

「不要這樣！」貝絲懇求。

這時，其中一個男人從巷子朝他們衝過來。

「你負責那個豬頭，」伯尼說，「我來對付其他三個！」

「豬頭」一拳揮中丹尼下巴，讓他踉蹌倒退了好幾步，貝絲在旁邊看得心驚膽顫。還好丹尼及時站穩腳步，擋開另一拳，接著聲東擊西打中「豬頭」，令他吃了一驚。「豬頭」單膝跪下，但很快又站起來向丹尼揮出一拳。

看樣子另外兩個站在門邊的男人似乎不想加入戰局，因此貝絲以爲這場鬥毆很快就會結束。她只能眼看哥哥揮出一記上鉤拳擊中另一個男人，幾乎把對方打倒。伯尼趁他還沒站起來時向貝絲大叫：「老妹，幫忙叫輛計程車。就快搞定了，等下我們就離開。」

貝絲轉頭看丹尼，看見他快要制伏「豬頭」了。丹尼坐在「豬頭」身上，顯然掌控了局面，對方則張開四肢躺在地上。貝絲回頭望了兩人最後一眼，才勉強聽從哥哥的話，沿著巷子向前跑，一到大馬路就開始找計程車。她只等了幾分鐘就看到熟悉的「空車」招牌。

被丹尼擊倒的男人蹣跚經過貝絲身旁，消失在夜色中，這時她攔下一輛計程車。

「親愛的，去哪兒？」司機問。

「堡區培根路，」貝絲打開後門，「我有兩個朋友一會兒就來。」

計程車司機朝她身後的巷子望去，「妳需要的不是計程車，如果他們是我朋友，我就會叫救護車。」

第一部　審判

1

「我不認罪。」

丹尼・卡特萊特雙腿顫抖，猶如拳賽第一回合尚未開打，就已經知道自己會輸。法庭助理[1]在起訴書上記下答辯，接著抬頭看著他說：「你可以坐下了。」

丹尼頹然癱坐在被告席中央的小椅上，爲第一回合結束鬆了口氣。他瞧著法庭另一頭、坐在高背綠皮「王座」上的法官。在他面前的是一張散落著活頁案例卷宗的橡木長椅，上頭還有一本

① 法庭助理（associate）：英國的法庭助理通常有兩名，一名負責速記訴訟過程，一名負責在法庭間傳遞文書及證物。皇家法庭（Crown Court）爲一名法官與十二名陪審團共同審理。

翻到空白頁的筆記本。沙克維法官面無表情望著丹尼，同時取下鼻尖的半月形眼鏡，以充滿權威的口吻說：「請陪審團進來。」

眾人等待這十二名男女現身時，丹尼努力熟悉老貝利[2]陌生的景象和聲音。他望著分別坐在據說是律師席兩端的男子，只見爲自己辯護的年輕律師艾力克斯・瑞德曼抬起頭對他露出親切的微笑，但坐在長凳另一端那位被瑞德曼先生稱作控方律師[3]的年長男子，卻始終連正眼也不瞧他一下。

丹尼將目光向上移至旁聽席，只見雙親坐在前排，父親刺青的粗壯雙臂擱在席前的欄杆上，母親卻一直低著頭，偶爾才向下瞥視唯一的兒子丹尼。

經過了好幾個月，「皇家法庭對丹尼爾[4]・亞瑟・卡特萊特案」才終於送至老貝利。對丹尼來說，一旦涉及法律，凡事似乎都以慢動作進行。就在毫無預警下，法庭遠處角落的門突然開了，法警再度出現，身後跟著被挑選來決定他命運的七男五女。他們魚貫走到陪審員席，各自選了位子陸續入座，六個人坐在前排，六個人坐在後面。這些陌生人猶如樂透彩券選號，彼此毫無共同點。

他們一就位，法庭助理便起身宣告：「各位陪審員，被告丹尼爾・亞瑟・卡特萊特被控殺人，然而他辯稱無罪。因此，各位的責任就是聆聽證詞，並決定他是否有罪。」

---

② 老貝利（Old Bailey）爲中央刑事法院（Central Criminal Court）的俗稱，負責審理英格蘭和威爾斯警察機關提交的刑事案件。
③ 英國的檢察官都是從律師選任，所以檢察官也稱作控方律師（prosecution counsel）。
④ 丹尼（Danny）爲丹尼爾（Daniel）的暱稱。

2

沙克維法官掃視下方的律師席，「皮爾生先生，您可以開始本案的皇家法庭訴訟了。」

一位矮胖的男子緩緩從律師席起身，正是御用大律師[5]阿諾．皮爾生先生。只見他翻開講臺上厚厚的卷宗，摸摸頭上的舊假髮，彷彿想確認自己有記得戴上。接著他維持三十年來的慣例，用力拉了拉律師袍的翻領。

他以緩慢、沉重的語氣說：「敬稟庭上，我謹代表皇家法庭爲本案出庭，至於我博學的朋友[6]，」他查看了文件上的姓名，「艾力克斯．瑞德曼先生，則代表辯方。庭上面對的是一起謀殺案，是經過精心的算計後，冷血謀殺伯納德[7]．亨利．威爾森先生的案子。」

被害人的父母坐在旁聽席後排角落，威爾森先生向下看著丹尼，無法掩飾眼中的失望。威爾森太太則一臉慘白，失神凝視前方，猶如參加葬禮的送殯者。對兩個世交的東區家庭來說，伯尼．威爾森死亡的悲劇，已然澈底改變彼此的人生，然而在堡區培根路的街坊之外，這件事卻幾乎未激起絲毫漣漪。

皮爾生連看都懶得看丹尼一眼，只是揮手指著被告席的方向說：「在審訊過程中，各位會瞭

---

⑤ 御用大律師（Queen's Counsel，QC）是大英國協資深律師的頭銜，由王室授予並得到法院認可，開庭時擁有坐在首排席位的特權。男性君主在位時稱爲King's Counsel（KC）。

⑥ 博學的朋友（learned friend）：大英國協的法庭用語，用以指稱對方律師。

⑦ 伯納德（Bernard）爲伯尼（Bernie）的全名。

解，被告如何在一九九九年九月十八日星期六的晚上，將威爾森先生誘至切爾西的酒館，遂行了這場殘忍的謀殺案。他在稍早曾帶威爾森先生的妹妹……」他再次查看卷宗，「伊莉莎白[8]·威爾森小姐到富勒姆路上的魯西奧餐廳。各位將會明白，在威爾森小姐透露已有身孕後，卡特萊特便向她求婚。接著他致電她兄長伯納德·威爾森先生，邀他到僻靜的酒館『敦洛普紋章』一起慶祝。」

「威爾森小姐已做了書面聲明，說她先前從未光顧這家酒館。皇家法庭將會指出，卡特萊特心知肚明，他之所以選擇該處只爲了一個目的，就是酒館後門通往僻靜的小巷，對有謀殺意圖的人來說是個理想地點。卡特萊特後來將這起謀殺歸咎於一名當晚正好光顧『敦洛普紋章』、與他素昧平生的陌生人。」

丹尼瞪著皮爾生先生，心想他當晚根本不在場，怎會知道發生了什麼事？但丹尼並不擔心，畢竟瑞德曼先生已向他保證，在審訊過程中將會提出自己這方面的說法。雖然皇家法庭提出告訴，但就算一切看似無望，他也絕不能太焦慮。辯護律師已經再三保證，但有兩件事確實令丹尼憂心，首先艾力克斯·瑞德曼比自己大不了幾歲，另外他也提過這只是他第二次擔任主辯律師。

皮爾生繼續說：「對卡特萊特不利的是，那晚在『敦洛普紋章』的其他四名顧客提出了不同的說法。他們的說詞一致，也由當時值班的酒保證實無誤。皇家法庭已把這五人全列爲證人。他們將告訴各位，他們無意中聽到這兩名男子爭執，就在卡特萊特說完『我們何不去外面解決』之

---

⑧　伊莉莎白（Elizabeth）爲的貝絲（Beth）的全名。

後，便看到兩人從後門離開。這五個人全看到卡特萊特先從後門離去，接著伯納德．威爾森與情緒顯然很激動的妹妹伊莉莎白也尾隨而出。不久之後他們便聽到尖叫聲。其中一名顧客史賓賽．克雷格先生追進巷子，發現卡特萊特掐著威爾森先生的咽喉，拿刀猛刺他的胸膛。」

「克雷格先生立刻用手機撥打九九九報警。庭上，無論是通話的時間和內容警局都有紀錄。幾分鐘後兩位警官抵達現場，發現卡特萊特跪在威爾森先生的屍體旁，手裡還拿著刀，刀柄上還刻有『敦洛普紋章』的字樣，想必是他從酒館拿出來的。」

艾力克斯．瑞德曼記下皮爾生所說的話。

皮爾生又用力拉了一下翻領，接著說：「各位陪審員，每宗謀殺必定都有動機，就這樁案子來說，只要看《聖經》記錄的第一宗凶殺，也就是該隱殺害弟弟亞伯的案例便能明白，在結合嫉妒、貪婪、野心等卑劣的動機下，導致卡特萊特亟欲除去阻礙他的死對頭。」

「各位陪審員，卡特萊特與威爾森先生都在威爾森修車廠工作。修車廠的經營者正是死者的父親喬治．威爾森先生。他原本打算在年底退休，屆時將事業交給獨子伯納德。在被告的同意下，喬治．威爾森先生已就此事做出書面聲明，因此我們不會傳喚他爲證人。各位陪審員，這兩位年輕人早從學生時代就懷有敵意，彼此不斷較勁。卡特萊特打算搬開伯納德．威爾森這塊絆腳石後，迎娶老闆的女兒，同時接管蒸蒸日上的事業。」

「然而，並非事事都如他所盤算，當他落網時還設法嫁禍給無辜的旁觀者，也就是聽到威爾森小姐尖叫而跑進巷子查看的人。然而對卡特萊特不利的是，事件中出現了四個不在他計畫之中的人。」皮爾生笑著對陪審團說，「各位陪審員只要聽完證詞，就會認定丹尼爾．卡特萊特犯下這起窮凶極惡的謀殺案。」他轉身對法官說，「庭上，這就是皇家法庭起訴的結論。」他又用力拉了拉翻領，「庭上若許可，我將傳喚控方第一位證人。」沙克維法官點了點頭，皮爾生隨即以堅定的語調說：「請傳喚史賓賽．克雷格先生。」

丹尼．卡特萊特朝右方望去，只見法庭後方的法警開門走入走廊大聲唱名：「史賓賽．克雷格先生。」不久之後，一名年紀比丹尼大不了多少，身穿白襯衫、細直條紋藍西裝，打著淡紫色領帶的高大男子走入法庭。和初次在酒館見到時相比，他看起來十分不同。

過去半年來，丹尼從未見過史賓賽．克雷格，但日復一日，他眼前都清楚浮現對方的身影。丹尼以挑釁的眼神瞪視，但克雷格卻連正眼也不瞧他一下，彷彿他根本不存在。

克雷格穿越法庭，儼然有十足把握。他走上證人席立即拿起《聖經》宣誓，完全不需要法警的提示卡。皮爾生先對這位主要證人笑了笑，然後瀏覽近一個月來所準備的問題筆記。

「您名叫史賓賽．克雷格嗎？」

「對，先生。」他回答。

「您住在倫敦漢布頓街四十三號嗎？」

「是，先生。」

皮爾生先生好像不知道答案似的，接著問：「您從事什麼職業？」

「大律師[9]。」

「您的專業領域呢？」

「刑法。」

「那麼您很瞭解謀殺罪囉？」

「很不幸正是如此，先生。」

「請您回想去年九月十八日，您和朋友在漢布頓街的『敦洛普紋章』酒館喝酒。當晚發生了什麼事？」

「我和朋友在慶祝傑洛德的三十歲生日——」

皮爾生插話說：「傑洛德？」

克雷格回答：「傑洛德．裴恩，他是我在劍橋大學就認識的老友。我們歡度一晚，享用了一瓶葡萄酒。」

艾力克斯．瑞德曼記下這句話，他必須知道這些人喝了幾瓶酒。

丹尼想問「歡度」意味著什麼。

皮爾生立刻說：「遺憾的是，結果那晚並不歡樂。」

克雷格仍未瞧丹尼一眼便回答：「的確，一點也不歡樂。」

---

⑨ 大律師（Barrister）：英國律師基本上分爲兩種，一爲承攬案件及事務性工作的初級律師（Solicitor），另爲負責訴訟辯護的大律師。

皮爾生低頭看著筆記說：「請告訴庭上，接下來發生了什麼事。」

克雷格第一次轉頭面對著陪審團：「正如我所說，當時我們在喝葡萄酒，爲裴恩慶生，我發現有人拉高了嗓門說話，於是轉頭一瞧，看到有個男人和一位小姐坐在角落。」

皮爾生問：「您現在在法庭裡有看到那個人嗎？」

克雷格指著被告席的方向說：「看到了。」

「接著發生了什麼事？」

克雷格繼續說：「他馬上跳了起來，開始大吼，還用手指猛戳另一個坐著的男人。我聽到其中一個人說，『如果你以爲等你接了我老子的事業，我會叫你老闆，門都沒有。』那位小姐勸他冷靜，但他們吵架不關我的事，於是我回頭和朋友說話，但這時被告大吼：『我們何不去外面解決？』我以爲他們在開玩笑，但說這話的男人從吧檯後頭抄起一把刀，——」

「容我打個岔，」皮爾生問，「克雷格先生，您看見被告從吧檯拿起刀子嗎？」

「對，我看到了。」

「接著發生了什麼事？」

「他大步走向後門，我嚇了一跳。」

「爲什麼你嚇了一跳。」

「因爲我常去這家酒館，但以前從沒見過這男人。」

「克雷格先生，我不太懂你的意思。」皮爾生仔細思考證人所說的每一個字。

「坐在酒館的那個角落看不到後門，但他似乎很清楚自己的去向。」

「啊，我明白了，請繼續。」皮爾生說。

「過了一會兒，另一個男人起身尾隨被告，那位小姐則緊跟在後。我本來沒有多想，但不久之後，我們都聽到一聲尖叫。」

「一聲尖叫？」皮爾生重述，「什麼樣的尖叫？」

克雷格回答：「女人的尖叫。」

「那你採取了什麼行動？」

「我怕那個女人有危險，所以立刻離開朋友，跑進巷子。」

「她遇上危險了嗎？」

「沒有，先生，她對著被告尖叫，求他停止。」

皮爾生問：「停止什麼？」

「攻擊另一個男人。」

「他們在打鬥嗎？」

「對啊，先生，我稍早看到的那個猛戳手指、大吼大叫的男人，把另一個傢伙壓在牆上，前臂還抵著他的喉嚨。」克雷格轉身面向陪審團，舉起左臂示範那個姿勢。

皮爾生問：「威爾森先生是否有設法自衛？」

「他盡了全力，但被告卻拿刀朝他的胸膛猛刺。」

皮爾生輕聲問：「接著你怎麼做？」

「我打電話報警，他們保證會立刻派警察和救護車來。」

皮爾生低頭看著筆記問：「他們還說了什麼？」

克雷格回答：「他們告訴我，千萬別靠近那個拿刀的男人，一定要回到酒吧，等警察來，」他停頓了一下，又說：「我全都照辦了。」

「當您回到酒吧裡，把您看到的事情告訴朋友，他們有什麼反應？」

「他們想出去幫忙，但我轉告他們警方的建議。此外，我也認爲，在那種情況下，他們最好還是回家。」

「在那種情況下？」

「我是唯一目睹整起事件的人，萬一那個持刀的男人回到酒吧，我可不希望他們有危險。」

「眞是可欽可佩！」皮爾生說。

法官對控方律師皺起眉頭，艾力克斯・瑞德曼則繼續抄筆記。

「在警方趕到前，您等了多久？」

「沒多久我就聽到警笛聲，幾分鐘後，有一位便衣刑警從後門走進酒吧。他出示警徽，表示他是傅樂巡佐。他說受害者正被送往最近的醫院。」

「後來發生了什麼事？」

「我一五一十說出整件事的經過，傅樂巡佐就說我可以回家了。」

「那您回家了嗎？」

「有啊，我家只離那間酒館才大概九十公尺，後來我就上床睡覺，可是睡不著。」

艾力克斯・瑞德曼記下「大概九十公尺」這幾個字。

「可以想見。」皮爾生說。

法官又皺了皺眉。

「所以我乾脆起來，走到書房，把當晚所發生的一切都寫下來。」

「克雷格先生，您不是已經告訴警方了嗎，何必還要寫下來？」

「根據我擔任控方律師的經驗，等事發幾個月後再進行審訊，那時證人的說辭往往七零八落，甚至根本不正確。」

「確實如此，」皮爾生翻看另一頁的檔案，「您是什麼時候得知丹尼爾．卡特萊特被控謀殺？」

「第二天，也就是星期一，我在《旗幟晚報》上看到細節。報導說，威爾森先生送往切爾西與西敏醫院途中不治，卡特萊特被控殺人。」

「就您個人的牽連來說，您是否認爲那件事就這麼結束了？」

「是的，雖然我知道萬一卡特萊特決定不認罪，在未來的任何審訊中我都會受傳爲證人。」

「但後來整件事的意外發展，卻連您這位對冷酷罪犯經驗豐富的人也沒料到。」

「確實如此，」克雷格回答，「第二天下午，就有兩位警官到我的事務所來進行第二次訊問。」

「但您已經提供傳樂巡佐口頭與書面說明了，他們爲何還要再訊問您？」皮爾生說。

「因爲卡特萊特指控我，說我殺了威爾森，甚至聲稱是我從吧檯拿走刀子。」

「在當天晚上以前，您曾見過卡特萊特或是威爾森先生嗎？」

「沒見過。」克雷格老實回說。

「謝謝您，克雷格先生。」

兩人相視微笑後，皮爾生便轉身向法官說：「庭上，沒有問題了。」

3

沙克維法官轉向辯方律師，這是艾力克斯．瑞德曼第一次在他面前出庭。不過沙克維和他父親很熟，老瑞德曼聲譽卓著，最近才剛卸下高等法院法官的職務。

「瑞德曼先生，」沙克維像在唱名，「您要詰問證人嗎？」

瑞德曼收拾好筆記，回答：「當然。」

丹尼還記得他被逮捕後不久，警官便建議他找位律師。事實證明這並不容易。他很快就發現律師就像修車工人，是按小時計費，你只能得到自己付得起的貨色。他付得起一萬英鎊，這是他近十年存下的錢，原本打算用來付堡區那間地下室的訂金，準備和貝絲成家後在這兒養兒育女。不過早在這起案子送進法庭前，這筆錢便已分文不剩。他挑了位名叫梅克比斯的初級律師，這傢伙提筆寫字前便要求預付五千英鎊。接著對方委託大律師艾力克斯．瑞德曼出庭，他又付了五千英鎊。丹尼無法理解爲何他需要兩位律師做同樣的差事。[10]當他修車時可沒先叫伯尼掀起引擎蓋，然後他再檢查引擎。此外他也絕不會在拿起工具箱前，便開口要定金。

---

⑩ 在英國委任律師打官司，初始是由初級律師承攬案件及提供法律諮詢，若案情較嚴重複雜，再轉介給大律師負責訴訟；其分工類似於家庭醫師與專科醫師。對不熟悉法律且手頭拮据的尼克而言，猶如一次被剝了兩層皮。

不過，丹尼打從見到艾力克斯．瑞德曼的第一天起就挺喜歡他的。不只是因爲他支持西漢姆隊，也因爲他講話雖然有貴族腔調，又上過牛津大學，卻沒有瞧不起丹尼。

梅克比斯先生才看完起訴書並聽了丹尼的說詞後，就建議他承認過失致死罪，還表示有自信能與皇家法庭達成協議，讓丹尼服刑六年了事。丹尼拒絕了這項提議。

艾力克斯．瑞德曼要求丹尼和未婚妻再三說明那晚所發生的事，檢討說詞中是否有任何矛盾，但並未發現破綻，且等到丹尼已身無分文時，仍願意爲他辯護。

艾力克斯．瑞德曼既未用力拉翻領也沒摸假髮，便開口說：「克雷格先生，我相信沒有必要再提醒您，您是發過誓的，再加上您身爲大律師，負有額外的責任。」

法官突然打岔：「謹愼措辭，瑞德曼先生。請記住是您的當事人在受審，而不是證人。」

「庭上，當您歸納證詞時，我們再看看您是否仍如此認爲。」

「瑞德曼先生，」法官厲聲說，「我的職責不需要你來提醒，你的工作是詰問證人，我的任務是處理法律疑點，然後我們都要放手交由陪審團裁決。」

「是的，庭上。」瑞德曼回身面對證人，「克雷格先生，您和朋友當晚幾點抵達『敦洛普紋章』？」

「我忘了確切的時間。」克雷格回答。

「那就讓我們設法喚起您的記憶。是七點、七點三十，還是八點？」

「我想是接近八點吧！」

「所以當我的當事人和他的未婚妻，以及他最要好的朋友走進酒吧時，您已經喝了大約三個小時的酒。」

「就如我已經告訴庭上的，我沒看到他們進來。」

「確實如此，」瑞德曼模仿皮爾生，「您到……就說是十一點爲止吧，喝了多少酒？」

「我不知道耶，那天是傑洛德的三十歲生日，所以沒人在算。」

「嗯，由於我們已經確認您喝了三個多鐘頭，是否能說半打，甚至七、八瓶酒？」

「最多只有五瓶，四個人喝起來根本不算多。」克雷格反駁。

「克雷格先生，要不是您有位同伴在書面聲明中說，他只喝了健怡可樂，還有一位說因爲他要開車，所以只喝了一、兩杯酒，我大概會相信您的話。」

「可是我不用開車啊！」克雷格說，「我常去那家酒館，而且離我家只有九十公尺。」

瑞德曼複述：「離您家只有九十公尺？」克雷格沒吭聲，於是他繼續說：「您告訴庭上，聽到有人提高嗓門之前，根本沒發現酒吧裡有其他客人。」

「沒錯。」

「可是您聲稱聽到被告說『那我們幹嘛不到外面去解決』？」

「那也沒錯啊！」

「不過，克雷格先生，當我的當事人要離開時，您還對他說了句難忘的話，因此挑起這場爭端，難道不是事實？」他低頭看了自己的筆記，念說：「『等你玩完她，剩下的還夠我和朋友輪流上』？」瑞德曼等克雷格回答，但對方還是默不作聲。「我能假設你之所以不回答，是因爲我說得沒錯？」

克雷格不屑地回答：「瑞德曼先生，您根本不能這麼說。我只是認爲您的問題不值得回答。」

「克雷格先生，我衷心希望您會認爲我的下一個問題值得回答，因爲我要指出，當時威爾森說『你根本在放屁』，而您回答『那我們何不去外面解決』。」

「我認爲那聽來比較像貴當事人會說的話。」克雷格回答。

「或是一個喝多了的人想炫耀，當著一位美女的面向酒醉朋友所說的話？」

法官再次打岔：「瑞德曼先生，我必須再提醒您，在本案中受審的是您的當事人，不是克雷格先生。」

瑞德曼欠身微微鞠躬，但他抬眼一看，卻發現陪審團正側耳傾聽自己的每一句話，於是又繼續說：「克雷格先生，我要指出，因爲您想打架，所以從正門離開，再跑到後面去。」

「我是聽到尖叫聲後，才跑進巷子裡的。」

「是否就在那時，您從吧檯後頭拿起刀子？」

克雷格厲聲說：「我沒有，我在聲明中已經說得一清二楚，是你的當事人走出去時抄起了那把刀。」

瑞德曼問：「是不是您當晚睡不著，才精心琢磨的那份聲明？」

同樣的，克雷格又沒反應。

瑞德曼說：「這或許又是一個讓您不屑一顧的例證？您的朋友有跟著跑進巷子裡嗎？」

「沒有。」

「所以他們沒看到您與卡特萊特先生打鬥？」

「我既然沒有和卡特萊特打架，他們怎麼可能看得到？」

「克雷格先生，當您在劍橋時，是否曾加入拳擊校隊？」

克雷格遲疑了一下才說：「對。」

「您在劍橋遭勒令退學的原因是？」

沙克維法官問：「這和本案有關嗎？」

「庭上，我很樂意把這點留給陪審團來決定。」瑞德曼接著轉向克雷格，繼續問：「您是否因爲喝醉酒和一些在地人打架鬧事，遭劍橋勒令退學，後來還對地方法官說他們是『一群小流氓』[11]？」

「那是好多年前的事了，當時我還在念大學。」

「多年後，您是否在一九九九年九月十八日晚上，又挑釁另一個『小流氓』，因而發生爭執，並使用吧檯拿來的刀？」

「我已經告訴過您拿起那把刀的不是我，不過我確實看到您的當事人猛刺威爾森先生的胸膛。」

「接著您就回到酒吧了？」

「對啊，我立刻打電話報警。」

「克雷格先生，讓我們說得更精確一點，您其實沒有打電話報警。事實上，您打了傅樂巡佐

---

⑪ 小流氓（yob）：英國的yob頻頻發生吸毒、虐待動物甚至凌虐老年人、幼童的事件，已成爲嚴重的社會問題。

的手機。」

「沒錯，瑞德曼，但您似乎忘了我是在通報犯罪，而且我知道傅樂會通知警方。眞的，如果您還記得，救護車是在巡佐來之前就到的。」

「早了幾分鐘，」瑞德曼強調，「不過我很想知道，您爲何能輕易取得警務人員的手機號碼。」

「我們最近都參與了一項重大的毒品審訊案，有時一接到通知，就需要進行好些冗長的會議。」

「所以傅樂巡佐是您的朋友囉！」

「我和這個人不熟，我們之間純粹是業務往來。」克雷格說。

「克雷格先生，我要說您跟他熟到可以直接打手機，並確保他先聽信您這方面的說詞。」

「所幸還有四名證人可以證實我的說法。」

「克雷格先生，我很期待能一一詰問您的密友，因爲我很想知道在您回到酒吧後，爲何會勸他們回家。」

「他們並沒有看到您的當事人用刀刺威爾森先生，因此和這件案子毫無關係。另外，我也考慮到如果他們留下來可能會有危險。」克雷格說。

「若說任何人有危險，應該是目睹威爾森先生謀殺案的唯一證人，那您爲什麼不和朋友一起離開呢？」

克雷格再度保持沉默，然而並非因爲這個問題不值得回答。

「或許您要他們離開，其實是希望他們別礙事，這樣您才能跑回家，趁警察出現前換掉渾身沾滿血的衣服，是吧？畢竟猶如您承認的，您家距離只有『九十公尺』。」瑞德曼說。

克雷格不屑地回答：「瑞德曼先生，您似乎忘了，案發幾分鐘後傅樂巡佐就來了。」

「您打電話給巡佐七分鐘後他才到現場，踏進酒吧之前，他還花了很多時間訊問我的當事人。」

克雷格沒好氣地說：「你妄想我明知道警察隨時可能出現，還敢冒這種險嗎？」

瑞德曼回答：「我就是這麼認爲，因爲如果不這麼做，您就要在監獄內度過餘生。」

法庭內頓時議論紛紛。陪審員全盯著克雷格看，但他還是沒有回話。瑞德曼等了一會兒才說：「克雷格先生，我要再說一次，我很期待一一詰問您的朋友，」接著他轉身面對法官，「庭上，沒有其他問題了。」

「皮爾生先生，想必您要重新詢問這位證人囉？」法官問。

「是，庭上，」皮爾生說，「我很想問一件事。」他面帶微笑向證人說：「克雷格先生，您是超人嗎？」

克雷格一臉困惑，但察覺皮爾生正設法幫他，於是回答：「不是，先生，爲何這麼問？」

「只有超人才能在目擊謀殺後，回到酒館向朋友說明大概，再飛奔回家洗個澡、換衣服，接著奔回酒吧，然後在傅樂巡佐出現時若無其事地坐在酒吧裡。」幾個陪審員聽到這裡，努力憋笑。「又或許他身邊就有個方便的公用電話亭。」這時衆人已經哄堂大笑。笑聲漸息後，皮爾生才說：「克雷格先生，請容我戳破瑞德曼先生的幻想世界，並請教您一個嚴肅的問題。」皮爾生又等所有人把目光聚集在他身上，才繼續說：「當蘇格蘭警場的鑑識專家檢視凶器時，鑑定刀柄上是您的指紋，還是被告的呢？」

「當然不是我的，」克雷格說，「否則坐在被告席的就是我了。」

「庭上，沒有其他問題了。」皮爾生說。

4

牢房門打開，獄警交給丹尼一個有小分隔的塑膠餐盤，裡面放了他等待下午開庭時所挑的食物。

艾力克斯．瑞德曼為了把筆記全看一遍，因此沒吃午餐。他是否低估了傅樂巡佐走進酒吧前，克雷格所擁有的時間？

沙克維和其他十二位法官都吃午餐去了，他們津津有味吃著一肉兩菜的餐點，既未摘下假髮，也沒有討論彼此負責的案子。

皮爾生在頂樓的法庭食堂獨自用餐，他認為他博學的朋友詰問克雷格關於「時間」的細節時，犯了嚴重的錯誤，但他沒義務指出這點。他想著這些枝節，同時把盤中的豌豆推到另一邊。

兩點一到，又重新開庭。沙克維法官走進法庭，在就位前朝陪審團微微一笑。他低頭向雙方律師說：「午安，兩位，皮爾生先生，您可以傳喚下一位證人了。」

皮爾生起身說：「謝謝您，庭上。我要傳喚傑洛德．裴恩。」

丹尼看見一名男子走進法庭，但一時認不出他是誰。這個少年禿的男人想必有一百七十五公分，穿著合身的米色西裝，但比起丹尼上次見到他時，已經瘦了很多。法警帶他走向證人席，交給他一本《聖經》，並讓他舉手宣誓。儘管裴恩是照著提示卡念的，但卻像克雷格早上出庭時一樣，看起來很有自信。

「您是傑洛德·大衛·裴恩，住在倫敦威靈頓公寓六十二號嗎？」

「沒錯。」裴恩以堅定的口吻回答。

「您從事什麼職業？」

「土地管理顧問。」

瑞德曼在裴恩的名字旁寫下「房地產經紀人」。

皮爾生問：「您在哪家公司任職？」

「我是『貝克、川姆雷特與史麥思公司』的合夥人。」

皮爾生由衷地說：「這麼年輕就當上大公司的合夥人，眞不簡單。」

「我是公司創立以來最年輕的合夥人。」裴恩以精心排練過的臺詞回答。

瑞德曼認爲裴恩顯然經過高人指導。他知道皮爾生基於職業道德不會這麼做，因此只剩另一個人了。

皮爾生說：「恭喜您。」

法官說：「盡情問下去啊，皮爾生先生。」

「眞的很抱歉，庭上，我只是想讓陪審團知道證人的信譽。」

法官厲聲說：「那你達到目的了，現在有話快說。」

皮爾生耐心引導裴恩釐清疑點。沒錯，他證實克雷格、莫蒂默和達文波特那晚都在酒館裡。不，當他聽到尖叫聲時，並沒有冒險跑進巷子。對，在克雷格的勸告下，他們都回家了。不，他以前從未見過被告。

「裴恩先生，謝謝您，」皮爾生最後說，「請留在證人席。」

瑞德曼緩緩起身，在開口問第一個問題前，好整以暇地整理文件——這是他和父親模擬審訊時，老爸教給他的訣竅。父親曾說：「如果想一開口就讓大家感到訝異，訣竅就是讓證人摸不著頭緒。」瑞德曼等到法官、陪審團和皮爾生全盯著他瞧。雖然只有短短幾秒，但他知道對站在證人席的人來說，那彷彿有一輩子那麼長。

「裴恩先生，」終於，瑞德曼看著證人問，「您就讀劍橋大學時，是否曾加入『劍客』[12]社團？」

「是。」裴恩滿腹狐疑地回答。

「社團的信條是不是『人人爲我，我爲人人』？」

裴恩還來不及回答，皮爾生便站起來說：「庭上，我不明白，大學時參加的社團和本案有何關聯？」

「皮爾生先生，這點我同樣不解。可是瑞德曼先生必定會加以說明。」法官回答。

⑫ 由於此社團名稱「劍客」（Musketeers）的典故來自於小說《三劍客》（*The Three Musketeers*），因此musketeer不直譯爲「火槍手」。

「確實如此，庭上，」瑞德曼緊盯著裴恩，接著問：「劍客的信條是不是『人人為我，我為人人』？」

「是。」裴恩聽起來有點緊張。

瑞德曼又問：「除此之外，社員還有哪些共同點？」

「我們都喜歡大仲馬的作品、追求正義，也愛享用一瓶美酒。」

瑞德曼從面前的文件中抽出一本淡藍色小冊子，再問：「是一瓶或者『好幾瓶』？」接著他慢慢翻閱小冊子，說：「社團的規章之一是不是說，若有任何成員置身險境，其他人都有義務出手相助？」

「是的，我始終認為『忠誠』是評判一個人的標準。」裴恩回答。

「喔，真的？」瑞德曼說，「或許克雷格先生也是『劍客』的成員囉？」

「沒錯，其實他曾經擔任社長。」裴恩回答。

「在去年九月十八日晚上，您和其他成員是否出手幫他？」

「庭上，這太過分了。」皮爾生急忙站起來說。

瑞德曼反駁：「庭上，每當證人陷入麻煩的時候，皮爾生先生就迫不及待要幫忙，這才算過分吧。莫非他也是劍客社團的一員？」

幾位陪審員聞言笑了起來。

「瑞德曼先生，您是否想表示，只因為證人在大學時代曾加入某個社團，就會犯下偽證罪？」法官輕聲問。

「庭上，如果不這麼做他的摯友就要蹲一輩子牢，那答案是肯定的，我確實認爲他可能這麼想過。」

「這太過分了。」皮爾生依舊站著。

「比起讓一個人爲了不曾犯下的謀殺罪平白在獄中度過餘生，這並不過分。」瑞德曼說。

「庭上，我們無疑也將發現，當晚吧檯的酒保同樣是劍客的成員。」皮爾生說。

「不，並非如此，」瑞德曼回答，「可是我們會堅決主張，當晚在酒館的人之中只有酒保沒跑到巷子裡。」

「我認爲您已經說明了自己的論點，」法官說，「請繼續下一個問題。」

「庭上，沒有其他問題了。」瑞德曼說。

「皮爾生先生，您想再詢問證人嗎？」

「是的，庭上。裴恩先生，爲了消除陪審團的疑慮，您能否證實在您聽到女人尖叫後，並沒有跟著克雷格先生跑到巷子裡？」皮爾生說。

「可以，當時的情況並不允許我這麼做。」裴恩說。

「確實如此，庭上，沒有其他問題了。」

「裴恩先生，您可以離開法庭了。」法官說。

艾力克斯．瑞德曼不由得注意到，裴恩走出法庭時，已經不像早先大搖大擺走進來時那麼自信了。

「皮爾生先生，您要傳喚下一名證人嗎？」法官問。

「庭上，我原本想傳喚達文波特先生，但或許您會認為，明天早上再進行交互詰問比較好。」

法官並未注意到，法庭內的多數女性似乎都希望他毫不延遲，立即傳喚勞倫斯．達文波特。他看了看錶，遲疑了一下才說：「看來我們明天一早再傳喚達文波特先生可能會比較好。」

「就按照庭上的意思。」皮爾生心中暗自高興，因爲下一名要出庭的證人可能已經對陪審團中的五名女性產生影響。他只希望年輕的瑞德曼夠笨，會像攻擊傑洛德．裴恩那樣去攻擊達文波特。

5

第二天早上，勞倫斯．達文波特尚未出現，法庭裡便充斥期待的耳語。接著，法警壓低了嗓門唱名。

勞倫斯．達文波特從法庭右側走入，尾隨法警走上證人席。他身高約一百八十多公分，加上人又很瘦，看起來就更高了。他穿著量身訂製的深藍色西裝，搭配好像才剛拆封的淡黃色襯衫。他猶豫了很久，不知是否該打領帶，最後接受了克雷格的建議，以免在法庭上看來太隨便，帶來負面觀感。克雷格說：「要讓大家覺得你是醫生，而不是演員。」達文波特挑了條紋領帶，以往除非是上電視，否則他絕不會想打這種領帶。但女人並非被他的打扮吸引，而是他那對湛藍的雙眼、宛如波浪般的濃密金髮，還有一臉無助的表情，才使得這麼多「阿姨們」想要呵護他。至於年輕女孩則對他另有幻想。

達文波特會成名，是因爲在《處方》一劇飾演心臟外科醫師。每周六晚上有一個小時吸引著九百多萬名觀衆。他和護士打情罵俏的時間，比進行動冠狀動脈繞道手術的時間還多，但他的粉絲好像並不在乎。

達文波特步入證人席，法警遞給他一本《聖經》，並舉起提示卡，好讓他能說出開場白。當達文波特開口誦讀誓詞，他頓時將四號法庭變成了私人劇院。五位女陪審員全對著證人微笑，達文波特也彷彿在謝幕似的報以微笑。

皮爾生先生緩緩從座位起身，他打算讓達文波特在證人席待久一點，藉此好好利用十二名陪審員。

艾力克斯．瑞德曼靠著椅背，等待帷幕升起，腦中想起父親曾給的另一個忠告。丹尼坐在被告席凝望著他當晚看得一清二楚的男人，他從沒覺得如此孤單過。

「您是勞倫斯．安德魯．達文波特嗎？」皮爾生面帶微笑問。

「是的，先生。」

皮爾生轉身向法官說：「庭上，您是否能高抬貴手，容許我不要求達文波特先生說出自家住址？」他停了一會又說，「基於顯而易見的理由。」

「沒問題，」沙克維法官回答說，「但我將要求證人確認，他過去五年都住在同一個地址。」

「庭上，確實如此。」達文波特說完轉向法官，微微鞠了個躬。

「您是否能證實，一九九九年九月十八日那天晚上您人在『敦洛普紋章』酒館？」皮爾生問。

「是的。」達文波特回答的口吻就像巡迴演出《咆哮山莊》男主角時的慵懶聲調：「我和朋友一起慶祝傑洛德・裴恩的三十歲生日，我們都是劍橋的同學。」

皮爾生指著被告席問：「當晚您有看到被告坐在酒吧的另一頭嗎？」

達文波特把陪審團當成午後公演的觀眾，對他們說：「沒有，我當時沒注意到他。」

「當天稍晚時，您的朋友史賓賽・克雷格是否飛身跑出酒館後門？」

「對。」

「在聽見女孩的尖叫聲之後？」

「沒錯。」

皮爾生頓了一下，心裡有點指望瑞德曼會站起來抗議這種明顯的誘導性提問，但對方卻無動於衷。

皮爾生因此壯起膽子繼續說：「不久之後，克雷格先生就回到酒吧了？」

「對。」達文波特回答。

皮爾生繼續誘導證人：「接著他建議您和另外兩個朋友回家？」

但艾力克斯・瑞德曼仍文風不動。

「沒錯。」達文波特說。

「克雷格先生是否有解釋爲什麼你們該離開現場？」

「有，他說有兩個男人在巷子裡打鬥，其中一個拿著刀。」

「克雷格先生說完之後，您有什麼反應？」

達文波特遲疑了一下，不太確定該怎麼回答，這並不在他準備好的臺詞內。

皮爾生立卽從旁幫腔：「您或許認爲，該去看看那位小姐是否有危險？」

「對，對！」達文波特忍不住覺得，少了電子提詞機的幫忙，自己的反應有點慢。

「不過儘管如此，您還是聽從克雷格先生的建議離開現場嗎？」皮爾生問。

「對、對，沒錯，」達文波特說，「我聽從他的建議，不過那是因爲，」爲了營造效果，他先停了一會兒才說：「他精通法律。我想這是個適當的說法。」

艾力克斯心想，臺詞可背得眞熟啊。他同時也注意到，達文波特又安然回到套好的招數中了。

「您根本沒有跑進巷子嗎？」

「沒有，克雷格建議我們絕不要靠近持刀的男人，所以我沒去。」

艾力克斯還是動也不動。

「確實如此，」皮爾生說著把檔案翻到下一頁，凝視著一張白紙。他的詢問結束得比預料還早，並納悶爲何對手無意打斷，畢竟他擺明了是在誘導證人。皮爾生雖然心不甘情不願，也只好啪噠闔上檔案，說：「達文波特先生，請留在證人席，相信我博學的朋友會想繼續詰問您。」

達文波特用手撩著金色長髮繼續朝陪審團微笑，艾力克斯．瑞德曼則連瞧都沒瞧這演員一眼。

法官問：「瑞德曼先生，您要詢問證人嗎？」聽來彷彿在期待一場對決。

瑞德曼幾乎連動也沒動，便回答說：「不用了，庭上，謝謝您。」

法庭內所有人都顯得很失望。

瑞德曼仍無動於衷，只想起父親的忠告，那就是絕對不要詰問陪審團喜歡的證人，尤其是當他們願意相信對方所說的一切時，更要盡快讓他走下證人席，希望等到判決時，證人的「表演」能從他們的記憶中消失。

沙克維法官有點不情願地說：「達文波特先生，您可以離開證人席了。」

達文波特不慌不忙走了下來，想要把他穿越法庭、向外走到側廳的短短過程盡量戲劇化。

他一走到萬頭攢動的走廊時，就直接走向樓梯，速度之快，不讓任何吃驚的粉絲有時間認出他或者趁機要簽名。

達文波特很高興自己已經走出法庭了。他並不喜歡這個經驗，但慶幸一切結束得遠比預期快；這比較像是試鏡而不是正式演出。他一刻都無法放鬆，心想大家是否有看出他前一晚根本失眠？達文波特慢慢跑下臺階朝路上行進時，看了一下錶，他和史賓賽・克雷格十二點有約，看來會提早到。於是他向右轉，開始朝內殿律師學院的方向走，相信史賓賽聽到對方根本懶得詰問他後一定會很高興。他原本擔心這位年輕的律師可能會逼問他的性癖好，而他若是說出實情，將會成爲明天八卦報上的唯一頭條。不過當然除非他全盤托出，才會落到這步田地。

6

托比・莫蒂默看到勞倫斯・達文波特大步走過，但沒有向他打招呼。史賓賽・克雷格警告過他們，除非審訊結束，否則不該讓人看到他們同時出現在公開場合。當晚他一回到家，便立刻打電話給其他三人，說傳樂巡佐第二天會與他們聯繫，釐清一些疑點。誰也沒料到原本爲傑洛德學行的慶生會，最後卻成了四人的夢魘。

達文波特經過時，莫蒂默低下頭。儘管幾個星期以來史賓賽不斷保證，就算瑞德曼發現他有吸毒也絕對不會提出來，但他一想到要站上證人席就害怕。

劍客們保持了忠誠，但其實都知道彼此的關係已經不同於以往。那晚所發生的事讓莫蒂默的毒癮變得更強。慶生會之前他只有周末吸毒，但隨著審訊日期逼近，他每天都需要注射兩次。

史賓賽曾警告他，出庭作證之前千萬別想注射毒品。但史賓賽從未體驗過毒癮，怎會明白他所經歷的一切呢？在注射所帶來的快感逐漸消失前會有幾個小時的極樂感，接著會渾身冒汗、打哆嗦，到頭來再按老規矩，將針頭注入沒打過的靜脈，讓毒品湧進血管，迅速接觸腦部，感到幸福快樂，再度脫離現實，直到下一個循環開始。莫蒂默已經汗流浹背，要多久才會開始打哆嗦？如果下一個傳喚他，激增的腎上腺素應該能幫他熬過去。

法庭門打開，法警再度出現。莫蒂默急忙站了起來，緊握雙拳，決心不讓朋友失望。

法警大喊：「雷吉納．傑克森！」完全無視於剛才起身的高瘦男子莫蒂默。

「敦洛普紋章」的店長跟著法警進入法庭。這是在過去半年內，另一個莫蒂默不曾交談過的男人。

史賓賽曾說：「把他交給我。」打從在劍橋時期，他就總是在幫莫蒂默處理小問題。

莫蒂默跌坐回長椅上，覺得想打哆嗦，因此緊抓著座位邊緣。他不知道還能撐多久，因爲自己對毒癮的需求，已經超越對史賓賽．克雷格的畏懼。儘管是三月早晨春寒料峭的天氣，但是當酒保走出法庭時，莫蒂默的襯衫、褲子和襪子已經全濕透了。縱使史賓賽坐在一．六公里外的律師事務所，或許正和達文波特聊到這場審訊進行得有多順利，但莫蒂默彷彿能聽到他說「請振作」。他們會等他這塊最後的拼圖歸位。

莫蒂默在走廊來回踱步，等待法警再次出現。他看了看錶，祈求在午餐前還有時間傳喚另一名證人。他回到走廊時，滿懷希望地向法警笑了笑。

當法警大喊「傳樂巡佐」時，莫蒂默像洩了氣的皮球跌坐回長椅上。

如今他不由自主，渾身直打哆嗦。他需要再注射一針，就像嬰兒需要吸母奶。他站起身，步履蹣跚地走向洗手間，他發現這貼滿白色瓷磚的地方空無一人，不禁鬆了口氣。莫蒂默挑了最角落的廁所，把自己鎖在裡面，可是廁所門上下方的空隙令他不安，可能有人會輕易發現他竟然在中央刑事法院裡違法。然而氾濫的毒癮已淹沒了常識，風險再大也顧不得了。

莫蒂默解開外套，從內袋抽出一個小帆布袋。他攤開這包吸毒工具組放在馬桶蓋上，最刺激的就是準備過程了。他拿起價值兩百五十英鎊，僅裝有一毫克液體的小玻璃瓶。這玩意兒純度高，品質很好。他不曉得自己在耗盡父親留下的一小筆遺產前，究竟還能負擔這昂貴的玩意多久？他將針頭刺進玻璃瓶，拉開針筒的推液塞，直到小小的塑膠針筒裝滿液體，但並未推塞查看液體是否自由流動，因爲他連一滴也浪費不起。

當他聽到房間另一頭的門打開時，手便停了下來，前額汗如雨下。他動也不動，等這位陌生人上完廁所。

他一聽到門又關了起來，便取下校友領帶，拉起褲管找靜脈，這項工作已變得日益困難。他用領帶纏住左腿，並愈拉愈緊，直到最後有條青筋突起。他一手牢牢拉住領帶，另一手則拿著針將針頭插入靜脈，再緩緩壓下推液塞，直到最後一滴毒品進入血流。當他逐漸神遊到一個沒有史賓賽．克雷格的世界時，不禁深深舒了口氣。

※※※

那天早上貝絲的父親坐在餐桌前，妻子送上一盤蛋與培根，這時他開口了：「我不想再談這件事。」自從他們結婚以來，妻子每天早上都爲他做相同的早餐。

「可是爸，您不會眞的相信丹尼殺了伯尼吧！打從他們上高中的第一天起就是最要好的朋友。」

「我看過丹尼大發脾氣。」

「什麼時候？」貝絲質問。

「和伯尼在拳擊場上對打的時候。」

「就是因爲這樣，伯尼才每次都贏他。」

「也許這次丹尼會贏，是因爲他有刀。」面對父親的指控，貝絲吃驚到無法回答。他繼續說：「妳忘了多年前在運動場發生的事嗎？」

「沒忘，可是丹尼當時救了伯尼。」貝絲回答。

「那時校長出現，發現他手裡有把刀。」

「忘了嗎？後來伯尼接受警方訊問時，證實丹尼說得沒錯。」貝絲的母親說。

「話說回來，有人發現丹尼手裡拿著刀，眞是太巧了。」

「我跟你說過好多遍了……」

「是個八竿子打不著的陌生人刺殺了你哥嗎？」

「沒錯！」貝絲說。

「丹尼都沒去挑釁對方，或是去激怒他嗎？」

「沒有。」貝絲努力保持冷靜。

「我相信她的話。」威爾森太太又爲女兒倒了一杯咖啡。

「妳只相信她的話。」

「我有很好的理由啊，貝絲從來不說謊。」威爾森太太回答。

威爾森先生默不作聲，任眼前原封不動的早餐變涼。

「妳還指望我相信其他人都在說謊嗎？」他終於開口。

「沒錯，」貝絲說，「您似乎忘了，我當時在現場，我知道丹尼是無辜的。」

「現在是四對一耶！」威爾森先生說。

「爸，這不是賽狗，這是丹尼的人生！」

「不，我們說的是我兒子的人命。」威爾森先生字字鏗鏘。

「別忘了他也是我兒子。」威爾森太太說。

「您忘了嗎？丹尼曾是您夢寐以求的好女婿，還說退休後要他接下修車廠？您爲何不再相信他？」

「貝絲，有些事我沒告訴妳。」聽到威爾森先生這麼說，貝絲的母親低下頭。他繼續說：「那天早上丹尼來看我，說他想向妳求婚，我心想一定要告訴他我已改變心意，否則說不過去。」

「改變什麼心意？」貝絲問。

「當我退休時，誰會接下我的修車廠。」

7

「庭上，我問完了。」艾力克斯・瑞德曼說。

法官向傅樂巡佐致謝，接著說他可以離開法庭了。

對瑞德曼來說，這可不是個好日子。達文波特發揮魅力和英俊的外貌，迷得陪審團神魂顛倒。傅樂巡佐的形象正派又認眞，一五一十說出當晚看到的情形，他對整起事件的說明就只有重複「純屬業務」這幾個字，就連艾力克斯逼問他與克雷格之間的關係，也是如此回應。後來皮爾生問他，克雷格打電話報警和傅樂走進酒吧之間究竟隔了多久？傅樂說他無法確定，但認爲大約是十五分鐘。

至於酒保傑克森，則像鸚鵡般不停反覆說他只是專心工作，既沒聽到也沒看到什麼。

瑞德曼相信若要找到四劍客的破綻，唯有把希望寄託在托比・莫蒂默身上。瑞德曼對這傢伙的毒癮瞭如指掌，但不打算當庭戳破。他知道當莫蒂默接受詢問時，滿腦子想的都是這玩意。在證人之中，壓力最大的可能就是莫蒂默，也正因如此，他巴不得讓莫蒂默在走廊上等上一整天。

沙克維法官看了一下手錶說：「時間剛好還夠，可以再傳訊一名證人。」

皮爾生似乎不太想傳訊最後一位證人，他看過警方的詳細報告後，甚至毫不打算傳喚托比・莫蒂默，但他知道如果不這麼做，瑞德曼便會起疑。於是他緩緩起身說：「我要傳喚托比・莫蒂默先生。」

法警步入走廊，大喊：「托比・莫蒂默！」

他詫異的發現這人已經離開座位，剛才不是還巴不得早點接受傳喚嗎？法警來回將長椅仔細察看了一遍，但根本不見他的蹤影，又更大聲喊了一次名字，但仍無人回應。

有個坐在前排的年輕孕婦抬起頭來，一臉茫然。法警定睛瞧著她，放輕了聲音問：「女士，您看到莫蒂默先生了嗎？」

「有看到，他剛才去了洗手間，可是還沒回來。」她回答。

「謝謝您，女士。」法警說完便回到法庭內，迅速走向法庭助理，由對方仔細聆聽後再向法官簡報。

「我們再等他一下。」沙克維法官說。

瑞德曼不斷看錶，隨著每一分鐘過去，變得愈來愈不安。上廁所不用花這麼久的時間啊；除非……這時皮爾生笑著靠過來，主動建議：「或許該等到明早再傳喚這名證人？」

「不，謝了，」瑞德曼斷然回答，「我很樂意等待。」

他又把問題看了一遍，並在關鍵的部分畫線，才不用一直低頭看小抄。法警一走回法庭，他便抬起頭。

法警匆匆穿越法庭，接著向法庭助理耳語，再由對方將消息轉告給法官。沙克維法官點了點頭說：「皮爾生先生。」控方律師隨即站了起來。法官接著說：「您的最後一名證人身體似乎不舒服，正前往醫院。」但他並未補充說，證人左腿靜脈上插了根針筒。「我打算結束今天的訴訟程序，並立刻在辦公室內會見雙方律師。」

瑞德曼不必去法官辦公室就知道他的王牌沒了。當他闔上「皇家法庭證人」的卷宗，就知道丹尼的命運掌握在未婚妻貝絲的手裡。但他還是沒把握她說的究竟是不是眞話。

8

第一周的審訊結束，四位主角各以截然不同的方式度過周末。

艾力克斯．瑞德曼開車南下，和住在巴斯的父母共度了幾天。他連家裡的大門都還來不及關上，父親就緊釘著這場審訊問東問西，母親似乎比較關心他的新女友。

「還有點希望吧！」他如此回應雙親。

到了星期天下午瑞德曼前往倫敦時，他已經演練過第二天要訊問貝絲．威爾森的問題，由父親充當法官。對老瑞德曼來說這並非難事。畢竟這就是他退休前二十年間從事的工作。

「沙克維說你還撐得住，」父親轉述說，「不過他認爲你有時冒了不必要的風險。」

「或許唯有如此，我才能知道卡特萊特究竟是不是無辜的。」

「那不是你的職責，而是要由陪審團來決定的。」父親回答。

「現在您說話聽起來就像沙克維法官。」艾力克斯笑著說。

父親對他的評語充耳不聞，「不管當事人有沒有罪，都要盡全力爲他辯護，這是你的職責。」

父親顯然忘了，自從瑞德曼七歲起他就反覆這麼告訴兒子了。後來艾力克斯上牛津大學時，早已準備好參加法學院的考試。

「你覺得貝絲會怎麼作證？」父親問。

艾力克斯裝腔作勢，用力拉了拉外套的翻領說：「有位著名的御用大律師曾告訴我，證人出庭之前，絕對無法預期他會如何作證。」

艾力克斯的母親突然大笑起來，邊淸盤子邊說「講得好」，接著便走進廚房。

「還有，別低估皮爾生，」父親無視妻子打岔，繼續說，「他最會詰問辯方證人。」

「御用大律師阿諾．皮爾生先生有可能被低估？」艾力克斯笑著問。

「喔，是啊，我有兩次爲此付出代價。」

「所以，有兩個無辜的人被定罪？」艾力克斯問。

「當然不是，」父親回答，「他們兩個確實有罪，但我理應要讓他們脫罪。你只要記住，如果皮爾生看出你的辯護有弱點，就會窮追猛打，並確認陪審團退席時已經牢牢記住你的弱點。」

母親爲艾力克斯倒咖啡時說：「大律師，我能否打個岔，問問蘇珊好嗎？」

瑞德曼突然回到現實，問說：「蘇珊？」

「就是幾個月前，你帶來給我們看的那個可愛女孩啊！」

「蘇珊．蕾妮克？不知道耶，我們沒聯絡。我不覺得律師這行能有私生活。天知道你們倆是怎麼在一起的。」

「我在卡巴許審訊期間，你媽每晚都來填飽我的肚子，要是我沒娶她，早餓死了！」

「那麼簡單啊？」艾力克斯對著母親咧嘴笑。

「沒那麼簡單，」她回答，「畢竟那場審訊持續了兩年多，結果他輸了！」

「才沒有咧，」父親摟著母親的腰說，「孩子，我只是要提醒你皮爾生沒結婚，所以他會花上整個周末，針對貝絲・威爾森準備窮凶極惡的問題。」

※※※

丹尼並未獲准交保。

過去半年來，他一直關在倫敦東南部戒備森嚴的貝爾馬什監獄。在長二・四、寬一・八公尺的單人牢房裡，一天要受二十二小時折磨，房內僅有的陳設就是單人床、簡陋的桌子、塑膠椅、鋼製小洗臉臺和沖水馬桶。唯有透過高高在上的小鐵窗，才能看到外面的世界。每天下午，獄方都讓他放風四十五分鐘，他就繞著一片水泥地慢跑，這塊不毛之地周邊樹立著近五公尺高的圍牆，牆頂上還裝有鐵刺網。

每當有人問起，他總說「我是無辜的」，最後監獄人員和其他獄友都忍不住回答「大家都這麼說」。

那天早上，丹尼繞著水泥天井慢跑時，設法不去想這場審訊第一周的進展，但事實證明這是不可能的。儘管他仔細端詳每位陪審團員，卻無從得知他們心裡究竟在想些什麼。第一周可能不怎麼好，不過至少現在貝絲能提出她的說法了。陪審團究竟會相信她，還是接受史賓賽・克雷格對整件事的說詞？

父親不斷提醒丹尼，英國的司法是世界一流的——無辜的人最後絕不會身陷牢籠。如果這是眞的，他在一星期內便會獲得自由。丹尼試著不去想另一種可能。

※※※

御用大律師阿諾・皮爾生也在鄉間度過周末，他在科茲窩[13]擁有一座占地四英畝半的花園別墅——那是他的驕傲和快樂。他在照料過玫瑰花後，原本打算讀一本廣受好評的小說，後來卻把書擱在一邊，決定散散步，想撇開上周在倫敦發生的一切，然而老實說，這樁案子很難從他腦海消失。

儘管事實證明瑞德曼是個遠比料想中難纏的對手，但他認爲審訊的第一周進展順利。無論是某些熟悉的措辭、顯而易見的遺傳特徵，還有掌握時機的難得天賦，都令人想起他父親，阿諾認爲老瑞德曼是自己遇過最棒的律師。

但謝天謝地，這孩子還很嫩。當克雷格站上證人席時，他應該多針對「時間」這一點來做文

⑬　科茲窩（Cotswolds）：位在英國西南部，以優美的田園風光著稱。

章。換成是阿諾自己，就會帶著碼表從「敦洛普紋章」走到克雷格公寓大門，然後回家脫衣服淋浴，換上整套乾淨衣服，計算全程所需的時間。阿諾猜想全部加起來應該不到二十分鐘，當然更不會超過三十分鐘。

皮爾生買了一些雜貨和當地報紙後，便動身回家。他在果嶺停留了一會兒，不禁面露微笑，想起約莫二十或三十年前曾和人在此較勁，當時他打了五十七桿。這個村子體現了他最愛的英格蘭。他看了看錶，知道時間到了，該回家爲明天的審問做準備，於是嘆了口氣。

他喝完茶便回到書房，瀏覽針對貝絲．威爾森所準備的問題。他的優勢在於，在他提出第一個問題前，可以先聽瑞德曼訊問她。他將默默坐在律師席耐心等她犯下某種小錯，猶如貓蓄勢突襲。有罪的人總是會犯錯。

皮爾生閱讀東區的《貝斯諾格林與堡區報》，不禁微笑，自信瑞德曼不會看到十五年前的頭版文章。阿諾．皮爾生或許欠缺老瑞德曼法官的優雅與風度，但他用好幾個小時耐心的研究調查來彌補，他發現了另外兩項證據，想必能讓陪審團確信卡特萊特有罪。他正期待下周詰問被告，打算用這兩項證據來對付他。

※※※

當艾力克斯與父母在巴斯共進午餐，談笑風生那天，丹尼正在貝爾馬什監獄繞著操場跑步，阿諾．皮爾生則在村裡買東西。至於貝絲則赴約去當地家庭醫生看診。

醫生笑著向她保證「只是例行檢查」，可是這個微笑後來卻變成皺眉，他問：「自從我上次見過妳以後，妳是否受到任何不尋常的壓力？」

貝絲不想讓他擔心，因此沒說過去一周以來自己是怎麼過的。母親始終相信她對那晚的說法，但父親仍堅信丹尼有罪，並再也不讓任何人在家裡提起他的名字，這一切都於事無補。但陪審員究竟是像她母親，還是父親？

過去半年來，貝絲每周日下午都去貝爾馬什監獄探視丹尼，可是這周卻沒有去。瑞德曼先生已經說過，直到審訊結束前，她都不會獲准再與丹尼有任何接觸。然而她還有許多話想告訴他，也必須告訴他。

孩子的預產期在六周內，可是早在那之前，他就會重獲自由，這可怕的折磨也終將結束。一旦陪審團裁決，想必就連父親也會相信丹尼是無辜的。

周一早上，威爾森先生開車送女兒到老貝利，讓她在正門下車。當她下車時，他只拋出三個字：「說實話！」

9

丹尼和史賓賽．克雷格四目相交，不由得感到一股厭惡。克雷格從旁聽席向下瞪著他，丹尼也怒目相視，彷彿站在拳擊場中央，等著第一回合的鈴聲響起。

貝絲步入法庭的那一剎那，是他兩星期來第一次見到她。想到她上證人席時會背對著克雷格，令他鬆了口氣。貝絲在宣誓前，對丹尼露出親密的微笑。

艾力克斯．瑞德曼問：「您名叫伊莉莎白．威爾森嗎？」

「是的。」她回答時將手放在肚子上。

「您住在東倫敦堡區培根路二十七號嗎？」

「對。」

「死者伯納德．威爾森是令兄嗎？」

「是的。」貝絲說。

「您目前在倫敦市的德瑞克海上保險公司任職，擔任董事長的私人助理嗎？」

「是的。」

「孩子的預產期是什麼時候？」聽瑞德曼這麼問，皮爾生皺起眉頭，但心裡明白，自己可不敢插嘴。

貝絲低著頭說：「六周內。」

沙克維法官傾身向前，微笑著對貝絲說：「威爾森小姐，請您說話大聲些。陪審團需要聽到您的每一句話。」她點了點頭。「也許您比較想坐下，」法官試著幫忙，「在陌生的環境可能會有點慌。」

「謝謝您。」貝絲坐進證人席的木椅上，整個人幾乎消失了。

瑞德曼低聲嘟囔說：「該死！」陪審團現在幾乎看不到她的肩膀，她也無法再繼續提醒他們，自己有了七個月的身孕。瑞德曼原本希望這個景象能深植在陪審員心中。他早該料到法官會行俠仗義，並指點貝絲坐下。假使她昏倒，這景象將會縈繞在陪審團的腦海。

「威爾森小姐，」瑞德曼繼續說，「您可以告訴庭上您與被告的關係嗎？」

「丹尼和我原本要在下禮拜結婚。」她回答。

法庭內的所有人幾乎都倒抽了一口氣。

「下禮拜？」瑞德曼努力裝出吃驚的口氣。

「對，我們在聖瑪麗教堂的教區牧師昨天做了最後的結婚預告。」

「您的未婚夫不是要定罪了嗎……」

「你不可能因爲沒犯的罪行獲判有罪。」貝絲怒答。

艾力克斯．瑞德曼面露微笑，心想臺詞背得眞熟，她甚至轉身面向陪審團。

「您認識被告多久了？」

「從我有記憶時起就認識，」貝絲回答說，「他家一直住在我家對街。我們上的是同一所學校。」

「是的。」

瑞德曼低頭看著打開的檔案說：「是克萊門阿特利綜合中學嗎？」

「所以你們是青梅竹馬囉？」

「沒錯，但是丹尼並沒有發現，因爲我們在學校的時候他很少跟我說話。」

丹尼當天第一次露出微笑，回想起後腦勺紮著辮子，總是跟著哥哥的小女孩。

「妳有去找他聊天嗎？」

「沒有，我那時不敢。可是他踢足球的時候我總會站在邊線上看。」

「令兄和丹尼在同一隊嗎？」

「從一進學校起就是這樣，」貝絲回答說，「丹尼是隊長，我哥是守門員。」

「一直都是丹尼當隊長嗎？」

「喔，是啊！其他同伴則都叫他卡特萊特隊長。在足球、板球，甚至拳擊校隊，他都擔任隊長。」

艾力克斯注意到有一、兩名陪審員臉上露出笑容。「那令兄和丹尼處得好嗎？」

「丹尼是他最要好的朋友。」貝絲說。

瑞德曼看往皇家檢察官[14]的方向說：「他們是否像我博學的朋友所說的經常吵架？」

「只會因爲西漢姆隊或是伯尼的新女友吵架。」聽到這裡，有個陪審員努力憋笑。

「但是在去年的堡區青年拳擊錦標賽，令兄不是第一回合就擊倒了丹尼？」

「沒錯，可是伯尼的拳擊向來打得比較好，丹尼心裡也明白。丹尼曾告訴我，如果他們在決賽中遭遇，他要是能撐到第二回合就算幸運了。」

「所以他們並不像我博學的朋友皮爾生先生所說，彼此心存敵意？」

「他哪知道什麼？」貝絲問，「他根本從沒見過他們倆。」丹尼再度面露微笑。

「威爾森小姐，請專心回答問題。」法官的臉色不太好看。

「問題是什麼？」貝絲好像有點困惑。

⑭　皇家檢察官（Crown prosecutor）：由英國政府任命，於皇家法庭行使公訴的律師。

法官瞥了一下筆記說：「令兄和被告之間是否存有任何敵意？」

「沒有，我已經告訴過您，他們是最要好的朋友。」

瑞德曼設法將她引導至排練好的腳本，於是說：「威爾森小姐，您也告訴過庭上，當你們在學校時，丹尼後來沒跟您說過話。結果你們卻準備要結婚了？」

貝絲看著丹尼說：「對。」

「讓你們在一起的轉折點是？」

「丹尼和我哥高中一畢業，就到我爸的修車廠工作。我在學校又待了一年，接著去上中六學院，後來才就讀艾克希特大學。」

「您從該校畢業，獲得了英文榮譽學士學位嗎？」

「對。」

「大學畢業後您從事的第一份工作是什麼？」

「在倫敦市的德瑞克海上保險公司擔任祕書。」

「以您的學歷來說，想必能找到遠比那更好的工作。」

「或許吧！可是德瑞克的總公司在倫敦市內，我也不想離家太遠。」貝絲承認。

「我明白，您爲該公司工作了幾年？」

「五年。」

「在那段期間裡，您已經升任董事長的私人助理。」

「是的。」

「德瑞克保險公司雇用了幾位祕書？」瑞德曼問。

「我不太確定，但一定有一百位以上。」

「結果卻是您獲得最高的職位？」

貝絲沒有回答。

「您從大學返回倫敦定居後，再見到丹尼是什麼時候的事？」瑞德曼又問。

「就在我開始在倫敦工作後不久，某個星期六的早上，我媽要我幫我爸送餐盒去修車廠，丹尼也在，他把頭埋在引擎蓋下。他只看到我的腳，所以我以爲他沒注意到我，但後來他抬起頭看，砰一聲撞上引擎蓋。」

「他第一次約您出去，是不是就在那個時候？」

皮爾生忽然站起來說：「庭上，證人需要像是戲劇表演的彩排一樣，逐字逐句接受提詞嗎？」

艾力克斯心想，不賴嘛！要不是過去十年來，法官聽皮爾生說過好幾次相同的臺詞，可能會同意他的抗議；然而，法官仍傾身申斥：「瑞德曼先生，往後請您堅守向證人提問的原則，別再訴諸這種手段，提供您希望、或料想威爾森小姐會贊同的答案。」

「對不起，庭上，我會避免再引起閣下的不悅。」瑞德曼說。

沙克維法官皺了皺眉頭，想起老瑞德曼也曾在缺乏誠意下信口說出那句話。

「您下一次遇見被告是什麼時候？」瑞德曼問貝絲。

「就是當天晚上，他約我去漢默史密斯宮[15]。從前他跟我哥每周六晚上都去。我哥常說那裡的人非常多。」

「自從第一次約會後，你們多久見一次面？」瑞德曼問。

「幾乎每天，」她頓了一下才說，「直到他被關起來。」

「請您回想去年九月十八日晚上。」貝絲點了點頭，瑞德曼接著說：「請告訴陪審團那晚發生了什麼事。」

貝絲看著被告，面露微笑說：「那晚是特別的場合，所以丹尼提議我們去倫敦西區共進晚餐。」

「特別的場合？」瑞德曼提示她。

「是的，丹尼要求婚。」

「您爲何這麼有把握？」

「我聽哥哥告訴我媽，丹尼花了兩個月的薪水買戒指。」她舉起左手，讓陪審團欣賞金指環上的單顆鑽石。

艾力克斯等到衆人的竊竊私語安靜下來，才提出問題。

「他向您求婚了嗎？」

「對，」貝絲回答，「他還單膝跪下。」

---

⑮ 漢默史密斯宮（Hammersmith Palais）：倫敦知名的舞廳及演唱會場館，於二〇〇七年歇業。

「那您接受了嗎？」

「當然，從遇到他的第一天起，我就知道我們會結婚。」

皮爾生注意到她的第一個錯誤。

「後來發生了什麼事？」

「我們離開餐廳前，丹尼打電話給伯尼告訴他這個消息。他答應晚點加入我們一起慶祝。」

「你們計畫在哪兒會合，再去慶祝？」

「切爾西漢布頓街上的『敦洛普紋章』酒館。」

「你們爲何特別選那裡？」

「丹尼有一次在史丹佛橋球場[16]看完西漢姆對切爾西的比賽後，曾經去過那兒。他說那裡很高級，覺得我會喜歡。」

「你們是什麼時候到的？」

「我不確定，但不可能在十點以前。」貝絲說。

「當時令兄已經在那兒等你們了嗎？」

「庭上，他又來了！」皮爾生提出異議。

「庭上，眞的很抱歉。」瑞德曼接著回頭問貝絲，「令兄是什麼時候到的？」

「他先到了。」貝絲說。

---

⑯ 史丹佛橋球場（Stamford Bridge Stadium）是切爾西隊的主場館。

「您有注意到酒吧裡的其他人嗎？」

「有啊，我看到演醫生的男星勞倫斯．達文波特，他和其他三個男士站在吧檯前。」

「您認識達文波特先生嗎？」

「當然不認識，我只在電視上看過他。」貝絲說。

「所以您在訂婚那天晚上看到電視明星，一定很興奮囉？」

「還好。我還覺得他沒有丹尼好看。」幾位陪審員仔細端詳眼前滿臉鬍碴的男人，只見他留著平頭，身穿似乎很久沒燙的西漢姆隊T恤。艾力克斯擔心陪審員大多不會贊同貝絲的看法。

「接著發生了什麼事？」

「我們喝了一瓶香檳，後來我覺得該回家了。」

「那你們回家了嗎？」

「沒有，伯尼又點了一瓶香檳，酒保拿走空瓶時，我聽到有人說『給他們喝眞糟蹋』。」

「丹尼和伯尼作何反應？」

「他們沒聽到，但吧檯前有個人盯著我看。他眨了眨眼，接著用舌頭繞著嘴唇直舔。」

「是這四個男人中的哪一個？」

「克雷格先生。」

丹尼抬眼朝旁聽席望去，只見克雷格怒視貝絲，但幸虧她看不到他。

「您跟丹尼說過嗎？」

「沒有，那個男人顯然喝醉了。此外，如果你在東區長大，當然聽過更不堪入耳的話。而且我很清楚假如我告訴丹尼，他會有什麼反應。」皮爾生手不停筆地寫著。

「所以您沒理他囉？」

貝絲說：「是啊，但那個男人又轉身對朋友說『要是那婊子別開口說話，看起來還不錯嘛』。伯納德沒聽到那些話。接著其中另一個男人說『有時候我還滿喜歡婊子把嘴張開的』。然後他們都放聲大笑，」她頓了頓說，「只有達文波特先生看起來一臉尷尬。」

「伯納德和丹尼也笑了嗎？」

「沒有，伯尼抓起香檳瓶站起來面向他。」皮爾生逐字記下她說的話，同時她又說，「丹尼則拉他回座，叫他別理他們。」

「他照做了嗎？」

「對，因爲我說想回家了。我們要出去時，我注意到有男人還盯著我瞧。他以大聲的耳語說『要走啦』，還說『老兄，等你玩完她，剩下還夠我和朋友輪流上』。」

沙克維法官一臉困惑：「輪流上？」

「是的，庭上，一群男人會和同一個女人性交，」瑞德曼說，「有時爲了省錢。」他頓了頓，等法官記下這些話。瑞德曼環顧陪審團，似乎沒人想要聽進一步的說明。

「您能確定他就是這麼說的嗎？」瑞德曼問。

「我不太可能會忘記那些話。」貝絲激動了起來。

「說這話的是同一個男人嗎？」

「是的，就是克雷格先生。」貝絲說。

「丹尼這次有什麼反應？」

「他還是不理他們，畢竟那個男人醉了。不過我哥才是問題，後來克雷格又說『我們何不去外面解決』，把情況弄得更複雜。」

瑞德曼重述說：「我們何不去外面解決？」

貝絲說「是的」，但不太確定為什麼他要重複她的話。

「克雷格先生也跟你們到外面去了嗎？」

「沒有，但那只是因為丹尼趁我哥動手前就把他推到巷子裡，我趕緊關上身後的門。」

皮爾生拿起紅筆，標記「把他推到巷子裡」這句話。

「所以丹尼是不想惹麻煩，才把令兄帶出酒吧？」

「對，可是伯尼還是想回去好好修理他。」貝絲說。

「好好修理他？」

「對。」貝絲說。

「可是您不是走進巷子了？」

「是啊，但我走到路上之前，就發現酒吧裡的其中一個男人擋住我的去路。」

「是誰？」

「克雷格先生。」

「那您做了什麼？」

「我跑回去找丹尼和我哥，求他們回到酒吧去。就在那時，我注意到另外兩個男人，其中一位是達文波特先生，他站在後門那兒。我轉過頭，又看到第一個男人在巷子的另一頭和同伴會合，當時正朝我們走來。」

「接著發生了什麼事？」瑞德曼問。

「伯尼說『你負責豬頭，我對付其他三個』，可是丹尼還沒回答，我哥說的那個豬頭就跑過來揮了一拳，打中丹尼的下巴，接著爆發一場激戰。」

「四個男人都有加入戰局？」

「沒有，」貝絲說，「達文波特先生還站在後門那兒，還有一個瘦瘦高高的男人在猶豫，我哥快打倒另一個有動手的男人時，自信快贏了，所以要我先離開去叫計程車。」

「您照做了嗎？」

「是的，不過我一直等到確定丹尼快打贏克雷格了才走。」

「他占了上風嗎？」

「對方根本不是他的對手。」貝絲說。

「您等了多久才叫到車？」

「才幾分鐘吧，可是司機停車時，竟然說『我認爲妳需要的不是計程車，如果他們是我朋友，我會打電話叫救護車』。接著他一句話也沒說就把車開走了。」貝絲說。

「都沒人設法找到與本案有關的計程車司機嗎？」法官問。

「有設法去找啊，庭上，可是到目前爲止都沒人出面。」瑞德曼回答。

「當您聽到司機的話時有什麼反應？」瑞德曼回頭問貝絲。

「我一轉身就看到我哥躺在地上不省人事。丹尼抱著他的頭，我沿著巷子跑回他們身邊。」

皮爾生又寫下筆記。

「丹尼有說發生了什麼事嗎？」

「有，他說看到克雷格拿出一把刀，他們都大吃一驚。就在對方猛刺伯納德時，他曾設法搶下刀子。」

「伯納德證實了這點嗎？」

「是的。」

「所以您接下來怎麼做？」

「我打電話報警。」

「威爾森小姐，在您回答我下一個問題前，請慢慢想一想。誰先出現？是警察還是救護車？」

貝絲毫不遲疑的說：「兩名醫護人員。」

「他們過了多久才到？」

「七、八分鐘吧。」

「您爲何這麼有把握？」

「因爲我一直看錶。」

「警方又過了多久才來？」

「我不確定，但一定至少有五分鐘。」貝絲說。

「傅樂巡佐走進酒吧訊問克雷格之前，在巷子裡和您待了多久？」

「至少十分鐘，不過也許更久。」

「有久到夠讓克雷格離開現場，步行九十公尺回家，然後換下衣服，趁巡佐走進酒吧前及時回到現場，說明整件事情的經過嗎？」

皮爾生連忙起身說：「庭上，這對一個只想善盡公共責任的人來說，眞是駭人聽聞的中傷。」法官說：「我贊成您的意見。各位陪審員，請勿理會瑞德曼先生最後的評論。別忘了，受審的不是克雷格先生。」他低眼怒視瑞德曼，但對方毫不退縮，而且心裡很明白陪審團不會忘記這段對話，甚至可能在他們心中播下懷疑的種子。瑞德曼以懊悔的聲調說：「庭上，眞的很抱歉，我不會再犯了。」

法官厲聲說：「確定別再犯了。」

「威爾森小姐，在您等待警察時，醫護人員是否將令兄放上擔架，並送往最近的醫院？」

「是的，他們盡全力幫忙，可是我知道來不及了，他失血過多。」

「您和丹尼一起陪令兄去醫院嗎？」

「不，是我自己去的，因爲傅樂巡佐想再問丹尼一些問題。」

「那您會擔心嗎？」

「是的，因爲丹尼也受傷了，他……」

瑞德曼不想讓她說完那句話，便說：「我的意思不是那樣，您會不會擔心警方懷疑丹尼是嫌犯？」

「不，我從來沒這麼想過。我已經告訴警方事情的經過。無論如何，我始終支持他的說法。」

貝絲說。

倘若艾力克斯朝皮爾生望去，便會看到這位檢察官臉上閃現罕見的微笑。

「遺憾的是，令兄在送往醫院途中不治了？」

貝絲開始啜泣，「是的，我打電話給爸媽，他們立刻就趕來，可是太遲了。」艾力克斯想等她鎮靜下來再提出下一個問題。

「後來丹尼有到醫院與你們會合嗎？」

「沒有。」

「爲什麼？」

「因爲警方還在審問他。」

「您下一次看到他是什麼時候？」

「第二天早上在切爾西警察局。」

瑞德曼假裝驚訝地重述：「切爾西警察局？」

「是的，警方一大早就找上門。他們說丹尼已經被逮捕了，被控謀殺伯納德。」

「妳一定很震驚。」

皮爾生聞言跳了起來，瑞德曼又立刻追問：「您聽到這消息有何反應？」

「根本無法置信。我不斷陳述事發的確切經過，不過我看得出來他們不相信我。」

「謝謝您，威爾森小姐。庭上，沒有其他問題了。」

當貝絲走下證人席時，丹尼鬆了口氣。眞棒！當她行經被告席時，不安地對丹尼笑了笑。

就在她走到門口前，法官說：「威爾森小姐！」

她轉過頭，只聽到法官說：「請您回到證人席好嗎？皮爾生先生可能有一、兩個問題要請教您。」

10

貝絲緩緩走回證人席，抬頭望著坐在旁聽席的父母，接著便看到克雷格低眼瞪著自己，她想抗議，可是心裡明白那也無濟於事。再說，要是克雷格知道她因此心煩意亂，只會更加得意。她回到證人席，抱持前所未有的決心想要擊敗他。她站著不動，無畏地凝視坐在原位的皮爾生。搞不好他根本不打算問她任何問題。

這位老檢察官連看也不看貝絲，就緩緩起身整理文件。接著他啜飲了一口水，最後才將目光投向她。

「威爾森小姐，您今天早餐吃了什麼？」

貝絲遲疑了一會兒，法庭內人人都緊盯著她。瑞德曼暗自咒罵，他早該知道皮爾生會設法利用第一個問題令她猝不及防。唯有沙克維法官看來毫不意外。

貝絲最後總算說出：「我喝了一杯茶，還吃了一顆水煮蛋。」

「沒別的了嗎？威爾森小姐。」

「喔，還有一些吐司。」

「您喝了幾杯茶？」

「一杯，不對，兩杯。」貝絲說。

「還是三杯呢？」

「不對，不對，是兩杯。」

「您吃了幾片吐司？」

她又遲疑了一會兒才說：「我不記得了。」

「您不記得今天早餐吃的東西，可是對半年前聽到的每一句話，都能記得一清二楚。」貝絲再次低下頭。「您不但記得史賓賽・克雷格先生那晚所說的每一句話，甚至還記得他向您眨眼、用舌頭舔嘴唇等細節。」

「沒錯，我記得，因爲他眞的這麼做。」貝絲堅稱。

「不如我們進一步測試您的記憶力。當酒保拿起香檳空瓶時，克雷格先生是不是說『給他們喝眞糟蹋』？」

「對，沒錯。」

皮爾生傾身向前，檢視自己的筆記，「不過，是誰說『有時候我還滿喜歡婊子把嘴張開』？」

「我不確定是克雷格先生還是另一個男人。」

「您『不確定』是不是『另一個男人』。您是指被告丹尼・卡特萊特嗎？」

「不是，是吧檯前的四個男人之一。」

「您告訴我博學的朋友，由於您在東區聽過更不堪入耳的話，所以沒有反應。」

「沒錯。」

皮爾生猛拉黑袍上的翻領，「威爾森小姐，事實上您當初就是在東區聽到這句話的，是吧？」

「您說這話是什麼意思？」

「我認爲您根本沒聽到克雷格說那些話，而是在東區聽卡特萊特說過很多次，因爲他就會說這種話。」

「不，是克雷格說的。」

「此外，您也告訴庭上您從後門離開酒館。」

「是的。」

「威爾森小姐，爲什麼不從大門走呢？」

「我想悄悄溜走，以免再引起任何麻煩。」

「所以你們已經惹了一些麻煩囉？」

「不，我們沒惹出任何麻煩。」

「威爾森小姐，那您爲什麼不從大門走呢？當初要是您這麼做，就會發現自己置身人潮洶湧的街頭，大可以像您說的那樣悄悄溜走，不再引起任何麻煩。」

貝絲默不作聲。

「接下來或許您也能說明，」皮爾生邊查看筆記邊說，「令兄對卡特萊特說『如果你以爲我會叫你老闆，門都沒有』，這話究竟是什麼意思？」

「他是在開玩笑。」貝絲說。

皮爾生凝視了檔案好一會兒，「對不起，威爾森小姐，我不懂這句話有什麼好笑。」

「那是因爲您並非出身於東區。」貝絲說。

皮爾生回答：「克雷格先生也不是。」隨即又接口，「然後卡特萊特將威爾森先生朝後門推，克雷格是不是就在這時聽到令兄說，『那我們何不去外面解決』？」

「對。」

「這句話是克雷格說的，因爲他們在西區就是這麼說話。」

艾力克斯心想：聰明的女人，懂得用對方的論點回敬對方。

皮爾生隨即說：「當您出去時，發現克雷格先生就在巷子的另一頭等您嗎？」

「過了多久您才發現他站在那兒？」

「我忘了。」貝絲回答。

「這下您又不記得了。」

「不是很久。」貝絲說。

「不是很久，那是不到一分鐘囉？」皮爾生重複說。

「我不確定，但他就是站在那兒。」

「威爾森小姐，如果您從酒館大門離開，穿越擁擠的街道，經過一條長巷，最後抵達巷底，您會發現這整段路程將近兩百公尺，您認爲克雷格不到一分鐘就跑完這整段路嗎？」

「他一定辦到了。」

「幾分鐘後他便與朋友會合。」皮爾生說。

「沒錯。」貝絲說。

「當您轉身時，另外兩個男人，也就是達文波特和莫蒂默先生，已經站在後門？」

「是的。」

「一切都在不到一分鐘內發生的嗎？威爾森小姐，」他頓了頓又說，「您認爲這四個人是什麼時候找出時間，策劃出如此複雜的行動？」

「我不懂您的意思。」貝絲緊抓證人席的圍欄。

「威爾森小姐，我認爲您心裡清楚得很，但爲了讓陪審團瞭解，我們還是要說明。有兩個男人從正門離開酒吧，趁另外兩人在後門把風時繞到酒館後面去，這一切都是在一分鐘內完成的。」

「可能超過一分鐘。」

「但是您迫不及待想離開，所以假使超過一分鐘，您就有足夠的時間跑到大馬路上，趁他們趕到之前消失無蹤。」皮爾生提醒她。

「我想起來了，丹尼設法要我哥冷靜，可是他還想回酒吧解決克雷格，所以一定超過一分鐘。」貝絲說。

「還是令兄想回去解決丹尼・卡特萊特，好讓他澈底明白，一旦父親退休後誰會當老闆？」皮爾生問。

「如果伯尼想那麼做，大可以一拳就把他擺平。」

「假使卡特萊特先生有刀就沒辦法了吧。」皮爾生回應。

「拿刀的是克雷格，是他刺傷伯尼。」

「威爾森小姐，您又沒目擊刺殺過程，怎能如此確定？」

「伯尼有告訴我事發的經過。」

「您確定是伯尼，而不是丹尼告訴您的嗎？」

「對。」

「威爾森小姐，請恕我說句陳腔濫調，您是否認爲『那是我的說法，我將堅持到底』。」

「沒錯，因爲那是事實。」貝絲說。

「威爾森小姐，您怕令兄奄奄一息是否也是事實？」

貝絲開始啜泣：「是啊，他流了那麼多血，我想他可能活不了。」

「威爾森小姐，那您爲什麼不叫救護車呢？」艾力克斯對這點也一直很困惑，他想知道她會怎麼回答。但她沒吭聲，於是皮爾生又說：「畢竟，就像您所說的，令兄身中多刀。」

她衝口說出：「我沒有手機！」

「可是您的未婚夫有啊！」皮爾生提醒她，「因爲他先前打電話給令兄，邀他在酒館與兩位會合。」

「不過幾分鐘後救護車就來了。」貝絲回答。

皮爾生注視著陪審團說：「威爾森小姐，我們都知道是誰打電話報警的，是吧？」

貝絲聞言低下頭。

「威爾森小姐，容我再提醒您，您曾告訴我博學的朋友某些不完全屬實的話。」貝絲噘起嘴唇。「您說『當我遇到他的第一天起，就知道我們會結婚』。」

「沒錯，是我說的，我是眞心的。」

皮爾生低頭看著筆記說：「您還說，依您看來，達文波特先生沒有卡特萊特先生好看。」

「沒錯。」

「還有，您說如果有任何事出了差錯，您始終會支持他的說法。」

「我會。」

「無論是哪一種說法。」

「我沒那麼說。」貝絲抗議。

「是我說的，」皮爾生說，「因爲我認爲，您會說任何話來保護自己的丈夫。」

「但他不是我的丈夫啊！」

「如果他無罪開釋，就會成爲您的丈夫。」

「沒錯。」

「從令兄遇害那晚到現在有多久了？」

「剛過半年。」

「在那段期間裡，您多久見卡特萊特先生一次？」

「我每個星期天下午都會去探視他。」貝絲的語氣有點自豪。

「每次多久？」

「大約兩小時。」

皮爾生抬頭望著天花板計算，「所以過去六個月來，你們大約共處了五十個小時。」

「我從來沒算過。」貝絲說。

「可是您現在想到了，難道您不贊同，這時間久得夠你們反覆套好說詞，以確保您出庭時倒背如流？」

「不，那不是事實。」

「您到監獄探視卡特萊特先生，」他頓了頓才說，「這五十個鐘頭以來，你們是否討論過本案？」

「我想一定有。」貝絲遲疑地說。

「這是當然的，若非如此，也許您能解釋，爲什麼您記得那晚發生的每個細節，還有每個涉案人所說的每句話，但卻想不起今天早餐吃了些什麼。」皮爾生說。

「皮爾生先生，我當然記得我哥遇害那晚發生的事。我怎麼忘得了？無論如何，克雷格和他朋友有更多時間去準備說詞，因爲他們既沒有探監時數，也沒有會面時間或地點的限制。」

艾力克斯說了聲「幹得好」，嗓門大到連皮爾生都聽見了。

皮爾生連忙轉移話題：「威爾森小姐，讓我們回到巷子裡，再測試一下您的記憶力，克雷格先生與裴恩先生在不到一分鐘內便跑到巷子裡，開始走向令兄，並在沒有任何挑釁下，就打起架來。」

「對。」貝絲說。

「和素昧平生的兩個男人打架。」

「對。」

「當情勢開始惡化時，克雷格先生憑空抽出一把刀，刺向令兄的胸膛。」

「並不是憑空，他一定是從吧檯拿來的。」

「所以從吧檯拿刀的人不是丹尼・卡特萊特？」

「不是，如果是丹尼，我就會看到。」

「但您不是沒看到克雷格先生從吧檯拿刀嗎？」

「對。」

「可是您確實看到，一分鐘後他站在巷子的另一頭。」

「沒錯。」

「當時他手裡拿著刀嗎？」皮爾生的身體後傾，等著貝絲回答。

「我不記得了。」

「那您或許記得，當您跑回令兄身邊時，誰手裡拿著刀。」

「記得，是丹尼，可是他解釋說當克雷格拿刀刺我哥時，他必須搶下刀子。」

「不過您也沒親眼看到。」

「沒有。」

「而您的未婚夫全身是血？」

「當然啊，丹尼雙手抱著我哥。」貝絲說。

「所以要是克雷格先生刺殺令兄，他必定也渾身都是血。」

「我怎麼會知道？他那時已經不見蹤影了。」

「憑空消失了嗎？那您又如何解釋，幾分鐘後當警方抵達時，克雷格先生坐在酒吧裡等著警探，而且全身上下都沒有血跡。」這下輪到貝絲啞口無言。皮爾生繼續說：「我可否提醒您，當初是誰打電話報警的？威爾森小姐，可不是您，而是克雷格先生。要是你刺殺某人，衣服沾滿鮮血，還去報警不是很奇怪嗎？」皮爾生停了一下，讓陪審團想像這個畫面，接著才繼續問。

「威爾森小姐，這是不是您未婚夫第一次涉及械鬥，並由您出面營救？」

「什麼意思？」貝絲問。

瑞德曼緊盯著貝絲，想知道她是不是有什麼沒告訴他的。

「或許又是測試您驚人記憶力的時候了。」皮爾生說。

此時法官、陪審團和瑞德曼全盯著他瞧，他似乎不急著亮出王牌。

「威爾森小姐，您還記不記得，一九八六年二月十二日那天，在克萊門阿特利綜合中學操場上發生的事？」

「那是將近十五年前的事了。」貝絲抗議。

「的確，但我認為您絕對不會忘記，那位您要託付終生的人，竟然登上地方報紙頭版的日子。」皮爾生接過初級律師遞上的一九八六年二月十三日《貝斯諾格林與堡區報》影本。他請法警將一份影本交給證人。

沙克維法官邊從半月形眼鏡抬眼看著皮爾生，問：「您也準備了影本給陪審團嗎？」

皮爾生回答：「有的，庭上。」初級律師將影本轉交法警，再由他依序遞給法官和陪審員，最後才拿了一張給丹尼，對方卻搖了搖頭。皮爾生一臉驚訝，甚至懷疑卡特萊特識不識字。一旦他讓丹尼上了證人席，就會針對這點追根究柢。

「威爾森小姐，如您所見，這是《貝斯諾格林與堡區報》的影本，報導指出一九八六年二月十二日那天，在克萊門阿特利綜合中學操場上發生械鬥後，丹尼爾・卡特萊特曾接受警方訊問。」

「他只是想幫忙。」貝絲說。

「這好像有點成了習慣，是吧？」皮爾生說。

「您這是什麼意思？」貝絲反問。

「卡特萊特先生涉及械鬥，您卻說他只是想幫忙。」

「可是後來另一個男孩進了少年感化院。」

「您一定希望在這個案子裡，最後入獄的是另一個男人，而不是您想嫁的那個人。」

「對。」

皮爾生說：「我很高興我們至少證實了一點……能否請您把報紙頭版的第三段念給庭上聽，『貝絲・威爾森稍後告訴警方……』那裡。」

貝絲低頭看著報紙影本，讀說：「貝絲・威爾森稍後告訴警方，丹尼・卡特萊特並未參與械鬥，而是跑來幫助一位同學，甚至可能救了他一命。」

「威爾森小姐，那聽起來也有點耳熟，您有沒有同感？」

「可是丹尼並沒有參加那場械鬥。」

「那學校爲什麼會開除他？」

「他沒有啊，他是在調查期間奉命回家的。」

「您是在什麼時候發表聲明，洗刷了他的嫌疑，導致另一個男孩進入少年感化院？」貝絲再度低下頭。「讓我們再回到最近這次械鬥，您又如此適時地出現，營救了未來的夫婿，」皮爾生趁她還沒來得及回答前，便說：「當令尊退休後，卡特萊特希望成為威爾森修車廠的負責人，是眞的嗎？」

「是的，我爸已經告訴丹尼說他是接班人。」

「可是您後來不是發現令尊已經改變心意，並告訴卡特萊特他打算讓令兄來負責修車廠？」

「是啊，但伯尼根本不想要那份差事。他始終認定，丹尼是天生的領袖。」貝絲說。

「也許吧，但由於這是家族事業，令兄因為沒列入考慮而心懷怨懟，難道不能理解嗎？」

「不，伯尼根本不想管任何事。」

「那令兄當晚為何說『如果你以為要是你接了我老子的事業，我會叫你老闆，門都沒有』？」

「皮爾生先生，他並沒有說『要是』，而是說『等』，兩著可是有天壤之別。」

艾力克斯・瑞德曼面露微笑。

「威爾森小姐，可惜我們只聽到您這麼說，另外三名證人的說詞卻截然不同。」

「他們都在說謊。」貝絲提高聲調。

「只有您在說實話。」皮爾生回應。

「是的。」

皮爾生話鋒一轉，問：「那令尊認為誰在說實話？」

艾力克斯・瑞德曼猛地站起來說：「庭上，這種證詞不僅是道聽塗說，更可能與本案無關。」

皮爾生在法官還來不及回應前，便回答說：「我贊成我博學的朋友的意見，但由於威爾森小姐和父親同住，我認爲證人也許知道自己的父親對這件事有何看法。」

沙克維法官說：「事情很可能是這樣，但那仍是道聽塗說，因此我裁決不予採納。」他轉身向貝絲說：「威爾森小姐，您不必回答那個問題。」

貝絲望著法官說：「我爸不相信我，」她開始啜泣，「他還是堅信丹尼殺了我哥。」

突然間法庭內衆人似乎都在竊竊私語。法官要求了好幾次恢復秩序，皮爾生才能繼續問話。

「威爾森小姐，您還想說些什麼可能對陪審團有幫助的話嗎？」皮爾生滿懷希望地問。

「在現場的是我，不是我爸。」貝絲回答。

皮爾生打岔說：「您的未婚夫也在，我要說，剛開始只是長期以來的又一次爭吵，直到卡特萊特刺殺了令兄，最後才以悲劇收場。」

「是克雷格用刀刺我哥。」

「當時您正在巷子的另一頭，拚命想叫計程車。」

「是的。」貝絲說。

「警方趕到時發現卡特萊特的衣服沾滿血跡，他們從刀子上辨識出的唯一指紋就是您未婚夫的。」

「我已經說明事發的經過了。」貝絲說。

「那爲什麼幾分鐘後，警方訊問克雷格先生時，他潔淨的西裝、襯衫和領帶上，連一滴血也沒有。」

「他一定至少有二十分鐘跑回家，把衣服給換了。」貝絲說。

「甚至三十分鐘。」瑞德曼補充。

「所以您認爲他是超人囉？」皮爾生說。

貝絲不顧這評語，又說了句：「他承認當時在巷子裡。」

「他是在啊，威爾森小姐，但他是聽到您尖叫後才離開酒吧裡的朋友，好查看您是否有危險。」

「不，當伯尼遇刺時，他已經在巷子裡了。」

「但行刺的是誰？」皮爾生問。

貝絲吼道：「克雷格、克雷格、克雷格！我要跟你講幾次？」

「誰有辦法在不到一分鐘內就跑進巷子？然後找時間報警，再回到酒吧，要朋友離開、回家，接著換掉血衣、淋浴、回到酒吧，還能坐在那兒好整以暇等警察來？接下來還能針對事發的確切經過提出前後連貫的說詞，讓當晚在酒吧的每位證人後來都能加以證實？」

「可是他們沒說眞話。」

「我明白了，所以其他證人都甘願在宣誓下說謊。」

「是啊，他們都在護著他。」

「而您並沒有護著未婚夫？」

「沒有，我說的是實話。」

「那是您自認爲的事實，因爲您並未實際目擊事發的經過。」

「我不需要，因為伯尼已經告訴我究竟發生了什麼事。」
「您確定是伯尼，而不是丹尼說的？」
「不，是伯尼。」貝絲又說了一次。
「就在他臨終前？」
「對！」貝絲吼道。
「還眞剛好。」
「等丹尼一上了證人席，就會證實我的說法。」
「他當然會，因爲最近六個月來你們每星期天都見面。庭上，沒有其他問題了。」皮爾生說。

11

「您今天早餐吃了什麼？」艾力克斯說。
「別又來這老套。」話筒傳來父親低沉的聲音。
「有什麼好笑的？」
「我早該提醒你，皮爾生詰問辯方證人時只有兩套開場白；從年輕時當律師起他就知道這些問題只有法官聽過，然而對證人和陪審團而言，他的第一個問題總讓人猝不及防。」
「他的另一個開場白是什麼？」艾力克斯問。
「你一早上班時，從大門出來的左手邊第二條街叫什麼？我吃了虧後才知道，很少有證人能正確回答。我猜皮爾生會趁詰問的前一晚把被告家周圍的街道都走透透。我敢打賭你會發現他目前正在東區到處晃。」

「嗯，您確實提醒過要我別低估這個人。」艾力克斯一屁股坐回椅子裡。

馬修爵士沒搭腔。他過了一會才開口，卻提起艾力克斯根本沒想過的事：「你會讓卡特萊特上證人席嗎？」

「當然啊，爲什麼不？」艾力克斯說。

「因爲那是你的底牌，皮爾生一定以爲卡特萊特本周會上證人席，但你如果毫無預警在明早結案，他就處於劣勢了。他以爲接近周末或下禮拜時會輪到他詰問丹尼，不必明天一早就爲起訴做總結。」

「但如果他不提供證詞，陪審團必定會做最壞的推斷。」

馬修爵士回答：「法律對那點的規定十分明確，法官會仔細說明被告有權決定是否要出庭作證，陪審團也不該根據被告是否作證便貿然驟下結論。」

「可是就如您從前提醒過我許多次的，他們總會這麼做。」

「也許吧，但有一、兩位陪審員已經注意到他看不懂《貝斯諾格林與堡區報》的那篇報導，尤其在皮爾生嚴加盤問他的未婚妻後，會以爲你指點他不要去面對皮爾生。」

「卡特萊特就像皮爾生一樣聰明，只是沒受那麼高的教育。」艾力克斯說。

「但你說他暴躁易怒。」

「只有看到貝絲被攻擊時才會這樣。」

「那你就能確定一旦他上了證人席，皮爾生便會攻擊貝絲，直到他發火。」

「可是他沒有前科，從他離開學校那天就開始工作，而且即將迎娶有身孕的愛情長跑女友。」

「所以現在我們知道，這些是皮爾生在詰問時不會提起的。不過你可以確定他會質問卡特萊特年輕時的操場事件，並不斷提醒陪審團其中涉及刀械，最後女朋友正好能幫他解圍。」

「好，如果那是我唯一的問題……」艾力克斯說。

「我可以向你保證，那不會是唯一的問題，因爲既然皮爾生已經提起操場械鬥，再加上貝絲，你就能相當確定，他還有一、兩個驚喜要送給卡特萊特。」父親回答。

「好比什麼？」

馬修爵士說：「我不知道，但你如果讓他上證人席，一定會揭開謎底。」艾力克斯不禁皺起眉頭，沒吭聲。

「你有心事？」父親問。

「皮爾生知道，貝絲她爸曾告訴卡特萊特說改變心意，不想讓他接掌修車廠了。」

「打算由他的兒子接手？」

「對。」瑞德曼說。

「在動機方面變得不利。」

「的確，但或許我也有一、兩個驚喜要給皮爾生，讓他去煩惱。」艾力克斯說。

「例如？」

「克雷格刺了丹尼的腿，他的傷疤就足以證明。」

「皮爾生會說那是舊傷。」
「但我們有醫生診斷證明那不是。」
「皮爾生會說是伯尼．威爾森刺傷了他。」
「所以您是在建議我，別讓卡特萊特上證人席囉？」
「這問題不容易回答，因爲我當時不在法庭，不知道陪審團對貝絲的證詞反應如何。」
瑞德曼沉默了一會兒才說：「有一兩個陪審員好像很同情她，當然她說話的感覺很誠實。不過他們也很可能會推斷即使她說的是實話，但並沒看到事發的經過，同時還聽信了卡特萊特的話。」
「嗯，你只需要三位陪審員相信她說的是實話，這樣就可能讓陪審團無法達成決議，至少也能爭取到發回更審。假使結果如此，皇家檢控署[17]就可能認爲再審並不符合公衆利益。」
「我當初是不是該多花點時間逼問克雷格關於『時間點』的矛盾？」艾力克斯嘴上這麼說，心裡卻希望父親會持相反的意見。
「煩惱這個未免太遲了。現在你最重要的決定，就是該不該讓卡特萊特上證人席。」馬修爵士回答。
「我同意，但如果我做出錯誤的決定，丹尼可能往後二十年都要蹲大牢。」

⑰ 皇家檢控署（Crown Prosecution Service，CPS）是英格蘭和威爾斯的檢察機關。

12

門房才剛打開大門不久，艾力克斯便抵達老貝利。他在牢房與丹尼商議許久後，便走到更衣室換律師袍，接著邁向四號法庭。他進入空盪盪的法庭坐在律師席的一端，在桌上放了三本標有「卡特萊特」的卷宗。他打開第一個卷宗，開始複習前一晚寫得整整齊齊的七個問題。他抬眼看牆上的鐘，早上九點三十五分。九點五十分，阿諾．皮爾生和初級律師晃了進來，坐在律師席另一頭。他們並未打擾專注的艾力克斯。

隨後，丹尼．卡特萊特由兩名員警護送到法庭，坐上被告席中央的木椅，等待法官出現。十點一到，法庭後面的門便打開，沙克維法官走了進來。律師席的人都起身鞠躬，法官回禮後才入座，並請陪審團進來。他戴上半月形眼鏡，打開新筆記本，並拿下鋼筆套，寫下「瑞德曼先生訊問丹尼爾．卡特萊特」。

陪審員一一落座後，法官問辯方律師：「瑞德曼先生，您準備好傳喚下一名證人了嗎？」

艾力克斯起身，先倒了一杯水喝，才望著丹尼露出微笑。接著他低頭看準備好的問題，然後翻至空白頁。他笑著向法官致意，並說：「庭上，我沒有其他證人要傳喚了。」

皮爾生臉上閃現不安的神情，立即轉頭和初級律師商量，對方似乎也同樣困惑。艾力克斯細細品嘗這一刻，等著竊竊私語逐漸消失。法官低頭對著瑞德曼微笑，有一剎那，他還以爲法官在對他眨眼。

艾力克斯享受完現場的氣氛後，便說：「庭上，辯方就此結辯。」

法官望著皮爾生，表情就像被卡車的頭燈照射的受驚的兔子。

「皮爾生先生，您可以開始爲皇家法庭發表結論了。」法官若無其事地說。

皮爾生緩緩起身，一副氣急敗壞的樣子：「庭上，在如此不尋常的狀況下，庭上是否能再給我一點時間來準備結論。我是否能建議休庭至今日……」

法官打岔說：「不，皮爾生先生，我不會休庭。您應該非常清楚，選擇不提供證詞是被告的權利。陪審團和法庭人員都已就緒，我不需要再提醒您開庭日程表排得有多滿。請開始發表您的結論。」

皮爾生的初級律師從一大疊卷宗的最下面用力抽出檔案，遞給他上司。皮爾生翻開檔案，這才注意到，在過去幾天裡他幾乎沒瞧過其中的內容。

他低頭猛盯著第一頁，開始慢慢念說：「各位陪審員……」事情當下一目了然，皮爾生凡事都需經過完善準備，臨機應變可不是他的長處。他在照本宣科時，每一段都念得結結巴巴，就連初級律師都面露不快。

艾力克斯默默坐在長椅的另一頭目不轉睛看著陪審團。就連通常反應機警的陪審員也顯得厭倦不已。其中有一、兩位陪審員不時強忍呵欠，目光呆滯，雙眼睜沒兩下又閉了起來。兩個鐘頭後，當皮爾生念到最後一頁時，連艾力克斯都打起盹來。

等皮爾生終於頹然落座，法官建議先午休一會兒。艾力克斯等法官一離開法庭，就看了皮爾生一眼。皮爾生難掩怒氣，因爲心知肚明自己剛才的演出實在很不入流。

艾力克斯抓起一大疊卷宗，匆匆走出法庭，沿著走廊跑上石頭階梯，進入當天稍早預訂的二樓斗室。房內只有一桌一椅，牆上連張照片都沒有。艾力克斯打開卷宗，開始複習他的證據概述。他一遍又一遍演練關鍵主張，確定每個要點都能烙印在陪審團的腦海。

艾力克斯前一天幾乎花了整個晚上，加上當天清晨的好幾個小時，逐字逐句一一琢磨，因此一個半小時午休後當他回到四號法庭時，已經自覺有了萬全的準備。他趁著法官重新出庭前的片刻趕緊回到座位。沙克維法官等所有人員一就緒，便問他是否準備好做結案陳詞。

艾力克斯回答「是的，庭上」，接著爲自己倒了杯水，打開卷宗，抬頭啜飲了一口水。

他開口道：「各位陪審員，如今您們已經聽過……」

艾力克斯的結辯陳詞比皮爾生短，不過對他來說，這並不是一場彩排。他無從得知，自己最重要的論點究竟在陪審團身上發揮了什麼作用，但至少沒有人打瞌睡，其中有幾位甚至在寫筆記。一個小時後，當艾力克斯就座時，自認萬一父親問起他是否盡全力爲當事人服務時，自己能回答一聲「是的」。

法官說完「謝謝您，瑞德曼先生」後，便轉向陪審團說：「我想今天就到此爲止。」皮爾生看了一下錶，現在才三點半，他原本以爲，法官至少會花一個鐘頭向陪審團發表談話後才結束。不過顯然艾力克斯早上發動的伏擊也同樣令法官感到詫異。

法官起身鞠躬後，便一言不發地離開。就在瑞德曼轉頭與初級律師閒聊時，法警遞給皮爾生一張紙條。皮爾生看完後便匆忙跑出法庭，他的初級律師緊跟在後。艾力克斯轉身想要向被告席的丹尼微笑，但他已被警衛護送回牢房。艾力克斯不曉得明天他的當事人會從哪個門離開，但他同樣不懂，爲何皮爾生如此匆忙地離開法庭？

13

第二天早上九點零一分，皮爾生先生的職員致電沙克維法官的辦事員，對方表示會轉達皮爾生先生的要求，一有消息就直接回電。幾分鐘後，皮爾生先生的職員便接到回電，得知法官欣然同意九點半在辦公室會見皮爾生先生，且他認爲這樣的場合瑞德曼先生也必須出席。

「我接著撥給他，比爾。」皮爾遜先生的職員回答，然後放下電話。

接著皮爾生先生的職員便致電瑞德曼先生的事務所，詢問瑞德曼先生九點半是否有空到法官辦公室討論一件急迫的事項。

瑞德曼先生的職員問：「吉姆，這究竟是怎麼回事？」

「不知道耶，泰德，皮爾生根本沒告訴我。」

瑞德曼先生的職員打了老闆的手機，就在他走進匹黎哥地鐵站前及時聯絡上了。

「皮爾生有沒有說，究竟爲什麼要和法官會面？」艾力克斯問。

「瑞德曼先生，他根本沒說。」泰德回答。

※※※

艾力克斯走進沙克維法官的辦公室前，輕聲敲了敲門。他一進門便發現皮爾生悠閒地坐在一張舒適的椅子，正和法官聊著自家的玫瑰。除非雙方律師都現身，否則沙克維法官絕不會切入正題。

「早啊，艾力克斯，」法官揮手示意，請他坐到皮爾生身邊的皮製老扶手椅上。

「早安，法官。」艾力克斯回應。

「由於我們預定不到半個鐘頭就要開庭，阿諾，請概略說明爲何你要求這次會面。」法官說。

「沒問題，法官，」皮爾生說，「我昨晚接獲皇家檢控署要求，在他們辦公室出席了一場會議。」艾力克斯屏氣凝神，只聽到他說：「我與老闆[18]經過冗長的討論後，可以向兩位報告，他們願意考慮變更本案的求刑。」

艾力克斯興奮到想手舞足蹈，但這是法官辦公室，不是烏普頓公園球場[19]的看臺，只好努力不形於色。

「他們有什麼打算？」法官問。

「他們覺得，如果卡特萊特能認了過失致死罪……」

法官轉向瑞德曼問：「你認爲你的當事人會如何回應這樣的提議？」

「我不曉得，」艾力克斯承認，「他是個聰明人，但是也像騾子一樣頑固。過去半年他始終堅持相同的說詞，堅稱自己是無辜的。」

「雖然如此，你願意建議他接受這項提議嗎？」皮爾生問。

---

⑱ 老闆：皮爾生的上司應爲檢察長（Director of Public Prosecutions，DPP）。

⑲ 烏普頓公園球場（Upton Park）是西漢姆隊當時的主場館。

艾力克斯沉默了一會兒，「好啊，不過皇家檢控署會建議我怎麼修飾說辭呢？」

聽瑞德曼這麼回應，皮爾生皺眉：「如果你的當事人願意承認，他和威爾森爲了解決爭執，確實進了巷子……」

「然後刀子就進了伯納德．威爾森的胸膛嗎？」法官試著以不是故意挖苦的口氣問。

「關於自衛和減輕情節[20]，細節我留給瑞德曼來補充，那完全不是我的責任。」

法官點了點頭說，「我會通知法庭人員和陪審團，說我要等到……」他看了看錶，「上午十一點，才打算開庭。艾力克斯，這樣你是否有足夠的時間去通知當事人，再回到這裡告訴我他的決定。」

「好，我確信這時間相當足夠。」艾力克斯回答。

「要是那傢伙認罪，你兩分鐘就回來了。」皮爾生說。

14

稍後，艾力克斯．瑞德曼緩步走向建築的另一頭，想整理思緒。就在兩百步內，他已從法官寧靜的辦公室轉向只有犯人居住的冰冷牢房。

他站在牢房的厚重黑色門前敲了兩下，一位沉默的警員前來開門，並陪他走下狹窄的石階，

---

⑳ 減輕情節（mitigating circumstance）：可使刑事案件的罪責或民事案件的過錯減輕的情節。

來到了監獄常客俗稱的黃磚路。走到十七號牢房時，艾力克斯還不知道丹尼對這項提議會有什麼反應，但自覺已經有了萬全的準備。警官從鑰匙串中挑了一把，打開牢房大門。

「會面時您需要警官陪同嗎？」他客氣地問。

「不必了。」艾力克斯回答。

警官拉開兩吋厚的鋼門，「先生，您希望門打開還是關著？」

「關著。」艾力克斯走入一間小牢房，只見房裡擺了兩張塑膠椅和簡陋的小桌，牆上唯一的裝飾只有塗鴉。

艾力克斯進入房內時，丹尼便起身說：「早！瑞德曼先生。」

「早安！丹尼。」艾力克斯回應，接著在對面坐下。他想再次要求他的客戶直接叫他的名字就好，不過他知道說了也沒用。艾力克斯打開卷宗，裡面只有一張紙。「我有好消息。」他宣布，「應該說我希望你覺得這是好消息。」丹尼面無表情，除非他有非說不可的事，否則很少開口。艾力克斯繼續說：「如果你能改稱犯下過失致死罪，我認為法官會只判刑五年。由於你已服刑半年，只要行為良好，幾年內就能出獄了。」

丹尼隔著桌子直視艾力克斯的雙眼：「叫他們滾！」

丹尼竟如此當機立斷，措詞又凶狠，這令艾力克斯感到震驚。過去六個月來他從未聽丹尼說過半句粗話。

艾力克斯懇求：「請再考慮一下，如果陪審團認為你犯了謀殺罪，刑期會是二十年或更久，最後你可能得坐一輩子牢，將近五十歲才會獲釋。但如果你接受他們的提議，兩年內就可以和貝絲展開新生活。」

「什麼新生活？人人都以爲我謀害摯友，卻僥倖免除重罰的生活？不，我沒殺伯尼，就算要花二十年去證明……」丹尼冷冷地說。

「可是丹尼，如果能不費吹灰之力接受和解，又何必冒險？我們無法預料陪審團會有什麼想法啊。」

「我不懂『和解』是什麼意思，但我確實知道自己是無辜的，一旦陪審團聽到這個提議……」

「丹尼，他們絕對不會聽到，就算你拒絕這提議，也不會有人告訴他們。法官在總結證詞時，也不會說明今早的訴訟程序爲何延後。整場審訊只會照常進行。」

「那就這樣。」丹尼說。

「也許你需要多一點時間考慮。你可以和貝絲或令尊令堂討論。我有把握讓法官把整件事延到明天一早，你至少有時間重新評估。」艾力克斯仍不死心。

「你有沒有想過，你要我幹的是什麼勾當？」丹尼說。

「我不太懂你的意思。」艾力克斯說。

「如果我承認過失致死，就代表貝絲作證時說謊，但是她沒有！她說的正是當晚事發的經過。」

「丹尼，往後二十年你可能都會爲這個決定後悔。」

「我也可能生活在謊言裡，如果全世界都認爲我殺了最親愛的朋友，那我寧願用二十年來證明自己的清白。」

「不過世人很快就會遺忘。」

「我就不會，我在東區的朋友也不會忘記。」丹尼說。

瑞德曼原本還想再勸勸丹尼，但他明白丹尼驕傲的自尊無可動搖。他頹然起身說：「我會把你的決定告訴他們。」接著用拳頭敲打牢門。

鑰匙在鎖裡轉動，不久獄警就拉開厚重的鋼門。

丹尼輕輕叫了聲「瑞德曼先生」，等他回頭後，便說：「您眞的很優秀，我很榮幸由您代表我出庭，而不是皮爾生先生。」

接著牢門便重重關上。

15

絕對不要在案子上放感情，父親經常提醒他。儘管艾力克斯前一晚不曾闔眼，但在法官爲時四個鐘頭的證詞總結中，他仍專注聆聽每一句話。

沙克維法官的證詞總結充滿威嚴，他先說明適用於本案的法律基礎，接著協助陪審團一一過濾證據，設法使本案前後連貫、符合邏輯，讓陪審員瞭解。他絲毫沒有言過其實或顯露出任何偏見，只提供平衡的觀點，讓七男五女組成的陪審團來考慮。

他建議陪審員認眞評估其中三位證人的證詞，顯然克雷格先生在聽見女人尖叫後才離開酒吧，單獨跑到巷子裡。克雷格表示他目睹被告刺了威爾森好幾刀，接著立刻回到酒吧報警。

另一方面，威爾森小姐的說法卻截然不同，她聲稱是克雷格先生挑起爭端，並堅稱是他刺殺伯納德·威爾森。然而她雖未目擊謀殺現場，卻表示兄長臨終前告訴她事發經過。法官說：「各位若接受這說法，也許該思考克雷格先生爲何要報警。或許更重要的，就是大約二十分鐘後，傅樂巡佐在酒吧內訊問他時，爲何他身上沒有絲毫血跡？」

艾力克斯低聲咒罵。

法官繼續說：「各位陪審員，從威爾森小姐過去的資料顯示，她肯定是一位誠實、正派的國民。然而，您可能會覺得，她的證詞多少受到她對卡特萊特的專情和長期的忠貞所影響，如果卡特萊特被判無罪，她將嫁給他。但這絕不能影響各位的判斷。您必須放下因威爾森小姐身懷六甲所可能產生的同情心。各位的責任在於權衡本案的證據，並且忽略任何不相干的枝微末節。」

法官繼續強調，卡特萊特沒有前科，過去十一年都受雇於同一家公司。他並提醒陪審團不要過度解讀卡特萊特未提供證詞的事實，儘管陪審團可能感到困惑，認爲他若非有所隱瞞，不會做此決定，但這是被告的權利。

艾力克斯再次咒罵自己缺乏經驗。當初讓皮爾生猝不及防，甚至導致皇家檢控署提出認罪減刑協議的優勢，如今反而可能對他不利。

法官最後請陪審團好好思考。他強調，畢竟一個人的前途仍懸而未決。然而他們也不該忘記另一個人丟了性命，假使丹尼爾·卡特萊特並未殺害伯納德·威爾森，他們不妨思索，還有誰可能犯下這樁罪行？

兩點十二分，陪審團魚貫走出法庭，展開討論。接下來兩個鐘頭，艾力克斯努力不去自責當初不讓丹尼登上證人席的決定。皮爾生是否如父親所說的，持有更多出乎意料的致命證據？丹尼要是上了證人席，陪審團是否會相信他並未謀殺自己最要好的朋友？艾力克斯在等待陪審團回庭時，還是不斷想著這些沒有意義的問題。

剛過五點，由七男五女組成的陪審團便回到庭內，在陪審席就位。艾力克斯從他們面無表情的臉上無從判斷結果，這時法官在座位上低頭問：「各位陪審員，你們是否已做出裁決？」

陪審團主席從前排最邊邊的座位起身回答：「沒有，庭上，」接著便照準備好的稿子念說，「我們仍在釐清證據，需要更多時間才能做出裁決。」

法官點了點頭，感謝陪審團的辛勞，並說：「請各位先返家休息，明天一早繼續討論。可是請注意，一旦各位離開法庭，就不該與任何人討論本案案情，包括家人在內。」

艾力克斯返回自己的小公寓，又是一夜無眠。

16

第二天早上九點五十五分，艾力克斯回到法庭並坐在位子上，只見皮爾生熱絡地向他打招呼。這老傢伙究竟是原諒了他的伏擊，還是對結果信心滿滿？當他倆等候陪審團回庭時，聊起玫塊、板球，甚至誰會是倫敦第一任市長[21]，但卻絕口不提過去兩星期來，無時無刻占據他們心頭

㉑ 指二〇〇〇年首次舉行的大倫敦都會區（Greater London）市長選舉。

的這場官司。

時間愈拉愈長，由於到了一點鐘陪審團仍沒有回來的跡象，於是法官宣布午休一小時。皮爾生到頂樓的餐廳用餐，艾力克斯卻在四號法庭外的走廊踱步。父親當天早上曾在電話裡告訴他，謀殺案的陪審團很少會在四個小時內做出判決，免得讓人覺得他們沒有認眞對待自己的責任。

四點〇八分，陪審團逐一回到座位，他們的表情由木然轉爲困惑。法官別無選擇，只好讓他們再回家休息一晚。

※※※

第二天一早，艾力克斯在走廊上踱步了一個多鐘頭後，法警便從法庭走出來。「陪審團回到四號法庭了。」

陪審團主席同樣又依寫好的聲明念說：「庭上，」只見他雙手微微顫抖，拿著一張紙低頭照著念，「我們討論了好幾個小時，仍無法達成一致的決議，因此希望在訴訟程序上尋求您的指導。」

法官回答：「我理解各位面臨的問題，但我必須要求各位再試一次，設法達成一致的決議。如果只是讓法庭重新進行一次整個程序，我不願意宣布再審。」

艾力克斯低下頭，只要再審就令他心滿意足了。如果再給他一次機會，他絕對會……但陪審團一言不發又走了出去，整個早上都未再現身。

※※※

艾力克斯獨自坐在三樓餐廳的角落撥弄著盤內的沙拉，任眼前的湯變涼，接著又回到走廊繼續踱步。

三點十二分，擴音器傳來宣布：「卡特萊特案所有相關人等，陪審團要回庭了，請回到四號法庭。」

艾力克斯加入了一群關係人的人流，迅速經過走廊，魚貫走入法庭。他們一就位後，法官便再度現身，指示法警傳喚陪審團。進入法庭時，艾力克斯發現有一、兩位陪審員滿臉苦惱。

法官傾身向前，詢問陪審團主席：「各位做出一致的裁決了嗎？」

他立刻回答：「還沒有，庭上。」

「如果再多一些時間，各位能做出一致的決議嗎？」

「不能，庭上。」

「如果我建議採取多數決呢？我的意思是，陪審團中至少有十個人意見一致。」

陪審團主席回答：「庭上，那或許能解決問題。」

「那麼請各位重新商議，看最後是否能做出裁決。」法官向法警點了點頭，由他再度將陪審團帶出法庭。當艾力克斯正要起身時，皮爾生靠過來說：「待著別走，我有預感他們很快就會回來。」於是艾力克斯又坐回律師席。

正如皮爾生所料，幾分鐘後陪審團便回到座位。艾力克斯面向皮爾生，還沒來得及開口，這位老前輩就說：「好孩子，什麼都別問。我在司法界待了快三十年，還是看不出陪審團葫蘆裡賣什麼藥。」這時法警請陪審團主席起立，艾力克斯正在發抖。

法官問：「各位做出裁決了嗎？」

陪審團主席回答說：「是的，庭上。」

「是多數陪審員的決定？」

「是的，庭上，十票對兩票。」

法官朝法警點了點頭，法警欠身鞠個躬，他接著說：「各位陪審員，你們認爲座位上的嫌犯丹尼爾・亞瑟・卡特萊特，其謀殺罪是否成立？」在等待陪審團主席回答的這幾秒間，對艾力克斯來說卻宛如時光靜止。

陪審團主席宣判：「有罪。」

整個法庭鴉雀無聲，艾力克斯的第一個反應便是回頭看丹尼，只見他面無表情。他上方的旁聽席卻傳來「不！」的一聲大叫與啜泣聲。

法庭一恢復秩序，法官便發表了冗長的前言，接著才說出判決。唯一銘印在艾力克斯腦海的，只有「二十二年」四個字。

父親曾告訴他絕對不要受判決影響。畢竟，一百次的判決中只有一次可能是誤判。

艾力克斯確信丹尼・卡特萊特就是那百分之一。

第二部　監獄

17

「卡特萊特，歡迎回來。」丹尼瞧了坐在櫃臺後的警員一眼，沒有搭腔。詹金斯先生低頭看著犯人名冊，嘆了口氣說：「二十二年……我懂你的心情，我在這裡工作也二十二年了。」丹尼始終覺得詹金斯先生很老，他想著自己二十二年後也會是那副模樣嗎？警員說：「小伙子，真遺憾。」可是語氣中反常地不帶感情。

「謝謝您，詹金斯先生。」丹尼輕聲說。

詹金斯看了卷宗許久，說：「你不是還押，已經不能住單人牢房了。」獄中的一切都很緩慢，他用手指劃過一長串人名，才停在一個空格上說：「我會把你安置在第三區的一二九牢房。」詹金斯查看現有人犯的名字，什麼也沒解釋，又說：「你的獄友應該滿有意思的。」接著就向身後一名較年輕的警員點了點頭。

「卡特萊特，罩子放亮了跟我走。」一位丹尼沒見過的年輕警員說。

丹尼跟著他走過淡紫色的長磚廊，其他機構很少會選用這種紫色。他們停在一道雙柵門前，警員從腰間的鏈條上挑了把大鑰匙，打開第一道柵門引領丹尼通過，等兩人都過來後便鎖上第一道柵門，再打開第二道。獄中的一切都以顏色為標記，如今他們進入牆上刷滿綠漆的通道，表示已到了戒護區。

警員陪丹尼一直走到第二道雙柵門，同樣的程序又重複了四次，丹尼才抵達第三區。由此不難看出為何從來沒人逃出貝爾馬什監獄。丹尼的看守人把他交給另一名同樣身穿藍制服、白襯衫，打著黑色領帶，並照例頂著光頭，以顯示自己就如任何囚犯般強悍的獄警。牆上的顏色則從淡紫變成綠色，再轉為藍色。

「向右轉，卡特萊特，」丹尼的新看守人若無其事地說，「往後至少八年，這裡就是你家，所以你最好定下心來，好好習慣一下。你不惹麻煩，我們也不會給你麻煩，懂嗎？」

「懂了，老大。」囚犯若不知道獄警的姓名，都習慣如此稱呼。丹尼爬上鐵梯到二樓，但沒遇見任何犯人。他們都關在牢房，有時一天就關上二十二小時，幾乎所有時間都待在那兒。新員警核對了丹尼的名字，一看到他的牢房編號便暗自竊笑。當他們走到二一九牢房外時，獄警說：

「詹金斯先生顯然很有幽默感。」

接著他又從另一個鑰匙圈上撿出一把鑰匙，打開兩吋厚的鐵門。丹尼一走進去，鐵門便砰一聲關上，他猜疑地看著牢房內的兩個犯人。

一名魁梧的男子面對牆壁，躺在單人床上假寐，根本沒瞧新獄友一眼。另一個人坐在小桌前寫字，只見他放下筆，站起來突然伸出手，嚇了丹尼一跳。

「尼克．蒙可里夫，」他的語氣聽起來像是警官，而不是犯人，接著又微笑著說：「歡迎來到你的新住處！」

「丹尼．卡特萊特，」丹尼和他握手，同時望著空鋪。

尼克說：「你最後進來，所以睡上鋪，兩年內就能換到下鋪了，順便跟你說一聲，」他指著另一張床上的大塊頭，「那位是大艾爾。」另一名獄友似乎比尼克年長一點。大艾爾嘴裡嘟囔，但懶得轉身看新獄友。尼克說：「大艾爾話不多，但是變熟之後就會發現他人不錯。當初我大概花了半年，或許你會更快。」

丹尼聽到鑰匙轉動的聲音，接著厚重的大門再度打開。

一個聲音傳來：「卡特萊特，跟我走。」丹尼跟著另一位他沒見過的警員走出去。獄警帶他走下鐵梯，沿著另一個通道前進，通過一道道雙柵門，才停在寫著「倉庫」的門前。丹尼納悶當局是否已決定把他安置在另一間牢房？警員用力敲了敲小小的雙柵門，不久便有人從裡面拉開門。

警員查了犯人名冊說：「CK4802卡特萊特。」

「脫光衣服，」倉庫管理員低頭看了看名冊說：「直到二〇二二年之前你都不會再穿這些衣服了。」他一天大概要說五次完全相同的笑話，只有年份不同，但說完仍哈哈大笑。

丹尼一脫光衣服，他就遞上兩件紅白條紋相間的四角褲、兩件藍白條紋相間的內衣、一件藍色牛仔褲、兩件白色T恤、一件灰色套頭毛衣、一件黑色厚夾克、兩雙灰襪、一條藍色運動短褲、兩件白色運動衫、兩床綠色尼龍被單、一條灰色毛毯、一個綠色枕頭套，還有一個實心圓枕。丹尼唯一獲准保留的就是球鞋，這也是囚犯打扮自己的僅有機會。

倉庫管理員收拾起丹尼的衣物丟進一個大塑膠袋，並在小標籤上填入「卡特萊特CK4802」，接著封起袋子。隨後他遞給丹尼一個較小的塑膠袋，裡頭裝了肥皂、牙刷、拋棄式塑膠刮鬍刀、綠色毛巾、灰色塑膠盤、塑膠刀叉和湯匙。他先在綠色表格上的方格內打了好幾個勾，然後把表格翻過來，指著一條橫線，並遞上一支以鏈子固定在桌上的原子筆，由丹尼在上頭簽下潦草難辨的姓名。

倉庫管理員說：「每星期四下午三點到五點之間你都要回倉庫報到，拿換洗的衣物。若有毀損，就要從周薪中扣錢。」他在砰然關上門前又說了句：「金額由我來決定。」

丹尼拿起兩個塑膠袋跟著員警回牢房，雙方一語未發。不久之後，員警便將他關入牢房。在他離開的這段時間，大艾爾似乎動也沒動，尼克則仍坐在小桌前寫東西。

丹尼爬到上鋪躺在凹凸不平的床墊上。過去半年來還押候審時，他一直都能穿自己的衣服，在一樓四處蹓躂，並和獄友閒聊、看電視、打桌球，還可以投販賣機買可樂和三明治，然而再也不能這麼做了。如今他是被判處長期徒刑的囚犯，這也是他第一次瞭解失去自由的意義。

當丹尼與兩名陌生人一起關在三坪的牢房——且其中一個還是大塊頭，他開始意識到一天有多少小時，一小時有多少分鐘，一分鐘又有多少秒。丹尼決定好整以暇地整理床鋪。

床一鋪好他便爬回去躺下，凝視白色的天花板。睡上鋪的少數好處之一，就是視線正對著小鐵窗，這扇窗正是外界存在的唯一證明。丹尼透過鐵欄杆，望著牢房外的操場以及裝有鐵刺網的高牆。接著他回頭凝視頭頂的天花板，想起了貝絲，想起自己甚至不能和她道別。

無論是下星期，或是接下來無數個星期，他都會被關在這個鬼地方。而他脫身的唯一機會，就是上訴。瑞德曼先生曾警告他，法庭可能一年內都不會受理他的案子。待審案件太多，刑期愈長等待上訴的時間也愈長。對瑞德曼先生來說，要蒐集證明丹尼清白所需的證據，一年想必是綽綽有餘了吧？

※※※

沙克維法官宣判刑期後不久，艾力克斯．瑞德曼便離開法庭，踏上一條有地毯和壁紙、且掛滿前任法官照片的走廊。他敲了另一位法官辦公室的門，走進去坐在父親舒適的椅子上說：「有罪！」

老瑞德曼法官走到酒櫃前拿出早已選好的酒，拔出軟木塞。「你最好學著適應，告訴你，自從廢除死刑後，被控謀殺的囚犯被定罪的情形越來越多，而且幾乎毫無例外，陪審團的判決都是正確的。」他倒了兩杯酒，遞了一杯給兒子。「卡特萊特案上訴時，你還會代表他出庭嗎？」

艾力克斯對父親的問題感到訝異，但仍說：「會啊，我當然會。」

老瑞德曼皺了皺眉頭，「我只能祝你好運，因爲如果不是卡特萊特幹的，那還會是誰？」

「史賓賽．克雷格。」艾力克斯毫不遲疑地說。

18

五點一到，厚重的鐵門再度開啓，傳出「放風時間」的沙啞吼叫聲，說話的人一定當過士官長。

接下來四十五分鐘所有受刑人都出了牢房，可以選擇做兩件事來消磨時間，首先是像大艾爾那樣，下去寬闊的一樓，電視機前有張大皮椅，除了大艾爾會整個人癱坐在裡頭，根本沒有其他犯人敢占用。還有人拿菸草當唯一的賭注玩骨牌遊戲。此外，如果不擔心危險，也可以冒險到操場去。

丹尼在踏出牢房區走到操場前經過了澈底搜身。貝爾馬什監獄就像其他監獄一般，充斥著毒品與毒販，毒販會趁這四區犯人共聚一堂的時間，匆匆進行毒品交易。[1] 付款方式很簡單，所有的毒蟲都同意這麼做。無論是大麻、古柯鹼、快克或海洛因，如果想注射毒品，就讓下線毒販瞭解你的需求，並告知是誰在外面和接頭人結帳，等對方一拿到錢，一、兩天後毒品就會出現。每天早上都有一百名等待出庭的在押人犯進出監獄，有無數機會能夾帶毒品。有些人當場被抓個正著，以致加重刑期，但重賞之下必有勇夫，總會有夠多的車手甘冒風險。

丹尼從沒想過吸毒，他甚至連菸都不抽。拳擊教練曾警告他，只要被抓到吸毒，他就再也上

---

① 編按：參照google map可看出，貝爾馬什監獄（HMP Belmarsh）共有四棟十字型翼樓（wing）連接中間的主建築。每棟翼樓都附有一座操場，因此可推斷每棟十字翼樓分成四區（four blocks）。

不了拳擊場。

他開始繞著操場大步走，這塊草地約有足球場那麼大。他知道，除了每周可以在白天去兩次人滿爲患的體育館，這是運動的唯一機會，因此不斷快步走。他看著環繞操場的九公尺高牆，上面裝滿了鐵刺網，卻仍無法阻止他想逃跑的念頭。只有這樣才能報復那四個奪走他自由的混蛋。

丹尼超越其他悠閒漫步的囚犯，沒人趕上他。接著他發現前面有個人形單影隻，幾乎以同樣的速度大步向前走，過了一會兒才察覺是尼克。這位獄友顯然和他一樣強健，丹尼很想知道像他這種人爲何會身陷囹圄？他想起一個獄中老規矩，那就是千萬別問人家爲何入獄，一定要等對方自願告訴你。

丹尼向右看，只見一小群黑人囚犯光著胸膛躺在草地上，彷彿在西班牙度假曬日光浴。去年夏天他和貝絲到海邊度假兩周，兩人首度翻雲覆雨。當時同行的還有伯尼，每晚他身邊的女孩似乎都不同，但總會隨著曙光消失。丹尼自從在修車廠遇見貝絲後，就沒再瞧過其他女人一眼。

當貝絲告訴丹尼懷孕的消息時，他既驚又喜，甚至想乾脆在附近公證結婚。但他知道貝絲和她母親都不會答應。畢竟她們都是天主教徒，因此必須循雙親的傳統，在聖母大教堂結婚。麥可神父也會有相同的期望。

此刻，丹尼第一次猶豫是否該提議解除婚約。畢竟你無法指望一個女孩苦等二十二年。於是他打定主意，等到上訴後再做決定。

※※※

自從陪審團宣告判決後，貝絲就哭個不停。兩名警官將丹尼帶下牢房前，甚至不准她和他吻別。母親在回家途中努力安慰她，父親卻一語未發。

「等到一上訴，這場惡夢就會結束。」母親說。

「就別指望了吧！」說著，威爾森先生將車轉入培根路。

※※※

高音喇叭中傳來的聲音宣布，全體受刑人的放風時間結束，獄警依序迅速把大夥趕回牢房。丹尼走回牢房時，大艾爾已經在床上打盹了。不久尼克也跟著回來，獄門在他身後砰然關起。要等到四個鐘頭後的午茶時間才會再度開啓。

丹尼爬回上鋪，尼克則坐回桌前打算再開始提筆寫字。這時丹尼問：「你在寫什麼？」

「我在寫日記，把獄中發生的一切記錄下來。」尼克回答。

「你幹嘛要讓自己想起這爛地方？」

「可以消磨時間，而且我出獄後想當老師，有必要多動動腦。」

「等你蹲完大牢，他們還會讓你教書嗎？」

「你一定看過新聞說現在鬧教師荒吧？」尼克咧嘴笑了。

「我讀的書不多。」丹尼坦承。

尼克放下筆說：「或許這正是開始的好機會。」

「我不懂這樣做有什麼意義，」丹尼說，「再加上我要在這兒關二十二年。」

「可是上訴時你至少能看懂律師函，準備答辯會比較有勝算。」

這時大艾爾以很重的格拉斯哥口音說，「欸，你們到底要講到什麼時候？」丹尼幾乎聽不懂他在說什麼。

「反正也沒什麼別的事好做。」尼克笑著回答。

大艾爾坐了起來，打破獄中的金科玉律，從牛仔褲口袋裡拿出一小包菸草，問說：「你是怎麼進來的，卡特萊特？」

「殺人，」丹尼停頓了一下，「但我是冤枉的。」

「是啊，大家都這麼說。」大艾爾從另一個口袋拿出捲菸紙，抽出一張，鋪上一撮菸草。

「也許吧！但我還是沒殺人。」丹尼說話時，沒注意到尼克正記下他說的每一個字。「那你呢？」丹尼反問。

「我他媽的是銀行搶匪，搶成就發了，但有時會搞砸。這次法官賞了我十四年。」大艾爾舔著捲菸紙邊緣說。

「你在貝爾馬什監獄蹲了多久？」丹尼問。

「兩年，他們把我轉到開放牢房一陣子，可是我決定落跑，所以他們不會再冒險了。有沒有打火機？」

「我不抽菸。」

「你知道我也不抽。」尼克說完又繼續寫日記。

「眞是一對笨蛋，我要等到午茶後才能哈一口。」大艾爾說。

「所以你不會被移監離開貝爾馬什監獄？」丹尼滿腹狐疑。

「要等到我獲釋的那天。一旦逃過獄，你就會被送到戒護嚴密的監獄。也不能怪這些蠢蛋，如果他們把我移監，我只會再想辦法逃跑。」大艾爾把香菸放在嘴裡，又躺回床上轉向牆壁。

「就算這樣，我也只剩三年。」大艾爾說。

「你呢，還有多久？」丹尼問尼克。

「兩年四個月又十一天，那你呢？」

「二十二年，」丹尼說，「除非我贏得上訴。」

「根本沒人上訴成功，他們讓你進來就不會讓你出去，最好認命。」大艾爾拿下唇上的菸，「或是看開點。」

※※※

貝絲躺在床上兩眼盯著天花板。無論需要多少時間她都會等丹尼。她深信丹尼會贏得上訴，也相信父親終究會回心轉意，明白他倆說的都是實話。

瑞德曼先生向她保證他會繼續代表丹尼上訴，並要她別擔心費用。丹尼是對的，瑞德曼先生眞是不折不扣的大好人。貝絲已耗盡所有積蓄，爲了每次都能出庭，也請完所有的年假。如果不能與丹尼共度，假日又有什麼意義？老闆很能體諒，要她等審訊結束再上班，還說若丹尼獲判無罪，她可以再休假兩星期去度個蜜月。

可是貝絲星期一早上就要重返工作崗位，蜜月也必須至少延期一年。儘管她爲丹尼的辯護花掉畢生積蓄，但他獄中的周薪只有十二英鎊，因此仍打算每個月寄給他一些現金。

「親愛的，妳要喝杯茶嗎？」母親從廚房大聲問。

※※※

隨著當天牢門第二次開啓，傳來「午茶時間」的大喊。丹尼拿起馬克杯與塑膠餐盤，跟著一大群受刑人下樓，加入爲熱食大排長龍的隊伍。

一名獄警站在隊伍前，一次只讓六名犯人上前取食。

當他們排隊時，尼克解釋：「食物總是會引起爭吵。」

「體育館也會。」大艾爾說。

最後，丹尼與尼克聽命加入其他四人，一同取食。櫃檯後有五個身穿白色工作服、頭頂白帽，戴薄乳膠手套的受刑人。尼克遞過盤子時問：「今晚有什麼菜？」

一個在櫃檯後打菜的犯人說：「臘腸配豆子、牛肉配豆子，或是油炸肉餡餅配豆子。請選吧，先生。」

「我要油炸肉餡餅不要豆子，謝謝。」尼克說。

「我要一樣的，可是要加豆子。」丹尼說。

「你是誰啊，他媽的他兄弟嗎？」打菜的說。

兩人聞言都笑了，儘管他們身高相同、年紀相仿，穿上囚衣後看來一模一樣，但都沒注意到彼此的相似處。畢竟尼克總是把鬍子刮得乾乾淨淨，頭髮梳得服服貼貼，丹尼則每星期只刮一次鬍子。至於頭髮就如大艾爾所形容的：像沼澤的雜樹叢。

他們緩緩走螺旋梯回二樓，丹尼問：「要怎樣才能在廚房工作？」他很快就發現，一出牢房就得慢慢走。

「你得先獲得提拔。」

「怎樣才能獲得提拔？」

「確保自己千萬別出現在報告上。」尼克說。

「該怎麼做？」

「別咒罵獄警、準時上工、別惹事。如果做到這三點，大約一年就能獲得提拔，但還是無法到廚房工作。」

「爲什麼不行？」

「因爲這大牢裡他媽的還有一堆囚犯，」大艾爾接口說，「其中有九成都想到廚房工作，因爲可以在牢房外晃盪很久，還能吃到最好的東西。丹尼老弟，你就別做夢了。」

丹尼在牢房裡默默用餐，盤算該如何迅速獲得提拔。大艾爾叉起最後一塊臘腸放入口中，起身穿越牢房，脫下牛仔褲坐上馬桶。丹尼見狀便停止進食，尼克隨卽將目光移開，直到大艾爾沖了馬桶，拉上牛仔褲拉鍊，又一屁股坐回床邊，開始捲另一根菸。

丹尼看了看錶，五點五十分，他通常會在六點左右去貝絲家。他低頭看盤中的殘餚，想起貝絲的媽媽很會煮臘腸和馬鈴薯泥。

「還有什麼差事？」丹尼問。

「你們還在講啊？」大艾爾說。

當大艾爾點起香菸時，尼克又笑了笑。

「你可以在倉庫做事，或是當翼樓清潔工，再不就是園丁，但最有可能是生產鏈工班。」尼克說。

「生產鏈工班？那是什麼？」丹尼問。

「你很快就會知道了。」

「那體育館呢？」丹尼又問。

大艾爾吸了口菸，「你得先獲得提拔。」

「那你的工作是什麼？」

大艾爾吐了口菸，使整個牢房煙霧瀰漫，接著回答：「你問得太多了。」

「大艾爾是醫院雜工。」尼克說。

「感覺好像很閒。」丹尼說。

「我要擦地板、清除穢物、準備早班勤務輪值表，還要幫每個來看病的獄卒泡茶。我忙個不停，眞是受提拔了，是吧？」大艾爾說。

「這工作責任重大，說到藥物，你不能有任何紀錄，像大艾爾就不喜歡毒蟲。」尼克笑了。

「你他媽說得眞對，我會揍扁任何想偸醫院藥物的人。」大艾爾說。

「還有沒有任何値得考慮的差事？」丹尼有點絕望。

「教書啊，如果你決定加入我，就可以增進你的讀寫能力，同時還能獲得報酬。」尼克說。

大艾爾打岔，「沒錯，可是一星期只有八英鎊，其他工作都有十二英鎊。我們可沒辦法像這位鄉紳那樣，對每個禮拜多賺四英鎊的菸草錢不屑一顧！」

丹尼把頭躺回如岩石般硬的枕頭上，從沒有窗簾的小窗向外凝視。他聽見附近牢房傳來震耳欲聾的饒舌歌，懷疑在二十二年刑期的第一晚，自己究竟能不能入睡。

19

鑰匙在鎖內轉動，厚鐵門隨之開啓。

「卡特萊特，生產鏈工班開工了，立刻向値勤官報到。」

「可是……」丹尼開口。

獄警一消失，尼克便說：「爭辯沒有用，跟著我，我會敎你怎麼做。」

於是兩人加入默默無言、成群結隊朝同一方向邁進的受刑人。抵達通道盡頭時，尼克說：「每天早上八點你都要到這兒來報到，在工作表上簽名。」

丹尼盯著籠罩全區的六角形大玻璃隔間，問：「那到底是什麼鬼東西？」

「那是泡泡，獄警隨時可以監視我們，可是我們看不見他們。」尼克說。

「裡頭有獄警嗎？」丹尼問。

「當然，據說大約有四十個。他們可以清楚看到四區的動靜，一旦出現暴動或騷亂，就能迅速處理。」

「你參加過暴動嗎？」丹尼問。

「只有一次，場面慘不忍睹。我們得分開了，我要去教書，生產鏈工班在反方向，沿著綠色通道就會走到。」尼克說。

丹尼點了點頭，跟著一群犯人走。他們顯然知道該去哪裡，卻擺臭臉拖著腳步，看來比較想去做其他事。

丹尼走到通道盡頭時，只見一名獄警照例拿著夾紙板，引領所有囚犯走入一個長方形、約籃球場大小的房間。房內有六張簡陋的長桌，兩邊各排二十張塑膠椅，不久就由囚犯一一坐滿。

「我要坐哪兒？」丹尼問。

「隨你便，反正沒差。」一名獄警說。

丹尼找到一個空位，默默觀察身邊的動靜。

「你是新來的。」坐在他左邊的人說。

「你怎麼知道？」

「因爲過去八年來，我都在生產鏈工班。」

丹尼仔細瞧瞧這結實的瘦小男子，他的皮膚白得像紙，有水汪汪的藍眼和一頭金色短髮。

「我叫連姆。」

「我是丹尼。」

「你是愛爾蘭人嗎？」連姆問。

「不，我是倫敦佬[2]，離愛爾蘭不算遠吧，但我爺爺是愛爾蘭人。」

「那也不錯。」連姆咧嘴笑了。

「接下來要做什麼？」丹尼問。

「看到站在最後面的那些犯人嗎？他們負責在我們面前各放一個水桶。看到另一頭的那堆塑膠袋嗎？我們把袋子朝中間傳，把桶裡的東西丟進袋子，再把它傳過去。」

這時高音喇叭響起。戴有黃色臂章的囚犯在受刑人面前放了棕色塑膠桶，丹尼的桶中全是茶袋，他看了一下連姆的，裡頭有小包奶油。受刑人沿桌緩緩傳遞塑膠袋，依序在袋內放入一包爆米花脆片、一包奶油、一個茶袋，還有小罐的鹽、胡椒和果醬。苦役犯把塑膠袋傳到桌子末端，另一名犯人又堆放到托盤上搬到隔壁房間。

連姆解釋說：「有人會把這些東西送到另一座監獄，差不多在下周的這個時候，就會成爲某些犯人的早餐。」

幾分鐘內丹尼就厭倦了，幸好連姆說個不停，從如何獲得提拔，到最後如何進單人牢房，事事都提供意見，讓所有聽到的人不時爆出一陣陣笑聲。否則等到上午過完時，可能已經厭煩到想

---

② 倫敦佬（Cockney）：一般泛指倫敦的工人階級。

自殺了。

「我有沒有告訴過你，獄警曾經在我牢房裡發現一瓶啤酒？」連姆問。

「沒有。」丹尼順著他的話回答。

「他們肯定有把我寫入報告，結果卻沒告發我。」

「爲什麼沒有？」儘管在場其他人都聽過這個故事，但一聽丹尼問起，仍側耳傾聽。

「我跟典獄長說，有個獄警和我過不去才栽贓給我。」

「因爲你是愛爾蘭人？」丹尼問。

「不，這套說詞我太常用了，要想點更有創意的說法。」

「例如？」丹尼說。

「我說那獄警總和我過不去，因爲我知道他是同志，而且很哈我，但我總是拒絕他。」

「那他是不是同性戀？」聽到丹尼的問題，幾名犯人頓時大笑起來。

「你這呆子，當然不是啊。可是典獄長根本不想調查手下獄警的性傾向。這樣他還要跑一堆公文，那個獄警也要停薪。這些都在監獄規範中寫得清清楚楚。」連姆說。

「所以後來發生了什麼事？」丹尼把另一個茶包丟進塑膠袋。

「典獄長不受理控訴，至於那名獄警從此就沒出現在我這區。」

自從丹尼入獄以來，他第一次笑了。

當另一桶茶袋出現在丹尼面前時，連姆低語：「不要抬頭。」他等到戴著黃色臂章的囚犯拿走空桶，才說：「萬一你遇上那雜種，就趕緊開溜。」

「為什麼?」丹尼問完，就瞥見一個臉孔瘦削，手臂滿是刺青的光頭男子搬了一堆空桶走出去。

「他叫凱文·李區，無論如何都要避開他。這傢伙非常麻煩。」連姆說。

李區回到桌子的另一頭繼續堆疊空桶，這時丹尼問：「怎麼個麻煩法?」

「某天下午他提早下班回家，竟抓到老婆和最要好的朋友上床。他先把兩人打昏綁在床柱上，等他們醒來，每隔十分鐘用菜刀猛刺他們一次。他從兩人的腳踝開始刺，慢慢朝身體往上移，直到刺中心臟。兩人大概過了六、七個鐘頭才死。他告訴法官，他只是設法讓那蕩婦瞭解自己有多愛她。」丹尼感到毛骨悚然。「法官饒他一命，但判他無期徒刑，除非他被抬出去，否則一輩子都出不了這地方。」連姆停頓了一會，「太丟臉了，他竟然是愛爾蘭人。小心一點，反正他的刑期也無法增加了，他想拿誰開刀都沒差。」

※※※

史賓賽·克雷格並不缺乏自信，面對壓力也不會慌了手腳，但勞倫斯·達文波特和托比·莫蒂默可不是如此。

克雷格注意到在老貝利的走廊四處流傳的謠言，提及他在卡特萊特審訊案中提供的證詞。目前只是耳語，但要是變成傳說，他可承受不起。

克雷格自信只要達文波特保持電視劇中的醫生形象，就不會惹上麻煩。畢竟，每周六晚上九點一到，就有數萬名粉絲等著看他，更別說演戲的收入豐厚，讓他得以擁有他父母一輩子不曾體驗的生活享受；他的父母來自北方小鎮格里姆斯比，分別是停車場管理員以及交通導護。然而，他心中多少知道自己也可能因作僞證而入獄。但他若不肯做僞證，克雷格就會立刻提醒他，一旦獄友發現他是同性戀會有什麼下場。

托比．莫蒂默則有不同的問題，他已經無法控制毒癮，不擇手段只想著注射。克雷格確信當莫蒂默耗盡遺產時，首先會來向自己求助。

唯有傑洛德．裴恩毫不動搖，畢竟他還想當下議院議員。然而，在傑洛德的三十歲生日之後，四劍客就很難維持以往的情誼了。

※※※

貝絲站在人行道上，等確定所有的人都離開，並四處張望了整條街，才偷偷溜進店裡。她很訝異這小房間竟然這麼暗，等了好一會兒，才認出鐵窗後的熟悉身影。

貝絲走到櫃檯前時，艾塞克先生說：「眞沒想到會遇見您，我能爲您效勞嗎？」

「我要當東西，但想確定能再贖回來。」

「我至少要半年才能出售典當物，如果您需要多點時間也無妨。」艾塞克先生說。

貝絲遲疑了一會兒，才脫下手指上的戒指，將它從鐵窗下推過去。

「您確定要這麼做嗎？」當舖老闆問。

「我沒什麼選擇，丹尼就快上訴了，而我需要……」

「我隨時都能先借您……」

「不，這樣不好。」貝絲說。

艾塞克先生嘆了口氣，拿起單眼鏡，仔細端詳了戒指好一陣子，才說：「這是好貨色，但您想當多少錢？」

「五千英鎊。」貝絲滿懷希望。

儘管不到一年前，艾塞克先生才以四千英鎊的代價將這只戒指賣給丹尼，但他還是繼續假裝仔細端詳。

艾塞克先生進一步考慮，說：「好，這價錢算是公道。」他把戒指放在櫃檯下，並拿出支票簿。

「您簽下支票前，我能請您幫個忙嗎？」

「好啊，沒問題。」當舖老闆說。

「每個月的第一個星期天，您能不能把戒指借我？」

※※※

「勞役那麼無聊啊？」尼克說。

「糟糕的還在後頭，要不是有小偷連姆講故事，我可能已經睡著，被寫進報告了。」

「連姆是個有趣的傢伙，一家子都是賊，他有六個兄弟、三個姊妹，有一回五個兄弟還有兩個姊妹同時在坐牢。媽的他們家八成浪費了納稅人超過百萬英鎊。」大艾爾只稍微動了動，連轉過身都懶。

丹尼笑了出來，接著問大艾爾：「你跟凱文．李區熟嗎？」

大艾爾突然坐了起來，說：「出了這間牢房，千萬別提起他的名字，這瘋子會為了巧克力棒割斷你的喉嚨，要是遇到他……」他遲疑了一下，「曾有一個犯人向他比了勝利手勢，結果就被轉獄了。」

「這麼可怕啊。」尼克寫下大艾爾說的每一句話。

「等你知道李區剁了人家兩根手指，就不會這麼說了。」

「阿金庫爾戰役中，法國人就會剁了英格蘭長弓手的手指頭。」尼克抬頭說。

「眞是有趣。」大艾爾說。

隨著高音喇叭響起，牢房門也開了，好讓犯人下樓用晚餐。尼克闔上日記，將椅子向後推時，丹尼發現他脖子上戴了條銀鍊子。

※※※

「老貝利的走廊裡謠傳說，史賓賽．克雷格作證時可能有所保留。我希望不是你故意散播謠言。」老瑞德曼法官說。

「我不必那麼做，那傢伙還有太多敵人等著要煽風點火。」艾力克斯回答。

「但你還在打這場官司，讓律師界的同行知道你的看法，這樣很不智。」

「就算他有罪也是如此？」

「就算他是魔鬼的化身也一樣。」

※※※

丹尼入獄後的第一個周末，貝絲首度寫信給未婚夫，要他請人念給他聽。她黏上信封前塞了十英鎊紙鈔進去。她打算每周寫一封信，並在每個月的第一個周日去探監。瑞德曼先生已經解釋過，他在長刑期的前十年中，每月只能接受一次探視。

隔天一早，她先把信丟進培根路底的信箱，再搭二十五號公車進倫敦市。父親一聽到丹尼就勃然大怒，因此家裡人人都絕口不提。孩子一個月只能見他一次，貝絲摸摸肚皮，不知能指望孩子有什麼樣的前途。她祈禱這胎是個女孩。

※※※

「你該剪個頭髮。」大艾爾說。

「你要我怎麼辦？難不成要問獄卒看我下周六早上能不能休假，像平常一樣去理髮廳？」丹尼說。

「不必啊，只要跟路易斯預約一下就好了。」大艾爾說。

「路易斯是誰？」丹尼問。

「他是監獄理髮師，每次放風四十分鐘他通常能剪五個犯人。但他太受歡迎，你可能要等一個月才輪得到。反正你接下來二十二年都在這裡，應該不成問題。如果想插隊，剪子彈頭要付三根菸，馬桶蓋頭五根菸。至於這位鄉紳呢，」大艾爾指著在床上看書的尼克，「因爲他仍希望自己看起來像個軍官與紳士，所以是十根菸。」

「我剪馬桶蓋就好了，但他用什麼剪？不要跟我說塑膠刀叉。」丹尼說。

「路易斯有剪刀、理髮推子，剃刀那些也都有。」尼克放下書本說。

「他怎麼過得了關？」丹尼問。

「他不用，開始放風時獄警會把東西交給他，趁我們回牢房之前收走。先跟你說，如果有任何東西不見，路易斯就會丟飯碗，獄警也會搜索每間牢房，直到尋獲爲止。」大艾爾說。

「他行不行啊？」丹尼問。

「他入獄前曾在梅費爾[3]工作，剪一次收五十英鎊。」大艾爾說。

「他那種人怎會坐牢？」丹尼問。

「竊盜。」尼克說。

---

③ 梅費爾（Mayfair）：倫敦的高級社區，毗鄰綠樹成蔭的海德公園（Hyde Park）。

「竊盜個屁，雞姦還差不多，他在公園落網時褲子還沒穿上，警察出現時他也沒在撒尿。」大艾爾說。

「假使獄友知道他是同性戀，他要怎麼在這種地方生存？」丹尼說。

「問得好，在很多監獄裡，當同性戀淋浴時獄友會輪流雞姦他，把他幹得屁股開花。」大艾爾說。

「那他們爲何沒這麼做？」丹尼問。

「好的理髮師可不好找。」尼克說。

「你說得沒錯，我們上一個理髮師是重刑犯，當他手裡拿著剃刀時，獄友都快嚇死了。老實說，有一、兩個獄友最後頭髮留得好長。」大艾爾說。

20

「卡特萊特，你有兩封信。」警員帕斯科遞信封給丹尼，「順便告訴你一聲，我們在裡面發現十英鎊紙鈔，錢已經入了你的福利社帳戶。跟你女朋友說以後寄郵政匯票到典獄長辦公室，錢會直接轉入你帳戶。」

接著厚重的門便砰然關上。

丹尼看著撕破的信封說：「他們拆了我的信。」

「他們當然會拆，還偷聽你打電話。」大艾爾說。

「爲什麼？」丹尼問。

「他們要抓走私毒品。上個星期他們抓到一個倒楣笨蛋，這人打算獲釋第二天就搶劫。」

丹尼打開比較小的信封，筆跡是手寫的，他想一定是貝絲的信。第二封信是打字的，他就不知道是誰寄的了。他默默躺在床上考慮了好一會兒，最後還是屈服了。

「尼克，你可以讀信給我聽嗎？」他輕聲問。

「好。」尼克回答。

丹尼把信遞給他，尼克放下筆，先打開手寫的那封，看了信尾的署名說：「是貝絲寫的。」

丹尼點點頭。

尼克念說：「親愛的丹尼，雖然才過了一星期，可是我已經十分想念你。陪審團怎能犯下這天大的錯誤？他們爲何不相信我？我塡了必要的表格，下周日下午就會來看你。在我們的孩子出生前，這是我見你的最後一次機會。我昨天和女警官通過電話，她幫了很多忙。你父母都很好，他們和我媽要向你問候。我深信再過一段時間你贏得上訴之後，我爸也會回心轉意。我好想你，我愛你、我愛你、我愛你！星期天見，貝絲上。」

尼克抬頭望見丹尼盯著天花板瞧，便說：「要我再念一遍嗎？」

「不用了。」

尼克打開第二封信說：「這是艾力克斯．瑞德曼寄來的。眞是怪了。」

「你這是什麼意思？」丹尼起身問。

「大律師通常不會直接寫信給當事人，而是由初級律師來寫。信上標有私人和機密的字樣，你確定要讓我知道這封信的內容嗎？」

「念吧！」丹尼說。

「親愛的丹尼，這封短信是要告知你上訴的最新進展。我已完成必要的申請，今天收到大法官辦公室回函，證實你已進入上訴名單。然而，我們無從得知整個程序需要多久。我必須先提醒你，最長可能會拖上兩年。我仍在追蹤線索，希望能找到新證據。等到有確切進展會再寫信給你。艾力克斯・瑞德曼敬啓。」

尼克將兩封信放回信封，交還給丹尼，並拿起筆說：「你要我幫你回信嗎？」

「不必了，我要你教我讀書寫字。」丹尼斷然說。

※※※

克雷格開始覺得，選擇「敦洛普紋章」作爲四劍客的每月聚會地點並不明智。他曾跟其他成員說這表示他們無所隱瞞，但他現在後悔了。

勞倫斯・達文波特編了些爛藉口說他獲得最佳男演員提名，必須出席頒獎典禮，無法參加每月聚會。

托比・莫蒂默也缺席，但克雷格並不意外，因爲他可能正躺在某處的水溝裡，手臂上還插著針筒。

至少傑洛德・裴恩還有出現，雖然遲到了。要是這聚會有議程，第一條大概是「解散四劍客」。

克雷格拿起第一瓶白酒，將剩下的全倒入裴恩杯中，又點了另一瓶。他舉起酒杯道：「乾杯！」裴恩則漠然點了點頭，兩人好一陣子都沒開口。

「你知道卡特萊特上訴的時間嗎？」最後裴恩才說。

「不知道，我隨時都在注意名單，但我顯然不能冒險打電話問刑事上訴處。一聽到什麼風吹草動，我會第一個告訴你。」克雷格回答。

「你在擔心托比？」裴恩問。

「不，他最沒問題。無論何時上訴，他都確定無法出庭作證。唯一的問題是拉瑞[4]，他愈來愈怪，但一想到可能被關，他應該會很安分。」

「他老姊呢？」裴恩說。

「莎拉？她跟這有什麼關係？」克雷格問。

「是沒關係，但要是她發現真相，可能會勸拉瑞說他有責任在上訴時作證，把事實說出來。畢竟她是初級律師，」裴恩啜飲一口白酒，「你們倆在劍橋的時候不是有過一段情？」

「我覺得不算，她太拘謹了，不是我喜歡的型。」克雷格說。

「我聽到的可不是這麼回事。」裴恩故意若無其事地說。

「你聽到什麼？」克雷格防備地問。

④ 拉瑞（Larry）：勞倫斯（Lawrence）的暱稱。

「她會跟你分手是因爲你在床上有奇特的癖好。」

「酒保，再來一瓶！」克雷格喝光第二瓶酒，一語不發。

「克雷格先生，您要九五年份的嗎？」

「當然，我只給朋友喝最好的。」克雷格說。

「老友啊，你沒必要在我身上浪費錢。」裴恩說。

克雷格懶得告訴他標籤上的年份根本無關緊要，因爲酒保已說好要多少錢才願意「閉嘴」。

※※※

大艾爾在打鼾。尼克在日記中寫過，他的鼾聲聽起來有點像大象喝水，也像船隻鳴霧號。無論鄰近牢房傳來多吵的饒舌音樂，尼克總能繼續睡，但大艾爾的鼾聲卻始終讓他受不了。

他睜眼躺在床上，想著丹尼要放棄生產鏈工班，和自己一樣教書。不久尼克便瞭解，雖然丹尼沒受過什麼正規教育，卻比他過去兩年所教過的任何人都聰明。丹尼因爲完全不識字，所以急著想學更多，一刻也不浪費，總是不斷提問，而且總是對答案不滿足。尼克曾聽說有老師發現學生比自己聰明，卻沒料到會在獄中碰上這問題。就連一天結束時丹尼似乎也不放過他。晚上只要牢門一關，他就坐在尼克的床尾要求老師回答更多問題。尼克很快就發現丹尼的數學和體育知識已超越自己。他博聞強記，讓尼克根本不必查《維斯登板球年鑑》或是《足球協會手冊》，若是提起西漢姆隊或是艾塞克斯板球隊，丹尼簡直是本活手冊。儘管他不識字，但顯然很有數字概念；尼克心裡明白，他對數字的理解力是自己望塵莫及的。

「你還醒著嗎？」丹尼打斷尼克的思緒。

「大艾爾害附近三間牢房的人都無法入睡。」尼克說。

「我正在想，自從我參加學習後，已經告訴你很多有關我的事，可是我對你幾乎還是一無所知。」

「你想知道什麼？」尼克問。

「首先，像你這樣的人怎會坐牢？」看尼克沒回答，丹尼又說：「如果你不想說，就別告訴我。」

「我的軍團在科索沃的北約部隊服役時，我遭受軍法審判。」

「你殺了人嗎？」

「沒有，但我判斷錯誤，造成一名阿爾巴尼亞人死亡，另一人受傷。」這回輪到丹尼默不作聲。「我手下的弟兄奉命保護被控種族清洗的塞爾維亞人，就在我的看守下，一夥阿爾巴尼亞游擊隊開車經過軍營，對空鳴槍，慶祝塞爾維亞人落網。當游擊隊的車子駛近軍營，快造成危險時，我警告他們的指揮官停止開槍。但他充耳不聞，所以我的上士開了幾槍示警，導致其中兩人身受槍傷，後來有一個死在醫院。」

「所以你根本沒殺人啊？」丹尼說。

「沒有，但我是負責的軍官。」

「你就因爲這樣被判刑八年？」尼克沒吭聲，丹尼又說：「我曾經想過要從軍。」

「你要是當兵，會是個一流的軍人。」

「可是貝絲反對，說她不喜歡我一半時間都待在海外，留下她獨自擔心。眞是諷刺。」丹尼笑著說。

「諷刺這詞用得好。」尼克說。

「你怎麼都沒收到信？」

「什麼信啊，我從來沒收過任何信。」

「你爲什麼都沒收到信？」丹尼又問了一次。

「『收』這個字怎麼拼？」

「R—E—C—I—E—V—E。」

「不對，」尼克說，「記得，除了在c後面外，i都在e的前面，是R—E—C—E—I—V—E。這規則有些例外，但我今晚不會拿這件事來煩你。」接著又是一陣沉默，最後尼克才回答丹尼的問題：「自從軍法審判後，我從來沒和家人聯絡，他們也一樣。」

「連你爸媽也這樣嗎？」丹尼說。

「我媽生我的時候難產去世了。」

「眞是遺憾，那你爸呢？」

「據我所知他還活著，在我服役的軍團中擔任團長。自從軍法審判後他就沒跟我說過話了。」

「實在有點無情。」

「也不盡然，軍團是他生命的全部，我原本要繼承他的衣缽成爲指揮官，而不是接受軍法審判。」

「你有兄弟姊妹嗎？」

「沒有。」

「叔叔那些呢？」

「有一個叔叔、嬸嬸和阿姨。我爸的弟弟和他老婆住在蘇格蘭，我還有個阿姨在加拿大，但從沒見過面。」

「你還有其他『關係』嗎？」

「說『親戚』比較好，『關係』這個詞有其他意思。」

「好，親戚呢？」

「沒有，我這輩子真正在乎的就是爺爺，但他幾年前過世了。」

「你爺爺也是軍官嗎？」

「不是，他是個海盜。」尼克笑了。

「哪種海盜？」

「他在二戰時賣軍火給美國人，發了大財，就此退休，在蘇格蘭買下一大片房地產並以領主[5]自居。」

「領主？」

---

⑤ 領主（laird）：蘇格蘭用語，古時指領主，現指大地主、田僑仔、土豪。

「俯視領地的氏族首領。」

「那你們很有錢囉？」

「可惜不是，我爸不知怎麼的，當團長時揮霍掉很多遺產，他以前常說『總要撐點場面』。至於剩下的錢全用來維護房地產。」尼克回答。

「所以你跟我一樣身無分文？」

「不，你和我不一樣，你比較像我祖父，也不會跟我犯同樣的錯誤。」尼克說。

「可是我得在這裡蹲上二十二年。」

「但你跟我不同，你不該待在這。」尼克輕聲說。

「你相信嗎？」丹尼無法掩飾自己的驚訝。

「我原本不信，直到看了貝絲的信。顯然瑞德曼先生也覺得陪審團做了錯誤的判決。」

「你脖子上戴的是什麼？」丹尼問。

大艾爾突然嘟囔著醒來，起床脫下四角內褲，一屁股坐在馬桶上。等他一沖完馬桶，丹尼和尼克就趁他還沒開始打呼前，趕緊設法入睡。

※※※

貝絲第一次感到陣痛時正在坐公車。雖然預產期還有三周，但是她立刻就知道該去醫院了，免得第一個寶貝在公車上誕生。

「救命！」下一波陣痛來襲，她呻吟道。當公車在紅綠燈處停下，她努力站起來。坐她前面的兩個老婦回過頭，其中一個說：「是要生了？」

另一個說：「一定是，妳先按鈴，我來扶她下車。」

※※※

路易斯刷掉尼克肩上的頭髮後，尼克便遞上十根香菸。

尼克彷彿置身高級理髮廳，向固定光顧的理髮師致謝：「謝啦，路易斯！」

路易斯將理髮巾圍在下一名顧客身上，回說：「先生，這向來是我的榮幸。」接著用手指梳過丹尼濃密的短髮，問：「好了，年輕人，你喜歡什麼髮型？」

「省去你那套開場白吧，」丹尼推開路易斯的手，「我只想剪馬桶蓋。」

「隨你便，」路易斯拿起推子，開始仔細研究丹尼的頭髮。

八分鐘後，路易斯放下剪刀，舉起一面鏡子，讓丹尼看看自己的後腦勺。

丹尼承認他剪得還不錯，這時傳來一聲大吼：「回牢房，放風時間結束。」

一名叫哈根的獄警匆匆出現，丹尼悄悄塞給路易斯五根菸。

丹尼瞧著哈根先生的禿頭問：「老大，要剪什麼頭啊？馬桶蓋嗎？」

哈根先生將理髮工具放入盒子內，上了鎖準備拿走，「少跟我貧嘴，回你的牢房去。放聰明點，否則就等著被寫進報告。」

丹尼連忙走回牢房，路易斯說：「一個月後見。」

21

「天主教徒和英國國教徒們！」喊聲傳遍了整個獄區。

丹尼與尼克站在門前等候，大艾爾則還在快活地打鼾，恪遵他向來的信念——「當你睡著時就不在獄中」。沉重的鑰匙在鎖內轉動，牢門打開了。丹尼與尼克加入囚犯的行進隊伍，走向獄中的教堂。

他們走下螺旋梯到一樓，丹尼問：「你相信上帝嗎？」

「不信，我是不可知論者。」尼克說。

「什麼意思？」

「無神論者認爲沒有上帝，不可知論正好相反，就是認爲我們不可能知道究竟有沒有上帝。但上教堂是個好藉口，讓人每星期天早上都能離開牢房一小時。而且我很喜歡唱歌，隨軍牧師的布道又很棒——雖然他的懺悔似乎沒完沒了。」

「隨軍牧師？」

「就是軍中稱呼牧師的用語。」尼克解釋。

「『沒完沒了』又是什麼意思？」

「過度，超過必要的時間。你呢？你相信上帝嗎？」

「在這一切發生前我會經相信。貝絲和我都是天主教徒，雖然我看不懂聖經，但我們幾乎整本都會背。」

「貝絲今天下午還會來探監嗎？」

丹尼臉上洋溢著笑容說：「當然！」

「我等不及要見她。」

這時，兩人走到教堂門口。由於每名囚犯在獲准進入前都要接受搜身，因此他們便排隊等候。

「何必要趁我們進去前費事搜身呢？」丹尼問。

「因爲這是四區犯人能共聚一堂，並趁機交換毒品或情報的少數機會。」

「共聚一堂？」

「就是聚在一起的意思，教堂有會衆聚集在這裡。」

隊伍最前面有兩名獄警在搜身。一個是年過四十的矮女人，想必是靠監獄伙食維生；另一個是年輕男人，看起來好像有在練舉重，多數囚犯似乎都想讓女獄警搜身。

他們緩步走入長方形的教堂，裡面擺滿了長木椅，全都面向飾有銀色十字架的聖壇。聖壇後的磚牆繪有大型壁畫《最後的晚餐》。尼克說那是一個殺人犯畫的，充當使徒的模特兒全是當時的受刑人。

「畫得還不錯。」丹尼說。

「殺人犯也會有其他才華。別忘了畫家卡拉瓦喬也殺過人。」尼克道。

「我想我沒見過他。」丹尼坦承。

牧師宣告：「請翻到讚美詩集第一百二十七頁，我們要合唱〈勇敢的信徒〉。」

當小風琴開始彈奏出和弦時，尼克允諾：「等下回牢房我就跟你介紹卡拉瓦喬是誰。」

吟唱讚美詩時，尼克不曉得丹尼究竟是在讀詩集上的字句，還是因為多年來上教堂，早就會背了。

尼克環顧教堂，看到教堂長椅上濟滿了人，猶如周六下午的足球場看臺，並不感到意外。一群犯人擠在後排熱烈交談，討論哪個新受刑人需要毒品，連讚美詩集都懶得翻開。他們已排除丹尼，認為他是「三不管地帶」。就連眾人跪下時，他們也懶得假裝有在念主禱文，心裡壓根沒想要贖罪。

只有在牧師布道時他們才安靜下來。事實證明，這位叫大衛的牧師不僅很守舊，而且很愛講「地獄磨難」，他當天選定的布道主題就是謀殺，使得前三排的受刑人大喊「哈利路亞！」這些囚犯大多是愛熱鬧、並似乎對謀殺略知一二的非裔加勒比海人。

大衛牧師請受刑聽眾拿起聖經，翻到第一卷〈創世記〉，接著告訴他們該隱是第一個殺人犯。他解釋：「該隱嫉妒弟弟的成就，決心除掉他。」隨後大衛談起摩西，說他殺了一名埃及人，以為能逃過懲罰，卻無法如願，因為上帝已看到他的行為，讓他下半輩子接受懲罰。

「我不記得這回事。」丹尼說。

「我也不記得。我以為摩西活到一百三十歲才壽終正寢。」尼克也承認。

大衛繼續說：「現在我要各位翻到〈撒母耳記下〉，你們會看到一位身為殺人犯的國王。」

前三排受刑人紛紛喊道：「哈利路亞！」

大衛道：「沒錯，大衛王是個殺人犯，因爲他迷戀烏利亞的妻子拔示巴，所以殺了烏利亞。然而大衛王很狡猾，不想背負殺人的罪名，因此派烏利亞到最前線讓他戰死。可是上帝瞭解他的意圖並懲罰了他，因爲上帝對一切謀殺都了然於胸，必然會處罰違反戒律者。」

前三排受刑人又齊聲喊道：「哈利路亞！」

結束禮拜時，大衛牧師不斷在祈禱詞中重複「諒解」與「寬恕」。最後他祝福所有會衆，這裡或許是倫敦當天早上最多人的教堂。

衆人走出教堂時，丹尼批評：「這和我在聖母教堂參加禮拜簡直差太多了。」

「這地方可不收捐獻啊！」尼克不屑地說。

所有人離開時再次接受搜身，但這回還沒走向紫色通道，便有三名犯人被拉走。

丹尼問：「這究竟是怎麼回事？」丹尼問。

「他們要被隔離監禁。因爲持有毒品至少要單獨關七天。」尼克解釋。

「眞不值。」丹尼說。

「他們一定也這麼想，跟你保證，他們一獲釋就會再進行交易。」

※※※

隨著一分一秒過去，丹尼一想到終於能見到貝絲就愈來愈興奮。到了兩點鐘，雖然距探監還有一小時，他已在牢房內來回踱步。他把襯衫洗完燙平、熨好牛仔褲，並在浴室內花了許多時間洗頭。他想著貝絲會穿什麼衣服，就像他第一次帶她出去約會。

「我看起來怎樣？」看尼克皺了皺眉，丹尼又問：「很糟嗎？」

「嗯，只是……」

丹尼追問：「只是什麼？」

「我猜，貝絲可能會希望你有刮鬍子。」

丹尼看著洗臉臺上方小鋼鏡中的自己，又迅速瞥了一眼手錶。

22

另一群受刑人在通道上行進，這次隊伍移動的速度比較快，因爲犯人都不想錯過探監的一分一秒。通道的盡頭是一間大等候室，裡面的長木椅固定在牆上。獄方唱名之前，還得等上好一陣子。丹尼努力閱讀牆上的公告來消磨時間，其中有幾張在寫吸毒的後果，如果探監時夾帶毒品，受刑人和訪客都會受罰。另一張在寫獄方對霸凌所採取的政策，第三張攸關「歧視」，但是丹尼苦思半天，仍不知道這個詞的意思。等探監結束後，他一定要回去問尼克。

將近一個鐘頭後，擴音器才傳出「卡特萊特」。丹尼急忙站起來，跟著獄警走進一個小儲藏間，奉命雙腳張開站上小木臺。一名從未見過的獄警對他搜身，他入獄以來還沒體驗過如此嚴密的搜查。大艾爾已警告他，訪客常會趁探監時夾帶毒品、金錢、刀片甚至手槍給受刑人，因此搜身會比平常更澈底。

搜身一結束，獄警就在丹尼肩上披掛黃肩帶，以識別他的囚犯身分，這就像他初次學騎單車時母親要他披上的螢光色肩帶。接著他被帶到入獄以來從未見過的大房間，向櫃檯報到，櫃檯設在離地九十公分的平臺上。另一名獄警查了名單後說：「訪客在E9等候。」

標有A到G的七列桌椅一字排開，受刑人必須坐在以螺栓固定於地板的紅椅上，訪客則坐在桌子另一邊同樣固定於地板的綠椅上，便於安全人員監視。此外，他們頭上還有幾臺監視器不斷轉動。當丹尼沿著成排桌椅走去時，發覺獄警從上方的露臺密切注意犯人與訪客。當他走到E排時，便停下來尋找貝絲，最後總算看到她坐在一張綠椅上。儘管丹尼將她的相片貼在牢房牆上，但已忘了她有多美。由於訪客不准帶禮物給犯人，因此貝絲抱了個小包裹來，令他感到訝異。

當她一看到他，便猛然跳了起來。雖然丹尼已受到好幾次警告說不能跑，但仍加快了腳步。他伸手擁抱她，不料包裹卻發出哭聲。丹尼向後退，好第一次瞧瞧自己的女兒。

他抱起克莉絲蒂說：「她好漂亮。」然後望著貝絲說：「我要趁她還沒發現老爸坐牢前就離開這兒。」

「你過得如……？」「什麼時候……」他們同時開口。

「對不起，你先說。」丹尼說。

「你說話怎麼這麼慢？」貝絲一臉驚訝。

丹尼坐上紅椅，開始告訴貝絲有關獄友的種種，並大口吃著她從福利社買來的巧克力棒，同時將可樂一飲而盡。自從他入獄以來，便不曾嘗過這些奢侈品。

「尼克教我讀書寫字，大艾爾指點我如何在監獄裡生存。」他等著看貝絲的反應。

「你被分配到那間牢房眞幸運。」

丹尼原本沒想過，這才突然間瞭解該謝謝詹金斯先生。他摸著貝絲的大腿問：「培根路那邊還好嗎？」

「有些鄰居在連署請願書，好讓你獲釋，堡路地鐵站外面的牆上也有人噴漆寫著『丹尼・卡特萊特是無辜的』。就連議會都沒派人去把字擦掉。」丹尼知道探監結束後不能帶東西回牢房，因此他一邊聽貝絲說，一邊津津有味地嚼完三條巧克力棒，又喝了兩罐可樂。

他想抱抱女兒克莉絲蒂，但她已經在貝絲的臂彎裡睡著了。他看見自己的寶貝，更決心要學會讀書寫字。他希望能夠回答瑞德曼先生的所有問題，這樣才能爲他的上訴做好準備，並且還能回信給貝絲，給她一個驚喜。

擴音器宣布：「現在所有的訪客都必須離開。」

丹尼抬頭看牆上的時鐘，覺得光陰轉瞬即逝。他起身擁抱貝絲溫柔地吻她，同時想起，要是訪客帶了毒品給另一半，這是最尋常的方式，安全人員會嚴密監視。有些犯人甚至吞下毒品，搜身時就不會被發現。

他終於放開雙臂。貝絲說：「親愛的，再見！」

「再見！」丹尼絕望地說，「啊我差點忘了，」隨後從牛仔褲口袋掏出一張紙。他才剛把紙條遞給貝絲，就被身旁的獄警一把搶走。

「卡特萊特，探監時不能傳遞任何東西。」

「可是那只是……」丹尼說。

「沒什麼可是，小姐，您該離開了。」

丹尼目送貝絲抱著女兒離去，直到她們消失在視線前，目光始終不曾離開。

「我一定要出去。」他在心中吶喊。

獄警打開紙條，看著丹尼．卡特萊特破天荒寫給貝絲的隻字片語：「我們不久就能再團聚」，面露擔憂。

※※※

當下一名顧客坐上理髮椅時，路易斯問：「馬桶蓋嗎？」

「不，我要剪得像你上一個客人。」丹尼低聲說。

「那你要花不少代價。」路易斯說。

「多少？」

「跟尼克一樣，一個月十根菸。」

「這是今天的，外加預付一個月。」丹尼從牛仔褲拿出未拆封的萬寶路香菸，「要是你剪得夠好。」

當丹尼把香菸放回口袋，路易斯眉開眼笑。

路易斯緩緩繞著椅子走，不時停下來仔細端詳，然後建議：「首先你要把頭髮留長，一星期洗兩、三次。尼克的頭髮總是服服貼貼，頸背還有點鬈髮。」他站到丹尼身後，「還要每天刮鬍子，如果想看起來像個紳士，鬢角要剪高一點。」他又看了一會兒，「尼克的頭髮是左分，不是右分，這是第一個必要的改變。另外，他的髮色比你淺，但只要一點檸檬汁就能解決了。」

「要多久才能弄好？」丹尼問。

「最長六個月，但我每個月至少要幫你弄一次。」

「我哪兒也不去，那就幫我預約每個月的第一個禮拜一，必須趁我上訴之前弄好。我的律師似乎認爲，當你站上被告席時外表很重要，我想要看起來像個軍官，而不是罪犯。」丹尼說。

「精明的傢伙。」路易斯用綠色理髮布圍住丹尼，接著拿起推子。二十分鐘後，他的髮型出現了細微的變化。「別忘了每天早上都要刮鬍子。如果你想把形象打造成尼克那樣，一星期至少要洗兩次頭。」路易斯一邊說，一邊爲他尊貴的顧客舉起鏡子，然後拂去他肩膀上的幾根頭髮。

獄卒哈根先生大吼：「回你們的牢房去。」他看到兩名犯人拿著未拆封的香菸私下交換，看來一臉驚訝。他笑著問：「路易斯，你又找到需要另類服務的新顧客了？」

丹尼和路易斯都默不作聲。

「卡特萊特，眞是怪了，我一直不知道你是同性戀。」哈根說。

23

在丹尼人生中最漫長的這一年裡，一分鐘彷彿變成一小時，一小時變成一天，一天變成了一星期，不過就像貝絲常提醒他的，時間並未全然虛擲。幾個月之後，丹尼將要「上」（尼克教他要講「研修」）六科GCSEs[6]。他的良師似乎自信滿滿，認爲他會以優異的成績通過。貝絲曾問他選修了哪幾科A-Level[7]。

「這些學分還沒拿到，我就先出獄了。」丹尼向她保證。

「我還是希望你全部修完。」她堅持著。

每月的第一個周日，貝絲和女兒都會來看丹尼。雖然上訴日期尚未公布，但最近貝絲除了即將來臨的上訴外，幾乎什麼都不談。瑞德曼先生仍在搜尋新證據，他坦承若缺乏相關證據，他們的機會不大。丹尼看了一份內政部報告說，九成七的長刑期囚犯上訴都遭駁回，其餘百分之三最後所獲得的減刑，也都微乎其微。他努力不去想萬一上訴失敗會有什麼後果。假使他必須繼續服刑二十一年，貝絲和克莉絲蒂會有什麼下場？貝絲從不提起這件事，但丹尼卻已打定主意，絕不讓她們母女也跟著服刑。

丹尼知道長刑期囚犯分成兩種，一種是澈底與世隔絕，沒信、沒電話，也沒人來探監；另一種就像纏綿病榻的病患，後半輩子都是家人的負擔。他已經決定萬一上訴遭駁回將走哪一條路。

---

⑥ GCSE：英國的學制，全名爲General Certificate of Secondary Education（中等教育普通證書），修業完成且成績合格後，可升學至A-Level。

⑦ A-Level：英國的高中課程，全名爲The General Certificate of Education Advanced Level（普通教育高級程度證書）。一般來說，學生會選修三至四門科目，之後根據A-level的考試成績申請大學。

※※※

《周日郵報》頭版報導貝瑞斯福醫生在車禍中喪生。文中說明，由於勞倫斯・達文波特的明星光環漸失，製作人決定在劇中讓他領便當——這個角色將在一場酒駕的悲劇車禍中喪生。他會被緊急送到自家醫院，才剛因爲被他發現懷孕而狠遭拋棄的護士佩塔努力挽救他的性命，但仍然無力回天……史賓賽・克雷格書房的電話響起，是傑洛德・裴恩打來的，他並不感到意外。

「你看了報紙嗎？」裴恩說。

「看了，老實說我不意外。過去一年來節目收視率不斷下滑，他們顯然想弄一些噱頭來提高收視率。」

「但要是達文波特被賜死，就很難再找其他角色來演。我們肯定不希望他又開始酗酒。」裴恩說。

「我們不該在電話上討論這件事。快點見面談吧。」

克雷格打開日記本，發現有好幾天都是空白的。他的行程註記比從前少了很多。

※※※

抓人的員警將囚犯寥寥無幾的所有物放在櫃檯上，由內勤警官一一登錄：一根針筒、一個裝有白色物質的小布袋、一盒火柴、一根湯匙、一條領帶，還有一張五英鎊紙鈔。

「有他的姓名或身分證件嗎？」內勤警官問。

年輕員警瞧著癱在長椅上無助的身影：「沒有，」接著說：「可憐的傢伙，送他進監獄有什麼意義？」

「老弟，這是法律規定，我們的職責是執法，不是質疑長官。」

「可憐的傢伙。」年輕員警又說了一次。

※※※

在邁向上訴的無眠長夜裡，丹尼腦海中不斷盤旋瑞德曼在初審中的建議：如果你承認犯下過失殺人罪，只需要服兩年徒刑。當初丹尼要是接受他的建議，一年內就能重獲自由了。

丹尼專心想著自己寫的《基督山恩仇記》讀後感，這本書是他的GCSE指定讀物。或許他會像愛德蒙．唐泰斯[8]一樣越獄，但是牢房在二樓，根本無法挖隧道。此外貝爾馬什監獄不在海島上，也沒辦法跳海。因此，他和唐泰斯不同，除非贏得上訴，否則要想報復四名仇敵簡直無望。尼克看過丹尼最後一篇短文後，給他打了七十三分，評語寫著：「你和愛德蒙．唐泰斯不同，你不必越獄，因爲他們必須釋放你。」

過去一年來他們對彼此的瞭解與日俱增。事實上，他倆共處的時間甚至已超過了他與伯尼相

⑧ 愛德蒙．唐泰斯（Edmond Dantès）：《基督山恩仇記》（*The Count of Monte Cristo*）的主角，後來化名爲基督山伯爵。

處的時間。要是丹尼沒說，新來的受刑人還以為兩人是兄弟；不過要成為「眞正的」兄弟還需要多點時間。

尼克不斷告訴他：「你和我一樣聰明，說到數學我還得拜你為師。」

丹尼聽到鑰匙在鎖內轉動，抬頭看著門口，只見帕斯科先生準時拉開牢門，「像鐘一樣準確」——尼克曾告訴他，縱使只是腦中構思的念頭，行文或說話也一定要避免陳腔濫調。大艾爾從牢門晃進來後，便一聲不吭躺在床上，丹尼則繼續搖著筆桿。

牢門才剛關上，大艾爾就說：「丹尼老弟，有些消息要告訴你。」

丹尼放下筆。除了要火柴，大艾爾實在很少主動打開話匣子。

「你認識一個叫莫蒂默的傢伙嗎？」

丹尼心跳加速，最後才張口說：「認識，伯尼遇害的那晚他也在酒吧裡，但從來沒在法庭上出現。」

「嗯，他出現在這兒了。」大艾爾說。

「什麼意思？」

「他今天下午進了醫院，需要接受治療。」丹尼知道，大艾爾滔滔不絕地發表談話時千萬不要打岔，否則他可能一星期都不會再開口。「我查過他的檔案，持有一級毒品，判刑兩年。我直覺認為他八成是醫院的常客。」丹尼還是沒插嘴，眞要說有什麼反應，就是他的心跳變得更快了。

「我不像你或尼克那麼聰明，但只是覺得，他也許能提供你和律師一直想找的新證據。」

「你眞是太棒了！」丹尼說。

「也還好啦。等尼克回來記得叫醒我，我直覺或許該換換角色，讓我來教你們一些東西。」

※※※

史賓賽．克雷格獨自坐著，邊啜飲威士忌，邊看勞倫斯．達文波特在《處方》的最後一次演出。九百萬名觀眾同時看著貝瑞斯福醫生在佩塔護士緊握的手下，奄奄一息地說出最後一句話：「我配不上妳。」這集創下該劇十多年來的最高收視率。最後一幕，就是當貝瑞斯福醫生的棺木下葬時，佩塔護士在墓旁啜泣。無論達文波特的鐵粉怎麼要求，製作人仍絲毫未留下奇蹟生還的機會。

對克雷格來說，這一個星期眞是夠糟了：托比進了卡特萊特所在的監獄、拉瑞失業，而且就在那天早上，法庭公布了卡特萊特的上訴日期。雖然距現在還有好幾個月，但誰知道屆時拉瑞會有什麼樣的心態？尤其是如果托比崩潰並為了懺悔，不惜跟任何願意傾聽他的人說出那晚所發生的事。

克雷格起身走向難得打開的檔案櫃翻查昔日的訴訟檔案。他抽出七名前當事人的檔案，他們最後都進了貝爾馬什監獄。他研究這些案例超過一小時，不過適合他心中任務的人選顯然只有一個。

※※※

「他開始漏口風了。」大艾爾說。

「他有提到在酒館那晚的事嗎？」丹尼問。

「還沒，不過還早嘛，只要有時間，他會說的。」

「你爲什麼這麼有把握？」尼克說。

「因爲我有他需要的東西，公平交易可不是搶劫。」

「你究竟有什麼東西是他想要的？」丹尼問。

尼克突然打岔：「你沒必要知道答案的問題，就千萬別問。」

「你朋友眞聰明！」大艾爾說。

※※※

「好了，克雷格先生，我可以幫你什麼忙？」

「我想你會發現是我可以幫你的忙。」

「我可不這麼想，克雷格先生，我蹲了八年苦牢，這期間你連個屁都沒放，少來唬弄我。你心裡明白，我連你一小時的費用都付不起。有話快說，你來這裡做什麼？」

克雷格在凱文・李區獲准接受律師探訪前便已仔細檢查過會客室，確認沒有裝任何竊聽器。在英格蘭法律中，爲當事人保密是神聖的，只要違反這個原則，任何證據都自動會由法庭排除。

儘管如此，克雷格仍知道自己在冒險，但一想到可能長年和李區這種人關在一起，他還是甘冒風險。

「你需要的東西都有了，是吧？」克雷格的每一句話都經過演練，彷彿在法庭內詰問關鍵證人。

「我需要的不多，還過得去。」李區說。

「就靠當生產鏈工班的堆疊工，每周掙個十二英鎊？」

「我說過了，還過得去。」

「可是沒人給你零花的錢，還有，已經超過四年都沒人來探望你了。」

「克雷格先生，您還是一樣消息靈通。」

「事實上，自從你的阿姨梅西去世後，你過去兩年連一通電話都沒打。」

「克雷格先生，你說這些做什麼？」

「也許梅西阿姨在遺囑中有留東西給你。」

「算了吧，她何必要傷那種腦筋？」

「因爲她有個朋友需要你幫忙。」

「幫什麼忙？」

「她朋友有個問題，她有一種強烈的渴望，坦白說，不是渴望吃巧克力那種。」

「讓我猜猜，是海洛英、快克還是古柯鹼？」

「一猜就對了，他還需要正常供貨。」克雷格說。

「多常？」

「每天。」

「梅西阿姨留多少錢給我支付這筆龐大的開銷？我很有可能被抓。」

「五千英鎊。但她臨死前加了一條但書。」

「讓我猜猜，錢不會一次付清。」

「以免你一下就花完。」

「繼續說。」

「她希望一星期給五十英鎊，確保她朋友不必再去別處找。」

「告訴她，如果給一百，我也許會考慮考慮。」

「我代她回答，她接受你的條件。」

「梅西阿姨的朋友叫什麼？」

「托比·莫蒂默。」

※※※

「記得要由內而外，這樣就行了。」尼克說。

丹尼拿起塑膠湯匙，開始舀尼克倒在早餐碗中的水。

「不對，要把湯碗向外傾斜，將湯匙朝相同的方向舀。」尼克示範動作，「還有，千萬別發出聲音。喝湯時不要發出任何聲音。」

「貝絲總是抱怨這點。」丹尼說。

大艾爾躺在床上動也不動：「我也是。」

「貝絲是對的。」尼克說，「在某些國家，人們把吃東西發出聲音視爲讚美，但在英國可不是。」他把碗拿開，換上塑膠盤，並放上一片厚麵包還有一人份的燉豆子。「好了，請你把麵包當成羊排，把燉豆子當作豌豆。」

大艾爾還是躺在床上不動，「那肉汁呢？」

「冷的保衛爾牛肉汁。」尼克說。丹尼穩穩握住塑膠刀叉，將刀鋒和叉尖對著天花板。尼克說：「記得，刀叉不是等著發射的火箭，刀叉不像火箭每次返回地球都要補充燃料。」尼克拿起他桌邊的刀叉示範。

丹尼的立卽反應是：「這不自然。」

「你很快就會習慣，別忘了食指該放在刀背與叉柄上，不要讓刀叉豎在拇指和食指之間，你在拿餐刀，不是握筆。」丹尼模仿尼克，調整了拿刀叉的姿勢，但仍覺得動作很彆扭。

「請你像吃羊排一樣吃麵包。」尼克說。

大艾爾喃喃自語：「先生，您要幾分熟，五分還是三分？」

「只有點牛排時人家才會問你這種問題，羊排絕對不會。」尼克說。

丹尼埋頭猛吃麵包，尼克說：「不對，拿刀切肉，不是用手撕開，一次只吃一小塊。」丹尼照做，但還在嚼第一塊麵包時，就開始切第二塊。尼克說：「不對，嘴裡在吃東西時，刀叉要放在盤子上，嚼完才能再拿刀叉。」丹尼才吞下麵包，就用叉子鏟豆子。尼克又說：「不對，不對，叉子不是鏟子，一次叉幾顆起來就好。」

「但如果我繼續用這種方式吃，好像要花上一輩子。」丹尼說。

「嘴巴塞滿東西就別說話。」尼克回答。

大艾爾又喃喃自語，但丹尼不理他，繼續切了一塊麵包放進嘴裡，再把刀叉放回盤子上。

「不錯，可是你吞下肉之前要嚼久一點。記住，你是人，不是畜生。」尼克才說完，大艾爾就打了聲響嗝。丹尼吃完另一塊麵包，就努力叉豆子，但卻一直掉，他只好放棄。尼克只補充說：「別舔你的餐刀。」

「不過丹尼老弟，如果你喜歡，倒是可以舔我的屁股。」大艾爾說。

丹尼又花了些時間才吃完這簡陋的一餐，終於將刀叉放在空盤上。

「用餐完畢之後，把刀叉放在一起。」尼克說。

「爲什麼？」丹尼問。

「要是你在餐廳吃飯，服務生看到才知道你吃完了。」

「我很少在餐廳吃飯。」丹尼坦承。

「等你一出獄，我一定要當第一個請你和貝絲出來吃飯的人。」

「那我呢，沒邀請我？」大艾爾問。

尼克不理他，「繼續吃餐後甜點吧。」

丹尼問：「布丁？」丹尼問。

「不是布丁，是餐後甜點。如果你在餐廳，只要點開胃菜和主菜，吃完才能說要看甜點菜單。」尼克說。

「一間餐廳有兩套菜單啊？」

尼克把一片較薄的麵包放入丹尼的盤中，臉上露出微笑：「這是杏桃塔。」

「我還跟卡麥蓉．狄亞同床咧！」大艾爾說。

這下丹尼與尼克都笑了。

「吃甜點要用小叉子。如果你點冰淇淋就要拿小湯匙。」尼克說。

大艾爾突然從床上坐起來，質問：「會這些有個屁用啊，這裡又不是餐廳，是監獄。丹尼老弟接下來二十年都只會吃到冷火雞肉。」

尼克不理他，「明天我要示範的，就是服務生在你的杯中倒入少量葡萄酒後，該如何品酒……」

大艾爾放了聲長屁，「我會讓你嚐嚐我的尿，這寶貝會提醒你，你是在大牢裡，不是在他媽的麗池酒店。」

24

單人牢房厚重的門打開。「李區，你有個包裹，跟我來，給我小心點。」

李區緩緩爬下床，兩腳慢吞吞著地，跟著等待的獄警走出去。當他們沿著通道向前走時，李區嘟囔：「謝謝你安排我住單人牢房。」

哈根說：「咱們是禮尚往來。」接著兩人便保持沉默，終於走到倉庫時，哈根大聲捶著雙柵門。倉庫管理人打開柵門說：「名字？」

「布萊德．彼特。」

「李區，你少給我放肆，小心我把你記上一筆。」

「李區，六二四一。」

「你有一個包裹。」倉庫管理人轉身從架上取下一個盒子，放在櫃檯上。

「你已經先打開了。」

「李區，你懂這裡的規定。」

「沒錯，我懂。你必須在我面前打開包裹，我才能確定沒人拿走東西，或是在裡頭栽贓。」李區說。

「快打開！」韋伯斯特說。

李區打開盒蓋，裡面有一件新運動服。韋伯斯特說：「真時髦啊！有人一定花了不少鈔票。」韋伯斯特一一拉開運動服的口袋，檢查走私毒品或現金，李區不發一語。他什麼也沒發現，連常見的五英鎊紙鈔都沒有。韋伯斯特不甘願地說：「你可以拿走了。」

李區拿起運動服就要走，但身後傳來「李區」的大叫聲。他轉過身，韋伯斯特說：「笨蛋，還有盒子！」

李區回到櫃檯，將運動服放回盒內，挾在腋下。

哈根陪李區返回牢房，「這禮物還眞不錯，但你向來不去體育館，也許我該盯緊些，不過話又說回來，或許我可以睜隻眼閉隻眼。」

李區笑了笑，等牢門在他身後關上才說：「哈根先生，我會把你的份留在老地方。」

※※※

「我不能再生活在謊言裡。難道你們不瞭解，讓一個無辜的人下獄，在牢裡度過下半輩子，我們要負責？」達文波特說話的語氣像在演戲。

達文波特被劇組賜死後，克雷格猜他會有戲劇化的舉動。畢竟在息影期間他也沒什麼別的事情好想。

「那你打算怎麼做？」裴恩點著香菸，故意裝不在乎。

達文波特有點做作地說：「說實話。我打算在卡特萊特上訴時作證，告訴他們那晚究竟發生了什麼事。也許他們不會相信，但至少我問心無愧。」

「如果你去作證，我們三個……」克雷格說停頓了一下，「下半輩子可能都要待在牢裡。你確定想這麼做？」

「這是兩害相權取其輕。」

克雷格說：「你不怕洗澡的時候被幾個上百公斤的卡車司機雞姦？」達文波特沒回答。

裴恩搭腔說：「你家人也會很丟臉。你現在是暫時沒工作，但我保證要是你出庭，就眞的是最後一次演出。」

達文波特傲慢地回答：「我有很多時間來考慮後果，我已經下定決心了。」

「有沒有想過你姊姊莎拉？這會對她的事業造成什麼影響？」克雷格問。

「有，我想過，我打算下次見面就告訴她那晚的事。我相信她會贊成我的決定。」

「拉瑞，念在過去的交情，你能幫我一個小忙嗎？」克雷格說。

「什麼忙？」達文波特滿腹狐疑。

「先等一個禮拜後再告訴你老姊。」

達文波特有點遲疑，「好吧，就一個禮拜，但一天都不能拖。」

※※※

李區等到十點熄燈後才爬下床，他拿起桌上的塑膠叉走到牢房角落的馬桶旁——這是獄警每小時巡邏時，從窺視孔唯一看不到的地方。

李區脫下新運動服的褲子坐在馬桶蓋上。他右手緊抓塑膠叉看著褲腿上的三條白色縫線，開始挑掉中間那一條，這費事的步驟耗了約四十分鐘，他才終於從中抽出薄薄的長玻璃紙包，裡面裝著高純度白粉夠讓一個毒蟲用上一個月。一想到還有另外五條縫線要挑掉，這可保證了他和哈根賺到的好處，他不禁露出罕有的微笑。

※※※

「莫蒂默八成從什麼地方拿到貨。」大艾爾說。

「爲何這麼說?」丹尼問。

「他原本每天早上都會去醫院,醫生還讓他參加戒毒計畫。後來他就不見人影了。」

「那他一定是找到其他貨源。」尼克附和。

「我看得出來那不是一般供貨人。我四處打聽都沒問出個究竟。」聽大艾爾這麼一說,丹尼躺倒在床上,一副典型長刑期囚犯的絕望模樣。大艾爾說:「老弟,別對我死心,他會回來的,他們總會回頭。」

熟悉的聲音大喊著:「探監!」不久門便打開,讓丹尼加入整早都在期盼探視的其他受刑人。他原本打算告訴貝絲,說有找到瑞德曼先生能用來打贏上訴的新證據。但如今只能盼望莫蒂默很快回到監獄醫院,就像大艾爾說的那樣。

在獄中,長刑期囚犯對希望的倚賴,猶如溺水船員緊抓漂流的浮木。丹尼緊握拳頭走向探視區,決心不讓貝絲懷疑有任何事出了差錯。儘管他經歷了這一切,但只要和貝絲在一起,他就絕不會卸下心防,並始終要她相信一切仍有希望。

※※※

李區聽到鑰匙轉動，不禁感到意外，因爲他從不曾有訪客。三名獄警衝入牢房，其中兩人抓住他肩膀拖他下床。他跌倒時抓住獄警的領帶，結果領帶掉了；他忘了獄警是戴免結夾式領帶，以免被人勒死。另一名獄警用力將他的雙臂朝背後壓，還有一個猛踢他的後膝，好讓第三名獄警銬住他。李區倒在石頭地板上，被獄警抓住頭髮向後扯，不到三十秒，獄警就把他五花大綁，拖出牢房帶往樓梯間。

他一喘過氣來便質問：「你們這些該死的混蛋在搞什麼鬼？」

「要把你隔離監禁。」獄警將他拖下螺旋梯，害他膝蓋在階梯上猛撞，「接下來三十天，你會不見天日。」

「罪名是什麼？」

獄警步履蹣跚，把他拖向受刑人最不樂見的紫色通道，「供貨。」

李區反駁說：「老大，我從不碰毒品，你是知道的。」

他們一到地下室，獄警便說：「供貨又不是那個意思，你自己知道。」

終於，四人抵達一間沒有號碼的牢房，停了腳步。一名獄警揀出鮮少使用的鑰匙，另外兩個緊抓李區的臂膀。門一打開，他便被頭朝下地扔進了進去，和這裡比起來，他在樓上的牢房瞬間變得像是汽車旅館：石頭地板中央鋪著馬毛薄床墊，牆上裝了鋼製洗臉盆，還有不能沖水的鋼製便桶、床單和毯子，但沒有枕頭和鏡子。

「李區，等你出來時，你會發現你那筆每月進帳已經沒了。沒人相信你有位梅西阿姨。」

接著牢門便砰然關起。

※※※

丹尼抱住貝絲時，她說的第一句話就是：「恭喜！」看他一臉困惑，她又說：「傻瓜，你的六項GCSEs啊，和尼克說的一樣，你全都以優異的成績通過了。」丹尼面露微笑，儘管還沒超過一個月，但似乎是很久以前的事了——在獄中一切彷彿是永恆，不過無論如何，他總算信守對貝絲的諾言，報了三項A-levels。她好像能洞悉他的心事：「你選了哪些科目？」

「英文、數學和商業概論。但有一個問題。」聽丹尼這麼說，貝絲一臉擔心。「我的數學本來就比尼克好，所以他們必須外聘教師，不過她一星期只能教我一次。」

貝絲疑心重重地說：「她？」

丹尼笑著說：「羅薇特女士已經六十多歲，而且退休了，可是她數學很強。她說如果我堅持下去，會推薦我到空中大學任職。拜託，如果我贏得上訴，才不會有閒工夫……」

「等你贏得上訴，一定要繼續你的A-level課程，不然羅薇特女士和尼克就白白浪費了時間。」貝絲說。

「可是到時我會整天忙著經營修車廠，而且我有辦法提高獲利。」但貝絲默不作聲，「怎麼了？」

貝絲不知道該不該說，因爲父親要她別提。她最後才承認：「修車廠目前經營得不太好，只能勉強打平。」

「為什麼？」丹尼問。

「少了你和伯尼，對街的修車廠開始搶我們的生意。」

「別擔心，等我出獄一切就會改變。其實我打算取代那家修車廠，那老闆少說也六十五歲了吧。」

貝絲對丹尼的樂觀露出微笑：「那表示你有找到瑞德曼先生需要的新證據？」

丹尼瞧了頭上的監視器，「有可能，但我現在不能說太多。對了，那天晚上酒吧的四個人之中，有一個竟然出現在這裡。」他抬頭看著露臺的獄警，想起大艾爾警告過他們會讀唇語。「我就不提他的名字了。」

「他為什麼入獄？」貝絲說。

「我不能說，妳一定要相信我。」

「你告訴瑞德曼先生了嗎？」

「我上禮拜有寫信給他，因為那些條子……」他改口，「我是說獄警，會拆開妳的信逐字逐句的看，所以我很小心。」

「獄警？」貝絲說。

「尼克說若想一出獄就展開新生活，千萬別把監獄的黑話掛嘴邊。」

「所以尼克顯然認為你是無辜的囉？」貝絲說。

「對啊，就連大艾爾也一樣，有些獄警也這麼認為，」他拉起她的手，「貝絲，我們再也不孤單了。」

「尼克什麼時候出獄？」貝絲說。

「五、六個月後吧！」

「你會跟他保持聯絡嗎？」

「我會試試看，但他要去蘇格蘭教書。」

貝絲用手摸丹尼臉頰，「我想見見他，事實證明，他是個眞正的朋友。」

「他已經邀我們出去吃晚飯了。」丹尼說。

克莉絲蒂想走近父親，卻跌到地上，張口大哭，丹尼一把將她抱起說：「小乖乖，我們是不是冷落妳了？」但她還是哭個不停。

「把她抱過來，這種事情尼克好像沒辦法教你。」貝絲說。

※※※

大艾爾很高興能趁丹尼淋浴時和隊長單獨聊天：「我覺得那不是巧合。」

尼克停下筆：「不是巧合？」

「李區才剛被隔離監禁，第二天早上莫蒂默就回來了，而且急著要看醫生。」

「你認爲李區是他的供貨人？」

「我說過，這不會是巧合。」尼克放下筆，大艾爾繼續說：「他渾身發抖，這是戒毒時常有的情形。醫生似乎認爲他這次眞的想戒。無論如何，我們很快就會知道這是否和李區有關。」

「怎麼知道？」尼克問。

「他幾周內就會結束隔離，如果李區一回牢房莫蒂默就不再去醫院治療，我們就知道供貨者是誰。」

「這麼說，我們剩下兩星期來蒐集需要的證據。」尼克說。

「除非這是巧合。」

「我們不能冒這種風險，」尼克說，「跟丹尼借錄音機，盡快安排會談。」

「是的長官，」大艾爾立正站在床邊，「我要告訴丹尼這事，還是別吭聲？」

「全告訴他，這樣他才能轉告律師。三顆腦袋要勝過兩顆。」

當大艾爾坐回床上，問說：「他到底有多聰明？」

尼克坦承：「他比我聰明，別告訴他是我說的，因爲我要在他成功爲自己翻案之前出獄，可能需要一點運氣。」[9]

「或許現在該把眞相告訴他了？關於我們兩個的事？」

「還不到時候。」尼克斷然說。

※※※

⑨ 編按：尼克堅信丹尼是清白的，預測會比自己還早出獄。

「信來囉！」獄警說，「兩封是給卡特萊特的，還有一封給尼克・蒙可里夫。」他把一封信交給丹尼，丹尼看到信封上的姓名。

「不，我是卡特萊特，」丹尼說，「他才是蒙可里夫。」

獄警皺著眉頭把信交給尼克，另外兩封則拿給丹尼。

「我是大艾爾！」大艾爾說。

獄警要他滾開，然後使勁關上身後的牢門。

丹尼開始大笑，但轉頭卻看見尼克臉色慘白，只見他手裡拿著信在發抖。丹尼這才想起尼克幾乎沒收過信，於是問：「要我先幫你念嗎？」

尼克搖了搖手，便打開信開始看。大艾爾坐直身子，默不作聲。獄裡可不常發生這麼不尋常的事。尼克讀信時流下眼淚，他用襯衫袖子擦了擦臉，便將信交給丹尼。

親愛的尼可拉斯閣下：

我很遺憾地通知您令尊已過世。他昨天早上因心臟衰竭辭世，但醫師向我保證他幾乎沒有受到任何痛苦。您若是同意，我將代為申請事假，好讓您能參加葬禮。

您誠摯的

律師　弗萊瑟・孟羅

丹尼抬起頭來，只見大艾爾抱著尼克說：「他爸爸死了，是吧？」

25

「我不在時你能保管這個嗎？」尼克解下頸上的銀鍊交給丹尼。

丹尼端詳鍊子上看似鑰匙的東西，問：「當然可以，但你爲何不帶在身邊？」

「這麼說吧，比起我今天要去見的人，我比較信任你。」

「我眞是受寵若驚。」丹尼將鍊子戴上脖子。

「別客氣了。」尼克微笑。

他面向以螺絲固定在洗手臺上的小鋼鏡，看著自己的倒影。當天凌晨五點，他已從塵封四年的大塑膠袋內拿回了私人財物。他若要及時趕回蘇格蘭參加葬禮，就得在六點前離開。

「我等不及了。」丹尼看著尼克說。

尼克邊拉直領帶邊問：「等什麼？」

「等不及要穿回自己的衣服。」

「上訴時你會獲准穿自己的衣服，一旦他們推翻裁決，你就再也不必穿上囚衣。事實上，你將能以自由之身直接走出法庭。」

大艾爾咧嘴笑著打岔：「尤其是他們聽完我的錄音帶之後。我想他們今天就會聽。」就在他準備進一步說明時，鎖孔傳來鑰匙轉動的聲音。這是他們頭一次看到帕斯科與詹金斯身穿便服。

「蒙可里夫，跟我走。前往愛丁堡之前，典獄長想跟你談談。」帕斯科說。

「記得代我向他獻上最誠摯的祝福，」丹尼說，「並問問他想不想找時間喝個下午茶。」

尼克笑著聽丹尼模仿自己的口音，說：「如果你自認能冒充我，那何不試試今天早上幫我代課？」

大艾爾問：「你是在跟我說話嗎？」

※※※

達文波特的電話在響，但他等了好一會兒才從被窩裡爬出來接。他喃喃道：「你是誰？」

「吉卜生。」他的經紀人以熟悉的聲音回答。

達文波特突然清醒過來，吉卜生．葛拉漢只在有工作時打電話。達文波特祈禱會是電影或另一個電視劇角色，也許是廣告，就算只是「獻聲」，報酬也很高。想必他的粉絲還認得貝瑞斯福醫生悅耳的聲調。

吉卜生若無其事地說：「我想問你有沒有空。」達文波特屏氣凝神，隨即坐起身。「有人要重新上演《不可兒戲》，他們希望由你來飾演男主角傑克。伊娃．貝絲特已經簽約扮演女主角關多琳。在倫敦西區公演前，要先巡迴表演四星期。報酬雖然不高，但能提醒業界的製作人你還依舊活躍。」儘管達文波特不太想演，但還是要審慎回應。他實在太清楚一路巡迴演出好幾個星期後，接著在倫敦西區夜復一夜公演，究竟是什麼滋味，更別提日間公演時空了一半的觀眾席。不過他得承認，這是近四個月來的第一個正式邀約。

「我要考慮考慮。」

「別考慮太久，我知道他們已經在接洽奈傑爾．哈佛斯的經紀人詢問他的檔期。」吉卜生說。

達文波特再次說：「我會考慮。」便掛了電話。他看了床頭鐘，已經是十點十分，但呻吟了一下又鑽回被窩。

※※※

在和詹金斯一起護送尼克進辦公室前，帕斯科輕輕敲了敲門。

典獄長從辦公桌後抬起頭說：「早，蒙可里夫！」

「早安，巴頓先生！」尼克回答。

「你知道，」巴頓說，「雖然你獲准請事假參加令尊的葬禮，但仍是一級囚犯，這代表直到你今晚回來前，一路都必須要有兩名獄警跟著。此外按照規定，你隨時都要戴手銬。不過鑑於種種情況，加上過去兩年你一直循規蹈矩，只剩幾月就將獲釋，我將行使我的特權，允許你離開監獄時卸下手銬；除非帕斯科或詹金斯先生有理由認爲你可能企圖逃跑或犯罪。蒙可里夫，相信我不必提醒你，如果你笨到想搞什麼花樣，那我只能向假釋委員會建議，不該考慮讓你在……」他查看檔案，「七月十七日提前假釋，而是該讓你服完另外四年刑期。都明白了嗎？」

「是的，謝謝您，典獄長。」尼克說。

「那就這樣吧，請你節哀順變，並希望你有平靜的一天。」典獄長巴頓從辦公桌後站起身，又說：「請容我說，實在很遺憾在你服刑期間發生這令人悲慟的事。」

「感謝您，典獄長。」

巴頓點了點頭，帕斯科與詹金斯便帶著尼克走出去。

當典獄長看到下一個出現在眼前的囚犯姓名，不禁皺起眉頭，他可不想見這個傢伙。

※※※

早休時間，丹尼代尼克當監獄圖書管理員的班，將最近歸還的圖書重新上架，並將犯人想借的書蓋上日期。他完成工作後，便從報架拿《泰晤士報》坐下來看。每天早上報紙都會送到監獄，但只能在圖書館看，其中有六份《太陽報》、四份《鏡報》、兩份《每日郵報》和一份《泰晤士報》。丹尼認為這充分反映了犯人的喜好。

過去一年來，丹尼天天都讀《泰晤士報》，很熟悉它的版面。他不像尼克會玩報上的填字遊戲，但他財經和運動版都讀。只不過今天他卻翻到向來懶得看的版面。

安格斯．蒙可里夫爵士的訃文雖然在下半版，但也整整占了半個版面，他畢生的頭銜包括了Bt（從男爵）、MC（戰功十字勳章）以及OBE（官佐勳章）。丹尼讀著安格斯爵士生平的種種細節：他就讀勞萊特學校，自桑赫斯特皇家軍事學院畢業，繼而在卡梅倫高地兵團擔任少尉。安格斯爵士在韓國獲得戰功十字勳章後，又於一九九四年晉升為兵團上校，並榮獲大英帝國軍事勳章。訃文的最後一段則說他的妻子已於一九七〇年辭世，如今他的爵位將傳給獨子尼可拉斯．蒙可里夫。丹尼拿起隨身攜帶的《簡明牛津詞典》，翻查Bt、MC以及OBE各代表什麼意思。

一想到要告訴大艾爾他們現在正與世襲男爵尼可拉斯・蒙可里夫共用一間牢房，他不禁笑了起來。不過大艾爾早就知道了。

這時傳來一個聲音：「回頭見，尼克！」但在丹尼還來不及指正他，那名犯人就離開了圖書館。

丹尼撥弄著銀鍊末端的鑰匙，希望自己也能像莎士比亞《第十二夜》中的管家馬福留般，變成另一個人。這令他想起這個周末前他必須交《第十二夜》的讀書心得。他想著那名獄友誤認他是尼克，不曉得自己面對尼克的班級時是否能朦騙過去。接著他把報紙摺好放回架上，隨後穿越走道到教育部門去。

尼克的學生已經坐著在等他，顯然沒人通知他們說老師正趕赴蘇格蘭參加父親的葬禮。丹尼大步走進教室，對十二張滿心期待的臉面露微笑。他解開藍白條紋襯衫上的鈕釦，確認銀鍊看起來更醒目。

「請翻到書本第九頁，」丹尼希望自己的聲音聽起來像尼克，「各位會看到一邊有整排動物的圖像，另一邊則列出名稱。請把相關的圖像和名稱連起來，各位有兩分鐘的時間。」

有名犯人說：「我找不到第九頁。」丹尼上前協助他時正好有個獄警晃入教室內，只見他一臉困惑。

「蒙可里夫？」

丹尼抬起頭來。

獄警查閱他的記事板，問：「你不是請了事假嗎？」

「羅伯茲先生，您說得沒錯，尼克正在蘇格蘭參加父親的葬禮，他要我今早代上閱讀課。」丹尼說。

羅伯茲顯得更困惑地說：「卡特萊特，你是在戲弄我嗎？」

「不是，羅伯茲先生。」

「那就快回圖書館，免得我把你寫進報告。」

丹尼趕緊離開教室回到圖書館的書桌前。他努力憋笑，但過了好一陣子才能定下心來，繼續寫他最愛的莎士比亞喜劇心得。

※※※

才過十二點不久，尼克所搭的火車便進入威佛利火車站，一輛警車正等著載他們從愛丁堡到八十公里遠的登布洛斯去。當他們正要出發時，帕斯科看了看錶，說：「時間應該很充裕，葬禮兩點才開始。」

隨著城市景觀轉為開闊的鄉間風景，尼克朝車窗外望去，感受到多年來所不曾體驗的自由。他已然忘記蘇格蘭有多美，四處都是綠油油的景致，還有那幾近藍紫色的天空。待在貝爾馬什監獄將近四年，只能看到高高的磚牆上圍著鐵絲網，記憶中的景象自然模糊了。

警車正開往尼克曾經受洗、也是父親將要下葬的教區禮拜堂，一路上尼克試著整理自己的思緒。帕斯科已經同意等葬禮結束，將讓他和家庭律師，也就是為他申請事假的弗萊瑟．孟羅共處一小時。尼克猜想正是孟羅律師爲他請求最低安全戒護，才能一踏出監獄就不需戴手銬。

就在葬禮預定開始前十五分鐘，警車抵達禮拜堂外。當警員打開後門時，一名尼克年輕時認識的老紳士走向前來，只見他身穿黑色燕尾服，戴著翼領，打著黑色絲質領帶，倒像個葬儀社人員而不是律師。他舉起帽子，欠身微微鞠了躬。尼克笑著和他握手，說：「午安，孟羅先生，很高興能再見到您。」

「午安，尼可拉斯爵士，歡迎回家！」律師回答。

※※※

「李區，雖然你暫時結束隔離，但我要提醒你這只是暫時的。你回到牢房後，只要惹上任何一點麻煩，我連個命令都不用下，你就會再次被隔離，這點無庸置疑。」典獄長說。

李區置身兩名獄警之間，站在典獄長的辦公桌前冷笑說：「還要等你下命令？」

「你是在懷疑我的權威嗎？」典獄長問，「如果你有疑慮……」

「不，先生，我沒那意思。只是你也知道，依據一九九九年監獄條例，我還沒登上報告，就被扔進隔離監獄。」李區挖苦說。

「典獄長根本不必靠報告就能採取這類行動，只要他有理由認爲表面證據確鑿……」

「我要立刻求見我的律師。」李區冷冷地說。

「我會轉告你的要求，你的律師是誰？」巴頓典獄長故作鎮定。

李區回答：「史賓賽．克雷格先生。」巴頓在便條簿記下名字，李區又說：「我會請他對你和你的三名手下正式提出控訴。」

「李區，你是在威脅我嗎？」

「不，先生，只是要確定紀錄上寫了我已正式提出控訴。」

巴頓再也無法掩飾憤怒，微微撇了撇頭，示意獄警立課將囚犯從他眼前帶走。

※※※

丹尼想把好消息告訴尼克，可是他知道尼克要到午夜以後才會從蘇格蘭回來。艾力克斯．瑞德曼已來信表示他的上訴日敲定於五月三十一日，距今只剩兩個禮拜。此外，瑞德曼先生還詢問他是否願意出席聽證會，記得初審時丹尼並未出庭作證。丹尼立即回信確認他想出席。

同時他也寫信給貝絲，希望她能第一個知道莫蒂默已和盤托出一切，大艾爾已經用他的錄音機錄下每一句話。如今這捲錄音帶藏在丹尼的床墊內，他想趁下一次律師探訪時交給瑞德曼先生。他想讓貝絲知道現在他們已擁有必要的證據，但無法冒險寫下隻字片語。

大艾爾毫不掩飾得意之情，甚至毛遂自薦要出庭當證人。看來尼克說對了，丹尼會提早在他獲釋前出獄。

26

教區執事在法衣室等待尼可拉斯爵士，他先微微鞠了個躬，接著陪這位新繼承人沿著走道邁向右手邊最前排的靠背長椅。帕斯科與詹金斯則坐在後面一排。

尼克轉頭看走道的左邊，只見其他家族成員都坐在前三排，顯然受到雨果叔叔的指示，連看都不看他一眼。但孟羅先生仍陪著尼克坐在右邊第一排。隨著管風琴的樂聲響起，當地教區牧師在軍團牧師的陪同下引領唱詩班吟唱〈耶和華是我的牧者〉，緩步沿著走道前進。

高音部歌手魚貫走入唱詩班席位的第一排，次中音與低音部歌手也依序加入。不久，六名卡梅倫高地兵團二等兵便扛入靈柩，輕輕放在聖壇前的棺架上。在整場儀式中，唱詩班中氣十足，不斷吟唱著團長喜愛的聖詩，最後以〈此日已過〉畫下句點。尼克則低著頭為他那篤信上帝、女王與國家的父親祈禱。

教區牧師發表頌詞時，尼克想起以往他們參加軍團葬禮時，父親總會說「隨軍牧師賦予他榮耀」。

等軍團牧師與教區牧師一做完最後祈禱，親朋好友、軍團代表與同鄉便聚集在教會墓地參加下葬儀式。

尼克注意到一個高頭大馬的男人，體重想必超過一百五十公斤，看起來不像蘇格蘭人。對方笑了笑，尼克也報以微笑，努力回想曾經在哪兒見過面，接著他想起來了，祖父為了慶祝八十大壽，曾透過華盛頓特區的史密森尼博物館，公開展出他名聞遐邇的郵票收藏，他們就是在展覽開幕那天見面的。但尼克想不起這個男人的名字。

等棺木放入墓穴，舉行了最後的儀式後，蒙可里夫的親人便各自散去，沒有任何成員向死者的兒子致哀。只有一、兩位不靠他叔叔雨果過活的當地人才趨前與尼克握手。另一方面，代表軍團的高級軍官則肅立向死者與家屬致敬，尼克則舉帽回禮。

尼克轉身準備離開墓旁，看到孟羅律師正與詹金斯及帕斯科交談，接著孟羅走向他說：「他們已經同意你可以花一小時和我談家務事，但他們不會讓你陪我開車回事務所。」

「我瞭解。」尼克謝了隨軍牧師後，便爬入警車後座；不久，帕斯科與詹金斯分別坐在他的兩邊。

車子駛離時，尼克從車窗向外望，只見那高大的男人點起雪茄。

「洪塞克，」尼克脫口大聲說，「金恩·洪塞克！」

※※※

「你找我幹嘛？」克雷格質問。

「我沒貨了。」李區說。

「我供你的貨夠用六個月。」

「被貪贓枉法的獄警抽成後就不夠了。」

「那你最好去圖書館。」

「我爲什麼要去圖書館？」

「拿最新一期的《法律評論》，皮革裝訂那本，你需要的東西都貼在書脊內側。」克雷格說完便關上公事包，起身走向房門。

李區坐在位子上動也不動，「不嫌太快了點嗎！」

克雷格握著門把問：「你說這話是什麼意思？」

「梅西阿姨的朋友加入了戒毒計畫。」

「那你就得讓他退出，不是嗎？」

「那可能無法解決你的問題。」李區平靜地說。

克雷格緩緩走回桌邊，但並未坐下，「你說這話是什麼意思？」

「有隻小鳥告訴我，梅西阿姨的朋友開始像金絲雀一樣唱歌。」

「那就讓他閉嘴啊！」克雷格不屑地說。

「可能太遲了。」

「少跟我耍把戲，李區，你到底想說什麼？」

「據說有一捲錄音帶。」

克雷格頓時癱坐在椅子上，凝神望向桌子的另一頭，輕聲問：「錄了什麼？」

「澈底招供……指名道姓，還說了日期跟地點。」李區頓了頓，發現克雷格總算開始專心聽了。「我聽到名字之後，就覺得該諮詢律師了。」

克雷格沉默了好一陣子，最後才問：「你可以弄到那捲錄音帶嗎？」

「得付費。」

「多少？」

「一萬英鎊。」

「太多了吧！」

「收買獄警可不便宜，無論如何，我打賭梅西阿姨沒有備案，所以她沒有太多選擇。」李區說。克雷格點了點頭說：「好吧，但是有期限，如果五月三十一日以前沒到我手裡，你就拿不到錢。」

李區得意地笑了：「知道那天是誰上訴嗎？猜對沒獎賞。」

※※※

孟羅用手指輕叩桌子：「令尊在本事務所執行遺囑，由治安法官[10]見證。我勸你不管有何意見，都別爭論。」

「我根本不會想違逆父親的心願。」尼克說。

「尼可拉斯爵士，請容我說，我認為這麼做很明智。不過你有權知道遺囑的細節。時間有

⑩ 治安法官（Justice of the Peace，JP）：亦稱作「太平紳士」。由政府委任民間人士，負責維持社區安寧，及審理較簡單的法律訴訟。

限，請容我長話短說，」他清了清嗓子，「令尊將龐大的房地產都留給他的弟弟雨果．蒙可里夫先生，較小的禮品與年金則分給其他家族成員、軍團及當地慈善團體。除了爵位之外他什麼也沒留給你：當然，這也是他無法給別人的。」

「孟羅先生，請放心，我不意外。」

「尼可拉斯爵士，聽您這麼說我就放心了。然而，令祖父是位精明務實的人——順帶說一句，我父親當年有幸能代表他——他在遺囑中留下某些財產，令尊曾申請將那份遺囑作廢，但遭法庭駁回，您是該份遺囑中唯一的受益人。」

孟羅面帶微笑，四處翻找桌上的文件，終於找到，接著歡欣得意地舉起來說：「這是令祖父的遺囑。我只會告知您相關條款。」他翻了幾頁便說：「啊，這就是我要找的。」他在鼻尖戴上半月形眼鏡慢慢念：「我將在蘇格蘭名爲登布洛希大宅的物業，還有博爾頓街[11]的倫敦宅邸，都留給目前駐紮在科索沃的軍團從軍的孫兒尼可拉斯．蒙可里夫。然而，我兒安格斯過世前皆得以隨心所欲使用這些物業，等他過世後，財產將歸我前述的孫兒所有。」孟羅將遺囑放回桌上，「在正常狀況下，這可確保你繼承龐大的遺產，但遺憾的是，我必須告訴您，令尊利用了『隨心所欲』這幾個字，直到過世前幾個月還以這兩筆物業大幅借款。」

「以登布洛希大宅來說，他取得了……」孟羅再度戴上半月形眼鏡，好查閱那金額，「一百萬英鎊，至於博爾頓街則借了比一百萬英鎊更多。按照令尊的遺囑，一旦遺囑通過認證，那些錢將

---

⑪　博爾頓街（The Boltons）：位於倫敦市中心，擁有寬敞的房屋和花園，是英國最昂貴的街區之一。

直接由你叔叔雨果繼承。」

「所以儘管我祖父一片好意，我最後仍一無所有。」尼克說。

「未必，我認爲你能名正言順與令叔對簿公堂，以取回他靠這小詭計取得的財富。」孟羅說。

「不過如果那是我父親的意思，我不會違背。」尼克說。

孟羅又以手指輕扣桌面，「我認爲你該重新考慮自己的立場。畢竟這攸關一大筆錢，我確信……」

「孟羅先生，您可能說得沒錯，但我不會質疑父親的判斷。」

孟羅拿下眼鏡，勉強說：「那就這樣吧，我還必須向您報告，我一直都和令叔雨果・蒙可里夫有聯絡，他對您的現況瞭如指掌，並提議要從您手中奪走兩筆物業還有相關的抵押權。此外，他也答應負擔包括法律費用在內，任何與這交易相關的開銷。」

「您代表我叔叔嗎？」尼克問。

孟羅斷然回答：「不，我不是。我勸令尊別拿這兩筆物業去抵押。事實上我告訴他，我認爲在您事先不知情、或不同意的情況下進行這類交易，就算不違反白紙黑字，也違反了法律精神。」

孟羅清了清嗓子說：「他不聽我的勸告，甚至決定另外找律師。」

「孟羅先生，既然那樣，我可否請教，您願意代表我嗎？」

「尼可拉斯爵士，我眞是受寵若驚，我向您保證，本事務所很榮幸能延續和貴家族長久的合作關係。」

「孟羅先生，在考慮到我的一切狀況下，您會建議我接下來怎麼做？」

孟羅微微頷首：「我想你可能會尋求我的建議，代你進行一連串調查。」

當這位老律師重新戴上眼鏡時，尼克不禁露出微笑。孟羅又說：「我聽說博爾頓街目前的房價大約是三百萬英鎊，我擔任地方議員的弟弟告訴我，令叔雨果最近在市政廳打聽登布洛希大宅是否可能獲得開發建築許可。不過我認爲令祖父希望您將大宅交給蘇格蘭國家信託。」

「是的，他也是這麼告訴我，」尼克說，「我在日記裡寫下了這段對話。」

「但令叔仍會進行他的計畫，顧慮到這一點，我向身爲當地房地產經紀商合夥人的堂兄打聽說，議會面對這類建築許可申請可能會有什麼樣的態度。他說根據一九九七年的地方政府法最新的城市規畫條例規定，目前只要擁有住宅、任何倉庫、外屋或是馬廄等建物的地產，大都需要臨時建築許可證。他說這地方總計可能達十二英畝。此外他也告訴我，議會正在尋找土地興建平民公寓或養老院，甚至可能考慮申請蓋飯店。」孟羅拿下眼鏡，「你可以在議會規畫委員會的會議紀錄中找到一切相關資訊，每個月的最後一天紀錄都會在當地圖書館歸檔。」

「您的堂兄能爲大宅估價嗎？」尼克問。

「不能正式估價，但他說類似土地的交易現價大約是每英畝二十五萬英鎊。」

「這麼說約價值三百萬英鎊。」尼克說。

「把一萬兩千英畝農地也算進去，我猜有將近四百五十萬英鎊。但只要令叔雨果插手，總是會有例外，您別忘了，大宅與倫敦宅邸都背著沉重的債務，每季的結帳日都得支付利息。」尼克猜律師會打開另一個檔案，果然沒錯。「博爾頓街宅邸的開支包括地方稅服務費與抵押借款等，一個月約三千四百英鎊，再加上登布洛希大宅每月兩千九百英鎊的開銷，一年總支出約爲七萬五千英鎊。我有責任提醒您，萬一有任何費用遲繳超過三個月，相關的抵押權人有權立即處分這些物業。要是如此，我確信他們會找到願意欣然代表令叔的買主。」

「孟羅先生，我必須告訴您，我目前擔任監獄圖書館員的薪水一星期是十二英鎊。」

「是嗎？」孟羅記了下來，並展現出罕見的幽默，「比起七萬五千英鎊來說，這可眞是杯水車薪。」

尼克掩不住臉上的笑意，「或許在這種狀況下，我們可以求助於您另一位堂兄。」

孟羅回答：「可惜不能，不過我妹夫是蘇格蘭皇家銀行地方分行經理，他向我擔保，如果您願意再以這兩筆物業向銀行申請二胎房貸，依他看來，支付這些費用毫無問題。」

「您一直都最關心我，我眞的很感激。」尼克說。

「我必須坦承，」孟羅說，「我私底下想告訴您，儘管我十分欽佩並喜愛您的祖父，同時也樂意能代表令尊，但提到令叔雨果，我從未感受到同樣的信任，他……」這時有人敲門，於是孟羅說：「請進！」

帕斯科探頭進來說：「孟羅先生，抱歉打擾您，但我們要趕回倫敦的火車，必須在幾分鐘內出發。」

「謝謝您，我會盡快說完。」但孟羅卻等帕斯科關上門後，才又開口：「尼可拉斯爵士，儘管我們眞正相識不久，但恐怕您只能信任我了。」他在面前的桌上放了幾份文件，「雖然您沒有時間考慮細節，可是我必須請您在這些合約上簽名。不過，如果要我著手進行，我是說在您服完……」他清了清嗓子。

尼克接口說：「我的刑期。」

孟羅律師從口袋拿出鋼筆，交給他的客戶，「正是，尼可拉斯爵士。」

接著尼克從內袋拿出幾張印有橫格線的監獄用紙，交給孟羅，「我也有份文件想請您簽名作證。」

27

《不可兒戲》在布來頓皇家戲院開演的當晚，勞倫斯．達文波特謝了三次幕。他似乎忘了還有其他演員同臺。

早在彩排時他已打電話給姊姊，邀她在表演結束時共進晚餐。

「近來如何？」莎拉問。

「還好，但我不是要聊這個，我想聊聊我面臨的重要決定，因爲這會影響到妳，事實上會影響整個家。」

他放下話筒以後心意又更堅定了，無論有什麼後果，他都將勇敢面對克雷格，這是他生平第一次這麼做。尤其他記得姊姊曾與克雷格有段情，他知道要是沒有她的支持，自己是撐不過去的。

彩排很辛苦，在劇場演出中沒有第二次拍攝機會，也不容你忘記臺詞或是在錯誤的時間上臺。達文波特甚至開始懷疑，與這些常在西區獻藝的演員同臺演出，他如何能指望大放光芒？可是首演當晚，當幕升起時，臺下顯然都是貝瑞斯福醫生的粉絲，他們傾聽達文波特的每一句話，就算他的臺詞並不有趣也笑得花枝亂顫，只要他舉手投足，他們就隨之拍手。

戲劇開演前莎拉到化妝間祝他成功。當時他提醒她晚餐時有很重要的事要和她討論。她覺得他看起來一臉蒼白，又有點疲倦，但她以爲那是因爲緊張。

「演出後見，祝你成功。」她說。

帷幕終於落下時，達文波特知道他撐不下去了，覺得又重回原點。他努力設法說服自己有責任要爲別人著想，尤其是親姊姊。畢竟，爲何她的事業要因爲史賓賽．克雷格而受到危害？

達文波特回到化妝間，發現裡面擠滿了朋友與粉絲都在舉杯祝賀他，這代表演出大獲成功。他享受如潮而來的讚美，試著忘掉有關丹尼．卡特萊特的一切；畢竟他只是個東區的惡棍，還是關起來好。

莎拉坐在房間角落爲弟弟的成功感到高興，但納悶他究竟要和她討論什麼大事。

※※※

午夜剛過，帕斯科打開牢門，尼克很意外丹尼竟然還醒著。歷經白天的一切，加上返回倫敦的長途旅程，他已筋疲力竭，但還是很高興能有人和他分享新消息。

丹尼聚精會神傾聽在蘇格蘭發生的事，大艾爾則面對牆躺著，一聲不吭。

「由你來應付孟羅一定比我好得多。首先，我覺得你不會讓我叔叔竊取所有的錢並逍遙法外。」尼克還想詳述更多與律師會面的細節，卻突然停下來問：「你究竟在高興什麼啊？」

丹尼爬下臥鋪，手伸到枕頭下面抽出一小捲帶子放進錄音機，按下播放鍵。

一名有濃重口音的男人問：「你叫什麼名字？」

「托比，托比．莫蒂默。」口音聽起來顯然出身自不同的環境。

「所以你是什麼原因進來的？」

「持有毒品。」

「一級毒品？」

「海洛因，我以前一天需要注射兩次。」

「那你一定很高興我們讓你加入戒毒計畫。」

「事實證明沒有那麼容易。」莫蒂默說。

「那你昨天告訴我的屁話又是怎樣？我要相信嗎？」

「句句屬實，我只是要你瞭解我退出計畫的原因。我看到朋友刺殺了一名男子，當初該告訴警方的。」

「你爲什麼沒說？」

「因爲史賓賽要我閉嘴。」

「史賓賽？」

「我的朋友史賓賽．克雷格，他是律師。」

「你指望我相信一個律師會刺殺陌生人？」

「事情沒那麼簡單。」

「警方一定認爲就是那麼簡單。」

「沒錯，就是這樣。他們只有兩個選擇，一個是出身東區的小伙子，另一個是有三個人爲他證明不在場的律師。」錄音帶沉寂了幾秒，同樣的聲音才又說：「可是我在場啊！」

「所以究竟發生了什麼事？」

「那天是傑洛德的三十歲生日，當時我們都喝多了，然後他們三個人走進來。」

「他們三個？」

「兩個男人和一個女人，問題就出在那個女的。」

「那女人動手打架？」

「不，不是，史賓賽一眼就看上那個女人，可是她不感興趣，這下惹火他了。」

「是她男友動手打架？」

「不，那個女的表明想要離開，所以他們就從後門溜走。」

「走到巷子裡嗎？」

「你怎麼知道？」聲音充滿驚訝。

「你昨天告訴我的啊！」大艾爾發覺說錯話，立刻掩飾過去。

「噢，對。」接著又是好一陣沉寂。「他們一離開，史賓賽和傑洛德就繞到酒館後門，我跟拉瑞也去湊熱鬧，後來事情就失控了。」

「那要怪誰？」

「史賓賽和傑洛德他們想要挑釁那兩個小子，以為我們會幫忙，可是我頭太昏了，根本派不上用場，拉瑞則不肯蹚渾水。」

「拉瑞？」

「拉瑞・達文波特。」

大艾爾假裝很驚訝：「那個演員？」

「是啊，可是我跟他只有站在一旁看，他們突然打了起來。」

「所以是你朋友史賓賽在找碴？」

「是啊，他曾經在劍橋參加校隊，一直自以為是拳擊手，但那兩個傢伙的層次不同，直到史賓賽拔刀出來情況才改觀。」

「史賓賽有刀？」

「是啊，他跑到巷子之前在吧檯拿的。我還記得他說只是以防萬一。」

「他從來沒見過那兩個男人和那個女的？」

「是啊，但直到對方快打贏之前，他還自認和那女人有機會。然後史賓賽就發火了，在他腿上刺了一刀。」

「但是沒殺他？」

「沒有，只在他腿上刺了一刀，但是卡特萊特處理傷口時，史賓賽刺了另一個傢伙的胸膛，」過了一會兒，那聲音才又說：「結果殺了他。」

「你報了警嗎？」

「沒有，史賓賽叫我們回家，後來他一定有報警。他說如果有人問起，我們就要說從頭到尾都沒離開酒吧，什麼也沒看見。」

「後來有人問嗎？」

「第二天早上警方找上門，我沒睡覺，但也沒露口風。比起警察我還比較怕史賓賽，反正也沒差，因爲負責的警探認爲他已經抓到犯人。」

錄音帶又沉寂了好幾秒，莫蒂默才說：「那是兩年多前的事了，可是我每天都想起那傢伙。我已經警告史賓賽，等身體好了，可以提供證據……」接著錄音帶就沒有聲音了。

尼克大呼幹得好，大艾爾在喃喃自語，他只是依照丹尼寫的稿子照本宣科，其中涵蓋了瑞德曼先生上訴所需的一切重點。

丹尼將卡帶拿出來塞回枕頭下：「我還是得設法把錄音帶交給瑞德曼先生。」

「這應該不難，把帶子封裝在寫有『律師所有』的信封裡送出去，除非獄警確信律師與犯人直接有金錢或毒品往來，否則不敢打開，也沒有律師會笨到冒那種險。」尼克說。

「除非那囚犯有獄警做內應，剛好發現這捲錄音帶。」大艾爾說。

「不可能，」丹尼說，「只有我們三個人知道啊！」

「別忘了莫蒂默，尤其當他需要注射的時候根本無法保持沉默。」大艾爾終於坐起來。

「那我該怎麼處理這捲錄音帶呢？沒有它我就沒機會贏得上訴。」丹尼說。

「別冒險寄出去，和瑞德曼約個時間碰面再親手交給他，你猜昨天誰剛好見了他的律師？」大艾爾說。

兩人默不作聲，等著大艾爾回答自己的問題。

最後他終於開口：「就是李區那王八蛋。」

「那可能只是巧合。」尼克說。

「如果他的律師是史賓賽．克雷格，就不是巧合。」

「你爲何這麼確定是史賓賽．克雷格？」丹尼緊握著臥鋪的圍欄。

「獄警在醫院進進出出跟護理長聊天，幫他們泡茶的人就是我。」

「萬一貪贓枉法的獄警發現這捲錄音帶，那麼不用猜也知道，帶子最後會落在誰的桌上。」尼克說。

「所以我該怎麼辦？」丹尼的語氣似乎很絕望。

「確保帶子最後一定會出現在他桌上。」尼克說。

※※※

「你約好要諮詢嗎？」

「不算是。」

「你是來尋求法律建議？」

「不算是。」

「那你來這兒究竟有何貴幹？」克雷格問。

「我需要援助，但並非法律層面上的。」

「哪一種援助？」克雷格問。

「我發現一個難得的好機會可以弄到一大批葡萄酒，但是有個問題。」

「一個問題？」克雷格問。

「他們要求訂金。」

「多少錢？」

「一萬英鎊。」

「我需要幾天考慮考慮。」

「克雷格先生，我相信您會考慮，但請不要太久，因爲還有別人感興趣，他們希望我最近能回答一些問題，」敦洛普紋章的酒保停頓了一下，「我答應在五月三十一日前要給他答覆。」

※※※

他們都聽到鑰匙轉動的聲音，但意外的是，距離放風時間還有一小時。

牢門打開時，哈根站在門口說：「牢房搜索，你們三個到走廊來。」

尼克、丹尼與大艾爾走到樓梯間，更令他們訝異的是，哈根竟大步走入牢房並關上身後的門。他們並不訝異獄警搜索牢房，因爲警方經常會搜索毒品、酒、刀和槍枝，這實在稀鬆平常，但以往無論何時搜索牢房，總有三名獄警在場，牢門也會大開，這樣犯人才無法宣稱被栽贓了什麼東西。

不久牢門便打開了，哈根再度出現，並忍不住咧嘴笑說：「好了，老弟，你們通過檢查。」

※※※

丹尼看到李區出現在圖書館，不禁感到意外，因爲他從來沒借過書。他不斷在報架前徘徊，也許想要看報，但是一臉茫然。

丹尼鼓起勇氣說：「我能幫忙嗎？」

「我要最新一期的《法律評論》。」

「你眞走運，我們原本只有過期的，幾天前才有人捐了幾本期刊，其中就有最新一期的《法律評論》。」

「那就拿來吧！」李區要求。

丹尼走到法律讀物區，從架子上取下一本厚皮精裝書拿回櫃檯，「你的名字和號碼？」

「我沒必要告訴你。」

「如果你想把書借走，就必須告訴我姓名，否則我沒辦法塡寫借書證。」

他厲聲說：「李區，六二四一。」

丹尼塡寫了新借書證，暗自希望李區沒發現他的手在發抖：「請在下面簽名。」

李區在丹尼手指的地方畫了押。

「你必須在三天內還書。」丹尼說明。

「你以爲你是誰，他媽的獄警嗎？我想還的時候才還。」

丹尼眼睜睜看著李區一把抓起雜誌一聲不吭地走出圖書館。他很納悶，李區難道不會簽名？

28

克雷格走出停在訪客停車場的黑色保時捷，比他們約定探視托比的時間提早了一小時。他已經提醒過傑洛德，進入貝爾馬什監獄幾乎和出獄一樣難，要經過重重鐵柵門、再三地身分認證，還有澈底地搜身後，才能到會客區。

克雷格和裴恩在櫃檯報上姓名，有專人交給他們一把編了號的鑰匙，並要他們將手錶、戒指、項鍊，還有鈔票或零錢等貴重物品都放進置物櫃。假使他們想從福利社爲犯人買任何東西，就得用等值的現金換取標有一英鎊、五十便士、二十便士或十便士的塑膠小代幣，以避免夾帶現金給囚犯。獄方會一一傳喚訪客的姓名，並在嗅探犬的協助下，由獄警進一步加以搜身後，才讓他們進入保安管制區。

擴音器叫到一號和二號時，克雷格與裴恩坐在等候室的角落，那裡只有幾本《監獄新聞》以及《鎖與鑰匙》供他們打發時間。

大約四十分鐘後，擴音器傳來「十七、十八號」的聲音。

克雷格與裴恩起身，又穿越另一道鐵柵門，並接受更嚴密的安檢後，才獲准進入會客區，奉命坐在G排十一、十二號的座位上。

克雷格坐在固定於地板的綠椅上，裴恩拿著監獄代幣去福利社買了三杯茶還有幾條巧克力棒。他回到克雷格身邊時，先將餐盤放在也固定於地板的桌子上，接著在另一張鎖死的椅子上坐了下來。

「我們還得等多久？」他問。

克雷格回答：「我猜還要一陣子，一次只有一個犯人獲准進來，我想他們要接受比我們更澈底地搜身。」

※※※

「別轉頭，」貝絲低聲說，「克雷格和裴恩就坐在你後面三、四排。他們一定是要探視什麼人。」

丹尼開始顫抖，但強忍著不轉頭，只說：「八成是莫蒂默，可是太遲了。」

「什麼太遲了？」貝絲問。

丹尼抓起她的手說：「我現在沒辦法說太多，不過下次見到艾力克斯，他會告訴妳大概的狀況。」

「艾力克斯嗎？」貝絲微笑著說，「所以你們兩個會直接稱呼名字了？」

丹尼笑說：「只有在他不在的時候。」

「瑞德曼先生告訴我，他高興你現在會固定刮鬍子，還把頭髮留長，他說等到上訴時這可能會有所影響。」

丹尼想轉移話題：「修車廠怎麼樣？」

「爸的步調變得比較慢，我想勸他戒菸，因爲他一直咳嗽，但每次我跟媽提起這件事，他都不聽。」貝絲說。

「所以他讓誰當經理？」

「崔佛．薩頓。」

「崔佛．薩頓？他連個小攤子都顧不好。」

「但好像也沒別人想要這份工作。」貝絲說。

「那妳最好盯緊帳簿。」丹尼說。

「爲什麼？你覺得崔佛不老實嗎？」

「不是，是因爲他不會算帳。」

「我又能怎樣？」貝絲說，「爸不信任我，老實說，我現在自己上班也很忙。」

「妳被老闆逼得很緊啊？」丹尼咧嘴笑說。

貝絲笑著說：「你知道湯瑪斯先生是很棒的老闆，別忘了，他在審訊期間很體恤我，而且又剛幫我加薪。」

「我相信他是個好傢伙，可是……」丹尼說。

貝絲笑說：「好傢伙？」

丹尼不知不覺將手撩過她的秀髮，說：「都怪尼克，我講話才會變這樣。」

「如果你繼續這樣，等到出獄後，就沒辦法和老同事打成一片了。」貝絲說。

丹尼沒回應她，自顧自地說：「可是妳肯定知道，湯瑪斯先生很喜歡妳。」

「你在開玩笑吧，」貝絲說，「他一直都保持君子風度。」

「但他還是很喜歡妳。」

※※※

裴恩抬頭看監視器以及用望遠鏡監視的獄警，問：「這裡戒備森嚴，怎麼有人能把毒品弄進來？」

「運毒手段愈來愈高明，小孩的尿布或假髮都可以。他們也知道沒有獄警喜歡搜肛門，甚至還把貨裝在保險套塞進屁眼；也有人把毒品吞下肚，簡直是不擇手段。」克雷格說。

「萬一套子在體內破掉怎麼辦？」

「他們大概會死得很慘，我曾有位當事人可能吞了一小包海洛因藏在喉嚨，回了牢房再咳出來。或許你會認爲這險冒得太大，但想想一星期就能賺十二英鎊，只要你能把這一小包貨賣個五百英鎊——他們顯然覺得很值得。正因如此，我們被嚴格搜身，托比也是因此入獄。」

裴恩低頭望著冷掉的茶說：「如果托比再拖久一點，他人都還沒露面我們的時間就到了。」

一名站在克雷格身旁的獄警說：「先生，抱歉打個岔，莫蒂默恐怕不太舒服，下午無法和你們見面了。」

克雷格起身時說：「他媽的也太不體貼別人，起碼先通知我們啊。他這人就是這樣。」

※※※

一個聲音咆哮說：「關門！所有的人馬上回到牢房，馬上！」四處都傳出吹哨聲與高音警報聲，獄警紛紛從每個走道出現，將在外閒晃的犯人成群趕進牢房。

牢門在丹尼面前砰然關上，但他抗議：「可是我得向教育部門報到。」

大艾爾點起香菸說：「丹尼老弟，今天不必。」

「這究竟是怎麼回事？」尼克問。

大艾爾深深吸了口菸說：「那可能代表了許多事。」

丹尼問：「例如？」

「某一區的牢房可能爆發打鬥，獄方避免事態擴大。搞不好有人攻擊了獄警——上帝保佑那王八蛋。或是毒販在交貨時被逮個正著，再不然就是有犯人放火燒牢房。我敢打賭，」他又大大吐了口菸，「有人上吊，翹辮子了。」他將香菸一頭的菸灰彈到地板上，又說：「這些都有可能，隨你選，只有一件事是確定的，那就是直到釐清事件之前，接下來至少二十四小時內我們都沒辦法放風。」

結果大艾爾說對了，過了二十七小時後，他們才聽到鑰匙在鎖孔內轉動的聲音。

尼克問打開牢門的獄警：「究竟怎麼回事？」

「不知道！」他只得到制式回答。

隔壁牢房傳來聲音：「有人上吊了！」

「可憐的傢伙，他這下找到了逃出去的唯一方式。」

另一個聲音問：「是我們認識的人嗎？」

還有個聲音說：「是個毒蟲，才跟我們在一起幾星期。」

※※※

傑洛德．裴恩要求內殿律師學院[12]警衛室告訴他克雷格先生的辦公室怎麼走。

對方回答：「先生，請去廣場另一角的第六區，他的辦公室在頂樓。」

裴恩匆匆橫越廣場，遵守「請勿踐踏草坪」的告示，沿著通道一路走去。克雷格不久前來電：「四點左右來我辦公室，你不會再失眠了。」於是裴恩立刻離開他位在梅費爾的辦公室。

他抵達廣場的另一邊，爬上石階並推開一扇門，接著走進陰涼、古老的通道，通道死白的牆上掛有歷任老法官的照片。通道底是木製樓梯，牆上油黑發亮的木板上以白漆清楚寫著學院成員

⑫ 內殿律師學院（Honourable Society of the Inner Temple）：簡稱內殿（Inner Temple），是英國四大律師學院之一。要在英格蘭和威爾斯獲得律師資格並執業，都必須獲得這四大學院之一認證。

名字。正如警衛所說，克雷格的辦公室在頂樓。裴恩爬上吱嘎作響的長木梯，發現自己的身體變差了，還沒上二樓就已氣喘如牛。

在階梯頂端等候的年輕女子問：「是裴恩先生嗎？我是克雷格先生的祕書，他已經離開老貝利，幾分鐘內就能與您會面。您想在他辦公室等等嗎？」她帶他沿通道向前走，打開一扇門並請他進去。裴恩道了聲謝，便走入寬敞的辦公室，裡頭裝潢簡陋，只有一張合夥人辦公桌[13]和兩張高背皮椅。

「裴恩先生，您要喝茶還是咖啡？」

裴恩從俯瞰廣場的窗戶向外望，說：「不用了，謝謝！」

祕書關上身後的門，裴恩坐在面對辦公桌的椅子上，眼見這裡除了一個大吸墨臺、一臺錄音機，還有一個致史賓賽．克雷格先生，並寫有「機密」字眼的飽滿未拆信封外，既沒有照片、沒有花，也沒有紀念品，幾乎空無一物，彷彿沒人在這裡工作。

幾分鐘後，克雷格衝入房內，後頭緊跟著祕書。裴恩起身與他握手，就好像只是業務往來，而非老友見面。

「老友，請坐，」克雷格說，「蘿素小姐，妳能確保我們不受打擾嗎？」

她回答：「當然，克雷格先生。」接著關上門離開。

裴恩指著克雷格桌上的信封問：「那是我心裡想的東西嗎？」

---

⑬ 合夥人辦公桌（partner's desk）：是一種辦公桌的經典款式，左右兩側皆有一組落地抽屜櫃。

「謎底即將揭曉，」克雷格說，「這是今早我出庭時寄來的。」他撕開信封，將裡面的東西倒在吸墨臺上，原來是一小捲錄音帶。

裴恩問：「你怎麼弄到手的？」

「你最好別問，」克雷格說，「就姑且說我在底層有朋友吧！」他笑著拿起錄音帶放進錄音機。「我們會聽到托比有件事情渴望和大家分享。」克雷格按下播放鍵後，仰坐在椅子上，裴恩仍坐在椅子邊緣，將雙肘放在桌上。幾秒後他們就聽到有人說話。

「我不確定你們誰會聽到這捲錄音帶。」克雷格一時無法聽出是誰的聲音。「可能是勞倫斯・達文波特，但又不太可能，也許是傑洛德・裴恩吧！」裴恩突然感到一股寒顫傳遍全身。「但我猜最可能是史賓賽・克雷格。」克雷格絲毫不動聲色。

「不管是誰，我要你們確信，就算耗上我的餘生，我也要確定你們三人最終會爲了殺害伯尼・威爾森以及造成我的冤獄，關入大牢。如果你們還想弄到那捲眞正的錄音帶，那我向各位保證，在你們被關進來之前，絕對找不到它。」

29

幾個月來，丹尼首度看著穿衣鏡中的自己，他感到訝異，原來尼克對他的影響之深超乎自己想像，他突然感到不安，意識到穿著牛仔褲和西漢姆隊T恤或許不太適合上皇家法庭。他和尼克的身材差不多，當尼克說要借他素色西裝、襯衫與領帶時他拒絕了，但現在不禁感到後悔。尼克會說這類衣服比較適合正式場合。

丹尼站上被告席等著三位法官現身。[14]七點一到，他與其他十二名預定當天早晨出庭上訴的犯人，就由專人送上白色大囚車，離開貝爾馬什監獄。其中有幾個人當晚還會回到監獄呢？丹尼才一抵達法庭，就有人將他鎖入牢房，要他等待，這也讓他有時間思考。他今天未必有機會能在法庭上說任何話。瑞德曼先生已鉅細靡遺和他討論過上訴程序，並說明這次與審判截然不同。

三名法官會先查閱一切原始證據和審判紀錄，唯有提出法官與陪審團都不知情的新證據，他們才會考慮推翻原判。

艾力克斯．瑞懷曼一聽完錄音帶就確信法官會心生懷疑，但他不敢深究托比．莫蒂默無法出庭的原因。

過了好一陣子，才有人打開丹尼的牢門，艾力克斯也進來與他會合。自從上次見面討論後，他便堅持丹尼直呼他的教名就好。儘管他的律師一直想與他平輩相稱，但丹尼還是覺得不適當，不肯這麼做。艾力克斯開始仔細檢視所有的新證據，雖然托比．莫蒂默自殺，可是他們仍握有錄音帶，也就是艾力克斯口中的「王牌」。

丹尼咧嘴笑說：「瑞德曼先生，我們都該避免講陳腔濫調。」

艾力克斯笑著說：「再過一年，你都能爲自己辯護了。」

「希望沒那個必要。」

---

⑭ 與皇家法庭（Crown Court）僅有一名法官不同，上訴法庭（Court of Appeal）有三名法官審理。

※※※

旁聽席擠滿了堡區的街坊，他們深信丹尼當天稍晚就會獲釋，至於男主角本身則掃視法庭第一排，尋找貝絲和她母親究竟坐在哪裡，並遺憾地發現貝絲的父親沒有出現。

丹尼所不知道的是，還有許多人站在老貝利外的人行道上高呼口號並舉著要求釋放他的標語。他低頭望著媒體區，只見《貝斯諾格林與堡區報》的年輕記者打開記事本拿筆準備記錄。他會為明天的報紙取得獨家報導嗎？艾力克斯已警告丹尼，光靠錄音帶或許不足以翻案，不過一旦帶子在法庭上播放後，英國任何報紙都可能刊出錄音內容，接下來……

丹尼不再是孤軍奮戰，艾力克斯、尼克、大艾爾，當然還有貝絲，都加入了這個迅速形成的小軍團中。艾力克斯坦承他仍希望有第二名證人出現，以證實莫蒂默的說詞。如果托比·莫蒂默都願意招供，難保傑洛德·裴恩和勞倫斯·達文波特不會在兩年多來的良心譴責下，也會想澄清眞相？

「您為什麼不去探訪他們呢？」丹尼問，「他們也許會聽您的話。」

艾力克斯先解釋這不可行，接著又指出，即便他只是在社交場合中巧遇其中一個人，也可能得被迫退出這個案子，或是面臨違反職業道德行為的指控。

「難道您不能找人代替您，就像大艾爾一樣，幫忙取得我們需要的證據？」

「不行，如果有人發現我做了這種事，那你就要重新找辯護律師，我也要另外找工作了。」

「酒保呢？」丹尼問。

艾力克斯說，他們已經對酒保傑克森進行背景調查，看他是否有任何前科。

「然後呢？」

「也沒什麼，過去五年內他曾因爲銷贓落網兩次，可是警方沒有充分的證據將他定罪，只好撤銷告訴。」

「那貝絲怎麼樣？」丹尼問，「他們會給她第二次作證的機會嗎？」

「不會，法官一定看過她的書面證詞和審訊紀錄，所以不會對重複的演出感興趣。」此外，艾力克斯提醒丹尼，他在法官的總結中找不出足以申請重審的偏見瑕疵。「老實說，一切都取決於那捲錄音帶。」

「大艾爾怎麼樣？」

艾力克斯說他會考慮傳喚艾爾．柯雷恩當證人，不過也可能弊多於利。

「但他是位忠誠的朋友。」丹尼說。

「他有前科。」

※※※

十點一到，三位法官便魚貫走入法庭。接著法庭職員起身向庭上鞠躬致意後，便等候他們就座。對丹尼來說，這掌握他餘生的兩男一女看來似乎有點陰沉，他們戴著短假髮，便服外罩著覆蓋全身的黑長袍。

艾力克斯・瑞德曼在面前的小講臺放下卷宗，他曾向丹尼解釋，由於上訴時控方律師不必出庭，因此他將單獨坐在前座。丹尼絲毫不想念御用大律師阿諾・皮爾生先生。

法庭一就緒，上訴法院的高級法官布朗便請瑞德曼先生開始做總結。

艾力克斯首先提醒案件的背景，想在法官和陪審員心中播下懷疑的種子，但從他們的表情看來，顯然並沒有太大的興趣。事實上，猶如艾力克斯所強調的，三位法官都研讀過一審的法庭紀錄，因此布朗法官不只一次打斷他，詢問本案是否有任何呈堂的新證據。

一個小時後，艾力克斯終於屈服說：「庭上請放心，我確實要提出供您參考的重要新證據。」

「瑞德曼先生，也請您放心，我們將洗耳恭聽。」布朗法官回答。

艾力克斯強自鎮定，將卷宗翻了一頁，「庭上，我有一捲錄音帶想提供給各位參考。這是與莫蒂默先生的對話，他正是事發當晚酒館裡的另一位『劍客』。初審時他由於身體不適，無法提供證詞。」艾力克斯拿起錄音帶放入面前的錄音機，丹尼屏氣以待。他正要按下播放鍵時，布朗法官說：「請等一下。」

當三名法官彼此竊竊私語時，丹尼身體感到一股冷顫。過了好一陣子，布朗才提出艾力克斯無疑早已知道答案的問題。

「莫蒂默先生會出庭當證人嗎？」法官問。

「不，庭上，可是這捲錄音帶將會證明……」

「瑞德曼先生，他爲什麼不會出庭？身體依舊不適嗎？」

「庭上，很遺憾的是，他才去世不久。」

「我能請教死因嗎？」

艾力克斯暗自咒罵，他明白布朗法官早就知道莫蒂默無法出庭的原因，只是要確保一切細節都被記錄下來。「庭上，他注射過量的海洛因後自殺了。」

布朗法官無情地繼續問：「他是個登記在案的海洛因上癮者嗎？」

「是的，庭上，不過幸虧錄音是在毒癮較輕時進行的。」

「想必有醫師出庭證實？」

「庭上，可惜沒有。」

「看樣子在錄這捲帶子時，醫生不在場囉？」

「是的，庭上。」

「我明白了，這捲帶子是在哪兒錄的？」

「庭上，在貝爾馬什監獄。」

「當時您在場嗎？」

「不在，庭上。」

「或許在錄這捲帶子時，剛好有獄警在場目睹整個狀況嗎？」

「沒有，庭上。」

「瑞德曼先生，那我很想知道當時究竟有誰在場？」

「艾伯特・柯雷恩先生。」[15]

「如果他既不是醫生，也不是監獄工作人員，那他當時的身分是什麼？」

「他是名囚犯。」

「眞的嗎？您是否有任何證據證明，這是在莫蒂默先生並未受到強迫或威脅下所錄製的？」

艾力克斯支支吾吾：「沒有。但我深信只要聽過這捲錄音帶，就能判斷莫蒂默先生的精神狀態。」

「瑞德曼先生，但我們如何能確定，柯雷恩沒有拿刀抵住他的咽喉？更確切地說，也許只要他出現，就夠讓莫蒂默先生嚇得魂不附體。」

「庭上，誠如我所說的，一旦您聽了錄音帶，或許會更能做出判斷。」

「瑞德曼先生，請讓我與同仁商量一下。」

三名法官再次交頭接耳。

不久，布朗法官轉頭對辯護律師說：「瑞德曼先生，我們一致認爲這捲錄音帶不獲採納，因此無法讓您播放。」

「可是庭上，請您參照歐盟執委會[16]最近的一項命令……」

「歐洲的命令在本庭……」布朗法官又隨即改口，「在這個國家還不構成法律。讓我提醒您，

⑮ 即大艾爾的全名。

⑯ 歐盟執委會（European Commission）是歐盟下轄的一個超國家機關，爲歐盟事實上的內閣。

一旦錄音帶的內容公開，我就必須將整件事提報皇家檢控署。」

先前那位媒體記者一聽，便放下筆來。他一度以爲能搶到獨家新聞，因爲瑞德曼先生一定會在聽訟結束時轉交錄音帶，這樣就算庭上不感興趣，他也能判斷讀者是否感興趣。不過這已經不可能了。假使在法官下令後，報紙還膽敢刊出錄音帶上的一個字，便是藐視法庭，就連最積極的記者也不會這麼做。

艾力克斯亂翻著一些文件，但心裡明白，不能再指望上訴法院的這位高級法官。

接著法官主動建議：「瑞德曼先生，請繼續申訴。」

艾力克斯利用手邊微不足道的新證據，繼續加以抗辯，但再也無法引起布朗法官的注意。當艾力克斯終於回座時，他低聲咒罵自己。他應該趁上訴前一天就把錄音帶洩漏給媒體，那樣一來，法官只得考慮是否採納這段對話作爲新證據。不過事實證明，布朗法官眞的太狡猾，甚至根本不讓艾力克斯按下播放鍵。

後來他父親指出，只要庭上聽一句話，就必須聽完整捲帶子，但他們連一個字也沒聽，別說是一句話了。

十二點三十七分時，三位法官暫時退席，不久便重返法庭並宣布做出一致的判決。當布朗說出「上訴駁回」時，艾力克斯不禁低下頭。

他望著丹尼，如今他確定丹尼並沒有犯罪，但法庭剛已宣判丹尼將坐二十年的牢。

30

當勞倫斯・達文波特出現在人滿爲患的舞廳階梯上時，幾位來賓已喝了三、四杯香檳。直到多數人都轉頭對他行注目禮，令他感到心滿意足後，才從階梯頂端移動腳步。現場陸續爆出掌聲，他也微笑揮手致意，這時有人將香檳塞給他說：「親愛的，你太棒了！」

首演當晚帷幕落下時，觀衆紛紛起立爲全體演員鼓掌，經常看戲的人都知道這種情況很常見，畢竟坐在戲院前八排的通常是演員的親朋好友與經紀人，接下來六排則是免費入場的觀衆與跟班。當帷幕落下時，除非經驗豐富的劇評趕著離開去寫評論，好發表在明早初版的報紙上，否則大家都會起立鼓掌。

達文波特緩緩環顧室內，看著正與經紀人吉卜生・葛拉漢閒聊的姊姊莎拉。

莎拉問拉瑞的經紀人：「你認爲劇評會有什麼反應？」

吉卜生吐了口雪茄菸：「嗤之以鼻吧，每當電視演員在倫敦西區登臺時，他們總是這樣。不過由於我們拿到近三十萬英鎊預付款，又只公演十四周，所以不用擔心劇評。莎拉，重要的是觀衆席上的粉絲，不是劇評。」

「拉瑞還有其他演出機會嗎？」

吉卜生坦承：「目前沒有，不過我確信在今晚的演出後邀約自然不會少。」

當弟弟向他們迎面走來時，莎拉稱讚說：「拉瑞，做得好。」

吉卜生舉起杯子也說了句：「很成功！」

達文波特問：「你眞這麼覺得？」

莎拉深知弟弟缺乏安全感，接口說：「當然，無論如何，吉卜生說幾乎所有的公演票都賣光了。」

「眞的？但我還是擔心劇評，」達文波特說，「他們向來不會講我的好話。」

「別管劇評，他們說什麼都不重要，公演將會座無虛席。」吉卜生說。

達文波特舉目四望尋找談話對象，最後目光停留在史賓賽・克雷格與傑洛德・裴恩，只見他倆站在遠處的角落正熱烈交談。

※※※

「看來我們小小的投資將加倍回本。」克雷格說。

「加倍？」裴恩問。

克雷格輕笑說：「拉瑞獲得在西區露臉的機會就會立刻閉嘴，我們掏出的三十萬英鎊預付款也一定能拿回來，甚至還會有一點利潤。既然卡特萊特上訴失敗，未來至少二十年我們都不必擔心他了。」

「我還是擔心那捲錄音帶，如果帶子不存在了我會安心得多。」裴恩說。

「那已無關緊要了。」克雷格說。

「萬一報社拿到怎麼辦？」裴恩說。

「報社才不敢碰那捲帶子。」

「但是錄音帶可能會被放上網路，屆時我們就受傷慘重。」

「你就自己去無謂擔心吧！」克雷格說。

「我每晚都在擔心，每天醒來都害怕不曉得我的臉會不會橫跨各報頭版。」裴恩說。

「我覺得登上頭版的人不會是你。」達文波特走到兩人身旁。

「恭喜啊！拉瑞，你眞是太出色了！」克雷格說。

「經紀人說你們都資助這次公演。」達文波特說。

「當然有，我們知道你一定會成功。事實上，我們將把一些利潤拿來辦四劍客的年度狂歡會。」克雷格說。

有兩名年輕人走向達文波特，滿心歡喜地褒獎他，讓達文波特更加自滿。這時克雷格趁機溜走。

克雷格四處晃，瞥見莎拉正與一名矮胖、微禿並抽著雪茄的男子交談。她似乎變得更美了，那個吞雲吐霧的男人是不是她的男友？她轉頭看過來，克雷格向她微笑，但她毫無反應。也許她沒看到他，依他看來，她始終比拉瑞好看，而且經過一夜纏綿後……他走到她身邊，很快就知道拉瑞是否已向她吐露實情。

她說了聲：「嗨，史賓賽。」克雷格則彎腰親吻她的兩頰。「吉卜生，這是史賓賽．克雷格，是拉瑞大學時的老朋友。克雷格，這位是吉卜生．葛拉漢，拉瑞的經紀人。」

「您投資了這次公演，是吧？」吉卜生說。

「一點啦！」克雷格坦承。

「我壓根沒想到你是贊助人。」莎拉說。

「我一直都支持拉瑞，」克雷格說，「我從不懷疑他會成為明星。」

「你自己也變得有點名氣啦！」莎拉笑說。

「那我就一定要問了，」克雷格說，「如果妳這麼想，那爲何從不委託我辯護？」

「我跟罪犯沒有往來。」

「我希望妳不會因此拒絕找時間和我吃頓晚飯，因爲我想……」

「報紙初版來了，」吉卜生打岔說，「對不起，我要去瞧瞧我們究竟大獲成功，還是小受歡迎。」

吉卜生橫衝直撞，迅速穿越舞廳，推開擋住他去路的蠢蛋，抓起一份《每日電訊報》並翻到劇評版，一看到「王爾德在西區依舊如魚得水」的標題便面露微笑；不過，臉上的微笑隨即轉爲不悅，因爲他看到第二段寫著：

……

勞倫斯·達文波特飾演傑克，演技一如既往地平庸，但這似乎並不重要，因為觀眾裡多的是貝瑞斯福醫生的粉絲。反之，飾演關多琳的伊娃·貝絲特，卻是一進場就熠熠生輝

吉卜生望著達文波特，發現他正與一位休息了一陣子的年輕演員熱烈交談，不禁感到慶幸。

31

獄警抵達丹尼的牢房時，裡面已被破壞了。他砸碎桌子、撕裂床墊、將床單扯成碎片，並從牆上硬拉下小鋼鏡。哈根先生一開門，就發現他想從立架扯下洗臉臺。三名獄警立刻衝上前，他向哈根揮了一拳。倘若這拳打中，大可擊倒中量級拳王，不過哈根及時閃過。第二名獄警抓住丹尼的手臂，第三名則狠狠朝他腿彎踢去，讓哈根有足夠的時間回神，趁同事制伏他時銬住他的手腳。

他們把丹尼拖出牢房，拽下鐵梯一路朝前拉，前往通到隔離牢房的紫色通道。抵達一間沒有號碼的牢房時，哈根打開門，讓另兩名獄警把他扔進去。

丹尼在冰冷的石頭地板上動也不動，躺了好一陣子。要是牢房裡有鏡子，他就能好好欣賞自己的黑眼圈和滿身傷痕。他毫不在乎，當你失去希望又擁有二十年去思考時，根本就不會在乎。

※※※

「我叫馬爾坎．赫斯特，」來自假釋委員會的代表說，「蒙可里夫先生，請坐。」

赫斯特已經想過該怎麼稱呼這名囚犯，他開口說：「蒙可里夫先生，您申請了假釋，我的責任是要寫份報告供委員會參考用。當然，我看過您的個案紀錄，裡面充分說明了您在服刑期間的行爲舉止，你的分區警官帕斯科先生說您的表現足以作爲模範。」尼克仍默不作聲。

「另外我也注意到您是位改過向善的囚犯，不僅在圖書館工作，還協助監獄教導工作人員英文及歷史。您似乎成功教育了一些獄友，他們取得了GCSEs學分，有一位甚至在準備考三科A-levels認證。」

尼克悲傷地點頭，帕斯科已私下告訴他丹尼上訴失敗，正從老貝利返回監獄。原本他想在牢裡等丹尼回來，不巧假釋委員會幾周前就排定了面談。

尼克打定主意，等自己一獲釋就要與艾力克斯・瑞德曼聯絡，盡力提供協助。他不懂爲何法官不准播放錄音帶，毫無疑問，等丹尼回到牢房就會說明箇中原因。他設法全神貫注，聆聽假釋委員會代表所說的話。

「蒙可里夫先生，我看到您趁服刑期間取得空中大學的英文學位，並獲得二等二級學位[17]。」

尼克點點頭。「儘管您在獄中的紀錄可圈可點，但我確信您瞭解在我完成報告前，仍必須請教您一些問題。」

帕斯科已事先告訴尼克可能會有哪些問題。於是尼克回答：「當然！」

「軍紀委員會判您在履行職責時，既鹵莽又草率，且您也認了罪。委員會褫奪了您的職權，並判您八年徒刑，這審判公平嗎？」

「是的，赫斯特先生。」

赫斯特在第一個空格內打了勾。「當一群阿爾巴尼亞民兵開車逼近軍營，手持卡拉希尼科夫

⑰ 二等二級學位（two-two）：英國大學會依照學生畢業時的成績，給予不同等級的學位。

衝鋒槍對空鳴槍時，您手下的那排士兵正在守護一批塞爾維亞戰犯。」

「沒錯。」

「您的上士也回開了幾槍。」

「是鳴槍示警，」尼克說，「就在我明確下令要那些暴亂分子停止開槍後。」

「可是在您接受審訊時，兩名目睹整起事件的聯合國觀察員作證說，當時那些阿爾巴尼亞人只是對空鳴槍。」尼克絲毫不想爲自己辯解。「儘管您並未親手開槍，但您卻是當時的當值指揮官。」

「正是。」

「您承認所接受的判決是應得的。」

「是的。」

赫斯特又做了筆記。「如果委員會建議讓您服完一半刑期便予以釋放，那您對不久的將來有何計畫？」

「我打算回蘇格蘭，在任何願意聘用我的學校任教。」

赫斯特在另一個空格打勾。「可能有任何財務問題讓您無法擔任教職嗎？」

「沒有，」尼克說，「相反的，我祖父留給我夠多的遺產，以確保我再也不必工作。」

赫斯特又勾選了一個空格，「蒙可里夫先生，您結婚了嗎？」

尼克答：「沒有。」

「您有任何子女或是其他扶養親屬嗎？」

「沒有。」

「您目前有沒有接受任何藥物治療？」

「沒有。」

「如果您獲釋，有家可回嗎？」

「有，我在倫敦和蘇格蘭都有房子。」

「假使您獲釋，有任何家人能提供協助嗎？」

尼克才說完「沒有」，赫斯特便抬起頭，這是第一個沒有打勾的空格。「我父母雙亡，也沒有兄弟姊妹。」

「有叔叔伯伯或其他親戚嗎？」

「有住在蘇格蘭的叔叔和嬸嬸，可是我們一直都不親，還有一個住在加拿大的阿姨，我們雖然有書信往來，不過從沒見過面。」

「我知道了，」赫斯特說，「還有最後一個問題，以您的狀況來說，這或許聽來有點奇怪，不過我還是得問。有任何理由會讓您重蹈覆轍嗎？」

「我無法再繼續軍中的事業，老實說我也不想這麼做，因此給您的回答是『沒有』。」

「我完全瞭解。」赫斯特說，然後在最下面的空格打了勾。「最後，您有任何問題要問我嗎？」

「我只想問，什麼時候才能知道委員會的決定？」

赫斯特說：「我要花幾天寫報告，再呈交委員會。不過等他們收到，應該只要幾周就會與您聯絡。」

「赫斯特先生，謝謝您。」

「蒙可里夫先生，也謝謝您。」

※※※

「長官，我們別無選擇。」帕斯科說。

「相信我們那麼做是對的，」典獄長說，「但由於這名犯人很特殊，因此我衷心認爲需要進一步想想。」

「長官有什麼想法？畢竟他確實搗毀了牢房。」帕斯科問。

「我知道，可是我們也都瞭解，當長刑期囚犯的上訴遭駁回時他們可能有什麼反應。不是變成沉默的獨行俠，就是把整個牢房毀了。」

「在隔離牢房裡待個幾天，卡特萊特就會恢復理智。」帕斯科說。

「希望如此，」巴頓說，「因爲我想盡快讓他恢復平穩。他是個聰明的傢伙，我希望他能順理成章成爲蒙可里夫的接班人。」

「顯然是好人選。雖然關禁閉會讓他失去優良紀錄，回到原點。」

典獄長說：「只要一個月就夠了。」

「另外，我要怎麼處理他的工作類別？要把他從教育部門除名，重新放回去生產鏈工班嗎？」帕斯科問。

「萬萬不可，」巴頓說，「那樣根本不是在懲罰他，而是我們。」

「他的福利社權益呢？」

「四星期都沒有薪水，也不能上福利社。」

帕斯科說：「遵命，長官。」

「去找蒙可里夫談談，他是卡特萊特最好的朋友。看他能不能幫卡特萊特開竅，並在未來幾周支持他。」

「好的，長官。」

「下一個是誰？」

「李區。」

「這次又是什麼罪名？」

「圖書館的書沒還。」

「這種小事你不能自己處理嗎？」

「長官，一般來說我會自己處理，但這次是一本昂貴的皮面精裝《法律評論》，李區雖然受到好幾次口頭與書面警告，但仍舊沒還。」

「我還是不懂爲何要非得將他送到我這裡。」巴頓說。

「我們最後在牢房區後的大垃圾箱找到書，但已經被李區撕爛了。」

「他幹嘛撕書？」

「長官，我有懷疑一些可能性，但沒有證據。」

「夾帶毒品？」

「長官，就像我說的，沒有證據。可是我們把李區再隔離一個月，以免他擅自拆了整個圖書館，」帕斯科吞吞吐吐地說，「我們還有個問題。」

「什麼問題？」

「有位線民告訴我，他無意中聽到李區說，他就算死也要報復卡特萊特。」

「因爲他是圖書館員嗎？」

「不是，和一捲錄音帶有關，」帕斯科回答說，「可是我無法澈底查明眞相。」

典獄長說：「這些消息就足夠了，你最好二十四小時監視他倆。」

「目前我們的人手很吃緊。」帕斯科說。

「那你就盡力。我可不希望歷史重演，那可憐的傢伙只是對他比了個勝利手勢。」

32

丹尼經過深思熟慮後，躺在上鋪構思一封信。尼克曾試著勸他別這麼做，但他心意已決，不會回心轉意。尼克正在淋浴，大艾爾去醫院協助護理長處理夜間手術，因此丹尼在牢房獨處。他爬下臥鋪，坐在小桌前凝視著眼前的白紙，過了好一陣子才寫下第一句話。

親愛的貝絲：

這是我最後一次寫信給妳，我為這封信想了很久，結論是不能讓妳跟著我長期服刑。

他看了牆上貝絲的照片，又寫道：

妳知道，我要到五十歲才會出獄，所以請妳別管我，自行展開新生活。如果妳再寫信來我也不會拆開。就算妳想來探訪，我也會待在牢房裡。我不會跟妳聯絡，就算妳想和我聯絡我也不會回應。我態度堅定，不會改變心意。千萬別以為我不愛妳和克莉絲蒂。我不但愛妳們，終此餘生都愛。可是我毫不懷疑，就長遠來說，這樣做對我倆最好。

別了，我的愛

丹尼

他摺好信後，放入寫有「貝絲．威爾森，倫敦堡區培根路二十七號」的信封。

當牢門打開時，丹尼還凝視著貝絲的照片。

「信！」一名獄警站在門口說，「一封是給蒙可里夫的，一封是給……」他發現丹尼腕上的手錶還有脖子上的銀鍊，頓時舌頭打結。

丹尼解釋說：「尼克在洗澡。」

「是喔，」獄警說，「一封是給你的，還有一封是給蒙可里夫的。」

丹尼立刻認出貝絲娟秀的筆跡。他沒有拆開信封就直接撕了它，並將碎片丟入馬桶沖得一乾二淨。接著他將另一封信放在尼克枕頭上，只見信封左上角印有「假釋委員會」的粗體字。

※※※

艾力克斯．瑞德曼問：「我寫了幾次信給他？」

他的祕書回答：「這將是您過去一個月內寫的第四封信。」

艾力克斯從窗戶向外望去，看見幾名司法人員匆匆往來廣場，接著說：「這是長刑期囚犯症候群。」

「長刑期囚犯症候群？」

「這些囚犯不是與世隔絕，就是裝得若無其事。顯然他決定與世隔絕。」

「再寫信給他有任何意義嗎？」

「噢，有啊，」艾力克斯回答，「我希望他相信我沒有忘記他。」

※※※

尼克洗完澡時，丹尼還坐在桌前複習財務預測，這是他的A-level商業研究課程的一部分，大艾爾則仍然癱睡在床上。尼克的腰間圍著濕漉漉的薄浴巾，夾腳拖鞋在石頭地板上留下水印，緩緩走入牢房。這時丹尼立即停筆，將手錶、戒指與銀鍊還給他。

尼克道了聲謝，隨即發現枕頭上有個褐色的薄信封，卻動也不動地凝視了一會兒。丹尼與大艾爾一語未發，等著看尼克的反應。最後他抓起一把塑膠刀，裁開這獄方不得擅自拆開的信封。

親愛的蒙可里夫先生：

我奉假釋委員會的指示通知您，您申請提前假釋已獲准。因此，您的刑期將於二〇〇二年七月十七日結束。您獲釋和假釋條件的完整細節，以及觀護人的姓名，還有您將報到的機關等資料，稍後都將寄給您。

您誠摯的

T．L．威廉姆斯

尼克抬頭看著兩位獄友，但不需多說，他不久將恢復自由之身。

「探監！」大吼聲從牢房區的這頭傳到另一頭。不久牢門便打開，獄警核對他的記事板，說：「卡特萊特，你有訪客，就是上星期那位小姐。」丹尼又翻了一頁狄更斯的小說《荒涼山莊》，只是搖了搖頭。

獄警說「隨便你」，隨後砰一聲關上牢門。

尼克與大艾爾默不作聲，他們都已經放棄再勸他了。

33

他仔細選了日期，甚至時辰，但他沒意料到的是，這一分鐘會如此恰到好處。典獄長已決定了日期，高級警官也表示支持。在這種情況下他們是會破例的。犯人將得以走出牢房，觀看世界杯足球賽的英格蘭與阿根廷之戰。

十一點五十五分牢門一一打開，囚犯蜂擁而出，全朝同一個方向行進。大艾爾身爲忠貞的蘇格蘭人，斷然拒絕觀看宿敵出賽，繼續仰臥在床上。

丹尼則和其他人坐在前座，目不轉睛盯著舊電視，等裁判吹哨開賽。早在開球前，所有的囚犯都在拍手喝采，只有一個人默默站在後頭，眼睛沒看著電視，反倒望著二樓開啓的牢門。他動也不動，獄警根本不會注意靜止不動的犯人。他開始盤算那傢伙會不會因爲這場比賽而改變例行公事？但他沒在看比賽，同房獄友則正坐在前排，因此他一定還在牢房裡。

經過三十分鐘後，雖然雙方比數掛零，但仍不見他的影子。

裁判吹出中場哨聲前，一名英格蘭選手進了阿根廷的球門禁區。電視旁囚犯所發出的鼓譟聲幾乎和球場內三萬五千觀衆一樣震耳欲聾，連一些獄警也大聲喊叫。背景的噪音正如他所計畫，他的雙眼仍緊盯敞開的牢門；突然在毫無徵兆下，兔子出了籠，身穿四角褲與夾腳拖鞋，肩上還掛著浴巾，根本沒朝下看，顯然對足球沒興趣。

他向後退了幾步，直到脫離那群球迷，沒人注意。接著他轉身緩緩走向牢房區另一頭，躡手躡腳爬上通往二樓的螺旋梯。當裁判指著罰球點時，根本沒人回頭。

當他爬到樓梯頂時，回頭察看是否有任何人發現他離開，但完全沒人朝這裡看。阿根廷球員圍著裁判抗議，這時英格蘭隊隊長拿起球冷靜的走進罰球區。

他在淋浴間外停下腳步並向內窺視，發現裡面蒸汽瀰漫，這全在他的計畫之中。當他走進去，見到裡面只有一個人在淋浴時，不由得鬆了口氣。他悄悄走到另一頭的長木椅前，只見角落上放著一塊摺得整整齊齊的浴巾，於是將它拿起來，小心扭成絞索。站在蓮蓬頭下的囚犯則在頭髮上抹了些洗髮精。

當足球金童大衛．貝克漢將球放在罰球點上時，一樓的人都靜了下來，沒人敢吭一聲。就在他向後退了幾步時，有人甚至屏息以待。

正當貝克漢的右腳朝球上踢時，淋浴間的男人向前走了幾步。接著監獄爆發宛如暴動般的叫喊聲，所有的獄警也同聲響喊。

正在洗頭髮的囚犯聽到吼叫聲時，不禁張開眼睛，但爲了防止更多泡沫流入眼睛，只好立即舉起手擋在前額。就在他正要結束淋浴，抓起長椅上的浴巾時，突然有人用膝蓋猛踹他的鼠蹊，接著一拳打中他的肋骨正中央，讓他撞上貼有瓷磚的牆面，那力量之大，就連貝克漢也會刮目相看。他試著反擊，但對方以前臂重擊他的咽喉，另一隻手抓住他的頭髮，將他的頭朝後猛拽。儘管沒人聽到骨頭斷裂聲，但就在迅雷不及掩耳的動作下，他宛如斷了線的傀儡，軟趴趴地癱在地上。

攻擊者彎下腰，小心將絞索套上他的脖子，接著使盡吃奶的力氣，把屍體抬起來靠著牆，同時把浴巾的另一頭綁在浴簾桿上，緩緩將屍體放下來調到適當的位置，並後退一步來欣賞這個傑作。接著他回到淋浴間入口張望，瞧瞧樓下發生了什麼事。慶祝勝利的氣氛澈底失控，獄警都忙著確保犯人不會動手破壞傢具。

他不顧身上濕答答的水滴，像雪貂般迅速無聲地跑下螺旋梯。不到一分鐘，他便回到牢房裡，只見床上擺著浴巾、乾淨的T恤、牛仔褲、一雙新襪子還有愛迪達慢跑鞋。他立刻脫掉濕衣服，把身體擦乾並換上乾淨的衣服。接著他面對牆上的小鋼鏡檢查了自己的頭髮後，這才溜出牢房。

囚犯不耐煩地等著下半場開始，他則神不知鬼不覺的加入獄友，並緩緩四處閒晃，讓自己置身混亂的人群中。下半場的多數時間，這群犯人都在催促裁判趕緊吹哨子結束比賽，好讓英格蘭隊以一比零的比數贏得勝利。

結束比賽的哨音終於響起，又爆出另一陣喧鬧。獄警吼說：「回牢房去！」但眾人沒有立即反應。

這時他轉身故意走向一名獄警，經過時撞了對方的手肘一下。

帕斯科說：「李區，走路瞧著點！」

「對不起，老大。」李區說完便繼續向前走。

※※※

丹尼回到樓上，心裡明白大艾爾已經去手術室報到，但他很意外尼克竟然不在牢房。他坐在書桌前凝視著仍貼在牆上的貝絲照片，這令他想起伯尼。他們本該在當地酒館一起看比賽的，要不是……丹尼設法集中精神，寫完明天要交的讀書心得，但就是忍不住要看照片，努力說服自己不想她。

突然間，擴音器的聲音在牢房區迴盪，還伴隨獄警的大吼：「回牢房！」不久牢門打開了，只見一名獄警伸進頭來說：「蒙可里夫，大艾爾呢？」

丹尼還戴著爲尼克保管的手錶、戒指與銀鍊，因此懶得糾正他，只說：「他在醫院當班。」當牢門砰然關起時，丹尼很想知道對方爲什麼不問他在哪裡。周圍有太多吵鬧聲，他根本就無法專心寫讀書心得。他以爲是因爲英格蘭隊獲勝後，有囚犯興奮過度，因此遭獄方打入隔離牢房。幾分鐘後，同一名獄警又打開牢門，大艾爾則慢慢走進來。

「嗨，尼克！」他趁牢門關起前大聲說。

「這是什麼把戲？」丹尼問。

大艾爾把手指放在脣上，走到馬桶前坐了下來。

「我坐在這兒他們就看不到，假裝你在寫作業，別轉頭。」

「可是，爲什麼……」

「別開口，用聽的就好。」丹尼拿起筆，假裝在寫讀書心得。「尼克上吊自殺了。」

丹尼感覺快要嘔吐，又問：「可是爲什麼……」

「叫你別開口，他們發現他吊在淋浴間。」

丹尼動手捶桌說：「這絕不是眞的。」

「閉嘴，你這蠢蛋，聽著！我在手術房時，有兩名獄警衝進來，其中一個人說『護士長，快來，卡特萊特上吊了』。我知道這是鬼扯，因爲幾分鐘前我才見到你在看足球賽。所以那一定是尼克，他每次都趁不會被打擾的時間洗澡。」

「可是爲什麼……」

「丹尼老弟，別煩惱爲什麼了，」大艾爾斷然說，「獄警和護士長跑過去，只剩我一個人在那兒。幾分鐘後，另一個獄警出現了，並大步向我走來……」這時丹尼側耳傾聽，「他告訴我說自殺的是你！」

「可是他們會發現那不是我，只要……」

「不，他們不會的，」大艾爾說，「因爲我有充分的時間交換你倆病歷上的姓名。」

丹尼難以置信，「你做了什麼？」

「你聽到我說的話了。」

「可是你不是告訴過我，病歷一直都是鎖著的嗎？」

「沒錯，可是動手術時就不鎖，以免護士長需要查什麼人的治療紀錄。她離開得很匆忙。」大艾爾一聽到有人在走道，就不再說話。接著他說「繼續寫」，同時起身回到臥鋪躺下，只見一隻眼睛透過窺視孔看了一會兒，腳步聲便移往下一個牢房。

「爲什麼你要這麼做？」丹尼問。

「這樣等他們核對指紋和血型，就會認爲你因爲不願在這臭牢裡再蹲二十年，乾脆上吊自殺。」

「可是尼克沒道理要上吊自殺啊！」

「我知道，」大艾爾說，「不過只要他們認爲繩子那頭吊的是你，就不會再查了。」

「我還是不懂，爲什麼你要換……」丹尼沉默了一會，「所以在六星期內，我就能以自由之身離開這兒。」

「丹尼老弟，你領悟力不錯。」

丹尼一瞭解大艾爾衝動行爲的後果，臉上就變得毫無血色。他凝視著貝絲的照片，那樣就算他設法脫了身，也還是無法見她。他這下半輩子都得假裝是尼克．蒙可里夫。「你沒想到要先問我嗎？」

「如果我先問你，那就太晚了。別忘了，這地方大約只有六個人能分辨你和尼克，他們一旦查過病歷，也一定會認爲你已經掛了。」

「可是萬一我們被逮到怎麼辦？」

「那你就繼續服刑啊！我則是丟了醫院的差事，回去當翼樓清潔工，沒啥大不了的。」

丹尼又沉默了一會，最後才說：「我沒把握能不能成功，可是萬一，我是說萬一……」

「丹尼老弟，沒時間萬一了，在牢門再打開前你大概只有二十四小時，在那之前你得打定主意，究竟要當丹尼．卡特萊特，爲自己沒犯的罪再服刑二十年，還是要當尼可拉斯．蒙可里夫爵士，等著在六星期後出獄。面對現實吧！一旦你出去，要恢復淸白的機會將大得多，更別說是逮住那些殺害你朋友的王八蛋。」

丹尼爬到上鋪說：「我需要時間考慮。」

「別考慮太久，」大艾爾說，「記著，尼克一直都睡在下鋪。」

34

「尼克比我大五個月，比我矮一公分多。」丹尼說。

「你怎麼知道？」大艾爾緊張地問。

「他日記裡有寫，」丹尼回答，「我讀到我出現在這個牢房，你們倆在決定要告訴我什麼故事。事實始終擺在眼前，我過去兩年卻沒發現。」大艾爾依舊默不作聲。「當時尼克手下那排兄弟奉命守護一群塞爾維亞戰犯，而你就是開槍射擊兩名科索沃裔阿爾巴尼亞人的上士。」

「更糟的是，」大艾爾說，「蒙可里夫上尉才剛用英語和塞克語[18]嚴令不要開槍，接著便發生這件事。」

「你選擇抗命。」

「警告已經朝你開槍的人沒有意義。」

「可是兩名聯合國觀察員告訴軍事法庭，那些阿爾巴尼亞人只是對空鳴槍。」

「從廣場另一側安全的飯店套房裡觀察。」

「結果尼克背了黑鍋。」

---

⑱ 塞克語（Serbo-Croatian）：通行於前南斯拉夫諸國的語言。

「是啊，」大艾爾說，「雖然我一五一十告訴軍法官事發經過，但他們還是選擇相信尼克，不相信我。」

「所以你只有被控過失致死罪。」

「只被判處十年徒刑，而不是根本沒有希望減刑、刑期長達二十二年的謀殺罪。」

「尼克寫了很多有關你的事，說你一身是膽。還有你們在伊拉克服役時，你救了包括他在內的半排弟兄。」

「他太誇張了。」

丹尼說：「雖然這確實說明了爲什麼卽使你抗命，他還是願意承擔過失，但誇張可不是他的作風。」

大艾爾說：「我向軍事法庭說了眞相，可是他們還是除去尼克的軍籍，並以執行任務時輕率、瀆職爲由判了他八年徒刑。你能想像我天天都顧念他爲我做的犧牲嗎？不過我敢肯定，他會希望由你來取代他。」

「你怎麼這麼有把握？」

「繼續讀下去吧，丹尼老弟，繼續讀下去。」

※※※

雷．帕斯科說：「整件事聽起來不太像眞的。」

「你到底想說什麼？你也很清楚上訴遭駁回幾天後，長刑期囚犯自殺並不稀奇。」典獄長說。

「可是卡特萊特不會，他有很多理由要繼續活下去。」

「我們又不是他肚裡的蛔蟲，」典獄長說，「別忘了，他把牢房破壞得體無完膚，最後被隔離起來。還有，不管他的未婚妻或小孩什麼時候來探監，他都不見她們，甚至連她的信都不拆。」

「沒錯，不過就在李區威脅要報復他幾天內就發生這種事，難道只是巧合嗎？」

「你在最新的報告裡寫了，自從圖書館借書事件後，他倆就沒碰過面。」

「這就是我擔心的，」帕斯科說，「如果你想殺某人，就不可能讓人看到你出現在他身邊。」

「醫生已經證實卡特萊特是因爲頸部斷裂死亡。」

「李區很會折斷人家的脖子。」

「就因爲他沒還書嗎？」

帕斯科說：「結果坐了一個月的隔離監。」

「那你一直嘮叨不停的錄音帶呢？」

帕斯科搔頭坦承：「我還是搞不清楚，只是仍有種強烈的直覺……」

「如果你指望我展開全面調查，最好有點比『強烈直覺』更能持續下去的東西。」

「就在發現屍體前幾分鐘，李區故意撞了我一下。」

典獄長說：「那又怎樣？」

「當時他穿著嶄新的慢跑鞋。」

「這代表什麼嗎？」

「我發現比賽開始時他穿著藍色監獄運動鞋，可是比賽結束時卻換了全新的愛迪達慢跑鞋，前後不一。」

「我很佩服你的觀察力，但這證據無法說服我需要展開調查。」

「他頭髮是濕的。」

「我們有兩種選擇，一是採納醫生的報告，向內政部長官證實這是自殺；或是請警方展開全面徹查。如果是後者，那除了濕頭髮和一雙新慢跑鞋，我還需要別的東西才玩得下去。」典獄長。

「可是萬一李區……」

「我要面對的第一個問題就是，如果我們早知道李區威脅卡特萊特，為何不立刻建議把他轉調其他監獄？」

這時響起輕輕的敲門聲。

典獄長說：「請進！」

「不好意思打擾您，」他的祕書說，「不過我認為您會想立刻過目。」她交給他一張印有橫線的監獄用紙。

他看了那張短箋兩次，才遞給雷·帕斯科。

這時典獄長說：「好了，這就是我所謂的證據！」

※※※

裴恩正在帶領客戶參觀梅費爾的頂樓豪宅，這時手機響起。每當他身邊有可能的買主通常都會關機，但來電顯示是克雷格，因此他暫時告退，走到隔壁房間去接。

「好消息，卡特萊特死了！」克雷格說。

「死了？」

「自殺了，有人發現他吊死在淋浴間。」

「你怎麼知道？」

「消息登在晚報上，他還留下字條，這樣一來我們的問題就結束了。」

「只要錄音帶還在就不會結束。」裴恩提醒他。

「沒人會有興趣聽一個死人談論另一個死人的錄音帶。」

※※※

牢門突然打開，只見帕斯科走了進來。他盯著丹尼瞧了一會兒，但不發一語。丹尼的目光從日記上抬起來，他已經讀到尼克與假釋委員會的赫斯特面談那天。就是在那一天他上訴遭駁回，所以才毀了整個牢房，最後被隔離。

「好了，小伙子，先去吃飯再上工吧！還有，蒙可里夫，」帕斯科說，「我為你的朋友卡特萊特感到遺憾。我壓根就不認為他有罪。」就在丹尼設法尋思適當的回答時，帕斯科已經轉身打開下一扇牢門。

大艾爾輕聲說：「他知道。」

「那我們不就完了！」丹尼說。

「我可不這麼認爲，」大艾爾說，「基於某種原因，他知道自殺的內情，我敢打賭他不是唯一懷疑的人。尼克，順便問一句，是什麼讓你改變心意的？」

丹尼拿起日記向前翻了幾頁，念說：「如果我能與丹尼交換處境，我會這麼做。他遠比我更有權利獲得自由。」

35

當麥可牧師舉起右手畫十字時，丹尼站在教會墓地後方盡量避免引人注意。典獄長允許尼克的請求，讓他參加丹尼．卡特萊特在堡區聖瑪麗教堂的葬禮。不過他以大艾爾至少還剩十四個月的刑期，又尚未獲得假釋爲由，拒絕了相同的申請。

當這輛不顯眼的車子轉進麥爾安德路時，丹尼從車窗向外望，檢視種種熟悉的景象。車子經過他最愛的炸角薯條店、常去的酒館、皇冠嘉德酒店，還有他從前每周五都習慣與貝絲坐在最後一排的歐登戲院。當他們停在克萊門阿特利綜合中學外的紅綠燈前，他想起在這兒度過的那些時光，不禁握緊拳頭。

經過威爾森修車廠時，他努力不去看，結果還是忍不住。小修車廠裡看不到什麼人，要讓任何人考慮在威爾森買二手車，所需要的可不只是重新粉刷。他將注意力轉向對街的蒙提．休斯修車廠，只見一排排閃閃發亮的賓士新車旁，站著衣著入時、笑容可掬的銷售人員。

典獄長已提醒蒙可里夫，儘管他只剩五周刑期，仍必須隨時由兩名獄警陪同。萬一他違反任何嚴格限制，典獄長將毫不遲疑地建議假釋委員會撤銷提前假釋的決定，使他服完剩下的四年刑期。

「不過你早知道流程了，」巴頓典獄長繼續說，「就在幾個月前你參加令尊葬禮時，也受過同樣的限制。」丹尼不發一語。

典獄長所說的嚴格限制剛好如丹尼所願，他不被允許與卡特萊特的親朋好友或任何人接觸。事實上在他回到監獄前，除了陪同的獄警外，不准與任何人交談。一想到可能在監獄再待四年，便足以讓他全神貫注。

帕斯科與詹金斯分別在他的兩側，三人隔著一段距離站在墓旁的悼念者身後。丹尼寬心地發現尼克的衣服可能是爲他量身訂製的——嗯，或許褲管短了一公分左右（前面說過，尼克比丹尼高一公分多）。此外，雖然他以前從未戴過帽子，但也有好處，這樣好奇的旁觀者就看不到他的臉。

麥可牧師以禱告揭開葬禮的序幕，丹尼觀賞了一場遠比他預期還多人的追悼會。他的母親看來既蒼白又憔悴，似乎哭了好幾天，貝絲雖然穿著他熟悉的洋裝，但如今瘦得讓衣服鬆鬆垮垮的掛在身上，不再凸顯出美好的身材。唯有他兩歲的女兒克莉絲蒂還靜靜在母親身邊玩耍，渾然不知眼前是什麼場合。不過話說回來，她每次與父親接觸的時間都很短，且都相隔了一個月，因此可能早已忘了他。丹尼不希望她對父親的唯一記憶就是探監。

丹尼看見貝絲的父親站在她身邊並鞠躬致意時，內心感動莫名，緊緊站在家人後面的則是一名身材高挑、儀態優雅，穿著黑色西裝的年輕男子，只見他緊抿著嘴唇、雙眼彷彿燃燒著怒火。丹尼突然想起自從上訴後，便不再回艾力克斯・瑞德曼任何一封信，心中油然而生一股罪惡感。

麥可牧師在結束禱告，準備祭悼詞前，欠身鞠了個躬。他低頭看著棺木，告訴衆人：「丹尼・卡特萊特的死是一場悲劇。這個年輕人迷失方向，在人世間感到困惑，於是結束了自己的性命。熟識丹尼的人仍舊難以相信，這麼一個和善、體貼的人會犯下任何罪行，更別說是殺害他的摯友。的確，我們許多人……」他瞧了站在教會門口旁的無辜警員一眼，又說：「至今仍無法相信警方抓的是眞正的犯人。」接著環繞墓穴的一些哀悼者，便稀稀落落地鼓起掌來。丹尼看到貝絲的父親也在鼓掌，頓時感到欣慰。

隨後麥可抬起頭說：「不過回到眼前，且讓我們緬懷這個身爲人子、人父的傑出領導人與運動員，因爲我們有許多人深信，如果丹尼・卡特萊特還在人世，他的名聲將遠播於堡區的街頭巷尾之外。」這時掌聲再度響起。「可是儘管天主無意，但屬靈奧祕卻選擇帶走我們的孩子，讓他與救世主基督共度餘生。」接著牧師在墓穴四周灑了些聖水，棺木入土時，開始吟誦：「噢，主啊！願您賜給丹尼永世的安息。」

兒童唱詩班柔聲吟唱時，牧師、貝絲和丹尼的家人紛紛跪在墓旁。艾力克斯・瑞德曼與其他幾名哀悼者則在後面等著弔唁。艾力克斯低下頭彷彿在祈禱，並悄聲說了些無人聽見的話：「我將還你淸白，讓你終得安息。」

等到貝絲和女兒（她根本沒看丹尼一眼）以及待到最後的哀悼者都離開後，丹尼才獲准移動腳步。當帕斯科總算轉頭告訴蒙可里大該離開時，竟發現他熱淚盈眶。丹尼很想解釋，他的淚不僅是爲了摯友尼克，也是因爲感動自己有幸能體會到至親好友對他的愛。

36

丹尼只要一有空就反覆閱讀尼克的日記，直到他覺得已澈底瞭解這個人。

大艾爾當年與尼克雙雙接受軍法審判，進入貝爾馬什監獄，加上入獄前曾在尼克手下五年，因此能幫助丹尼塡補空白，包括萬一丹尼碰上卡梅倫高地兵團的軍官時他該如何反應。此外，大艾爾還教他如何在三十步外辨識出軍團的領帶。他們不斷討論尼克一出獄首先會做什麼事。

「他會直接回蘇格蘭。」大艾爾說。

「可是我全身上下只有四十五英鎊，還有一張火車票啊！」

「孟羅先生會爲你打理一切。別忘了尼克說過，你一定拿他很有辦法。」

「如果我是他的話。」

「你就是他啊！」大艾爾說，「多虧路易斯和尼克一級棒的表現，孟羅應該不會太難搞。只要確定他第一次和你見面的時候……」

「第二次。」

「可是他只見了尼克一小時，所以會指望看到尼可拉斯·蒙可里夫爵士，而不是一個從沒見過的人。更重要的問題是之後要怎麼做。」

「我會直接回倫敦。」丹尼說。

「那就千萬別靠近東區。」

丹尼若有所思說：「有好幾百萬倫敦人從沒去過東區，我不知道博爾頓街在哪，但很肯定是在堡區西方。」

「等你一回倫敦會做些什麼？」

「我參加過自己的葬禮，被迫看著貝絲受苦，因此更堅定了決心，要向她和其他人證明我沒殺她哥哥。」

「可是就像你告訴我的那個法國人大仲馬寫的小說……叫什麼來著？」

「基督山伯爵。我和他一樣，除非報復那些使盡詭計、毀了我人生的人，否則不會滿足。」

「你要把他們全宰了嗎？」

「那太便宜他們了。他們必須受苦，就像大仲馬說的『生不如死』。我有太多時間去思考該怎麼做。」

「也許你該把李區也列入名單。」

「李區？我幹嘛爲他操心？」大艾爾說。

「因爲我認爲李區殺了尼克。我一直問自己，他只剩六個禮拜就能出獄，爲什麼要上吊？」

「可是李區爲什麼要殺尼克？就算他跟任何人有過節，那也是我啊！」

「他要的不是尼克，」大艾爾說，「別忘了，尼克在洗澡時，你戴著他的銀鍊、手錶和戒指。」

「那代表……」

「李區殺錯了人。」

「可是他不會只因爲我要他還圖書館的書，就想殺我吧！」

「結果他坐了隔離監啊！」

「你認爲他這樣就會想殺人？」

「也許不會，」大艾爾說，「不過可以確定，克雷格不會爲了假錄音帶付他錢。我甚至懷疑，哈根先生早就知道你活不久了。」

丹尼設法不去想他可能在不知情的狀況下，將尼克送上了黃泉路。

「可是尼克，別想太多了。等你一出獄，我幫李區盤算好的日子可不只生不如死。」

※※※

史賓賽・克雷格根本不需要看菜單，因爲這是他最喜愛的餐廳。領班已習慣看他帶不同的女人來，有時一星期會來兩、三次。

莎拉在他對面坐下說：「對不起，因爲有個當事人耽擱，所以我遲到了。」

「妳太拚了，」克雷格說，「不過話說回來，妳一向都是這樣。」

「這位特殊的當事人總是預約一個鐘頭，並期望我空出整個下午。我根本沒時間回家換衣服。」

「我壓根就沒想到，」克雷格說，「不過我覺得，白襯衫配上黑裙和黑絲襪簡直令人難以抗拒。」

莎拉一邊開始看菜單，一邊說：「我看你魅力絲毫不減。」

克雷格說：「這裡的菜很棒，我建議……」

「我晚餐向來都只吃一道菜，」莎拉說，「這是我的金科玉律之一。」

「從劍橋那時我就記得妳的金科玉律，這也正是爲什麼妳拿到一級學位[19]，而我只獲得二級一等學位。」

莎拉說：「如果我記得沒錯，你也當選了拳擊校隊啊！」

「妳的記憶力眞是好得沒話說。」

「小紅帽說的。對了，拉瑞還好嗎？首演那晚之後，我就沒見過他了。」

「我也一樣，」克雷格說，「不過他之後都沒有復出演晚間的電視劇了。」

「我希望那些惡毒的劇評沒傷他太深。」

「眞不懂他爲何會受傷，」克雷格說，「演員就像律師，重要的是陪審團的意見。我根本就不在乎法官怎麼想。」

當侍者重新出現在桌邊時，莎拉說：「我要多利魚，可是請完全不要加醬汁。」

克雷格則說：「我要牛排，要很生的，血淋淋那種。」他將菜單交給侍者，再次看著莎拉。

「過了這麼久，很高興再見到妳，尤其我們當初分得不太好看。這是我的錯。」

---

⑲ 英國大學學位分爲五等，一級學位（First Class Honours）是最高等級，頒發給成績最優異的畢業生。

「如今我們年紀都大了一點。事實上，你不是快成爲我們這一輩最年輕的御用大律師嗎？」

※※※

丹尼和大艾爾看到牢門打開，不禁大吃一驚，因爲一個多小時前早就下令鎖門了。

「蒙可里夫，你要求見典獄長嗎？」

「是的，帕斯科先生，如果可能的話。」丹尼說。

「明早八點他會撥五分鐘時間跟你談。」他並未進一步解釋就砰一聲關上門。

「你講話愈來愈像尼克，」大艾爾說，「再這樣下去，不久我就要向你敬禮，叫你長官了。」

丹尼說：「繼續說，上士。」

大艾爾笑了起來，不過接著問起：「你怎麼會想見典獄長？該不會改變心意了？」

「不是，」丹尼反應敏捷，「教育課有兩個學同樣科目的小伙子，如果待同一間牢房，將能從中受益。」

「分派牢房是詹金斯先生的責任，爲什麼不找他說？」

丹尼邊想邊說：「我會跟他說，但還有個問題。」

「什麼問題？」大艾爾問。

「他們同時申請當圖書館員，我要建議典獄長未來乾脆指派兩名圖書館員，以免其中有個人最後可能得回去當翼樓清潔工。」

「尼克，這建議不錯，但你覺得我會相信這堆鬼扯？」

「沒錯。」丹尼說。

「好吧，想唬我這種老兵千萬別臨時起意，隨時要準備好周全的說詞。」

丹尼說：「好，如果有人問你爲什麼要見典獄長，你會怎麼回答？」

「關你屁事！」

※※※

克雷格從侍者手中拿回信用卡，「我能送妳回家嗎？」

「如果順路的話。」莎拉說。

而他則以精雕細琢的臺詞回答：「我希望順路。」

莎拉一語不發地起身，克雷格陪她走到門口，幫她穿上外套。接著他挽著她的手，帶她走到自己停在對街的保時捷前。他打開車門，趁她坐進去時，欣賞了那雙美腿。

「錢尼路？」他問。

莎拉繫上安全帶，問：「你怎麼知道？」

「拉瑞說的。」

「你不是說……」

克雷格發動引擎，暖了一下車，便猛然上路了。他在第一個街角大幅轉彎，莎拉整個人倒向他，結果他左手順勢搭上她的大腿，她輕輕撥開。

「抱歉。」克雷格說。

莎拉說了聲：「沒關係。」但她很訝異克雷格開到下一個街角就又明知故犯，不過這次她較堅決地把他推開。接下來克雷格都沒再這麼做，只是閒話家常，直到抵達她位於錢尼路的公寓。

莎拉解開安全帶，等著克雷格下車爲她開門，可是他卻靠過來想吻她。於是她別過頭去，讓他的雙唇只能輕觸她的臉頰。接著克雷格緊緊摟住她的腰，把她拉向自己，讓她的雙峰抵著他的胸膛，然後把另一隻手放上她的大腿。她試圖把他推開，可是卻忘了他有多強壯。他向她微笑，又嘗試吻她。最後她假裝屈服，身體靠上前去，咬了他的舌頭。他整個身子向後縮，大叫：「妳這賤人！」

這招讓莎拉有充裕的時間打開車門，但她發現很難走出保時捷，乾脆轉身面對他，氣沖沖地說：「我居然幻想你可能變了。」她使勁關上車門，沒聽到他說：「我何必自找麻煩，妳本來就不是什麼好貨！」

※※※

帕斯科陪他走到典獄長的辦公室。

「蒙可里夫，你爲什麼要見我？」巴頓問。

「有件敏感的事。」丹尼回答。

典獄長說：「我在聽。」

「是有關大艾爾的。」

「如果我記得沒錯，他是你排裡的上士？」

「沒錯，長官，我也因此覺得自己對他多少有點責任。」

「當然，你在這兒待了四年，我們知道你不愛告密，也很關心柯雷恩。你就說吧！」帕斯科說。

「我無意中聽到大艾爾和李區大吵一架，」丹尼說，「當然，我可能反應過度。我有把握能對這事守口如瓶，不過等我離開後，萬一大艾爾發生任何事，我都會覺得自己要負責。」

「謝謝你提醒，」典獄長說，「我和帕斯科已經討論過，等你出獄後該怎麼處理柯雷恩的事。蒙可里夫，趁你還在這，你認爲該由誰來接圖書館員？」

「塞吉威克和帕特這兩個小伙子都能勝任，我會把職責分配給他們。」

「蒙可里夫，你會成爲一位幹練的典獄長。」

「我想你會發現我缺乏必要的資格。」

這是丹尼第一次聽到眼前的兩個人笑。典獄長點了點頭，帕斯科便打開門好陪蒙可里夫去工作。

「帕斯科先生，可能的話請你留步。我相信蒙可里夫沒你的協助也能找到去圖書館的路。」

「是，典獄長。」

巴頓等丹尼關起門後問：「蒙可里夫的刑期還剩多久？」

帕斯科說：「還剩十天，長官。」

「如果我們要送走李區，動作要快。」

帕斯科說：「長官，還有另一個選擇。」

※※※

雨果．蒙可里夫一邊思考，同時用湯匙輕輕敲著白煮蛋。妻子瑪格麗特則坐在桌子的另一頭看《蘇格蘭人報》。他們在早餐時鮮少交談，多年來已成了慣例。

雨果仔細讀過早報，桌上還有兩封信，分別來自當地的高爾夫俱樂部和蘇格蘭學會，他將廣告傳單放在一邊，最後才瞧見自己在找的東西。他用奶油刀拆開信封，抽出裡面的信，接著一如往常，看見最後一頁底下的簽名寫著「戴斯蒙．蓋布雷」。當他開始考慮律師的建議時，完全沒動桌上的蛋。

最初他面露微笑，可是看到最後一段時卻皺起了眉頭。戴斯蒙．蓋布雷能夠證實，在他兄長的葬禮後，自己的侄子尼可拉斯爵士曾與他的律師見面。第二天早上孟羅律師曾致電蓋布雷，但並未提起兩筆抵押的事。於是蓋布雷認為，尼可拉斯爵士不會因為雨果拿祖父的房地產去貸款兩百萬英鎊，就質疑叔叔的權利。雨果笑著剝開蛋殼，吃了一口蛋。在孟羅律師的堅決反對下，他好不容易才說服兄長安格斯，完全不徵詢尼克便拿祖父的房產去抵押貸款。一旦醫生證實安格斯只剩幾星期可活，雨果更得迅速行動。

自從安格斯離開軍團後，單一麥芽威士忌就成了他的忠實夥伴。雨果經常造訪登布洛希大宅和哥哥共飲，通常都會喝完一整瓶才離開。安格斯臨終之前可說什麼文件都願意簽，先是抵押契約，拿他鮮少造訪的倫敦房地產去貸款，接著再抵押雨果口中亟需修繕的登布洛希大宅。最後，雨果甚至說孟羅律師將他玩弄於股掌之間，要他別再和孟羅合作。

雨果爲了接掌整個家族的事務，指定戴斯蒙．蓋布雷擔任家族律師。而蓋布雷表面上遵守法律條文，骨子裡卻不太關心法律精神。

雨果請來擔任高球俱樂部幹事的地方法官和當地教區牧師做見證，讓兄長安格斯臨終前幾晚簽下遺囑，這也是他最後的勝利。

當雨果拿到較先前的遺囑，眼見兄長將大筆財產全留給獨子尼可拉斯，就立刻撕了它。安格斯在尼克出獄前幾個月過世，讓他鬆了口氣，但仍不動聲色。在雨果的計畫中，壓根就沒有父子團圓與和解。然而，蓋布雷沒能從孟羅先生那兒拿回亞歷山大爵士原先的遺囑正本，因爲老律師明確指出他現在已代表主要受益人尼可拉斯．蒙可里夫爵士。

雨果吃完第一顆白煮蛋，又重讀了蓋布雷信中令他皺眉的段落。他低聲咒罵，看報的妻子不禁抬起頭，訝異雨果竟會在早餐時打破沉默。

「尼克口口聲聲說他對祖父留給他的鑰匙一無所知，這怎麼可能？我們都看到他把鑰匙戴在脖子上啊。」

「他在葬禮上沒戴，」瑪格麗特說，「他跪下來禱告時我看得很仔細。」

「妳認爲他知道那鑰匙能打開什麼嗎？」雨果問。

「他很可能知道，」瑪格麗特回答，「可是那不代表他知道要去哪兒找。」

「老爸當初應該告訴我們收藏品都放在哪兒。」

「你跟你爸在他臨終前幾乎都沒講話，」瑪格麗特提醒他，「他認爲安格斯很脆弱，而且太愛喝酒了。」

「是啊，但這跟鑰匙的問題無關。」

「或許我們該動用更激烈的手段了。」

「妳有什麼打算？」

「盯梢。等尼克一出獄我們就找人跟蹤他。如果他確實知道收藏品在哪兒，就會帶我們直接找到它。」

「可是我不知道怎麼……」雨果說。

「你不用傷腦筋，」瑪格麗特說，「全交給我吧！」

「妳說了算。」雨果說著剝開第二顆蛋。

37

丹尼醒著躺在下鋪，想著尼克死後所發生的一切。大艾爾沒有打鼾，但他還是睡不著。他心裡明白，自己在貝爾馬什監獄的最後一夜將會跟第一夜同樣漫長，這又是個令他永誌難忘的夜晚。

在過去二十四小時中，有好幾位獄警和獄友來向他道別並祝他好運，證明尼克的確很受敬重。

大艾爾之所以沒有打鼾，是因為前一天早上獄方已將他送出貝爾馬什監獄，轉到諾福克的威蘭監獄去了。丹尼則以尼克的名義複習A-level課程。丹尼還有數學考題要讀，但英文只能放棄，因為尼克沒有報考，這讓他很失望。當天下午丹尼返回牢房時已不見大艾爾的蹤影，彷彿他從不存在。丹尼甚至沒機會和他道別。

大艾爾應該已經知道丹尼為何去見典獄長，而且一定氣得跳腳。可是丹尼知道，一旦他習慣那裡的環境之後就會平靜下來，因為每間牢房都有電視，加上食物比較好吃，健身房也不會人滿為患，重點是每天都能放風十四小時。此外李區也消失了，不過沒人知道他的下落，也沒人會關心到想要追問。

過去幾周內，丹尼心裡開始有了構想，不過一切都留在他腦海中，因為他不能冒險寫下任何東西。萬一被人發現，他將在人間煉獄再待二十年。

他清醒著，第一個想到的，就是遭克雷格和欺世盜名的「劍客」奪去性命的伯尼。接著又想起讓他有機會重新開始的尼克。最後貝絲浮現在他腦海，這時他再度想起，自己下定決心後就再也無法見到她了。

他開始想到明天。等他和孟羅見面，解決尼克在蘇格蘭隨即面臨的問題後，便會返回倫敦實現過去六個星期所構思的計畫。他的想法已經變得務實，知道要恢復清白並不容易，但他仍想追求另一種正義，也就是聖經所謂的報應，以及愛德蒙．唐泰斯坦言的報復，隨便怎麼說都好。

他清醒著，像野獸般悄悄追蹤，當獵物在巢穴放鬆時，便隔著一段距離觀察。他追蹤法庭的史賓賽・克雷格、梅費爾辦公室的傑洛德・裴恩，還有舞臺上的勞倫斯・達文波特。最後一名劍客托比・莫蒂默已經死了，下場奇慘無比。不過首先丹尼必須去蘇格蘭和弗萊瑟・孟羅會面，通過這場入門考驗。如果他過不了第一關，周末前就會回到貝爾馬什監獄。

他清醒著，晨曦在牢房地板上映照出方形微光，但他知道自己仍在獄中，因爲鐵窗清楚映在冰冷的灰石板上。有隻雲雀唱著愉悅的旋律迎接黎明，但不一會兒就飛走了。

丹尼將綠色被單甩到旁邊，光腳站在地上，接著到鋼製小洗臉臺放了些溫水，仔細刮起鬍子。隨後他拿起肥皂洗臉。監獄的味道會在毛孔內殘留多久？

丹尼從洗臉臺上的小鋼鏡中仔細端詳自己，看得出小地方都清乾淨了。他最後一次穿上囚服，包括四角內褲、藍白條紋襯衫、牛仔褲、灰短襪和尼克的慢跑鞋。他坐在床尾等候身上鑰匙叮噹作響的帕斯科出現，道聲早上慣常的招呼：「小伙子，走吧，上工的時間到了！」但今天可不一樣，他等了又等。

當鑰匙終於在鎖孔內轉動，牢門隨之開啓時，只見帕斯科臉上綻放燦爛的笑容。「早，蒙可里夫，打起精神跟我走，該去倉庫領取私人物品了，上路吧！別再來打擾我們。」

當他們以監獄的步調沿通道走去時，帕斯科不加思索地說：「天氣要變了，你應該能有美好的一天。」彷彿丹尼是要去海邊一日遊。

丹尼問：「從這裡要怎麼去國王十字車站？」這是尼克不會知道的。

抵達庫房時，帕斯科說：「從普隆斯泰車站搭火車到坎農街，再乘地鐵到國王十字車站。」

他用力敲了敲雙柵門，不久倉庫管理員便打開門。

「早啊，蒙可里夫，」韋伯斯特說，「你過去四年一定都在等今天。」丹尼沒作聲。韋伯斯特繼續說，「我已經爲你準備好一切了，」接著從身後的架子拿下兩個滿滿的塑膠袋放在櫃檯上。他消失在後面，一會兒便拿著布滿灰塵的大皮箱回來，只見上面以黑色寫著N.A.M.。「那箱子可眞不錯。A代表什麼？」

丹尼忘了那究竟代表尼克的父親安格斯，還是他的祖父亞歷山大。

「快走吧！蒙可里夫，」帕斯科說，「我可沒一整天工夫站在這兒閒聊。」

丹尼以充滿男子氣概的方式，一手拿兩個塑膠袋，一手提大皮箱，但發現每走幾步就必須停下來換手。

「蒙可里夫，我很想幫你，」帕斯科低聲說，「不過我要是幫了，耳根就一輩子不得清靜。」

最後他們總算走回丹尼的牢房，帕斯科打開牢門說：「我大約一小時內會回來接你，我們放你出去之前，我得先把一些傢伙送去老貝利。」接著牢房最後一次在丹尼面前砰然關起。

丹尼好整以暇地打開手提箱，放在大艾爾的臥鋪上。今晚誰會睡在這張床上？那個人稍晚是否會出現在老貝利，希望陪審團判他無罪？他把塑膠袋裡的東西全倒在床上，覺得自己好像檢視贓物的盜賊，只見其中有兩套西裝、兩件襯衫、一條日記中提到的馬褲，還有黑、褐各一雙的粗皮鞋。丹尼挑了出席自己葬禮穿過的黑西裝、米色襯衫、條紋領帶，以及一雙縱使過了四年也不必擦亮的整潔黑鞋。

丹尼·卡特萊特站在鏡子前凝視著眼前的軍官與紳士尼可拉斯·蒙可里夫爵士，但自覺是個冒牌貨。

他摺好囚服放在尼克的床尾。至今他仍覺得那是尼克的床。接著他俐落地把衣服都收入手提箱，然後從床下拿出尼克的日記和裡面裝的二十八封信，上面寫著「弗萊瑟．孟羅」，尼克幾乎已熟記信中內容。等他打包完，只剩下少數尼克擺在桌上的私人物品，還有貼在牆上的貝絲照片。他小心翼翼撕下膠帶，將照片放入手提箱側袋，接著啪一聲將箱子關起，放在牢門旁邊。

丹尼坐回桌前，看著摯友的私人物品。他戴上錶殼後刻有11.7.91的細長浪琴錶，這是尼克二十一歲生日時祖父送給他的禮物。接著丹尼戴上鑲有蒙可里夫家徽的金戒指，並凝視著一個黑皮夾，感覺自己愈來愈像個賊。他在裡面找到七十英鎊現鈔，還有封面印著河岸街地址的顧資銀行[20]支票簿。他將皮夾放在西裝內袋裡，並把塑膠椅轉過來對著牢門，坐著等帕斯科再度現身。丹尼準備好逃走，坐在那兒時，他想起尼克最愛改編的一句話——「在獄裡，歲月等候每個人[21]。」

他把手伸進襯衫摸著項上銀鍊的小鑰匙。他完全不知道它能打開什麼，但它已打開了牢門。他翻遍了一千多頁的日記，但一無所獲。就算尼克知道，這個祕密也隨之帶進墳裡了。

鎖孔傳來截然不同的鑰匙轉動聲，牢門打開，只見帕斯科一個人站在那兒。丹尼原本以為他會說：「卡特萊特，幹得好，你該不會真的以為能逃得掉吧？」但他只說了聲：「該走了，蒙可里夫，快點！」

---

⑳ 顧資銀行（Coutts）：成立於一六九二年的私人銀行，過去只為英國王室、貴族提供理財服務。

㉑ 改自英文諺語"Time and tide wait for no man"（時間不等人）。

丹尼起身，拿起尼克的手提箱走到樓梯間。他沒回頭看棲身了兩年的「家」，只是跟著帕斯科沿著樓梯間走下螺旋梯。當他離開牢房區時，那些即將出獄，還有注定永遠不見天日的人，不是歡呼就是嘲笑。

他們繼續沿著藍色通道走去，他早已忘了B牢區和監獄櫃檯之間究竟隔著多少道雙柵門。

詹金斯已坐在櫃檯後等候。他愉悅地說：「早安，蒙可里夫！」他對入獄者是一種語調，對出獄者又是另一種。他查看面前打開的帳簿：「過去四年來你一共存了兩百一十一英鎊，加上四十五英鎊的出獄零用金，總共是兩百五十六英鎊。」他慢慢仔細數完錢，才交給丹尼，「在這裡簽名。」丹尼當天早上第二次簽了尼克的名字，接著將錢放入皮夾。這時詹金斯展現了監獄的幽默：「你還會領到一張英國境內的火車票，隨便你想去哪裡。當然，這是單程票，因為我們不想再看到你回來。」

在丹尼還沒來得及在另一份文件上僞造簽名前，詹金斯就交給他一張赴蘇格蘭登布洛斯的火車憑單。他的筆跡當然和尼克的相似；畢竟當初正是尼克教他寫字。

詹金斯再度核對了簽名，「帕斯科先生會陪你走到大門。我要說聲再見，因爲我覺得我們不會再見面了。遺憾的是，我很少有機會這麼說。」

丹尼揮了揮手，拿起手提箱，便跟著帕斯科出了櫃檯，走下階梯，一起緩緩穿越每天供囚車與私家車合法進出的混凝土停車場。警衛室坐了一位丹尼從未見過的警官，只見他核對著記事板上的出獄名單，頭也沒抬便問：「什麼名字？」

丹尼回答：「蒙可里夫。」

「囚號？」

丹尼不假思索地說：「CK4802。」

警衛緩緩將手指劃過名單，一臉困惑。

帕斯科輕聲說：「CK1079。」

丹尼猛然警覺，於是又重複一遍：「CK1079。」

「啊，對了，」警衛的手指停在蒙可里夫的名字上，「在這裡簽名。」

丹尼在小小的長方格內簽上尼克的名字時，整隻手微微發抖。警衛核對了簽名、囚號及相片後，才抬起頭來看丹尼，並遲疑了一會兒。

「別再磨蹭了，蒙可里夫，」帕斯科斷然說，「我們還有一整天的工作要做，是不是啊，湯金斯先生？」門口的警衛回了聲「是啊」，隨即按了桌下的紅鈕，第一扇厚重的電動門便緩緩開啓。

丹尼踏出警衛室，仍不確定該朝哪個方向走。帕斯科卻沒吭聲，等第一扇門完全打開，他才終於說：「祝你好運，小伙子，你需要好運。」

丹尼激動地握著他的手，「謝謝您所做的一切，帕斯科先生。」接著丹尼拿起尼克的手提箱，踏入橫隔兩個不同世界的空隙。第一道門在他身後關起，不久第二道門也跟著打開。

丹尼．卡特萊特以自由之身走出了監獄，成了歷來第一個逃出貝爾馬什監獄的囚犯。

第三部　自由

38

尼克．蒙可里夫穿越馬路時，有一、兩名看到他的路人略顯訝異。他們不是第一次看到囚犯從那個門出來，只是沒看過誰像他這樣拎著皮箱，穿得十分體面。

丹尼一路頭也不回，走到最近的車站，在兩年多來第一次動用現金，買了車票後，便搭上火車。他從車窗向外凝視，心中滿是奇異的不安全感。眼前沒有圍牆、沒有鐵絲網、沒有柵門，也沒有獄警。他外表看來像尼克、說話像尼克，思考卻像丹尼。

到了坎農街時，丹尼改搭地鐵，只見通勤者的步伐和熟悉的監獄步調完全不同。其中有幾個衣冠楚楚，說著高貴的腔調，做著精明的投資，但是尼克曾說過，這些人比不上他聰明，只是生長在不同的人家。

他提著沉重的手提箱，在國王十字車站下車，走過根本沒瞧他一眼的警察身旁並查看時刻表，開往愛丁堡的下一班火車預定十一點出發，下午三點二十分抵達威佛利車站。他還有時間吃早餐，於是從書報攤抓了一份《泰唔士報》，走了好幾步才發覺還沒付錢。丹尼滿頭大汗跑回去，迅速加入收銀機前的隊伍。丹尼聽說過，有個剛出獄的犯人在返家途中，因爲在車站展示櫃拿了一條巧克力棒，被警方以商店行竊罪逮捕，在短短七小時後再次送回貝爾馬什監獄，最後又蹲了三年大牢。

丹尼付了報錢，走進最近的小餐館，又排了一次隊。他走到熱食區，將餐盤遞給櫃檯後的女孩。

她無視伸到面前的餐盤，只問他：「您要點什麼？」

丹尼不確定要如何回答，因爲兩年多來，放在餐盤上的是什麼，他就吃什麼。「蛋、培根、蘑菇，還有……」

「那您最好點英式早餐。」她建議。

丹尼說：「好，就點英式早餐，還有……還有……」

「茶還是咖啡？」

「咖啡好了。」丹尼發現自己需要時間來適應「要什麼就有什麼」的生活。他在角落坐下，拿起調味醬汁，先想像尼克會加多少，然後倒在盤子旁，再翻開報紙的財經版。他外表像尼克、說話像尼克，思考卻像丹尼。

報導指出網路公司持續泡沫化，業主發現沒有野心就成不了大器。丹尼讀到頭版時已吃完早餐，開始啜飲第二杯咖啡。有人走到桌前為他添滿咖啡，當他道謝時還報以微笑。這時丹尼正在讀頭版頭條，只見保守黨黨魁伊恩・鄧肯・史密斯又遭受抨擊。假使首相召開選舉，丹尼會選東尼・布萊爾[1]，不過他猜尼克會支持史密斯，畢竟他也是個老兵。又或許布萊爾會退選？不可能，如果他想愚弄選民，就必須稱職地扮演他的角色，更不用說還想繼續留任了。

丹尼喝完咖啡在原位坐了好一陣子。他需要帕斯科告訴他說：「可以回牢房了。」他暗自笑了笑，起身走出小餐館，心裡明白該面對第一項考驗了。他找到一排電話亭，先深深吸了口氣，拿出尼克的皮夾抽出一張名片，撥了浮印在右下角的號碼。

「這裡是『孟羅、孟羅與卡麥可』。」

「請找孟羅先生。」尼克說。

「哪位孟羅先生？」

丹尼看了一下名片，「弗萊瑟・孟羅先生。」

「請問您是哪位？」

「尼可拉斯・蒙可里夫。」

「先生，我馬上幫您轉接。」

「謝謝。」

「早安，尼可拉斯爵士，」話筒傳來輕快的聲音，「眞高興聽到您的消息。」

---

① 當時的英國首相為工黨黨魁東尼・布萊爾（Tony Blair），工人階級出身的丹尼理所當然會選擇他。

「早安，孟羅先生，」丹尼緩緩說，「我想今天稍晚北上蘇格蘭，請問您明天是否有空見我？」

「當然，尼可拉斯爵士，十點可以嗎？」

丹尼想起尼克最愛用的字眼，於是說：「好極了！」

「那就明早十點在辦公室與您會面。」

丹尼忍住沒問他辦公室在哪裡，說了聲再見便掛了電話。他滿身大汗，大艾爾說對了，孟羅正在等尼克的電話，完全不可能懷疑打來的是另一個人。

丹尼很早就上了火車，車上人還不多，等候火車出發時他開始讀體育版。足球賽季還有一個月才到，但他對上個球季在英超名列第七的西漢姆隊抱以厚望。想到爲免被人認出，以後再也不能去厄普頓公園球場，他感到很難過。再也沒機會唱西漢姆隊歌〈我要不停吹泡泡〉了。他提醒自己，丹尼．卡特萊特已經死了，而且也下葬了。

火車緩緩出站，倫敦市景逐漸變換成鄉村景致。丹尼很驚訝火車一下子就達到全速前進的速度了。他沒去過蘇格蘭，最北只到過瓦特福隊的維卡拉格路體育場[2]。

丹尼雖然只出獄幾小時，但已覺得筋疲力竭。事物的步調遠比獄中快，而且最困難的就是得自己下決定。他看了尼克的錶，應該說是自己的錶，已經是十一點十五分。丹尼原本想繼續看報，但卻睡著了。

「查票。」

---

② 維卡拉格路體育場（Vicarage Road Stadium）距離倫敦僅三十多公里。

丹尼頓時驚醒，揉揉眼睛，將鐵路憑證交給查票員。「抱歉，先生，這種票不能搭快車，您得補差價。」

丹尼開口：「可是我……」接著又換成尼克的口氣，「眞對不起，請問要付多少錢？」

「八十四英鎊。」

丹尼沒想到自己竟犯下如此愚蠢的錯誤。他掏出皮夾拿出現金，查票員則印出收據。

他把票交給丹尼後，便說：「謝謝您，先生。」丹尼注意到，對方不假思索就叫他「先生」，不像東區的公車駕駛會叫他「老兄」。

「先生，您今天要用午餐嗎？」

這同樣只是因爲他的穿著與腔調。丹尼回答：「要。」

「餐車還在前面的車廂，大約半小時內就會開始上菜了。」

他又用尼克的措辭說：「感謝您。」

丹尼向窗外看去，只見鄉村景致向後飛逝。當他們過了格蘭特罕，他又看起財經版，但擴音器傳來的餐車營業通知打斷了他的思緒。他往前走，在一張小桌前坐下，希望不會受到打擾。他仔細看著菜單，想著尼克會點哪些菜，接著有位服務生前來。

「法式肉派（pâté），」雖然他不曉得嘗起來是什麼味道，但知道這法文怎麼念。過去他的金科玉律曾經是：絕不點任何有外文名字的東西。「還有牛肉腰子派。」

「要布丁嗎？」

尼克曾教過他千萬不要同時點三道菜，於是丹尼說：「我要再想想。」

「沒問題，先生。」

丹尼吃完午餐時已讀完《泰晤士報》的所有文章，包括劇評，這令他想起勞倫斯・達文波特。不過達文波特得先等等，眼前丹尼還有別的事要傷腦筋。雖然他很享受這頓午餐，但當服務生遞上二十七英鎊的帳單，他拿出三張十英鎊紙鈔付帳時，發覺荷包一直在變輕。

據尼克在日記中寫到，孟羅先生認為要是賣了蘇格蘭的大宅與倫敦的宅邸，將能得到一大筆錢，但他發現要完成交易可能需要好幾個月。丹尼很清楚身上只有一百多英鎊是撐不了幾個月的。

他回到原來的座位，開始思考隔天早上與孟羅會面的事。火車抵達泰因河畔的新堡時，丹尼解下手提箱的皮帶，打開箱子取出孟羅先生的信箋。信中全是孟羅答覆尼克的問題，但丹尼卻無從得知尼克原本在信中究竟寫了什麼。他不得不根據孟羅的回答猜想尼克提出的問題，但他唯一能參考的就只有日期與日記的條目。重新閱讀信件後，他很肯定雨果叔叔趁尼克入獄的四年之間顯然占盡了便宜。

丹尼在修車廠工作時曾遇過像雨果這種顧客——高利貸業者、房地產經紀人和叫賣小販，那些人自以為能贏過丹尼，可是從未達成目的，而且根本沒發現他看不懂合約。丹尼東想西想，心思飄到出獄前幾天才考的A-levels。他很想知道，套句尼克的話，自己是否「出類拔萃」地通過考試。他曾向獄友承諾，只要贏得上訴，首先就要努力取得學位。他打算信守諾言，以尼克的名義取得。他提醒自己忘了丹尼，要像尼克一樣思考。你是尼克，你是尼克。他就像考試時檢查答案一樣又把信重讀一遍，他非得通過這次考試。

三點半火車抵達威佛利車站，比預定時間晚了十分鐘。丹尼隨著人群沿月臺走去，查看了時刻表，確認下一班開往登布洛斯的火車還有二十分鐘。他買了《愛丁堡晚報》，津津有味吃著培根法國麵包。孟羅先生會不會發現他並非出身上流社會？他尋找了一下他的月臺，接著坐在長椅上。報上充斥著他從未聽過的人名與地方：達德林斯頓規畫委員會的問題、未完工蘇格蘭議會大樓的費用，還有愛丁堡藝術節的增刊。至於在後面幾版則充斥蘇格蘭超級足球聯賽的戰績預測，無禮地蓋過了英超球會的新聞。

十分鐘後，丹尼坐上開往登布洛斯的火車，這趟行程將花四十分鐘，中間會停靠幾個他根本不會念的站，最後抵達蘇格蘭。四點四十分時這列小火車緩緩駛入登布洛斯車站。丹尼吃力地拎著手提箱沿著月臺走上人行道，看見有輛計程車停在招呼站，這才鬆了口氣。尼克爬入前座，司機將箱子放入行李箱。

駕駛一回座便問：「去哪兒？」

「有推薦的旅館嗎？」

計程車駕駛說：「這兒只有一家。」

車開動時，丹尼說：「喔，那問題就解決了。」

加上小費在內，丹尼付了三英鎊五十便士，接著在蒙可里夫紋章飯店外下車，他走上臺階，通過旋轉門後，便將手提箱砰一聲放在櫃檯上。

「我要過夜。」他告訴櫃檯後的女人。

「只要單人房嗎？」

「好，謝謝。」

「先生，可以請您在訂房單上簽名嗎？」丹尼現在幾乎能下意識寫出尼克的名字。「您要刷信用卡嗎？」

丹尼開口說：「可是我沒有……」尼克接口說：「我要付現。」

「沒問題，先生，」她把訂房單翻面，看到簽名後似乎很訝異，但努力壓抑著。接著她默默消失在後面的房間。不久，一名穿方格呢毛衣和棕色燈芯絨褲的中年男子從辦公室走了出來。

「歡迎您回來，尼可拉斯爵士。我是飯店經理羅伯．基爾布萊德，眞是抱歉，我們不知道您要回來。我會將您轉到華特．史考特[3]套房。」

「移監」是每個囚犯聞之喪膽的字眼，丹尼說：「可是……」接著想起皮夾裡少得可憐的現金。

「您不必付額外的費用。」經理說。

「謝謝。」尼克說。

「您要和我們共進晚餐嗎？」

尼克說「是的」，不過丹尼想起自己阮囊日益羞澀，便回答：「不用，我已經吃過了。」

「沒問題，尼可拉斯爵士，我會請服務生幫您把行李送到房間。」

一名年輕人陪著丹尼走到華特．史考特套房。

---

③ 華特．史考特（Walter Scott）：十八世紀末蘇格蘭小說家、詩人、劇作家和歷史學家，也是歷史小說體裁的創始人。

他開門時說：「我叫安德魯，如果您需要任何東西，只要打電話通知我就好了。」

「我明早十點有個會，需要及時燙好西裝並洗好襯衫。」丹尼說。

「當然，先生，我們會在您開會之前把衣服送回來。」

丹尼道了聲謝，又給了一次小費。

丹尼坐在床尾打開電視，邊看邊聽令他想起大艾爾口音播報的地方新聞。直到他轉到英國的BBC頻道才有辦法聽懂每句話，可是不到幾分鐘他就睡著了。

39

丹尼醒來時發現自己完全沒換裝就睡著了，一部由傑克．霍金斯主演的黑白片已演完，螢幕上正播放鳴謝人名表。他關了電視，脫下衣服，決定在睡前洗個澡。

他踏入淋浴間，溫水不斷灑下，不會每隔幾秒就自動停止。他拿起圓麵包般大小的肥皂洗著身子，接著以鬆軟的大浴巾擦乾全身。多年來他第一次覺得自己乾乾淨淨。

接著他爬上有舒服厚墊的床，發現不僅有乾淨的床單，羽毛枕上還鋪了不只一條毯子。於是他沉沉睡去，但突然又醒來。這床太舒服了，當他移動時甚至會改變形狀。他拉起一張毯子丟到地上，轉身再度入睡。不久他又醒了，枕頭太軟，因此把枕頭和毯子同樣丟到地上。他再度入睡，當太陽隨著刺耳的不知名鳥鳴聲升起時，他又醒了。丹尼四下張望，以爲會看到帕斯科先生站在門口，但這扇門卻截然不同，它是木製而不是鋼製的；此外，門內側還有把手，讓他能隨心所欲地打開。

丹尼下床穿越柔軟的地毯，走到獨立的浴室又洗了一次澡。這次他洗了頭，還對著有放大功能的環狀鏡子，仔細刮好鬍子。

門上響起禮貌的敲門聲，但依舊緊緊關著，沒有被猛然推開。丹尼穿上飯店的浴袍打開門，發現服務生捧著整齊的包裹站在門口。

「您的衣服，先生。」

「謝謝。」

「早餐設在餐廳，將供應到十點。」

丹尼穿上乾淨的襯衫，打好條紋領帶後，接著才穿上剛燙好的西裝。他瞧著鏡中的自己，絕不會有人懷疑他不是尼可拉斯・蒙可里夫爵士。他再也不必同一件襯衫連穿六天，同一條牛仔褲連穿一個月，同一雙鞋穿上一整年——前提是孟羅先生能解決他所有的財務問題。如果孟羅先生辦得到……

丹尼看了昨天還覺得很厚的皮夾一眼，不禁低聲咒罵，他付完飯店帳單之後就所剩無幾了。他打開門，但才一關上就想起鑰匙還在房裡。他得請帕斯科開門，這會被寫進報告嗎？他又低聲咒罵，像尼克那樣罵了聲「該死」，就去找餐廳了。

餐廳正中央大桌擺滿了各種麥片與果汁，熱食區則有麥片粥、蛋、培根、血腸和燻鯡魚。服務生將丹尼帶到窗邊的餐桌，並遞上《蘇格蘭人報》。他翻到財經版，看到蘇格蘭皇家銀行正在擴大房地產投資組合。當丹尼還在獄中時便滿心佩服，蘇格蘭皇家銀行以小魚吞大鯨的方式，連個飽嗝都沒打便收購了國民西敏寺銀行。

他四下張望，突然擔心工作人員可能議論紛紛說他沒有蘇格蘭口音。不過大艾爾曾告訴他軍官絕不會有蘇格蘭腔，尼克當然也沒有。他面前放了兩份燻鯡魚，父親會說這是美食——這是他出獄後第一次想起父親。

「先生，您還要點些別的嗎？」

「謝謝，不用了，」丹尼說，「能否麻煩把帳單送上來？」

對方立刻回答：「當然，先生。」

當他正要離開餐廳時，突然想起自己不知道孟羅事務所在哪兒。從他的名片看來是阿蓋爾街十二號，可是他不能問櫃檯人員怎麼走，因爲人人都會認爲他在登布洛斯土生土長。丹尼從櫃檯拿了備份鑰匙回到房間，已經九點三十分了，他還有三十分鐘能找到阿蓋爾街。

這時傳來敲門聲，他趕緊跳起來站在床尾，等著門打開。

「先生，我能幫您拿行李嗎？」服務生問，「您需要計程車嗎？」

丹尼冒險地說：「不，我只是要去阿蓋爾街。」

「我會把您的行李放在櫃檯，等您稍後來拿。」

「去阿蓋爾街的路上是不是還有家藥房？」丹尼問。

「沒有，幾年前就關了，您需要什麼？」

「刮鬍刀和刮鬍膏。」

「從強森藥房的舊址往下走幾家店，就有一家雷斯藥房。」

丹尼根本不知道強森藥房原本在哪兒，但還是給了一英鎊小費，並向他道謝。

丹尼看了尼克的錶一眼，已經九點三十六分了。他趕緊下樓走到櫃檯，嘗試截然不同的手段。

「你們有《泰晤士報》嗎？」

「沒有，尼可拉斯爵士，但我們可以幫您買。」

「別麻煩了，我可以運動運動。」

櫃檯人員說：「曼西茲有，您出了飯店向左轉，大約走九十公尺。不過當然，您一定知道曼西茲在哪兒。」

丹尼快步走出飯店左轉，不久便看到曼西茲的招牌。他慢慢晃進去，沒人認得他。於是他買了份《泰晤士報》，櫃檯的女孩沒稱呼他「先生」或「尼可拉斯爵士」，他鬆了口氣。

「這裡離阿蓋爾街遠嗎？」

「幾百公尺吧，出店門後往右轉，經過蒙可里夫紋章飯店……」

丹尼迅速回頭行經飯店，查看了每個十字路口，最後才看到頭上有片石板，上面大大刻著「阿蓋爾街」。當他走入阿蓋爾街，眼見手錶已指著九點五十四分。他還剩下幾分鐘，可是絕不能遲到，因爲尼克向來都很準時。他還記得大艾爾常說：「遲到的軍隊會打敗仗，問拿破崙就知道。」

他經過二、四、六、八號門牌時，腳步變得愈來愈慢，往下是十號，接著他停在十二號外面，只見牆上有塊褪色的黃銅板彷彿每天早上都會被擦拭一遍，上面刻印著「孟羅、孟羅與卡麥可」。

丹尼深深吸了口氣，打開門大步走進去。櫃檯的女孩抬起頭，他好怕她聽見自己的心跳。當他正要報上姓名時，她便說：「早安，尼可拉斯爵士。孟羅先生正在等您。請跟我走。」

丹尼已通過第一項考驗，他甚至還沒開口說話。

※※※

「您的伴侶死後，我奉命將卡特萊特先生的私人物品轉交給您，請先出示身分證明。」櫃檯後的女警官說。

貝絲打開手提包拿出駕照。

女警官道了聲謝並仔細確認後，才將駕照交還給她。「威爾森小姐，如果可以的話，當我念出每件物品的描述時，就請您加以指認。」接著她打開一個大紙箱，拿出一件牛仔褲說：「一件淺藍色牛仔褲。」當貝絲看到當初刀子插入丹尼腿部的切口時，突然大哭起來。女警先等她恢復平靜，才繼續念：「一件西漢姆隊球衣、一條褐色皮帶、一個金戒指、一雙灰短襪、一件紅色四角褲、一雙黑鞋、一個皮夾，裡面裝有三十五英鎊和拳擊俱樂部會員卡。」最後她指著虛線說：「威爾森小姐，請您在這兒簽名。」

貝絲簽完名，俐落地把丹尼的物品全放回紙箱，並道了聲謝。她轉身要走時，迎面碰上另一名獄警。

「午安，威爾森小姐，我叫雷・帕斯科。」

「丹尼很喜歡你。」貝絲微笑說。

「我也很欣賞他，」帕斯科說，「但我來不是要講這個。我幫妳拿。」兩人向通道走去時，他從她手裡接過箱子。「我想知道，妳是否打算推翻上訴裁決？」

「既然丹尼都死了，這又有什麼意義？」貝絲說。

於是帕斯科問：「如果他還活著，妳會改變態度嗎？」

「會，當然會，」貝絲厲聲說，「我會用下半輩子拚命證明他的清白。」

走到前門時，帕斯科把箱子交還給她，並說：「我覺得丹尼會希望自己的名譽恢復清白。」

40

「早，孟羅先生，」丹尼伸出手，「真高興再見到您。」

「尼可拉斯爵士，我也很高興見到您，我想您一定有趟愉快的旅程。」

尼克曾鉅細靡遺地形容弗萊瑟．孟羅，因此丹尼簡直覺得自己認識他。當孟羅請他坐在辦公桌旁舒適的座椅上時，丹尼說：「是的，謝謝您。我在火車上把我們的通信又看了一遍，並重新考慮您的建議。」

「恐怕我最新一封信尚未即時寄到，我應該先打電話的，不過當然……」

「那當然沒辦法。」丹尼只對最新一封信的內容感興趣。

「恐怕不是什麼好消息，」孟羅秀出尼克不曾提及的習慣，用手指輕敲著桌面說，「法庭發出了不利於您的令狀……」丹尼緊抓住座椅的扶手，心想警察是否在外面等他。「這是令叔雨果的意思。」丹尼鬆了口氣，孟羅又說：「我早該料到的。我很自責。」

「繼續說下去。」丹尼心裡喊著，但尼克沒有開口。

「令狀中說，令尊將蘇格蘭大宅和倫敦的房子都留給令叔，您對兩處物業毫無合法要求權。」

「那是胡說八道。」丹尼說。

「我完全同意，如果您允許，我將回覆說我們打算強烈抗辯。」丹尼接受了孟羅的意見，儘管他知道假如是尼克會加謹慎些。「令叔的律師團提出所謂的和解，更是雪上加霜。」丹尼點了點頭，但仍不願提供意見。「如果您接受令叔最初的提議，也就是讓他保有兩處物業，並負起抵押借款的責任，他就會指示撤回令狀。」

「他在虛張聲勢，」丹尼說，「孟羅先生，如果我沒記錯，您原本建議，爲了索回我父親抵押兩座宅邸所借的款項，也就是大約兩百一十萬英鎊，要我與叔叔對簿公堂。」

「我確實建議過，不過我還記得，尼可拉斯爵士，當時您的反應是……」孟羅將半月形眼鏡戴回鼻端，並打開卷宗，「就在這兒。您當時說，如果那是父親的意思，您不會違背。」

「那是我當時的想法，但後來情況不同了。我不認爲父親會同意雨果叔叔對親姪子發令狀。」丹尼說。

「我贊同您的看法。」當事人忽然改變心意，孟羅難掩驚訝地說，「尼可拉斯爵士，我可否建議，讓我們逼他攤牌？」

「我們要怎麼做呢？」

孟羅回答：「要求法院裁判當初令尊是否有權在不徵詢您的狀況下，使拿兩筆物業去貸款。儘管我行事謹慎，但我還是要說，法律站在我們這邊。不過，我想您年輕時一定讀過狄更斯的《荒涼山莊》。」

「不久前才讀的。」丹尼坦承。

「那您應該很瞭解，這類訴訟可能有鬧大的風險。」

「可是這和小說中的案件不同，」丹尼說，「我猜雨果叔叔會同意庭外和解。」

「您爲何如此認爲？」

「他不會想看到自己的照片登上《蘇格蘭人報》與《愛丁堡晚報》頭版，兩家報紙巴不得提醒讀者過去四年他的姪子待在哪兒。」

「我倒沒注意到這點，但仔細一想，我必須贊同您的看法。」孟羅清了清喉嚨，「我們上次見面時，您似乎並不認爲……」

「孟羅先生，上次我滿心想著其他事情，還沒完全瞭解您話中的重要性。從那時起，我好好考慮了您的建議，因此……」這些臺詞丹尼在獄中早已反覆演練，當時由大艾爾扮演孟羅先生。

「您說得沒錯，」孟羅拿下眼鏡，仔細端詳他的當事人，「那麼在您的同意下，我將盡力爲您辯護。但我必須提醒您，短時間內可能無法解決。」

「要花多久時間？」丹尼問。

「可能要一年，甚至更久才會開庭。」

「那可能會有問題。我不確定顧資銀行帳戶裡的錢夠不夠支付……」丹尼說。

「想必您連絡上銀行人員之後，就會告訴我答案。」

「當然！」丹尼說。

孟羅又清了清喉嚨：「尼可拉斯爵士，我覺得我們還有一、兩件事應該討論。」丹尼只點了點頭，孟羅則戴回半月形眼鏡，翻找桌上成堆的文件，最後才從底下抽出一份，「您最近在獄中立了一份遺囑。」

丹尼，認出尼克在監獄橫紋紙上熟悉的字跡，並說：「您可以聊聊其中的細節。」

「您將龐大的財產都留給一位叫丹尼爾．卡特萊特的。」

「噢，老天！」丹尼驚呼。

「由此看來，尼可拉斯爵士，您是否想重新考慮個人立場？」

「不，」丹尼隨卽恢復鎮定，「只是丹尼．卡特萊特最近死了。」

「那您需要再找時間立份新遺囑，不過老實說，眼前有更急迫的事要考慮。」

「像是什麼？」丹尼問。

「令叔似乎迫不及待得想拿到一把鑰匙。」

「鑰匙？」

「是的，他認爲銀鍊和鑰匙在您手中，好像願意出一千英鎊來交換。雖然他知道鑰匙本身沒什麼價值，但仍希望能留在家族手裡。」

「鑰匙會留在家族手中，這是當然的，」丹尼回答，「孟羅先生，我能私下請教您嗎？您知不知道這鑰匙是用來開什麼的？」

「我不知道，」孟羅坦承，「您的祖父從未告訴我。不過我可以大膽假設，如果令叔這麼想得到它，那鑰匙能打開的財富一定遠超過一千英鎊。」

「沒錯。」丹尼模仿孟羅的語氣。

「您希望我怎麼回應令叔的提議？」孟羅問。

「告訴他，您根本不知道有這樣的鑰匙。」

「就照您的意思吧！但我深信他沒那麼容易打發，一定會回頭出更高的價錢。」

丹尼斷然說：「不管他出多少錢，我的答案都一樣。」

「那就這樣吧！」孟羅說，「請問您打算待在蘇格蘭嗎？」

「不，孟羅先生，我馬上就要回倫敦解決財務問題，但我一定會與您保持聯絡。」

孟羅說：「那您會需要倫敦寓所的鑰匙，自從令尊死後我就一直負責保管。」接著他起身走到角落的大保險箱，輸入密碼並拉開厚重的門，只見裡面有好些堆滿文件的架子。他從最高的架子拿下兩個信封後說：「尼可拉斯爵士，我有博爾頓街寓所和蘇格蘭大宅的鑰匙，您要自行保管嗎？」

「不了，謝謝，」丹尼說，「目前我只需要倫敦寓所的鑰匙，如果您能繼續保管大宅的鑰匙，那我將感激不盡。畢竟我不可能同時出現在兩個地方。」

孟羅說了聲「沒錯」，便將一份鼓鼓的信封遞給他。

「謝謝，」丹尼說，「您忠誠為我們家族服務多年。」孟羅聞言笑了笑，丹尼繼續說，「我祖父……」

這時孟羅嘆息說：「唉！」丹尼心想，自己是不是太過火了，但只聽到他說：「不好意思打斷您，可是提起令祖父，就讓我想起另一件該告知您的事。」他到保險箱東翻西找過了一會兒，才抽出一個小信封，興沖沖地說：「啊！在這兒。令祖父要我等令尊過世後親手把這交給您。上次見面時我就該完成他的遺願了。不過，呃……您當時還身受種種限制。我承認自己一時忘了。」他將信封遞給丹尼，丹尼看了信封裡面，卻發現空無一物。

「您知道這是怎麼回事嗎？」丹尼問。

孟羅坦承：「我不知道，不過想到令祖父一生的嗜好，那枚郵票或許有點價值。」

於是丹尼沒再作聲，便將信封放入西裝內袋。

孟羅起身說：「希望不久之後就能在蘇格蘭再見到您。若需要我的協助，請立刻打電話來。」

「我不知該如何報答您的恩情。」丹尼說。

孟羅乾笑說：「我相信等我們處理完令叔雨果的問題後，我將獲得豐厚的報償。」接著他陪尼可拉斯爵士走到門口，熱誠地握手道別。

儘管孟羅疑惑在這種場合下，當事人打軍團領帶是否明智，但望著他回頭朝飯店的方向大步走去時卻忍不住想，尼可拉斯爵士變得真像他祖父。

※※※

雨果朝話筒大吼：「他做了什麼？」

「他也發出令狀，要求索回您以兩筆物業借得的兩百一十萬英鎊。」

「一定是弗萊瑟．孟羅在背後搞鬼，尼克才沒膽違抗他爸的意思。現在我們怎麼辦？」雨果說。

「收下令狀，跟他們說法庭見。」

「我們不能這麼做。你不是一直說，如果最後鬧上法庭我們就輸定了，到時媒體可樂了。」雨果說。

「沒錯，可是這絕對上不了法庭。」

「你怎會這麼有把握？」

「我會確保這案子拖上好幾年，至於令姪早在開庭前就口袋空空了。別忘了，我們知道他銀行帳戶裡有多少錢。在我把他搾乾時，你只要耐心等就成了。」

「那鑰匙呢？」

「孟羅口口聲聲說，他根本不知道鑰匙的事。」

「出更高的價錢，萬一尼克發現那鑰匙能打開什麼，他就能冷眼看著我錢財散盡，就此完蛋。」雨果說。

41

丹尼搭火車返回倫敦，途中仔細端詳尼克祖父留下的信封。他勢必不想讓兒子知道此物留給了孫子尼克。爲什麼呢？

丹尼注意上面的郵票，法國印製，面值五法郎，印有奧林匹克會徽的五個圓圈，信封上蓋了一八九六年巴黎的郵戳。丹尼從尼克的日記中得知，他的祖父亞歷山大・蒙可里夫爵士是位精明的收藏家，因此這枚郵票可能極爲珍貴，可是他不知道該請誰協助確認。他認爲信封上的姓名和地址「古柏坦男爵，瑞士日內瓦紅十字會路二十五號」應該不重要，那位男爵一定早就過世了。

丹尼從國王十字車站轉搭地鐵，前往他不熟悉的倫敦南肯辛頓區。靠著車站書報攤買來的市區地圖，他沿著舊布朗普頓路朝博爾頓街走。儘管手提箱變得愈來愈沉重，但他知道錢愈來愈少，不能再搭計程車了。

丹尼總算抵達博爾頓街時，他站在十二號門外，無法置信這裡只有一戶人家，光是雙車庫就比他在堡區的家還大。他打開吱軋作響的鐵門，穿越好長一段雜草叢生的小徑才走到大門。他不知道自己爲何要按門鈴，但還是等了一會兒確定屋裡沒人後，才把鑰匙插入鎖孔。

丹尼試著將鑰匙轉了好幾次，最後大門才不情願地開啓。他打開大廳的燈，屋內的陳設正如尼克在日記裡所描述的：地上鋪著綠色的厚地毯、牆上貼著有紅色圖案的壁紙，不過如今都已褪色，從天花板懸垂到地上的老舊蕾絲長窗簾，多年來一直都吸引著飛蛾。牆上沒有畫像，只留下一些半褪色的方形與矩形，可看出昔日吊掛的位置。丹尼清楚知道是誰拿走了畫，也知道現在是掛在誰家。

他緩步在房內四處走動，試著熟悉環境，整棟房子像座博物館而不是某人的家。丹尼先探索一樓，然後沿階梯爬上樓梯間走向另一個通道，進入大雙人房，只見衣櫃內掛著一排像是古裝戲租用的黑西裝以及附翼領的襯衫，底下的橫木上則放著幾雙厚重的黑色布羅克鞋[4]。丹尼猜想這一定是尼克祖父的房間，因爲他父親顯然喜歡待在蘇格蘭。亞歷山大爵士一死，想必雨果叔叔就趁尼克入獄時，慫恿尼克的父親抵押宅邸貸款一百萬英鎊，並在那之前將畫像和任何能移動的貴重物品都搬走。丹尼心想，在他專心對付那幾位劍客前可能得先擺平雨果。

丹尼察看了七間臥室之後，挑了一個小房間度過第一夜。等他看過整個衣櫃還有所有抽屜，就推斷這一定是尼克的舊房間，因爲裡面有剛好符合他身型的成排西裝、滿滿一抽屜的襯衫與皮鞋，但衣服過去的主人大部分時間都穿軍人制服，對時尚毫無興趣。

丹尼剛放好行李，就決定到頂樓探險。他看到一間看似嶄新的兒童房，隔壁的育兒室擺滿了沒用過的玩具，不禁想起貝絲和克莉絲蒂。從育兒室的窗戶向外望，有一大片庭園。縱使在黃昏的薄暮中，他也能看見草坪多年疏於修剪，雜草叢生。

接著他回到尼克的房間，脫下衣服洗了個澡，坐在浴缸裡陷入沉思，直到水變冷才起身。他擦乾身體，決定不穿尼克的絲質睡衣褲，直接爬上床，這個床墊比較像他在獄中習慣躺的那種，因此不到幾分鐘便睡著了。

※※※

④ 布羅克鞋（Brogues）是一種低跟鞋，以鞋面雕花和堅固的皮革鞋面而著稱。

第二天早上丹尼跳下床，穿上褲子，抓起一件掛在門後的絲質晨袍，就下樓找廚房。

他走下沒有地毯的小階梯，進入昏暗的地下室，發現有間大廚房，裡面除了將軍牌炊具，還有好些擺滿玻璃瓶的架子，瓶裡裝著他不認得的玩意。令他感到好笑的，就是牆上裝了一排分別寫著「會客室」、「主臥室」、「書房」、「育兒室」與「大門」的小鈴鐺。接著他開始找東西吃，但食物早過了保存期限。他終於發現屋子裡瀰漫的究竟是什麼味道。只要尼克的銀行帳戶裡有錢，他首先就要請個清潔工來打掃。他打開一扇大窗，讓久違的新鮮空氣流通進來。

丹尼找不到東西吃，只好走回臥室穿衣服。他從尼克的衣櫃裡盡量挑了式樣最新的，但穿起來仍像個休假的禁衛隊長。

廣場教堂鐘樓敲響八點的鐘聲，丹尼拿起床頭櫃上的皮夾放入外套口袋。他看著尼克祖父留給他的信封，決心爲郵票的事保密。他坐在靠窗的書桌前，開了張給尼可拉斯．蒙可里夫的五百英鎊支票。尼克帳戶裡有這麼多錢嗎？他只有一個辦法能找出答案。

幾分鐘後他走出家門，確認帶了鑰匙才將門關上。他漫步到路口右轉，朝南肯辛頓地鐵站走去，在路上的店家買了《泰晤士報》，他注意到店外有張貼各式廣告的布告欄，寫著「按摩到府服務，一百英鎊」、「廉讓割草機，只用過兩次，兩百五十英鎊，價格可議」。如果確定尼克帳戶裡有兩百五十英鎊，他就會買。另外還有「清潔人員，一小時五英鎊，有介紹人，請電墨菲太太」。丹尼很想知道墨菲太太是否能撥出一千個小時。他抄下對方的手機號碼，想起還有些東西得買，但還是得先查清楚尼克的帳戶餘額。

丹尼在查令十字地鐵站下車，擬好兩種行動方案，這將取決於顧資銀行的經理是否熟識尼可拉斯爵士，或者與他素未謀面。

他沿著河岸街找，尼克支票簿的灰色封面只寫了「顧資銀行，倫敦河岸街」；顯然銀行的規模很大，並非只有一個門號號碼。他走了沒多遠，便看到對街有一棟正面鑲滿玻璃的古銅色的大型建築，「顧資銀行」商號上方還慎重其事畫了兩頂王冠。他注意左右來車，飛快穿越馬路，想確認尼克名下還有多少錢。

他通過旋轉門走入銀行，環顧四周，只見前方有通往樓上銀行大廳的手扶梯。他走向有著玻璃屋頂的大房間，放眼望去，只見長達一整面牆的櫃檯，幾名身穿黑色雙排扣長禮服的出納員正在服務顧客。丹尼挑了位年輕的出納員，走到他的窗口說：「我想提款。」

「先生，您要提多少錢？」

丹尼遞給他早上才簽好的支票，「五百英鎊。」

出納員核對過姓名與電腦上的帳號後，支支吾吾地說：「尼可拉斯爵士，可否請您稍候？」

這時丹尼的心跳開始加速：尼克的帳戶透支了嗎？帳戶關了嗎？還是他們不願與前科犯往來？不久，一名較年長的男子出現，對他展現熱誠的笑容。尼克認識他嗎？

他試探著問：「是尼可拉斯爵士嗎？」

「是的。」這下丹尼知道了，這位先生認識尼克。

「我是銀行經理華特森，好久不見，眞高興再見到您。」丹尼緊緊握了他的手，對方又說：「我們能到辦公室談談嗎？」

丹尼努力表現出自信，「當然，華特森先生。」他跟著經理穿越銀行大廳，進入鑲滿原木的小辦公室，只見他桌後掛了一張油畫，上面有位身穿黑色雙排扣長禮服的紳士，並寫著「創辦人約翰．坎貝爾，一六九二年。」

丹尼還沒坐下，華持森瞄了一眼電腦螢幕說：「尼可拉斯爵士，您四年來都沒提過款。」

「沒錯。」丹尼說。

「您大概一直都待在國外？」

「不是，但如果你們在我出城時都能好好管理我的帳戶，將來我會更常前來光顧。」

「尼可拉斯爵士，我也希望如此，」經理回答，「我們每年都撥付百分之三的利息到您的戶頭。」

「現在我帳戶裡有多少錢？」丹尼無動於衷地問。

經理看了螢幕一眼，「七千兩百一十二英鎊。」

丹尼鬆了口氣，問說：「你們銀行還有我名下的任何帳戶、文件或貴重物品嗎？」看到經理有點驚訝，丹尼又說：「我父親最近去世了，所以想問清楚。」

經理點了點頭說：「先生，我查查看。」他在電腦上按下一些鍵，隨後搖搖頭：「看來令尊的帳戶兩個月前就關了，所有資產都轉到愛丁堡的克萊茲代爾銀行。」

「啊，對了，」丹尼說，「是我叔叔雨果。」

經理證實：「的確，收款人是雨果．蒙可里夫。」

「正如我所料。」丹尼說。

「尼可拉斯爵士，我還能爲您做什麼嗎？」

「對了，我需要辦張信用卡。」

華特森說：「當然，請您塡好這張表格。」接著他向前遞上一份表單，「過幾天卡片就會寄到您的宅邸。」

丹尼回想尼克的生日、出生地和全名，但不太會寫「職業」和「年收入」欄。

丹尼一塡完表格就說：「還有件事，關於這個您知道要去哪裡找人估價嗎？」他從內袋拿出一個小信封，拿到經理面前。

經理仔細看了信封，便毫不遲疑地回答：「郵票經紀商史丹利吉本斯，他們是業界翹楚，國際知名。」

「他們在什麼地方？」

「路上就有一家分店，我建議您與普蘭德加先生談談。」

丹尼滿腹狐疑地說：「您這麼見多識廣，我眞是幸運。」

「畢竟他們和我們銀行往來已經將近一百五十年。」

※※※

丹尼走出銀行時皮夾裡多了五百英鎊，接著便動身去找史丹利吉本斯。途中他經過一家手機專賣店，又劃掉一項購物單上的物品。等他選購完最新型的手機，便問年輕的店員知不知道史丹利吉本斯在哪兒。

他回答：「朝您左手邊走，接近五十公尺。」

丹尼繼續往前走，直到看見門上的招牌，裡面有個瘦瘦高高的男子靠在櫃檯，低頭翻閱目錄。丹尼一走進門，他立刻站得筆直。

「普蘭德加先生？」

「是的，我能爲您服務嗎？」

丹尼拿出信封放在櫃檯上，「顧資銀行的華特森先生說，您或許能爲這估價。」

「我會盡力，」普蘭德加從櫃檯下拿出放大鏡，仔細端詳信封好一會兒，才大膽提出意見：「這是初版的五法郎特級郵票，是爲了紀念創立現代奧林匹克運動會而發行的。郵票本身只值幾百英鎊。但還有兩項因素可能提高它的價值。」

「哪些因素？」

「一八九六年四月六日的郵戳。」

「那有什麼重要的？」丹尼耐著性子問。

「那是第一屆現代奧運會開幕的日期。」

丹尼立刻接口：「第二項因素呢？」

「就是信封上的收件人。」普蘭德加相當自滿。

「古柏坦男爵[5]。」

「對，」普蘭德加說，「這位男爵就是現代奧運之父，正因如此，使您的信封成了收藏品。」

---

⑤ 古柏坦男爵（Pierre de Frédy, Baron de Coubertin）：法國貴族，現代奧運會的發起人，奧運會徽、會旗卽由他所設計。

這時丹尼問：「您能估個價嗎？」

「先生，這收藏品很獨特，所以不容易估。但我願意出價兩千英鎊。」

「謝謝，可是我想考慮一下。」丹尼接著便轉身離去。

「兩千兩百英鎊呢？」當丹尼輕聲關起身後的大門時，店家說。

42

接下來幾天，丹尼在博爾頓街安頓下來。他以爲永遠不會在這裡感到「賓至如歸」，直到茉莉出現。

茉莉．墨菲來自科克郡[6]，丹尼花了一些時間適應她的口音。她比丹尼矮了大概三十公分，身材非常瘦小，丹尼懷疑她怎會有力氣一天工作超過兩三個小時？儘管她看起來比自己母親年輕，比貝絲年長，但丹尼看不出她的年齡。她對他說的第一句話就是：「我一小時收五英鎊，現金。」茉莉聽說尼可拉斯爵士來自蘇格蘭後，又堅定地補充說：「我才不要繳稅給給那些英格蘭王八蛋，如果你覺得我做不好，我做到這周末就走。」

茉莉工作的頭幾天，丹尼注意她的一舉一動，但不久便很清楚她跟自己母親屬於同一種人。到了周末，他在屋裡任何地方坐下都是一塵不染，踏進浴缸也看不到一滴水印；打開冰箱拿東西

⑥　科克郡（County Cork）位於愛爾蘭南部鄉間。

吃更不必擔心會中毒。

到了第二個周末，茉莉開始爲他做晚飯並洗燙衣服。到了第三個周末，他已經覺得自己不能沒有她了。

茉莉很積極，讓丹尼得以專心做其他事情。孟羅先生曾寫信給他說已向叔叔發出令狀。雨果的律師足足拖了二十一天才接下令狀。

孟羅先生警告他說，蓋布雷律師素以從容聞名，但也向丹尼保證他會緊咬不放任何機會。丹尼思量的則是：「緊咬」得要花上多少錢。但當他翻過信就得到答案了。孟羅附上一張四千英鎊的帳單，其中涵蓋了自從葬禮以來他所從事一切服務的費用，當然也包括發令狀在內。

丹尼看了早上連同信用卡寄來的銀行對帳單，發現四千英鎊將在財務上挖一個大坑，他不曉得自己在這場拳賽中扔出毛巾前，究竟還能撐多久——或許是陳腔濫調，但這比喻確實令他懷念起堡區的快樂時光。

在過去一星期中，丹尼買了臺筆記型電腦、一臺印表機、一個銀製相框、幾個檔案夾、各式筆與鉛筆、橡皮擦，還有大量紙張。他開始爲伯尼之死相關的三人組建立資料庫。第一個月，他都在輸入手邊有關史賓賽·克雷格、傑洛德·裴恩和勞倫斯·達文波特的資料，內容不多，可是尼克曾教導他，悉心研究比較容易通過考試。他才正要著手研究，就收到孟羅的帳單，這提醒他資金很快就會耗盡。接著他想起尼克祖父的信封——該尋求其他意見了。

他拿起茉莉每天早上帶來的《泰晤士報》，翻出藝文版看到的一篇文章。有位美國收藏家在「蘇富比」以五千一百萬英鎊購得近代畫壇大師克林姆的畫。

丹尼打開手提電腦上網搜索克林姆的資料，發現他是奧地利象徵主義畫家，生於一八六二年，卒於一九一八年。接著他又查詢「蘇富比」，發現這是一家專門拍賣藝術品、骨董、書籍、珠寶與其他收藏品的公司。他按按滑鼠，得知郵票也是收藏品，需要估價者可以致電蘇富比，或是造訪他們在新龐德街的營業處。

丹尼認爲他會給蘇富比帶來驚喜，但不是今天。今天他要去戲院，但不是爲了看戲，戲劇本身並非重點。

※※※

丹尼從未上過倫敦西區的戲院，勉強算起來，只有在貝絲二十一歲生日那天去皇宮劇院看《悲慘世界》。他沒那麼喜歡，也不想費事再看一場音樂劇。

前一天他打電話到蓋瑞克劇院，訂了下午場《不可兒戲》的票。他們說要在開演前十五分鐘到售票處取票。丹尼早到了些，發現劇院幾乎空無一人。他拿好票，買了節目表後，便在帶位員的協助下找到H排最旁邊的位子，只見少數觀眾零星散布在劇院中。

他翻開節目表，讀到在一八九五年，王爾德這齣戲首度在倫敦聖詹姆斯劇院上演，隨即造成轟動。後來其他觀眾陸續進來，他只好站起來讓H排的其他人先就座。

等到燈光轉暗時，劇院幾乎坐滿了人，似乎大多是年輕女性。帷幕升起時，不見勞倫斯・達文波特蹤影。不過丹尼沒等多久，幾分鐘後他就上場了，這張臉丹尼是絕不會忘記的。有一、兩名觀眾立刻鼓起掌來，達文波特在說出第一句臺詞前等了一下，彷彿想先等大家鼓完掌。

丹尼很想衝上舞臺，在觀眾面前拆穿達文波特的眞面目，告訴大家在酒館那天，這位男主角是如何袖手旁觀，眼睜睜看著史賓賽．克雷格用刀刺死他的摯友。他當天在小巷裡的表現和此刻臺上威風而自信的男人截然不同。當時他飾演懦夫，演技遠比在舞臺上更令人信服。

丹尼緊盯著達文波特，就像年輕的女觀衆。達文波特在臺上顯然很自戀，要是觀衆席有面鏡子，他一定會盯著看吧。中場休息時，丹尼已經看夠了達文波特的臉，巴不得立刻送他進監獄。丹尼很訝異自己喜歡這齣戲，否則他早就回家更新檔案去了。

他隨著擁擠的觀衆走到人滿爲患的酒吧，只有一名酒保在服務，他只好在大排長龍的隊伍中等候。最後丹尼決定放棄，利用多出來的時間看節目表，多認識認識王爾德，他希望這位劇作家也有被納入A-level的課程中。這時有兩個站在酒吧角落的女孩高聲交談，吸引了他的注意。

「妳覺得拉瑞怎麼樣？」

「棒透了，」另一個女孩回答，「可惜他是同志。」

「妳喜歡這齣戲嗎？」

「喔，喜歡啊！最後一晚演出時我會再來。」

「要怎樣才能買到票？」

「有個舞臺工作人員住在我們家附近。」

「那意思是說，戲後你們會去參加派對嗎？」

「可以，但我要當那個工作人員的女伴。」

「妳覺得有機會碰到拉瑞嗎？」

「就是因爲有機會我才答應跟他一起去。」

鐘響三聲之後，顧客迅速放下飲料陸續重返觀衆席，丹尼緊跟著人群。

帷幕再度升起，丹尼深深沉迷在戲中，差點忘了來這兒的眞正目的。女孩目不轉睛看著貝瑞斯福醫生，丹尼好整以暇地坐著，等著看眼前的兩個男人中，究竟誰才是劇中的華應眞[7]。

當帷幕落下時，全體演員同臺謝幕，觀衆起立大吼大叫，就像貝絲那晚一樣，但卻是不同的吼叫。這讓丹尼更加下定決心，要讓衆人看清偶像的眞面目。

聒噪的觀衆最後一次要求謝幕後，便從戲院一哄而散。有些人直接走向後臺門，但丹尼卻走回售票處。

售票經理笑說：「喜歡表演嗎？」

「是的，謝謝。您該不會有最後演出那晚的門票吧？」

「恐怕沒有，先生，都賣完了。」

「只要一張呢？」丹尼滿懷希望地說，「我隨便坐哪兒都可以。」

售票經理查看電腦螢幕研究最後一場公演的劃位，說：「W排還有一個座位。」

「我要了！」丹尼遞過信用卡，「那我能參加公演後的慶功宴嗎？」

「不，恐怕不行，」經理笑著說，「要有邀請函才能入場。」他刷了丹尼的信用卡後說：「尼

---

⑦ 華應眞（Ernest）是《不可兒戲》（The Importance of Being Earnest）男主角傑克的另一化名身分。本譯名採余光中版本。

可拉斯．蒙可里夫爵士？」並仔細端詳他的臉。

「是的。」丹尼說。

經理印出一張票，從櫃檯下拿出一個信封，並將票放了進去。

丹尼搭地鐵回南肯辛頓，路上仍繼續看著節目表，他迫不及待讀完有關王爾德的敘述和他的其餘劇本後，才打開信封查看裡面的門票——C排九號，他們一定弄錯了。他從信封抽出一張卡片，上面寫著：

蓋瑞克劇院
邀請您蒞臨
《不可兒戲》慶功宴
二〇〇二年九月十四日星期六
於多徹斯特飯店舉行
憑邀請函入場
晚上十一點開始（天知道什麼時候結束？）

丹尼突然瞭解身爲尼可拉斯爵士有多重要。

43

布倫德爾先生將放大鏡擺回桌上，微笑對這位可能的賣家說：「有意思，眞有意思！」

「這值多少錢？」丹尼問。

布倫德爾坦承：「我不知道。」

「聽說您是業界首屈一指的專家。」

「我也希望如此，」布倫德爾回答，「但我在業界待了三十年，從未見過這種東西。」他又拿起放大鏡彎腰仔細研究信封，「郵票本身沒什麼稀奇，但蓋有開幕式當天的郵戳相當珍貴。收件人古柏坦男爵……」

「是現代奧運會創辦人，」丹尼接口說，「那一定更珍貴。」

「就算不是獨一無二，」布倫德爾又拿著放大鏡端詳，「這眞的很難估價。」

「可能的話，能不能粗估一下？」丹尼滿懷希望。

「要是由經紀商買下，會出兩千兩百到兩千五百英鎊。若是由精明的收藏家來買，可能出到三千。但如果有兩個收藏家都想要，誰敢說會怎樣？尼可拉斯爵士，讓我舉個例子。去年有幅但丁．羅塞提的油畫在蘇富比拍賣，名爲〈菲亞梅塔的憧憬〉[8]，我們估價兩百五十到三百萬英鎊，這當然是針對高階市場。的確，所有知名經紀商還沒出到三百就縮手了；但收藏家安德魯．

⑧　菲亞梅塔的憧憬（A Vision of Fiammetta）：英國畫家但丁．羅塞提（Dante Gabriel Rossetti）於一八七八年創作的畫作。

韋伯和伊麗莎白．柴德都很想要，最後以九百萬英鎊成交，比羅塞提畫作歷來的拍賣紀錄高出一倍多。」

「您是在暗示，我的信封可能賣得比估價高出一倍多？」

「不，尼可拉斯爵士，我只是說我不知道可能會賣多少錢。」

丹尼說：「可是您能不能確保拍賣時，安德魯．韋伯和伊麗莎白．柴德都出席？」

布倫德爾有點想笑，於是低下頭，怕被尼可拉斯爵士看見。「不，我覺得他們對郵票不會有興趣。但您如果決定要拿信封參加我們下次的拍賣，那它會被印在目錄的明顯位置，並寄送給世界各地數一數二的收藏家。」

「你們下一次拍賣郵票是什麼時候？」

布倫德爾回答：「九月十六日，還有六個多禮拜。」

「那麼久啊？」丹尼還以爲幾天內就能拍賣信封。

「我們還在準備目錄，至少要趁拍賣兩星期前寄給所有客戶。」

丹尼回想起和普蘭德加先生會面時對方出價兩千兩百英鎊，或許會出到兩千五百。如果他接受這個價錢就不必再等六星期。尼克最新的銀行對帳單顯示他只剩一千九百一十八英鎊，要是沒有新的收入，到了九月十六日他很可能已經透支了。

布倫德爾沒有催促顯然陷入愼重考慮的尼可拉斯爵士。畢竟，如果他是某人的孫子，這關係可能會帶來一長串豐收。

丹尼知道在這兩個選擇中尼克會勉強接受哪一個。他會接受普蘭德加先生出的兩千英鎊，回到顧資銀行立刻將錢存入帳戶。想到這裡，丹尼立刻下定決心。他把信封交給布倫德爾說：「請您找到兩個想要這信封的人。」

「我盡力而爲，」布倫德爾說，「尼可拉斯爵士，拍賣日快到的時候，我會確定您收到目錄和請帖。請容我說，我一直很高興能協助令祖父增加他一流的收藏。」

「他一流的收藏？」

「如果您想繼續收藏，或眞要賣掉其中任何收藏品，我非常樂意爲您服務。」

「謝謝，」丹尼說，「我一定會與您保持聯絡。」接著他一語未發便走出蘇富比。他不能冒險問布倫德爾先生，因爲對方會以爲他早就知道了。但他要如何得知亞歷山大爵士的收藏是什麼？

丹尼一回到龐德街，就後悔當初沒接受普蘭德加的出價。就算信封能賣到六千英鎊，還是遠不足以支付與雨果沒完沒了的官司費，就算他在開支失控之前解決令狀，在找到工作前還是得維持幾星期的生活開銷。但遺憾的是，尼可拉斯．蒙可里夫爵士沒資格擔任東區修車廠技工。事實上，丹尼不知道他能勝任什麼工作。

丹尼緩緩沿著龐德街走，接著轉入皮卡迪里大道。布倫德爾所說的話中，「令祖父一流收藏」這句話讓他反覆思索。他沒有發現自己被跟蹤了；不過話說回來，那人是個專家。

※※※

雨果接起電話。

「他剛離開蘇富比，在皮卡迪里大道的公車站前。」

「那他一定是沒錢了，」雨果說，「他幹嘛去蘇富比？」

「他留了個信封給一個布倫德爾先生，就是集郵部門的主管。六個星期內信封會拿去拍賣。」

雨果問：「信封上有什麼？」

「紀念第一屆現代奧運會所發行的郵票，布倫德爾估計價值兩千二到兩千五百英鎊之間。」

「什麼時候拍賣？」

「九月十六。」

雨果聞言說：「那我一定要出席。」接著便掛了電話。

瑪格麗特摺起餐巾，說：「讓人拍賣掉他收藏的郵票，這不像你爸的作風，除非……」

「老婆，我不懂妳的意思，除非什麼？」

「你爸窮畢生之力才建立起世界首屈一指的收藏，但所有東西都在他去世那天消失，連遺囑也隻字未提。我們只知道有一把鑰匙和留給尼克的信封。」

「老婆，我還是不懂，妳到底想說什麼？」

「顯然鑰匙和信封有關。」瑪格麗特說。

「爲什麼？」

「因爲我不覺得那枚郵票有什麼重要。」

「不過眼前對尼克來說，兩千英鎊可是個大數目。」

「但是你爸不缺錢，我猜信封上的名字和地址是關鍵，會引導我們找到收藏。」

「但我們還是拿不到鑰匙。」雨果說。

「你若是能證明自己是蒙可里夫財產的合法繼承人，那有沒有鑰匙都沒差了。」

※※※

丹尼搭上開往諾丁丘門站的公車，希望能趕得上每個月與觀護人的例會。再晚十分鐘他就得搭計程車了。班奈特小姐來信表示發生了一些重要的事。這些話讓丹尼很緊張，雖然他明知就算身分被拆穿，也不會是觀護人來信通知，而是半夜由警方包圍整棟房子。

他對個人的新角色愈來愈自信，但日復一日仍忘不了自己是個逃犯。任何事都可能暴露他的身分：一個眼神、誤解別人的話、誤答稀鬆平常的問題。你在洛雷托學校的舍監是誰？你在桑赫斯特念的是哪家學院？你支持哪一個橄欖球隊？

公車停在諾丁丘門站，兩個男人下了車。其中一個跑向當地的觀護人室，另一個緊跟在後，但並未進入大樓。離報到時間只剩幾分鐘，但丹尼要先等上二十分鐘班奈特小姐才有空見他。

丹尼進入一間簡陋的小辦公室，裡面僅有一張桌子、兩張椅子、一張在跳蚤市場也不會有人買的脫毛地毯，房裡根本沒有窗簾，與他在貝爾馬什監獄的牢房相差無幾。

他在班奈特小姐對面坐下，她問：「你好嗎，蒙可里夫？」她並未稱他「尼可拉斯爵士」，也沒說「先生」，只是「蒙可里夫」。

他行爲像尼克，但想法仍是丹尼。「我很好，謝謝，班奈特小姐，您呢？」

她並未回答，只是打開面前的卷宗，看裡頭的一連串問題。這是假釋犯每個月都必須回答一次的問卷，她開口說：「我只想問幾件事，你順利找到教職了嗎？」

丹尼早忘了尼克打算一出獄就回蘇格蘭任教。

「沒有。我還在解決家務事，這比我預料的更花時間。」

「家務事？」她沒想到尼克會這麼說，而家務事就代表「麻煩」。「那你想談談這些問題嗎？」

「不了，謝謝，班奈特小姐，我只想解決祖父遺囑的問題，您沒什麼好擔心的。」

「擔不擔心是我來決定，」班奈特小姐厲聲說，「你有財務困難嗎？」

「沒有，班奈特小姐。」

她又看著問卷，繼續問：「你找到工作了嗎？」

「沒有，我很快就會去找。」

「想必是當老師吧！」

「希望是。」丹尼說。

「嗯，如果事實證明那有困難，也許你該考慮其他工作。」

「例如？」

「咦，我看到你在獄中曾擔任圖書館員。」

「我當然願意考慮。」聽她這麼說，丹尼又增加幾分自信。

「你現在有其他住處，還是暫住監獄招待所？」

「我有其他地方住。」

「跟家人住？」

「不，我沒有家人。」

她打了一個勾、一個叉，還有一個問號。「租屋還是跟朋友住？」

「我住在自己家。」

班奈特小姐一臉困惑，以前從來沒人這樣回答，最後她決定打勾。

「我只剩一個問題要問，過去一個月，你是否想過要重蹈覆轍？」

丹尼很想告訴她：「對，我一直想殺了勞倫斯．達文波特。」可是尼克回答：「不，班奈特小姐，我沒那麼想過。」

「就這樣，一個月後見！這期間你若是需要幫忙，請立刻跟我聯絡。」

「謝謝您。可是您在信裡提到，有些重要的事……」

班奈特小姐說了聲：「有嗎？」但當她收起的卷宗露出一個信封時就想起來了。「啊，對了！你說得沒錯。」她遞給他上面寫著「尼可拉斯．蒙可里夫，教育部門，英國皇家監獄署貝爾馬什監獄」的信。這是英國入學考試委員會寄給尼克的信，他終於知道班奈特小姐所說「重要的事」是什麼。

您的A-level成績如下：

商業研究 A特優

數學 A

丹尼跳了起來，並在空中揮拳，彷彿置身厄普頓公園球場見證西漢姆踢進對兵工廠的致勝球。班奈特小姐不知該恭喜他，還是要按桌下的鈕請安全人員進來。當他的雙腳一著地，她就問：「蒙可里夫，如果你還想取得學位，我會很樂意幫你申請許可。」

※※※

雨果研究蘇富比的目錄許久，他認爲瑪格麗特說得對，唯一的可能就是三十七號拍賣品，珍貴的信封上有紀念現代奧運會開幕的初版郵票，收信人處還寫著奧運會創辦人古柏坦男爵，估計約值兩千二至兩千五百英鎊。

「也許我該出席鑑賞日活動，更仔細瞧瞧？」

瑪格麗特嚴肅地說：「千萬不能這麼做，那只會打草驚蛇，尼克可能會想到我們感興趣的並不是郵票。」

「我只要趁拍賣前一天南下倫敦，找出信封上的地址，就知道收藏放在哪兒，不必浪費錢買下信封。」

「那我們就拿不到敲門磚啦！」

「老婆，我不太懂妳的意思。」

「我們沒有鑰匙，但只要你爸在世的唯一兒子拿著信封和新遺囑出現，我們就有機會說服爲他保存收藏品的人，說你是合法繼承人。」

「但尼克可能會在拍賣會場。」

「如果他直到拍賣前都沒發現地址才是關鍵，而不是郵票，到時也來不及採取行動了。我們要感謝一件事。」

「什麼事，老婆？」

「尼克不像他祖父那麼聰明。」

※※※

丹尼又打開目錄翻到三十七號拍賣品那頁，仔細研讀相關記載。他看到信封不像其他的拍賣品一樣附上照片，感到些許失望，但他倒是很高興有這麼詳盡的描述。

他開始看拍賣條件，結果卻大吃一驚，因爲蘇富比要向賣方抽一成佣金，還要向買方收取另外兩成的手續費。如果他最後只拿到一千八百英鎊，那還不如把信封賣給史丹利吉本斯，要是尼克就會這麼做。

丹尼闔上目錄，展讀早上收到的另一封信，也就是倫敦大學寄來申請學位課程的小冊與申請表格。他花了些時間考慮，最後翻到申請書，心想他若兌現對尼克與貝絲的承諾，就代表現在的生活方式會有重大改變。

尼克的帳戶只剩七百一十六英鎊，自從他出獄後一分進帳也沒有。他擔心自己必須先犧牲茉莉，要是如此，房子很快就會恢復他當初打開門時的舊觀。

丹尼怕會再收到帳單，因此盡量避免打電話給孟羅律師詢問他與雨果叔叔的官司進展。他躺在椅子上，想著自己爲何願意頂替尼克。大艾爾曾說服他只要能逃獄，任何事都有可能。事實上丹尼很快就發現，若這樣身無分文，很難獨力挑戰三名極爲成功的專業人士，縱使他們以爲他已經死了，並老早將他拋諸腦後。他想起自己打算實行的計畫，要從今晚去看《不可兒戲》最後一場演出開始。至於他眞正的目的會在帷幕落下後才浮上檯面，就在他出席公演慶功宴，首度與達文波特面對面的那一刻。

44

丹尼與衆人一同起立鼓掌，因爲大家都起立了，他不能特立獨行地坐著。第二次看這齣戲他又更加喜歡，可能是因爲讀過劇本了吧。

他這次坐第三排，置身於演員的親友間，覺得特別開心，舞臺設計師坐在他旁邊，另一邊是製作人的太太。延長的中場休息時間他們邀他一起喝杯飲料。丹尼聽大家暢談戲劇，卻沒自信發表意見。可是那似乎並不重要，因爲無論從達文波特的演出到倫敦西區充斥音樂劇的原因，他們對一切都自有定見。丹尼與這些劇院人士唯一的共同點似乎就是：沒人知道下一份工作在哪裡。

等達文波特謝了無數次幕，觀衆才緩緩走出劇院。由於當晚天氣晴朗，丹尼決定走到多徹斯特飯店去。運動對他有益，而且無論如何，他也付不起計程車錢。

當他開始朝皮卡迪里廣場漫步時，有個聲音在他身後叫道：「尼可拉斯爵士？」他一回頭，就看到售票經理揮手打招呼，另一手拉著敞開的計程車門說：「如果您要參加派對，何不跟我們一塊去？」

「謝謝。」丹尼坐進車子，發現後座有兩名年輕女子。

售票經理坐下時說：「這位是尼可拉斯．蒙可里夫爵士。」

丹尼坐上另一位置，並要大家別稱他爲爵士，叫「尼克」就行了。

「尼克，我叫保羅，這是我女朋友夏樂蒂，她在道具間工作。這位是擔任替角的凱蒂。」

尼克問凱蒂：「妳幫哪一個角色代演？」

「由伊娃．貝絲特扮演的關多琳。」

丹尼說：「但不是今晚吧！」

「不是，」凱蒂翹起腿時坦承，「老實說，在整個公演期間我只演出過一次。那時伊娃必須到英國廣播公司上節目，我就代演了下午場。」

「這樣妳會不會很挫折？」丹尼問。

「當然啊，但總比沒工作好。」

「每個替角都希望當主角無法上臺時，自己能有機會嶄露頭角。」保羅說。

凱蒂若有所思說：「你呢，尼克？你是做什麼的？」

丹尼沒有立刻回答，部分原因在於這問題只有觀護人會經問過。最後他說：「我原本是個軍人。」

「我哥哥是軍人，」夏樂蒂說，「我怕他會被派到伊拉克，你在那兒服過役嗎？」

丹尼努力回想尼克日記中的紀錄，「去過兩次。但不是最近。」

計程車抵達多徹斯特飯店時，凱蒂向丹尼笑了笑。上一次用那種眼神看他的女子，至今仍讓他記憶猶新。

丹尼最後一個踏出計程車，他說「讓我來付」，但滿心期望保羅會說「那怎麼行」。保羅只道了聲謝，便與夏樂蒂緩步走向飯店。於是丹尼拿出皮夾，當場又少了張他難以負擔的十英鎊，他今晚肯定要走路回家了。

凱蒂站在原地等丹尼一起走，兩人雙雙走向飯店時，她說：「保羅告訴我，這是你第二次看這齣戲。」

丹尼笑了，「我想說碰碰運氣，看能不能見到妳演關多琳。」

她笑著吻了他的臉頰，好久沒有人這麼做了。她牽起他的手帶他走向舞廳，說：「尼克，你眞好。」

丹尼在觀衆的嘈雜聲中，幾乎得用吼的問：「接下來妳要做什麼？」

「和英格蘭巡演公司合作，進行三個月的劇目輪演。」

「擔任替角嗎？」

「不，他們巡演時負擔不起替角。如果有人中途無法演出，就會由賣節目表的人來代替。這是我上臺的好機會，你可以來看。」

「妳會在哪兒演出？」

「隨你選，新堡、雪菲耳、伯明罕、劍橋或布倫來。」

服務生端上香檳時，丹尼說：「我只能去布倫來。」

他環顧人滿爲患的房間，大家似乎都在交談或喝香檳，還有些人不斷更換聊天對象，想讓導演、製作人和選角經紀人留下深刻的印象，結束永無止盡的找工作之路。丹尼想到自己就像失業的演員，也是有目的而來，於是放開了凱蒂的手。他緩緩檢視房內，尋找勞倫斯·達文波特，但卻不見他的蹤影，於是猜想他稍後才會進來。

凱蒂向經過身旁的服務生要了另一杯香檳，問說：「對我厭倦了嗎？」

有一位年輕人加入他們，這時丹尼敷衍說：「沒有啦。」

「嗨，凱蒂，」對方親著她的面頰，「妳接下來有工作了嗎？還是在休息？」

丹尼向服務生拿了臘腸，想起晚上沒別的東西可吃。他四處尋找達文波特的身影，接著看到一個那天晚上可能在場的人。那人站在屋內正中央正與幾個專心聆聽的女孩閒聊。在丹尼的印象中他比上次見面時矮了一點，但話說回來，那次是在沒有燈光的暗巷內，他當時一心只想救伯尼。

丹尼決心再仔細瞧瞧，於是他繼續走近，直到距離對方大概一公尺，接著史賓賽·克雷格直視著他，丹尼整個人都呆住了，後來才發覺克雷格是回頭看另一個女孩。

丹尼緊盯著這個殺了他摯友，並自認已脫罪的男人，以幾乎能讓克雷格聽到的音量說：「只要我活著，絕不可能讓你逍遙法外。」但克雷格似乎沒發現，於是他又壯起膽子走近。克雷格身旁有個背對丹尼的朋友回過頭，看誰在侵犯他的地盤。這下丹尼與傑洛德·裴恩面對面，但他在審訊後胖了很多，因此丹尼過了幾秒才認出來，但裴恩卻毫不感興趣地轉回頭。當初他站在證人席時也不曾仔細看過丹尼，這無疑是克雷格所提供的策略。

丹尼聽著克雷格與兩名女孩的對話，手裡拿了份燻鮭魚薄煎餅。克雷格說法庭猶如戲院，只是你不知道帷幕何時會落下，兩個女孩則盡責地笑著，顯然這是他滾瓜爛熟的臺詞。

「千眞萬確。」丹尼大聲說，這時克雷格與裴恩都看著他，他們雖然兩年前曾在被告席見過丹尼，但絲毫沒認出他。不過當時他的頭髮比現在短得多，鬍子也沒刮，又穿著囚服。無論如何，他們何必去想丹尼．卡特萊特？他畢竟是個已經下葬的死人了。

「尼克，進展得如何？」丹尼轉過頭，發現保羅就站在他身邊。

「很好，謝謝，比我預期的好。」丹尼又走近克雷格與裴恩一步，好讓對方能聽到他的聲音，可是似乎毫不影響他們與兩個女孩的交談。

突然房內響起如雷掌聲，當勞倫斯．達文波特進來時，人人都轉頭看他。他彷彿來訪的王室成員，微笑著揮手緩緩穿越大廳，每走一步都受到喝采與讚美。丹尼還記得美國作家史考特．費茲傑羅令人縈繞心頭的話——「演員起舞時找不著鏡子，因此身朝後仰，欣賞自己在水晶吊燈中的影像。」

保羅發現丹尼緊盯著達文波特，於是問：「你想和他見個面嗎？」

「想啊！」尼克很想知道，這位演員是否會像兩位劍客夥伴一樣，對他漠不關心。

「跟我來。」他們緩緩穿越擁擠的舞廳，走到達文波特面前時丹尼突然停住腳步。他注視著正與達文波特交談的對象，顯然他與這女人很親密。

「長得眞好看。」丹尼說。

保羅附和說：「可不是嘛，他眞的很帥！」丹尼還來不及糾正他，保羅又接著說：「達文波特，介紹朋友給你認識，這位是尼克・蒙可里夫。」

達文波特根本懶得和丹尼握手，他不過是芸芸衆生中的另一張臉。丹尼向達文波特的女伴笑了笑。

「嗨，」她說，「我是莎拉。」

「我是尼克・蒙可里夫。妳一定是女明星吧。」

「不，差得遠了，我是初級律師。」

「妳看起來不像律師。」莎拉顯然早就聽過這種乏味的答覆，因此毫無反應。

接著她問：「你是演員嗎？」

丹尼回答：「妳要我當什麼，我就當什麼。」這回她笑了。

「嗨，莎拉，」另一個年輕人上前摟著她的腰，「妳是在場最迷人的女性。」接著便吻了她的雙頰。

莎拉笑著說：「查理，幸好我知道你愛的是我弟，否則還眞會受寵若驚。」

「妳是勞倫斯・達文波特的姊姊？」丹尼不敢相信。

「總要有人是啊！」莎拉說，「不過我已經習慣了。」

查理面帶微笑看著丹尼：「那這位朋友對妳有意思嗎？」

「沒有吧。」莎拉說，「尼克，這位是查理・鄧肯，這齣戲的製作人。」

查理說了聲「可惜」，便將目光轉向圍繞著達文波特的年輕人。

「我覺得他喜歡你。」莎拉說。

「不過我可不是……」

莎拉笑著說：「我剛確認過了。」

丹尼繼續和莎拉調情，當達文波特的姊姊能提供所需的一切訊息，也就毋需在他身上費心了。

「或許我們能……」丹尼才剛開口，就被另一個聲音打岔：「嗨，莎拉，不知道……」

「嗨，克雷格，」她冷淡地說，「你認識尼克．蒙可里夫嗎？」

他回答「不認識」，並敷衍地和丹尼握手後，便繼續與莎拉交談：「我正要告訴拉瑞他表演得好精采，就剛好看到妳在這裡。」

「嗯，現在你有機會告訴他了。」莎拉說。

「可是我想私下跟妳說話。」

莎拉看著手錶，說：「我正要走。」

「可是派對剛開始，妳不能再待一下嗎？」

「恐怕不能，克雷格，我向大律師簡報前需要讀一些文件。」

「我原本希望……」

「就像我們上次見面時那樣。」

「我想我們第一步就搞砸了。」

「我記得應該是毛手毛腳吧。」莎拉轉身背對他。

「對不起，尼克。有些男人就是不懂，人家說不要就是不要，而有人……」她溫柔地對他笑，「我希望我們能再見面。」

「我要怎麼……」尼克才剛開口，莎拉早已穿越半個舞廳；這種女人認爲，只要你眞想找她，自然會找到。於是丹尼回過頭仔細端詳克雷格。

「史賓賽，你能賞光眞是太好了，」達文波特說，「我今晚還好吧？」

克雷格說：「眞的很好。」

丹尼覺得該離開了。他不再需要和達文波特交談，他和莎拉一樣有事要準備。當拍賣商舉槌拍賣第三十七號商品時，他希望自己保持清醒狀態。

「嗨，陌生人，你跑到哪兒去了？」

「碰到一個老仇人，」丹尼說，「妳呢？」

「還不就是那夥人，無聊死了，」凱蒂說，「我受夠了這場派對，你呢？」

「我正要走。」

「好主意，」凱蒂牽起他的手，「我們何不一起落跑？」

於是他們穿越舞廳朝旋轉門走去。凱蒂才一走上人行道，便招手叫了計程車。

計程車司機問：「小姐，上哪兒？」

凱蒂轉頭問尼克：「我們要去哪裡？」

「博爾頓街十二號。」

「遵命，老大。」計程車司機的用詞頓時勾起丹尼不愉快的回憶。

丹尼根本還沒坐下，就發覺凱蒂一手放在他大腿上，另一手則搭上他的肩膀將他拉向她。

「我不想再當替角了，我要換換胃口，採取主動。」她靠過去吻了他。

抵達尼克家時，兩人身上只剩幾個釦子還沒打開。丹尼付當晚的第二次車錢時，凱蒂已跳出計程車。

計程車司機說：「但願我跟你們一樣年輕。」

丹尼笑著隨凱蒂跑到家門口，花了點時間才將鑰匙插入鎖孔。他們踉蹌進入客廳，她脫下他的外套，兩人從大門到臥室一路脫著衣服，她先拖著他上床，接著把他拉到自己身上，讓丹尼又體驗了另一件久違的事。

45

丹尼下了公車，邁步走向龐德街。一面藍旗在微風中飄揚，上面以金色的粗體字寫著「蘇富比」。

丹尼從未參加過拍賣，擔心自己沒有任何相關經驗。當他入場時身穿制服的幹部站在門口迎接，彷彿他是拍賣場中花個幾百萬購買二流的印象派畫作，眉頭也不會皺一下的常客。

丹尼問站在櫃檯後的女人：「郵票拍賣在哪裡舉行？」

「請上樓梯，」她指著右手邊，「在二樓。您一定會看到的。需要牌子嗎？」丹尼不懂她的意思，對方又問：「您會出價嗎？」

「不會，」丹尼說，「我想要收藏。」

丹尼上樓走入燈火通明的大房間，發現有十幾個人在周圍隨意走動。他不確定是否走對了地方，直到看見布倫德爾正與身穿綠馬褲的男人交談。房裡擺滿了一排排椅子，但只有少數座位坐了人。在布倫德爾所站的地方設置了光可鑑人的圓形講臺。丹尼認爲拍賣將在講臺上主持，講臺後的牆上有面大螢幕顯示不同貨幣間的匯率，提供外國出價者參考。在房間的右手邊的長桌上，則間隔平均地擺著一整排白色電話。

丹尼在房間後面閒晃，隨著時間過去，愈來愈多人緩步入座。他打定主意要坐在最後一排的盡頭，好仔細觀察所有出價者和拍賣人員。丹尼自覺像個旁觀者而不是參與者。他已看了好幾次目錄，但仍繼續翻閱，雖然只對三十七號拍賣品感興趣。但他也注意到，編號三十六，一八六一年印製的好望角四便士紅色郵票，估價約在四萬至六萬英鎊之間，是拍賣會中最昂貴的商品。

他一抬頭，就看見史丹利吉本斯的普蘭德加先生走進房內，加入一小群在房後竊竊私語的郵票經紀商。

愈來愈多人拿著出價牌緩步入座，丹尼才放寬心。他看了尼克祖父在他二十一歲生日那天所送的錶，還差十分就十點了。這時他不由得注意到，有位體重肯定超過一百五十公斤、右手夾著一支未點燃大雪茄的男人搖搖擺擺地走了進來，緩緩步入第五排通道，到了末端似乎爲他預留的座位時才坐了下來。

布倫德爾一看到這個男人（他似乎也不可能被忽略），便離開身邊的那群人，上前向他問候。令丹尼訝異的是兩人都轉頭看他。這時布倫德爾舉起目錄致意，丹尼也點頭回禮。手裡夾雪茄的男人彷彿認識丹尼，向他笑了一下，接著又繼續和布倫德爾交談。

布倫德爾即將回到拍賣場前方，這時經驗豐富的顧客開始出現，迅速塡滿了座位。他走上講臺向臺下的潛在顧客微笑，接著將玻璃杯倒滿水，又看了牆上的鐘。隨後他輕敲自己的麥克風說：「各位先生女士，早安，歡迎蒞臨半年一次的稀有郵票拍賣。這是第一項拍賣品。」他身旁的螢幕出現了目錄內郵票的放大影像。

「我們首先要拍賣一八四一年印製的黑色一便士郵票，九成新。是否有人起價一千英鎊？」普蘭德加那群人之中，有位經紀商舉起出價牌。第三排又隨即有人出價，「一千兩百英鎊？」經過六次出價後，由第三排的出價者以一千八百英鎊得標。

丹尼看到這枚郵票的賣價遠高於預期，感到很高興。但隨著商品一一拍賣，也出現了高低不一的售價。丹尼實在不懂，爲何某些商品超出最高估價，某些卻連最低估價也達不到，最後拍賣員只好輕聲說「不賣」。丹尼連想都不願想，輪到三十七號拍賣品時會出現「不賣」的結果。丹尼不時掃視拿雪茄的男人，但他似乎還沒出過價。他暗自希望那人對古柏坦男爵的信封有興趣，否則布倫德爾何必指著他？

拍賣員賣到第三十五號商品，還不到三十秒，一批大英國協各式郵票便以一千英鎊賣出，令丹尼愈來愈緊張。三十六號拍賣品引起一陣騷動，於是丹尼又看了一次目錄：一八六一年印製的好望角四便士紅色郵票，是目前所知，世上僅存的六枚之一。

布倫德爾以三萬英鎊起價，一些經紀商與少數次級收藏家先退出，僅剩兩名出價者，一個似乎是那名叼雪茄的男人，另一位是用電話出價的不知名人士。丹尼密切觀察他，卻看不出有在出價的跡象；但當電話上的女人最後放棄時，布倫德爾回頭說：「七千五百英鎊賣給洪塞克先生。」對方則面露微笑，並從嘴裡拿出雪茄。

「第三十七號拍賣品，珍奇信封，上面有法國政府一八九六年發行，紀念現代奧運會開幕式的初版郵票，信封收件人正是現代奧運之父古柏坦男爵，有人起價一千英鎊嗎？」丹尼太過專注於剛才這場出價戰，一聽到布倫德爾這麼宣布，竟然大吃驚。丹尼對這麼低的起價感到失望，直到看見場內有好幾個人舉牌，才覺得好些。

「一千五百英鎊？」還是有同樣多的人舉牌。

「兩千英鎊呢？」舉牌的人變少了。

「兩千五百英鎊？」只見洪塞克先生嘴裡仍叼著未點燃的雪茄。

「三千英鎊？」丹尼環顧整個拍賣場，但看不出誰在出價。

「三千五百英鎊？」他仍叼著雪茄。

「四千英鎊、四千五百英鎊、五千英鎊、五千五百英鎊、六千英鎊！」

這時洪塞克拿出嘴裡的雪茄，並皺起眉頭。

「賣了！由前排的這位先生以六千英鎊得標，」拍賣員敲下木槌，「第三十七號拍賣品，稀有的……」

丹尼努力想看是誰坐在前排，但怎麼也想不出是誰買了信封。他想上前致謝，因爲對方出價是最高估價的三倍。這時有人拍了他的肩膀，轉頭一看，原來是叼著雪茄的男人，他巍峨如山地站在眼前。

他的聲音像拍賣員一般洪亮：「我叫金恩．洪塞克。尼可拉斯爵士，你願意和我喝杯咖啡嗎？我們或許有共同的話題可聊。」接著他與丹尼握手，兩人一起下樓離開拍賣場時，他接著說：「我是德州人，我們在華盛頓見過面，這也許沒什麼好大驚小怪。我很榮幸能認識你爺爺。」丹尼默不作聲，開始扮演尼克之後，他已經學會絕不被人牽著鼻子走。當他們走到一樓時，洪塞克帶他進入餐廳，並率先在似乎理應給他的位子坐下。

他根本不讓丹尼選擇，便對經過身旁的服務生說：「兩杯黑咖啡。好了，尼可拉斯爵士，我覺得很困惑。」

丹尼這才第一次開了口：「困惑？」

「我眞想不通，爲什麼你要拍賣古柏坦男爵的信封，後來又讓你叔叔出了比我更高的價格搶標成功。除非你倆串通想逼我出更高的價格。」

丹尼小心地說：「我和叔叔平常沒聯絡。」

「你和去世的爺爺倒是有志一同。」洪塞克說。

「您是我祖父的朋友嗎？」

「說朋友是太冒昧了，應該說是學生與信徒。遠在一九七七年，當時我還是個收藏新手，他曾從我手中智取珍奇的兩便士藍色郵票，但我很快就從他身上學到訣竅。憑良心講，他是位寬宏大量的老師。報章雜誌一直說我有全球首屈一指的郵票收藏，但那根本不是眞的。最棒的收藏者是你爺爺。」洪塞克啜飲一口咖啡，「多年前他向我透露，他要把所有收藏留給孫子，而不是兩個兒子。」

「我父親去世了。」丹尼說。

洪塞克一臉驚訝。「我知道。我參加了他的葬禮，還以爲你有看到我。」

「我有看到。」丹尼想起尼克在日記裡描述的肥胖美國人，又趕緊說：「當時我只能和律師交談。」

「是啊，我知道，但我跟你叔叔私下談過，告訴他如果想把整筆收藏脫手，那我願意買下。他也答應和我保持聯絡。那時我才知道他並沒有繼承這筆收藏，還有你爺爺一定是信守諾言把東西留給了你。因此當布倫德爾先生打電話來，說你拿古柏坦男爵的信封出來拍賣時，我立刻飛越大西洋想跟你見面。」

「我根本不知道收藏在哪兒。」丹尼坦承。

「或許正因如此雨果才情願花大錢買你的信封。他對郵票絕對沒興趣，說曹操，曹操就到！」

洪塞克用雪茄指著櫃檯前的男人，丹尼心想原來那就是雨果叔叔，並更仔細地端詳他。丹尼不曉得爲何他迫不及待想得到信封，還願意付上三倍的價錢。接著丹尼看著雨果將支票遞給布倫德爾先生，對方則將信封交給他。

「眞是白癡！」丹尼起身喃喃自語。

洪塞克嘴裡叼的雪茄頓時掉出來，問：「你說什麼？」

「我在說我自己，不是說您，」丹尼隨卽說，「過去兩個月來答案一直擺在我眼前。他要的是地址，不是信封，因爲亞歷山大爵士的收藏一定在那兒。」

金恩．洪塞克好像愈來愈困惑，尼克爲什麼叫自己的祖父「亞歷山大爵士」？

「不好意思，洪塞克先生，我得走了。我當初根本不應該拍賣那信封。」

「我實在搞不懂你在說什麼。」洪塞克從西裝內袋拿出皮夾，並遞給丹尼一張名片說：「萬一你眞決定要賣那筆收藏，至少也該先想到我。我會開個公道價，加上不必抽一成佣金。」

丹尼咧嘴笑說：「也省了兩成手續費。」

「有其祖必有其孫，」洪塞克說，「我想你一定知道你的祖父是個傑出又機智的紳士，可不像你那位雨果叔叔。」

「再見了，洪塞克先生。」丹尼將名片塞入尼克的皮夾，同時緊盯著雨果，只見他把信封放入公事包，隨卽穿越大廳和一位丹尼至今才注意到的女人會合。她挽著他的手臂，兩人迅速離開大樓。

丹尼等了幾秒才尾隨他們離去。等他一回到龐德街，便左顧右盼，發現兩人已走遠了。他們顯然很匆忙，行經長椅上的邱吉爾和羅斯福雕像時，立刻右轉走到亞伯馬爾街又向左轉，接著過馬路走了幾公尺後，消失在布朗飯店內。

丹尼在飯店外徘徊了一會兒，思考眼前能怎麼做。他知道萬一被對方發現，會以爲他就是尼克。丹尼小心進入飯店，發現兩人不在大廳，這時丹尼移動到有梁柱遮蔽、但仍能清楚看見電梯與櫃檯的位置，但他完全沒發現有個男人剛在大廳另一側坐下。

丹尼又等了三十分鐘，開始懷疑兩人是否已溜走。正當他要起身問櫃檯，電梯門就開了，只見雨果和女人拉著兩個旅行箱走到櫃檯，女人一付完帳，兩人就從另一扇門迅速離開。丹尼連忙衝至人行道上，卻見他們進入黑色計程車的後座。他叫了下一輛排班的計程車，車門都還沒關，便急著大叫：「跟著那輛計程車。」

計程車司機駛離時回答：「這句話我等了一輩子。」

前面的計程車在路底向右轉，朝海德公園角開，行經地下道後，沿著布朗普頓路上了西線。

「看來他們要去機場。」二十分鐘後證明司機說得沒錯。

當兩輛計程車從希思羅地下道出來時，丹尼的駕駛說：「二號航站，他們八成要去歐洲。」接著兩輛車都停在入口，里程表顯示三十四．五英鎊。丹尼付了四十英鎊，但沒有下車。

直到雨果與那女人消失在航站內，他才跟著走進去，並看著他們加入商務艙乘客的隊伍。報到櫃檯上方的螢幕顯示：十三點五十五分，英航七三二號班機，日內瓦。

丹尼想起信封上的地址，再度罵自己白癡。可是究竟在日內瓦的哪裡？他看著手錶，心想還來得及買票搭上飛機，於是跑到英航售票櫃檯，等了好一陣子才排到隊伍最前面。

他壓抑自己絕望的聲音，問：「我能搭十三點五十五分飛往日內瓦的班機嗎？」

站在售票櫃檯後的服務員問：「先生，您有任何行李嗎？」

「沒有。」

她查看電腦說：「登機門還沒關，您應該搭得上，商務艙還是經濟艙？」

「經濟艙。」丹尼怕會坐在雨果和女人附近。

「靠窗還是走道？」

「靠窗。」

「票價是兩百一十七英鎊。」

丹尼遞上信用卡說：「謝謝。」

「請問您的護照呢？」

丹尼這輩子從未辦過護照，愣說：「護照？」

「是啊，先生，您的護照。」

「噢，糟了，我一定是留在家裡了。」

「先生，那您恐怕搭不上這班飛機了。」

「眞是白癡！」

「您說什麼？」

「眞抱歉，是說我自己，不是妳。」

她笑了。

丹尼蹣跚走回機場大廳，覺得很無助，他沒注意到雨果和女人從寫著「離境，僅限旅客」的登機門離開。然而，一直密切監視丹尼與兩人的男子卻注意到了。

※※※

「搭英航七三二號班機飛往日內瓦的旅客，請到十九號登機門。」聽到廣播，雨果按下手機。

「他從蘇富比跟蹤你們到飯店，再從飯店跟蹤到希思羅機場。」

「他跟我們搭同一班飛機嗎？」雨果問。

「沒有，他沒帶護照。」

「果然是尼克會做的事，現在他人在哪兒？」

「正要回倫敦，所以你至少領先他二十四小時。」

「希望時間夠，千萬別讓他離開你的視線。」雨果說完便掛了電話，與瑪格麗特一同登機。

※※※

布倫德爾先生滿懷希望地問：「尼可拉斯爵士，您還有其他傳家寶嗎？」

「沒有，但我亟需知道你有沒有今早拍賣的信封影本？」

「有，當然有，」布倫德爾回答，「我們留有拍賣會中所有出售商品的照片，以免日後發生爭議。」

「我能看看嗎？」

布倫德爾反問：「有問題嗎？」

「沒有，」丹尼回答，「只是要看看信封上的地址。」

「當然！」布倫德爾在電腦上敲了幾個鍵，不久螢幕上便出現信封的影像。他將螢幕轉過來讓丹尼看。

古柏坦男爵
紅十字會路二十五號
日內瓦
瑞士

丹尼抄下姓名與地址，問：「古柏坦男爵有熱中集郵嗎？」

「據我所知沒有，」布倫德爾說，「不過當然，他兒子在歐洲創立了很成功的銀行。」

「眞是白癡。」丹尼轉身離去時又嘟囔了一句。

「尼可拉斯爵士，我衷心希望，您對今早拍賣的結果沒什麼不滿意吧？」

「沒有，當然沒有，眞的很抱歉。對了，謝謝！」在這種時候他的舉止該像尼克，只有思考是丹尼。

※※※

丹尼一回到博爾頓街，第一件事就是找尼克的護照，茉莉知道在哪兒。接著她說：「對了，弗萊瑟．孟羅先生打電話來，請您回電。」

丹尼躲到書房打給孟羅，告訴他當天早上發生的一切。這位老律師傾聽當事人訴說的種種，但卻不發一語。

最後他才說：「我很高興您回電。我有消息告訴您，但可能不方便在電話上說。您下次何時回蘇格蘭？」

「我可以搭今晚的臥車。」

「很好，也許您該隨身帶著護照。」

「去蘇格蘭嗎？」丹尼問。

「不是，尼可拉斯爵士，去日內瓦。」

46

總裁祕書帶領雨果．蒙可里夫夫婦進入會議室。

「總裁馬上就來，兩位要咖啡還是茶？」

雨果在房內來回踱步，瑪格麗特說：「都不要，謝謝。」接著便坐下來。橡木長桌周圍擺了十六張蘇格蘭知名設計師的座椅，她想必會感到賓至如歸。牆面漆著淡淡的藍色，就像威治伍德瓷器，上面還掛滿歷任前總裁的全身油畫肖像，感覺沉穩又富貴。

祕書離開房間，關上門。這時瑪格麗特才說：「冷靜點，別讓銀行總裁覺得我們沒把握。過來坐下。」

雨果繼續踱步，「老婆，好是好，不過別忘了，我們的前途全看這次會面的結果。」

「那你更要冷靜而理智，要像是來爭取個人合法的所有物。」她才剛說完房間另一頭的門就打開了，只見一位老紳士走進來。儘管他身軀傴僂，手裡拿著銀色枴杖，但渾身卻散發出威嚴，無疑就是銀行總裁。

他與兩人握手，並以字正腔圓的英語說：「早安，蒙可里夫先生、夫人，我是皮耶・古柏坦，幸會。」他在上方掛有肖像的主位坐下，畫中的老紳士與他彷彿是一個模子印出來的，只不過留了灰白的大鬍子。「有什麼我能爲兩位效勞的？」

「很簡單，」雨果回答，「我是來認領父親留給我的遺產。」

「請問令尊是誰？」古柏坦總裁似乎完全不認識他。

「亞歷山大・蒙可里夫爵士。」

「爲什麼您會認爲令尊與本行有任何業務往來？」

「家裡人都知道，」雨果說，「他曾告訴我與兄長安格斯好幾次，說他長期與貴行往來，尤其值得一提的，就是爲他保管無與倫比的郵票收藏。」

「您有任何證據支持這種說法嗎？」

「沒有，」雨果說，「由於我國的稅法，我父親認爲將這類事情訴諸文字是不智的，可是他向我保證您很清楚他的心願。」

「我明白了，」古柏坦說，「他有把帳號告訴您吧？」

「沒有，他沒說，」雨果有點不耐煩，「但家庭律師已向我保證，在我哥哥死後，我是父親的唯一繼承人，你必須將法律上該歸我的給我。」

「很可能是這樣，」古柏坦承認，「不過我必須請問您有任何文件能證實這說法嗎？」

「有。」雨果將公事包放在桌上，喀嗒一聲按開，拿出前一天在蘇富比買下的信封，將信封推向桌子的另一端，「這是我父親留給我的。」

古柏坦花了些時間研究信封，說：「眞有趣，但這不能證明令尊在本行有帳戶。對我來說，在這緊要關頭一定要先確認這件事。請容我暫時告退。」老人緩緩起身，深深鞠了個躬，便一語不發地離去。

「他明知你爸跟這銀行有業務往來，但基於某種原因，他想拖延時間。」瑪格麗特說。

※※※

「早，尼可拉斯爵士，」孟羅從桌後起身，「旅途還愉快吧？」

「我知道自己的叔叔正在日內瓦想奪走我的遺產，心情應該不可能太好。」

「請放心。根據我的經驗，瑞士銀行不會草率下決定。我們會適時抵達，但眼前得應付更急迫的事。」

「就是您說不能在電話上談的問題嗎？」

「正是，恐怕不是好消息。令叔宣稱您祖父就在臨死前寫了第二份遺囑取消您的繼承權，並將一切財產留給令尊。」孟羅說。

「您有這份遺囑的副本嗎？」

「有，但我不信任傳眞，所以去了愛丁堡一趟，造訪蓋布雷律師事務所查看正本。」孟羅說。

「您得到什麼結論？」

「我首先比對了令祖父在遺囑正本上的簽名。」

「結果呢？」丹尼壓抑自己迫不及待的語氣。

「我不相信那是眞的。但就算是僞造，也確實維妙維肖，」孟羅回答，「經過我簡單的檢查，無論是用紙或緞帶，似乎都與他當初爲您立的遺囑年份相同，我看不出任何破綻。」

「情況可能會更糟嗎？」

「恐怕會，蓋布雷先生還提到了一封據稱是你祖父去世前不久，寄給你父親的信。」

「他們會讓您過目嗎？」

「是的，令我訝異的是那是用打字機打的，因爲令祖父向來是親手寫信，他不信任機器。他還會經形容打字機就像扼殺書寫的新發明。」

「信裡寫了什麼？」丹尼問。

「說令祖父已決定取消您的繼承權，因此寫了一份新遺囑將一切都留給令尊。眞是高明。」

「高明？」

「對，如果將財產分給兩個兒子看起來會很可疑，因爲很多人知道他和令叔已經好多年沒交談了。」

「可是這樣一來雨果叔叔最後就能得到一切，因爲我父親把所有的財產都留給他。不過您說『高明』，表示您懷疑信不是我祖父寫的？」

「當然，不只是打字。我一眼就認出信是寫在兩張令祖父的私人信紙上，可是基於某種不可思議的理由，第一頁是用打字的，第二頁卻是手寫，並只有寥寥數語，寫著：這是我個人的心願，我要靠你倆負責澈底執行，深愛你們的父親，亞歷山大・蒙可里夫。第一頁則鉅細靡遺地打出個人心願，至於第二頁不僅是手寫的，同時每個字都跟原有遺囑上所附的信件相同。這也太巧了吧！」

「不過，光這點就一定足以證明……？」

「恐怕不行，儘管我們或許有百分之百的理由認爲那封信是僞造的，但事實顯示它寫在令祖父的私人信紙上，所用的打字機年代也相符，至於第二頁上的筆跡更無疑出自令祖父之手。我不覺得有任何法庭會支持我們的主張。此外，令叔昨天又請法庭發出禁止侵入令。」

「禁止侵入令？」

「他還不滿足新遺囑的主張，如今他已是蘇格蘭大宅和博爾頓街宅邸的合法繼承人，要求您在三十天內搬離現住處，否則將請法庭下令要求您支付比照當地類似宅邸的房租，並從您入住那天算起。」

「所以我已一無所有囉！」

「也不盡然，」孟羅說，「儘管我得承認，在英國事情看來確實是有點淒慘，但說到日內瓦，您手中仍握有鑰匙。我猜銀行不會將令祖父的任何東西交給拿不出鑰匙的人。」他停頓了一會兒，「我很確定如果令祖父置身這種處境，絕不會善罷甘休。」

「如果我的財力能與雨果較勁，我也不會。雖然我昨天賣了信封，但時間所剩不多，接下來叔叔會採取一長串行動令我們應接不暇，並逼我宣告破產。」

孟羅先生露出當天早上的第一個笑容，說：「尼可拉斯爵士，我已料到會有這個問題，昨天下午我與合夥人談到該怎麼因應您目前的困境。」他清了清喉嚨，「他們一致認爲，我們該打破一個悠久的慣例，在這個案子獲得滿意的結果前，不會再提出任何收費。」

「萬一案子上法庭敗訴，我就會欠您一輩子債。孟羅先生，我向您保證，我對這些事是有些經驗的。」

「萬一我們敗訴就不會收錢，因爲事務所永遠欠令祖父一份情。」

※※※

幾分鐘後，總裁重返房內坐回客戶對面，微笑說：「蒙可里夫先生，我能證實亞歷山大爵士的確與本行有業務往來。現在我們必須確定您是否眞是他財產的唯一繼承人。」

「你要任何文件，我都拿得出來。」雨果自信滿滿。

「蒙可里夫先生，首先我必須請問，您是否持有護照？」

「有。」雨果打開公事包，抽出護照，遞給銀行總裁。

古柏坦翻看護照上的照片，端詳了一會才還給雨果，「您有令尊的死亡證明書嗎？」

「有。」雨果從公事包拿出第二份文件，推向桌子另一頭。

總裁進一步仔細研究文件，才點頭並交還給他，「有令兄的死亡證明嗎？」雨果遞出第三份文件，同樣的，古柏坦好整以暇地看過後才將它交還。「此外，我也需要看令兄的遺囑，確認他將大筆財產留給您。」雨果遞出遺囑，並在蓋布雷律師準備的一長串清單上，又打了個勾。

古柏坦細看安格斯．蒙可里夫的遺囑，有好一陣子都沒開口，最後才說：「一切看來似乎都合法，可是最重要的，就是您是否有令尊的遺囑。」

「我不僅要給您看他臨終前六周簽下的最後遺囑，」雨果說，「還有他附在遺囑上寫給我與兄長安格斯的信。」雨果將兩份文件都推過去，可是古柏坦不打算看。

「最後，蒙可里夫先生，我必須請教您，在令尊的遺物中是否有一把鑰匙？」

雨果開始支支吾吾。

「當然有。」瑪格麗特第一次開口了，「我以前看過好幾次，但不巧鑰匙好像弄丟了。如果我沒記錯，是一把很小的銀鑰匙，上面還刻了數字。」

「蒙可里夫夫人，您還記得數字是什麼嗎？」總裁問。

瑪格麗特終於承認：「可惜我忘了。」

「既然如此，相信您一定能體諒我們銀行的處境，您應該能想像若是沒有那把鑰匙，我們會遭人非議。然而……」他趁瑪格麗特還來不及插嘴時說，「我們將請專家來鑑識這份遺囑，我相信您瞭解，在這種狀況下這麼做是很平常的。等鑑定結果確認，我們將交出亞歷山大爵士名下的所有財產。」

雨果知道尼克要不了多久就會想到他們在哪裡，也會發現他們的目的，於是問：「那要花多少時間？」

「一天，最多一天半。」總裁說。

「我們該什麼時候再來？」瑪格麗特問。

「保險起見，就明天下午三點。」

「謝謝，」瑪格麗特說，「希望屆時再見到您。」

古柏坦陪兩人走到銀行大門，但除了聊到天氣沒再談任何重要的話題。

※※※

「我為您訂了飛往巴塞隆納的英航商務艙班機，您周日傍晚從希思羅機場出發，將下榻藝術飯店。」貝絲遞給老闆一個檔案夾，裡頭裝有行程所需的文件，包括幾家推薦的餐廳名稱，以及巴塞隆納旅行指南。「大會九點開始，由國際會長狄克．薛伍德的演講揭開序幕。您將與其他七位副會長坐在臺上，主辦單位請您八點四十五分就位。」

「飯店距會議中心多遠？」湯瑪斯先生問。

「就在對街，」貝絲說，「您還想知道什麼嗎？」

「只有一件事，」湯瑪斯回答，「妳願意跟我去嗎？」

湯瑪斯很少這麼做，貝絲不免吃了一驚，她坦承：「我一直想去巴塞隆納。」

湯瑪斯笑容可掬的說：「嗯，現在機會來了。」

貝絲問：「我去那裡能幫上忙嗎？」

「首先，妳可以確保我下周一早上準時就位。」貝絲沒回答。「我很希望妳能有所改變，放輕鬆點。我們可以去聽歌劇、參觀提森博物館、欣賞畢卡索的早期作品、造訪米羅的出生地，還有那兒的美食……」

丹尼的話在貝絲腦海浮現：「妳應該知道湯瑪斯先生喜歡妳吧。」她不禁笑著說：「湯瑪斯先生，您眞好，不過我想也許我還是留在這兒比較好，確保您出差時一切都能順利運作。」

「貝絲，」湯瑪斯靠著椅背，雙臂抱胸，「妳是個聰明的漂亮女孩，難道妳不覺得丹尼會希望妳也能享受人生嗎？天可憐見，這是妳應得的。」

「湯瑪斯先生，您想得眞周到，可是我還沒準備要考慮……」

「我瞭解，」湯瑪斯說，「我當然瞭解。無論如何，我很樂意等到妳準備好。我知道對妳而言，任何事物都很難取代丹尼。」

貝絲笑著回答：「他就像歌劇、美術館與最好的葡萄酒集於一身。卽使這樣，您也還是無法捕捉到丹尼・卡特萊特有多完美。」

「我不打算放棄，也許我明年就能打動妳，屆時年會將在羅馬擧行，並輪到我當會長。」湯瑪斯說。

「卡拉瓦喬。」貝絲嘆氣說。

湯瑪斯一臉困惑說：「卡拉瓦喬？」

「我和丹尼原本打算去法國蔚藍海岸度蜜月，直到他的獄友尼克・蒙可里夫爲他介紹了卡拉瓦喬。事實上，丹尼死前允諾我的最後幾件事，」貝絲始終說不出「自殺」兩個字，「其中一項就是要帶我去羅馬，好讓我也能認識卡拉瓦喬先生。」

「我一點機會也沒有嗎？」

貝絲並未回答。

※※※

當晚稍晚，丹尼與孟羅飛抵日內瓦機場，他們才一通關，丹尼就四處找計程車。車子開進日內瓦市區不久，駕駛建議把車停在位於大教堂附近舊城區的盔甲旅館外。

孟羅離開事務所之前，先致電古柏坦安排好隔天一早十點的會面。丹尼覺得這位老律師似乎樂在其中。

吃晚餐時，孟羅先生帶他一一核對會面時可能需要的文件。

「我們遺漏了什麼嗎？」丹尼問。

「當然沒有，」孟羅說，「您只要記得帶鑰匙。」

※※※

「喂？」雨果接起床頭櫃上的電話。

話筒傳來：「他搭通宵火車去愛丁堡，接著到登布洛斯。」

「一定是去見孟羅。」

「今天早上十點在他的事務所。」

「後來他有回倫敦嗎？」

「沒有，他和孟羅一起離開事務所，開車到機場搭英航班機。他們應該一小時之前就到了。」

「你搭了同一班飛機嗎？」

「沒有。」

雨果厲聲問：「爲什麼沒有？」

「我沒帶護照。」

雨果掛了電話，望著正熟睡的妻子，決定別叫醒她。

47

丹尼睜眼躺在床上，想著自己身陷險境，不但沒擊敗舊敵人，似乎還製造了一心要擊敗他的新對手。

他很早就起床、淋浴，並穿好衣服下樓去早餐室，發現孟羅已坐在角落，身邊還放了一堆文件。接下來四十分鐘，他們都在演練古柏坦可能提出的問題。當一名顧客進入餐廳，直接走向能眺望大教堂的靠窗餐桌時，丹尼頓時分心，沒聽到律師在說些什麼。顯然另一個位子是保留給他的。

「尼可拉斯爵士，萬一古柏坦問您那個問題，您會怎麼回答？」

「世界首屈一指的集郵家已決定要和我們共進早餐。」丹尼低聲說。

「您的朋友金恩．洪塞克在這兒？」

「正是，我簡直不敢相信，他竟然和我們同時出現在日內瓦。」

「當然不是，」孟羅說，「他應該也知道令叔在日內瓦。」

丹尼問：「我該怎麼辦？」

「還眞不是時候。洪塞克會像禿鷹一樣盤旋，確認誰是郵票的合法繼承人，接著才會猛然撲向獵物。」

「他當禿鷹未免太胖了，不過我瞭解您的意思。如果他問我問題，我要怎麼回答？」

「在我們見古柏坦前您什麼都不要說。」

「可是我們上次見面時洪塞克實在很幫忙，人又友善，而且他顯然不喜歡雨果，寧可跟我打交道。」

「別傻了，最後古柏坦認定誰是合法繼承人，洪塞克都會樂於和他交易。也許他已經向令叔出了價。」孟羅起身走出餐廳，連瞧都不瞧洪塞克一眼。丹尼則跟著他走到大廳。

孟羅問櫃檯人員：「搭計程車到古柏坦銀行要多久？」

「大概三、四分鐘吧！要看交通狀況。」

「走路呢？」

「三分鐘。」

※※※

服務生輕輕敲門說「客房服務」後，才走進房內，在房間正中央擺好早餐桌，並放了份《每日電訊報》。如果沒有《蘇格蘭人報》，瑪格麗特・蒙可里夫只想讀《每日電訊》。她為兩人倒好咖啡後，雨果才上桌吃早餐。

「老婆，妳覺得沒有鑰匙我們能得手嗎？」

「只要他們相信遺囑是真的。除非他們準備捲入漫長的官司，否則別無選擇。瑞士銀行做事向來喜歡匿名，因此會不計一切代價避免鬧上法庭。」

「他們不會發現遺囑有任何不對勁。」雨果說。

「那我猜傍晚就能拿到你爸的收藏。你只要和洪塞克談好價錢就行了，他到蘇格蘭參加你爸的葬禮時曾出價四千萬美元，我有把握他願意付五千萬。事實上，我已經請蓋布雷為那筆財產起了合約。」

「無論誰得到那筆收藏，洪塞克都會跟他簽約。」雨果說，「尼克應該已經想到我們來這裡做什麼了。」

「可是他束手無策。」瑪格麗特說，「只要他人在英格蘭就使不上力。」

雨果不想承認他知道尼克已經到日內瓦，於是說：「他會不顧一切搭上飛機，說不定他已經到日內瓦了。」

「雨果，你顯然忘了他在假釋期間不能出國。」

「如果是我，爲了五千萬美元就願意冒險。」

「也許你會，」瑪格麗特說，「但尼克絕不會抗命。就算他眞的來了，我們只要打通電話給古柏坦，他就會知道該和誰做生意，是威脅要和他對簿公堂的人？還是未來要坐四年大牢的人？」

※※※

丹尼和孟羅提前了幾分鐘到銀行，但總裁祕書早已在櫃檯等候，好陪他們去會議室。他們才一坐下，她便問他們喝不喝英式奶茶。

孟羅親切地笑說：「謝謝，我不喝任何英格蘭的茶。」丹尼懷疑祕書根本聽不懂孟羅的蘇格蘭腔，大概也不懂他獨特的幽默吧。

丹尼說：「請給我們兩杯咖啡。」她聽完便面帶笑容離去。

正當丹尼在欣賞現代奧運創辦人的肖像時，古柏坦打開門走進來。

「早安，尼可拉斯爵士！」他迎向孟羅，要與他握手。

「不、不，我叫弗萊瑟．孟羅，是尼可拉斯爵士的法定代理人。」

「抱歉。」老先生掩飾尷尬之情，轉而與丹尼握手。他臉上堆著難堪的笑容，並再次道歉。

「別在意，」丹尼說，「這是可以理解的誤會。」

古柏坦微微鞠躬說：「您跟我一樣，是大人物的孫子。」接著他請尼可拉斯爵士和孟羅一同坐在會議桌旁，問：「有什麼我能爲兩位效勞的？」

孟羅開口：「我很榮幸能代表已故的亞歷山大・蒙可里夫爵士，如今又有幸能擔任尼可拉斯爵士的顧問。」古柏坦則點了點頭，接著孟羅打開公事包，拿出護照、死亡證明和亞歷山大爵士的遺囑，放在桌上。「我們想領取我當事人的合法遺產。」

古柏坦完全沒看那些文件，便說：「謝謝，尼可拉斯爵士，我能請問您有令祖父留給您的鑰匙嗎？」

丹尼回答：「有。」接著便解開脖子上的項鍊，將鑰匙交給古柏坦，只見對方端詳了一會兒，就還給丹尼。隨後他起身說：「兩位先生，請隨我來。」

當他們跟著總裁走出房間時，孟羅低聲說：「別說話，顯然他在執行您祖父的指示。」他們走下一個長廊，又經過更多銀行合夥人的油畫像，這才到了一部小電梯前。電梯門打開時，古柏坦站到一旁讓客人先進去，並按下寫有「-2」的鈕。他一語不發，直到電梯門再度開啓，走出來時才說：「兩位請隨我來。」

他們沿著紅磚道走去，只見會議室淡藍色的牆壁變成暗赭色，上面也沒掛任何前總裁的肖像。走道盡頭的龐大鋼柵門則勾起了丹尼的痛苦記憶。當警衛一看到總裁，立刻打開大門，並陪同走到一扇裝有兩個鎖的大鋼門前。古柏坦從口袋拿出鑰匙，插入鎖孔緩緩轉動，接著向丹尼點頭示意，等他將鑰匙插入下方的鎖內打開後，警衛便拉開沉重的鋼門。

一進門，丹尼跨越了地上兩吋寬的黃線，走進一個方形小房間，舉目望去，從天花板到地上，四壁全是塞滿厚皮冊的架子。每個架子上都有印製的卡片，顯示從一八四〇到一九九二不等的年份。

丹尼從架子上方拿下一本厚皮冊，匆匆翻閱內頁，並說：「請一塊過來。」這時孟羅走進來，可是古柏坦並未跟著入內。

「對不起，我不能跨越黃線，這是本行的規定。您要離開時麻煩通知警衛，我們再一起回會議室。」

接下來半個鐘頭，丹尼與孟羅翻閱一本本的集郵冊，這才瞭解爲何洪塞克會大老遠從德州飛到日內瓦。

孟羅看著無齒孔的四十八連張一便士黑色郵票，說：「我還是瞧不出所以然。」

「等您看過這本後，就會明白了。」丹尼遞給他一本唯一沒寫日期的皮冊。

孟羅緩緩翻著內頁，重新熟悉起他記憶猶新的工整書法，一行行列出亞歷山大爵士是在何時、何地、以什麼價格向誰買了新收藏。他將這位集郵家一生鉅細靡遺的紀錄交還丹尼，並建議：「您下次碰到洪塞克先生前，必須仔細查閱每一項紀錄。」

※※※

下午三點時，祕書帶蒙可里夫與妻子進入會議室。古柏坦男爵已坐在主位，兩側則各坐著三名董事。兩人走進房間時，七個人全都站了起來，直到蒙可里夫夫人坐下後，才紛紛坐回原位。

古柏坦說：「感謝您讓我們檢視令尊的遺囑以及檢附的信件。」雨果聞言露出微笑。「可是我必須告訴您，我們參考了一位專家深思熟慮的意見後，認爲這份遺囑不具效力。」

雨果怒不可遏地猛然站起：「你的意思是，這是偽造的？」

「蒙可里夫先生，我們絕無此意。可是這些文件並未通過本行的嚴密檢查。」他遞過遺囑與信件。

雨果開口說：「不過……」

瑪格麗特輕聲說：「您能告訴我們，特別是基於哪一點，使您拒絕我丈夫的請求嗎？」

「沒有，夫人，沒這回事。」

她收起文件，放入丈夫的公事包，倏然起身離去，並撂下一句：「你今天就會收到我們律師的通知。」

總裁祕書陪同蒙可里夫夫婦走出會議室時，七名董事會成員都起身送客。

48

隔天一早，孟羅到丹尼房間，發現他身穿晨袍盤腿坐在地上，身邊放了成堆的紙、手提電腦和計算機。

「不好意思打擾您，尼可拉斯爵士，我該等一下再來嗎？」

「不、不！」丹尼立刻站起來，「請進。」

孟羅低頭看著散了一地的文件。「想必您睡得很好吧？」

「我根本沒睡，整夜都在反覆核對數字。」丹尼坦承。

「那您弄清楚了嗎？」

「希望。因爲我覺得，金恩．洪塞克完全不必費心去想這批收藏究竟價值多少錢。」

「您知道……？」

「嗯。整批收藏有兩萬三千一百一十一張郵票，收藏期間超過七十年。我祖父在一九二〇年，也就是他十二歲時，買下個人的第一枚郵票，並一直集到一九九八年他臨終前幾個月。共花了一千三百七十二萬九千四百一十二英鎊。」

孟羅聞言說：「難怪洪塞克會認爲這是世上首屈一指的收藏。」

丹尼點了點頭說：「有些郵票十分珍奇，例如，有枚一九〇一年的美國一分錢顚倒郵票，一枚一八五一年的夏威夷兩分錢藍色郵票，還有他在一九七八年時以十五萬美元買下的一八五七年紐芬蘭兩分猩紅色郵票。他最驕傲的收藏就是在一九八〇年四月的拍賣中，以八十萬美元買下的一八五六年英屬圭亞那一分錢品紅套黑郵票。以上是好消息。至於不太好的消息，就是可能需要一年或更久，才能爲每一枚郵票估完價。當然，洪塞克知道這點，不過對我們有利的是，他不會想無所事事等上一年。在祖父保存的衆多資料裡，我從一篇不尋常的文章中得知洪塞克有位對手，是位名叫渡邊友二的東京商品交易商。」丹尼拿起《時代雜誌》的舊剪報，「至於誰的收藏僅次於我祖父，衆人各有說法。」接著丹尼捧起集郵清冊，「看誰先取得這批收藏，爭議將迎刃而解。」

「請容我說，那消息對您極爲有利。」孟羅說。

「或許吧！」丹尼說，「粗估這收藏一定值五千萬美元左右，可是碰到這麼大的金額，舉世僅有極少數人能出價，看此刻的情勢，我猜只有兩位會考慮競標，所以我也不能玩過頭。」

「我頭都昏了。」孟羅說。

「但願牌局登場時，我還很清醒，因爲我猜下一個敲門的人，如果不是端來早餐的服務生，就是朝思暮想十五年、指望買下這批郵票收藏的洪塞克。因此我最好淋個浴並穿上衣服。我可不希望他覺得我通宵熬夜，努力計算該開口要多少錢。」

※※※

「請找蓋布雷先生。」

「請問您是哪位？」

「雨果．蒙可里夫。」

「先生，我會請他立刻接電話。」

蓋布雷一開口就說：「您在日內瓦的進展如何？」

「空手而歸。」

「什麼？怎麼可能？包括令尊的遺囑在內，您握有一切必要文件啊。」

「古柏坦說遺囑是假的，還差點把我們扔出辦公室。」

「可是我不懂，」蓋布雷聽起來眞的很驚訝，「我請業界頂尖的專家檢查過，文件通過所有檢驗。」

「嗯，古柏坦顯然不認同你的頂尖專家，所以我打電話來問下一步該採取什麼行動？」

「我會立刻打給古柏坦，告知他無論在倫敦或是日內瓦都將收到法庭令狀。如此一來，在法院判定遺囑的眞僞之前，他就不敢貿然和別人合作了。」

「去日內瓦前我們討論過另一件事，或許該著手進行了。」

「如果您要我這麼做，」蓋布雷說，「唯一需要的就是令姪的班機號碼。」

※※※

二十分鐘後，當丹尼從浴室出來時，孟羅說：「您料中了！」

「料中什麼？」

「下一個敲門的是服務生，」丹尼在早餐桌前坐下，孟羅說：「這小子很機靈，他願意提供一堆消息。」

丹尼攤開餐巾：「他八成不是瑞士人。」

孟羅繼續說：「看來洪塞克兩天前就住進旅館。他搭私人噴射機，旅館還派加長豪華轎車去機場接他。爲了回報十瑞士法郎的恩情，那小伙子還告訴我他的旅館訂房沒有期限。」

「這十塊錢是個穩當的投資。」丹尼說。

「更有意思的是，昨天早上洪塞克搭同一輛豪華轎車，到古柏坦銀行和總裁談了四十分鐘。」

「一定是去看收藏品。」丹尼說。

「不，」孟羅說，「沒有您的許可，古柏坦絕不會讓任何人接近那房間。那完全違反銀行的規定，無論如何，他都沒必要這麼做。」

「為什麼？」丹尼問。

「想必您還記得，令祖父曾在華盛頓史密森尼博物館展出全部收藏慶祝他的八十大壽。開幕當天早上，率先入場的人之一就是金恩．洪塞克先生。」

丹尼立刻問：「服務生還說了什麼？」

「洪塞克先生目前在樓上的房內吃早餐，或許正在等您敲門。」

「那他有得等了，我可不打算先屈服。」

「可惜，」孟羅說，「我一直在期待這次遭遇。我曾有幸參與令祖父的一次交易，會議結束時我覺得渾身傷痕累累，我當時還是洪塞克那邊的人呢。」丹尼聽了大笑。

這時傳來敲門聲。

「比我想得還快。」

孟羅說：「可能是令叔雨果又揮舞著令狀來了。」

「或者只是來收早餐的服務生。反正我需要時間來收拾資料，不能讓洪塞克認為我不知道這批收藏的價值。」丹尼跪在地上，孟羅也幫他收拾散滿一地的紙張。

又傳來敲門聲，但比上次大了些。丹尼趁孟羅去開門時，抱著所有的紙消失在浴室內。

「早，洪塞克先生，很高興又見到您。我們在華盛頓見過面。」孟羅伸出手，但洪塞克無禮地走進房間，顯然在找丹尼。不久浴室門開了，丹尼穿著旅館晨袍再度出現，一邊打呵欠、伸懶腰。

「眞令人意外啊，洪塞克先生，什麼風把您吹來的？」

「意外才怪，」洪塞克說，「你昨天早餐時就看到我了，也很難沒發現我吧。你少裝打呵欠。」他瞥了眼吃了一半的土司，「我知道你已經吃過早餐。」

丹尼咧嘴笑說：「想必是付了十瑞士法郎吧。」他說著一屁股坐回房內唯一舒適的椅子，「可是請務必告訴我，您怎麼會來日內瓦？」

洪塞克點起雪茄：「爲什麼我會在日內瓦，你心裡清楚得很。」

丹尼提醒他：「這層樓禁菸。」

「胡說，」洪塞克將菸灰彈到地毯上，接著問：「你想要多少錢？」

「什麼多少錢，洪塞克先生？」

「尼克，少跟我耍花招，你想要多少？」

「我承認，就在你敲門前不久，我正與法律顧問談起這話題，他明智地建議我應該晚點再表態。」

「何必等？你對郵票根本沒興趣。」

「的確，但或許有別人感興趣。」丹尼說。

「例如誰？」

「渡邊先生。」丹尼說。

「你在唬人。」

「他也這麼說。」

「你已經跟渡邊聯絡上了？」

「還沒，不過我想他隨時都會來電。」丹尼坦承。

「出個價吧！」

「六千五百萬美元。」丹尼說。

「你瘋啦！那批收藏只值六千五百萬的一半！而且你一定知道全世界只有我買得起這批收藏。你只要打通電話就知道，渡邊還差得遠呢！」

「那我就得拆散這批收藏了。畢竟，布倫德爾先生向我保證，蘇富比能擔保我從此不必再拚命拍賣，就能有一大筆收入供下半輩子花用。這樣一來，你和渡邊就有機會精挑細選，找到一心想納入收藏的商品。」

洪塞克以雪茄猛指丹尼：「同時你要付一成的賣方手續費。」

「別忘了你的兩成買方手續費，」丹尼反唇相譏，「面對現實吧！我比你年輕三十歲，急的人不是我。」

洪塞克說：「我願意付五千萬美元。」

丹尼原本以為洪塞克會開價約四千萬，因此心中暗吃一驚，但眼睛眨也不眨。「我願意降價到六千萬美元。」

洪塞克說：「你會願意降價到五千五百萬。」

「沒人會搭私人噴射機飛越半個地球，只為了知道最後誰會擁有蒙可里夫的收藏。」

「五千五百萬美元。」

「六千萬美元。」丹尼堅持。

「五千五百萬是我的極限。我願意把總額匯到任何銀行，再過幾小時錢就會進到你的戶頭。」

「我們何不擲銅板來決定最後的五百萬？」

「這樣你就不可能輸。我說了五千五百萬，要不要隨你。」

「那就拉倒，」丹尼起身說，「祝你回德州有趟愉快的旅程。如果在我打電話給渡邊先生前，你想對任何特定郵票出價，請務必打通電話給我。」

「好了，好了！我就跟你擲銅板決定最後的五百萬。」

丹尼轉頭對律師說：「孟羅先生，麻煩您當裁判好嗎？」

「是仲裁人。」洪塞克說。

孟羅回答：「當然好。」於是丹尼遞給他一英鎊硬幣，但很意外地發現，當孟羅以拇指尖保持硬幣的平衡時，手竟然在發抖。接著他將硬幣高高拋入空中。

洪塞克叫說：「我賭正面。」只見硬幣落在壁爐旁的厚地毯上，沒想到竟然是筆直立起。

丹尼說：「那就定五千七百五十萬美元吧！」

洪塞克彎腰撿起硬幣，放進自己的口袋。「一言爲定！」

丹尼伸出手說：「提醒你，那是我的。」

洪塞克交出硬幣，咧嘴笑說：「尼克，現在給我鑰匙，這樣我才能驗貨。」

「沒那必要。」尼克從床頭櫃拿起厚皮冊，遞給對方：「畢竟在華盛頓展出時你已經看過整批收藏。不過我可以把祖父的清冊給你。」隨後他面帶微笑說：「至於鑰匙呢，等錢一進我帳戶，孟羅先生就會交給你。我記得你說過只要幾個小時。」

洪塞克開始走向門口。

「還有，」洪塞克聞言回頭，只聽到丹尼說：「設法在東京日落前辦好。」

※※※

蓋布雷律師接起桌上的專線電話。

「根據旅館一名工作人員的可靠消息，他們都訂了英航七三七號班機，將於晚上八點五十五分出發，九點四十五分抵達希思羅機場。」雨果說。

蓋布雷說：「我只要知道這些就夠了。」

「一早我們就會飛回愛丁堡。」

「這應該能給古柏坦綽綽有餘的時間好好考慮，要優先與蒙可里夫家族的哪一房做生意。」

※※※

「您要喝香檳嗎？」空服員問。

「不了，謝謝。威士忌蘇打就好。」孟羅說。

「您呢，先生？」

丹尼說：「一杯香檳，謝謝。」等空服員離開後，他便轉頭問孟羅：「你爲什麼會認爲銀行不把我叔叔的要求當一回事？畢竟他一定給古柏坦看過新遺囑。」

「他們八成看到了什麼我忽略的東西。」孟羅說。

「您爲何不打電話給古柏坦問他究竟是什麼？」

「那人根本不會承認見過令叔，更別說是看過您祖父的遺囑。不過，既然現在您銀行裡有了近六千萬美元，我想您會希望我對所有的令狀提出抗辯吧？」

丹尼嘟囔說：「不知尼克會怎麼做。」接著便沉沉睡去。

孟羅吃了一驚，但他想起尼可拉斯爵士前晚通宵未眠，因此並未再詢問自己的當事人。

飛機降落希思羅機場時丹尼突然驚醒。他與孟羅隨著第一批乘客下飛機，當他們走下階梯時，驚訝地發現三名警察站在停機坪上。孟羅注意到他們沒佩戴自動步槍，不會是機場保安人員。當丹尼踏上最後一個階梯時，兩名警員便上前抓他，第三名則將他的手臂按在背後，爲他戴上手銬。

他被帶走時，其中一名警員說：「蒙可里夫，你被捕了。」

孟羅質問：「罪名是什麼？」但他並沒有得到答案，因爲響著警笛的警車已疾馳而去。

自從丹尼出獄後，很多時候都在想不知道他們何時會逮到他？但意外的是，警察竟叫他「蒙可里夫」。

※※※

貝絲已經好幾天沒跟父親說話了，但再也忍不住要去探望他。儘管醫生事先已經警告過，但她仍無法置信在這麼短的時間裡，他就變得如此削瘦。

麥可牧師每天都來探視貝絲的父親，那天早上，他請貝絲的母親召集親朋好友，要他們當晚隨侍在側，因爲臨終聖禮不能再拖了。

「貝絲。」

當父親開口說話時，貝絲吃了一驚。

她握住他的手，「是的，爸。」

他以幾乎聽不見的虛弱聲音問：「誰負責經營修車廠？」

「崔佛・薩頓。」她柔聲回答。

「他不能勝任，妳得另外指派人，而且動作要快。」

「爸，我會的。」貝絲順從地回答，但並未告訴他沒有別人想要這份差事。

在好一陣子沉默後，他問：「是不是只有我們在？」

「是啊，爸。媽在客廳和一位女士說話……」

「卡特萊特太太？」

「對。」貝絲坦承。

「感謝上帝賦予她常識，」他父親喘了口氣才說，「妳也遺傳了這個特質。」

他幾乎沒有力氣說話，但貝絲仍笑了笑。他突然以更虛弱的聲音說：「告訴哈利，我臨終前想看看他倆。」

貝絲從稍早開始，便已不再說「您不會死」，只是輕聲在他耳畔說：「爸，我當然會轉告。」又是好一陣沉默，他拚命喘息後，才低聲說：「答應我一件事。」

「任何事都行。」

他抓住女兒的手，「妳要繼續努力恢復他的清白。」突然間，這抓力減弱，他的手也鬆了開來。

貝絲知道他聽不見了，但仍然說：「我會的。」

49

事務所在孟羅的手機上留了好幾次話要他趕緊回電，然而他還有別事要擔心。

一輛警車迅速載走尼可拉斯爵士，讓他在帕丁頓綠地警察局的牢房過夜。孟羅與他分開後，便搭計程車前往貝爾葛蕾維亞區的蘇格蘭人俱樂部[9]。他自責忘了尼克仍在假釋期間並未獲准出國，或許這是因爲他從不認爲尼克是罪犯。

十一點三十分剛過，孟羅抵達俱樂部時，發現達文波特小姐已在會客室等他。他首先必須盡

⑨ 蘇格蘭人俱樂部（The Caledonian Club）成立於一八九一年，是蘇格蘭政要、仕紳在倫敦的聚點。

速確認她是否能勝任這份差事。結果孟羅花了五分鐘就確定了，他難得碰上這麼快就能掌握案情要點的人。她所提的問題都切中要點，他只能希望尼可拉斯爵士能適當回答每個問題。午夜過後不久，他們互相告別時，孟羅深信他的當事人將獲得妥善照顧。

不需要莎拉．達文波特提醒，孟羅早熟知法庭對違反假釋條件的囚犯會有什麼態度，尤其是未尋求觀護人許可逕自出國。至於破例網開一面的機會則是非常小。她和孟羅都十分清楚，法官可能將尼克送回大牢，讓他服完剩下的四年徒刑。當然，達文波特小姐會以「情有可原」爲由抗辯，但對結果卻一點也不樂觀，孟羅從不喜歡樂觀的律師。她答應等法官一做出判決，便打去登布洛斯通知他。

當孟羅正要上樓到自己的房間時，門房轉告他另一個留言，要他盡快回電給兒子。

孟羅坐到床尾打電話，劈頭就問：「什麼事這麼急？」

他兒子哈米許．孟羅不想吵醒妻子，因此低聲說：「蓋布雷已撤銷審理中的所有令狀，以及強制尼可拉斯爵士在三十天內，必須搬出博爾頓街住家的禁止侵入令。」他在輕聲關上浴室門後問：「爸，這是表示對方澈底投降，還是我遺漏了什麼？」

「恐怕是後者。蓋布雷會這麼做只是要犧牲無關緊要的事物，取得唯一眞正值得的戰利品。」

「要法庭將亞歷山大爵士的第二份遺囑合法化？」

「你眞是一點就通，如果他能證明，亞歷山大爵士的新遺囑取代任何先前的遺囑，將一切都留給他的兄長安格斯，那包括瑞士銀行至少有五千七百五十萬美元的戶頭在內，繼承這一切財產的將是雨果．蒙可里夫，而不是尼可拉斯爵士。」孟羅說。

「蓋布雷有把握第二份遺囑是眞的？」

「很可能是這樣，不過我知道有人可沒那麼自信。」

「爸，順便告訴您，就在我要離開事務所時，蓋布雷又打電話來。他想知道您什麼時候會回蘇格蘭。」

「眞的？」孟羅說，「這問題就來了，他怎麼知道我不在蘇格蘭？」

※※※

「我說希望能再見到你，」莎拉說，「但我可沒意料到會是在帕丁頓綠地警察局的晤談室。」

丹尼隔著小木桌對著自己的新律師苦笑。孟羅解釋過他無法在英格蘭法庭上代表丹尼，但可以推薦其他人選，不過丹尼當時回答：「不，我知道要找誰來代表自己。」

「我眞是受寵若驚，」莎拉繼續說，「當你需要法律建議，我竟是你的第一選擇。」

「你是我唯一的選擇，」丹尼坦承，「我不認識其他任何初級律師。」他話才一出口，便開始後悔。

「想不到我熬了大半夜……」

「對不起，我不是那個意思。只是孟羅先生告訴我……」丹尼說。

「我知道孟羅先生說了什麼，」莎拉笑著說，「好了，我們不能浪費時間了。你十點就要出庭，孟羅先生曾簡要向我說明你過去幾天都在忙些什麼，但我希望一旦上了法庭能澈底掌握局面，因此仍有幾個問題需要你回答。請坦言相告，我的意思是請誠實。在過去十二個月內，除了這次去日內瓦，你還有出過國嗎？」

「沒有。」

「自從你出獄後，曾缺席過任何與觀護人的例會嗎？」

「從來沒有。」

「你是否曾在任何時候設法聯絡……」

※※※

「早安，蓋布雷先生，」孟羅說，「抱歉沒早點與您聯絡，但您應該知道我被什麼事情給耽誤了。」

「我的確明白，」蓋布雷回答，「也正因如此，我才急著找您。您將得知，我的當事人已撤銷對尼可拉斯爵士所有的待決訴訟，在這個狀況下，我很希望您的當事人也願以同樣寬宏大量的態度回應，撤銷質疑他祖父最新遺囑合法性的令狀。」

孟羅厲聲回應：「想都別想，那最後只會讓您的當事人拿到所有遺產，包括廚房水槽在內。」

「您的回答毫不令人意外，孟羅。真的，我已事先警告我的當事人，你們要是抱持那種態度，我們就只好反擊您那煩人的令狀。然而，」孟羅還來不及回答，他又說：「我是否能建議，既然目前兩造唯一的爭議點在於亞歷山大爵士最新的遺囑是否有效，或許設法在上法庭之前解決訴訟，可能最符合雙方利益吧？」

「蓋布雷先生，容我鄭重提醒，本事務所向來不負責擱置訴訟程序。然而即使到了這個關頭，我還是很歡迎您改變心意。」

「孟羅先生，我很高興您這樣認爲，我深信您一定很樂於得知，山德森法官的辦事員今早來電說，根據法官的行事曆，他下個月的第一個星期四有空，如果兩造方便，他很願意爲本案擔任仲裁。」

「可是那樣一來，我只剩下不到十天能準備本案。」孟羅知道這是對方設下的暗箭。

「坦白說，孟羅先生，您若非持有能證明遺囑無效的證據，就是兩手空空，」蓋布雷說，「如果您有，那山德森法官的裁決將對您有利，套句您的話，最後會讓你的當事人拿到所有遺產，包括廚房水槽在內。」

※※※

丹尼從被告席望著莎拉。他已據實回答她所有的問題，並寬慰地發現她似乎只對他出國的理由感興趣。話說回來，她怎麼可能會知道有關已過世的卡特萊特的事？她已警告丹尼他午餐時間就可能被送回貝爾馬什監獄，要有在牢內再過四年的心理準備。由於違反假釋令的罪名無從抗辯，她建議認罪，並頂多只能聲請「減輕情節」[10]。他同意了。

「庭上，」莎拉起身面對卡拉漢法官，「我的當事人不否認違反假釋條件，但他會這麼做，只是爲了在送交蘇格蘭高等法院審理、預料卽將開庭的重大財務訴訟案中，確認自己的權利。此外，庭上，我也要指出，我當事人全程都由聲譽卓著，並在案中代表他的蘇格蘭律師孟羅先生陪同。」這時法官在面前的拍紙簿上寫下姓名。「庭上，還有一點，那就是我當事人出國不到四十八小時，並自行返回倫敦。控告稱他未告知觀護人也不盡然正確，因爲他曾致電班奈特小姐，甚至在沒人接聽的情況下在她的答錄機上留言。由於留言已錄下，如果庭上認爲有必要，可以呈堂爲證。」

「庭上，我當事人未能恪遵假釋條件的情形唯有這次不尋常的失誤。同時他從未缺席與觀護人的例會，更不曾遲到。補充說明，除了這次瑕疵外，自從我當事人出獄後，行爲向來可圈可點。他不僅隨時遵守假釋條件，更不斷致力提升個人的學歷。最近他獲得倫敦大學錄取，希望能藉此取得商業研究的榮譽學位。我當事人要爲造成法庭及假釋單位任何不便，致上最深的歉意，他向我保證絕不會再犯。庭上，最後我希望在您將這一切列入考慮後，會同意把他送回監獄是沒有意義的。」莎拉闔上卷宗，鞠了躬便回到座位。

法官又寫了好一陣子才放下筆，最後總算說：「謝謝妳，達文波特小姐。裁決之前我需要花點時間考慮妳的陳述。我們先休息一下，中午再開庭。」

---

⑩ 減輕情節（mitigating circumstances）：法律用語，指被告能證明自己違法的事由是出於眞誠，並無惡意。

於是衆人便退了庭。莎拉滿心困惑，爲何像卡拉漢經驗這麼豐富的法官還需要時間來爲這麼稀鬆平常的事下決定？接著她便想通了。

※※※

「請問總裁在嗎？」

「請問是哪位？」

「弗萊瑟．孟羅。」

「孟羅先生，我來看他是否有空接電話。」孟羅一邊等，邊以手指敲著桌面。

「孟羅先生，眞高興再聽到您的消息，這次有什麼我能爲您效勞的？」古柏坦說。

「我想讓您知道，與我們雙方有關的事將於下星期四解決。」

「是的，我十分清楚最新的進展，」古柏坦回答，「因爲蓋布雷先生也來過電話。他向我保證他的當事人已同意接受法庭的任何裁決。請問您的當事人是否也願意這麼做？」

「是的，他願意，」孟羅回答，「我今天稍後會寫信給您確認我們的立場。」

「眞是感激不盡，」古柏坦說，「我會照這樣通知我們的法務部門。獲知哪一方贏得訴訟後，我就會指示將五千七百五十萬美元存入相關戶頭。」

「謝謝您的保證，」孟羅清了清喉嚨說，「能否私下跟您談談？」

古柏坦回答：「我們瑞士人無法接受這種說法。」

「那以我身爲已故亞歷山大．蒙可里夫爵士財產受託人的資格，能否尋求您的指引？」

「我會盡力，」古柏坦回答，「但在任何情況下，不論客戶是死是活，我都不會侵犯客戶的隱私。」

「我完全瞭解您的立場，」孟羅說，「我相信您見尼可拉斯爵士之前，已經先見過雨果先生，也一定詳細檢閱過構成本案證據的文件。」古柏坦不置可否。「既然您不回答，是代表默認囉？」古柏坦依舊沒有回答。「在那些文件中，有亞歷山大爵士的兩份遺囑，遺囑的合法性便是本案關鍵。」古柏坦仍未回話，似乎是斷線了。「總裁，您還在嗎？」

「我還在。」古柏坦回答。

「由於您見過雨果之後，還願意見尼可拉斯爵士，想當然耳，我會認爲您之所以拒絕他叔叔的請求，是因爲貴行就如我本人般，不相信第二份遺囑的合法性。因此我們之間並沒有誤解：貴行斷定它是僞造的。」孟羅聽見總裁呼吸的聲音。「那麼，以正義之名，朋友，我必須請教您，您究竟爲何認爲第二份遺囑站不住腳，有什麼我沒注意到的關鍵嗎。」

「我恐怕幫不上忙，我不能侵犯客戶隱私。」

「有其他人能給我建議嗎？」孟羅逼問。

古柏坦沉默了好一陣子，最後才說：「爲求維持銀行一貫的政策，我們向外徵詢了其他意見。」

「您能透露消息來源的姓名嗎？」

「不，我不能，雖然我很想，但那也違反銀行對這類事情的政策。」

「可是……」

古柏坦不顧他打岔，繼續說：「指點我們的先生無疑是業界頂尖專家，並且尚未離開日內瓦。」

※※※

十二點一到，法警便大聲說：「全體起立！」卡拉漢法官也走回法庭。

莎拉回頭對丹尼露出鼓舞的微笑，只見他站在被告席上，一臉認命的表情。法官一坐下，便低頭凝視辯護律師說：「達文波特小姐，我對您的陳述想了很多。然而您必須明白，我的職責在於確保犯人澈底瞭解，他們在假釋期間仍在服部分徒刑，如果未能遵守假釋令中的條件，那就是犯法。」

他繼續說：「當然，包括致力取得更高的學歷在內，我考慮了您當事人出獄後所有的紀錄。這一切都十分值得讚許，但事實上他仍辜負了我們的信任。因此，他必須酌情接受懲罰。」丹尼聞言低下頭。「蒙可里夫，」法官說，「我今天打算簽署一道命令，以確保未來你萬一再違反任何假釋條件，將會回到牢裡再關四年。在假釋期間，你無論如何都不能出國，同時每個月都要繼續向觀護人報到。」

他拿下眼鏡說：「蒙可里夫，這次你實在太幸運了。在這趟不智的旅程中，你全程由法界資深人士陪同，孟羅律師無論於蘇格蘭或英格蘭都聲譽完美。」莎拉聞言笑了，卡拉漢法官需要打

一、兩通電話，以確認一些她已經知道的事。法官最後只說「你可以自由離開法庭了」，便起身深深鞠躬，緩步離開法庭。

儘管守在身旁的兩名警察已經消失在樓下，但丹尼仍站在被告席。法警打開小門讓他離開被告席走向律師席，這時莎拉趨前相迎。

「妳能和我吃頓午餐嗎？」丹尼問。

「不行，」莎拉關掉手機，「孟羅傳簡訊來，要你搭下一班飛機到愛丁堡。前往機場的路上請打給他。」

50

丹尼從未聽過「內庭聆訊」[11]這個詞，孟羅鉅細靡遺地解釋爲何他與蓋布雷先生同意藉由這個方式來解決兩造的爭端。也就是說，要在法官的辦公室內展開討論。

雙方已同意將家族糾紛公諸於世實屬不智。蓋布雷甚至坦承他的當事人極度厭惡媒體，孟羅也已警告尼克，假使他們對簿公堂，最後報章雜誌肯定把重點放在他服刑一事，而非他祖父遺囑所引發的爭議。

此外，雙方也同意本案由高等法院法官審理，他的裁決將成定局：一旦做出判決，任一造都

---

⑪ 內庭聆訊（in chambers）：在法官辦公室進行的聽證會（hearing）。

不得上訴。在法官同意考慮審理前，尼可拉斯爵士與雨果．蒙可里夫都針對這點，簽下具有約束力的法律協議。

丹尼坐在孟羅先生旁，雨果、瑪格麗特以及蓋布雷先生則並排坐在房間的另一側。山德森法官坐在面對他們的書桌後，在場沒有人穿法庭裝束，氣氛輕鬆許多。訴訟程序一開始法官就提醒兩造，儘管本案在法官辦公室私下審理，但結果仍完全具備法律效力。法官似乎很高興看到雙方律師點頭同意。

事實證明，雙方都滿意山德森法官，孟羅更說他是「睿智的老手」。

「各位，」他開口說，「鑑於我已瞭解本案的背景，很清楚攸關兩造利害的財產總額。開始之前，我必須問兩方是否已盡力嘗試和解？」

蓋布雷先生起身表示，亞歷山大爵士寫了封措詞強硬的信，明確述明在孫子受軍法審判後，希望撤銷他的繼承權，他的當事人雨果．蒙可里夫先生只是想完成先父的遺願。

接著孟羅先生起身表示，他的當事人並未率先發出令狀，最初也不願引起爭端，可是猶如雨果．蒙可里夫先生，他同樣必須完成祖父的願望。他頓了一會兒又說：「恪遵遺囑。」

法官看兩造無法達成任何形式的和解，只好聳聳肩，一副聽天由命的表情。「那就繼續吧。我已看過所有文件，也考慮過兩造進一步提供的證據。我會說明其中哪些證據確實和本案相關，哪些我認爲無關。首先，兩造都並未質疑，一九九七年一月十七日，亞歷山大．蒙可里夫爵士立了一份遺囑，將大批財產留給當時在科索沃擔任軍官的孫子尼可拉斯。」他抬頭尋求確認，蓋布雷與孟羅都點了點頭。

「然而，蓋布雷先生代他的當事人雨果．蒙可里夫主張，這份文件並非亞歷山大爵士的最後遺囑，後來……」法官低頭看筆記，「一九九八年十一月一日，亞歷山大爵士立了第二份遺囑，將所有的財產留給兒子安格斯。之後安格斯爵士在二〇〇二年五月二十日去世，在最後遺囑中，將一切財產留給弟弟雨果。」

「此外，蓋布雷先生代表他的當事人，提出一份由亞歷山大爵士簽署的信件，證明他改變心意的理由。孟羅先生雖未質疑信件第二頁簽名的眞實性，但暗示第一頁其實是後來起草的。他表示儘管他不會提出任何證據來支持這主張，但只要第二份遺囑證實是無效後，第一頁的眞僞將不言而喻。」

「另外，孟羅還向本庭表明，他不認爲亞歷山大爵士，以法律術語來說，在立遺囑期間心智不健全[12]。相反的，就在亞歷山大爵士過世前一周的晚上他們還曾碰面，晚餐後爵士還在棋賽中澈底贏了他。」

「依我看來，兩造要解決的唯一問題就是第二份遺囑的合法性。據蓋布雷先生代他的當事人主張，那是亞歷山大爵士最後的遺囑；另一方面，孟羅先生雖未明說，但認定遺囑是僞造的。我希望兩造認爲這是對現況的公正評估。如果是這樣，那我將請蓋布雷先生代表雨果．蒙可里夫先生提出陳述。」

蓋布雷起身說：「庭上，我與我的當事人同意，兩造間唯一的歧見就在於第二份遺囑。猶如

⑫　孟羅使用了法律詞彙「心智健全」（sound mind）。

您所說的，我們確信那是亞歷山大爵士的最後遺囑。我們呈上這份遺囑與檢附的信件，以證明我們的主張。此外，我們也想傳喚一位證人，他能夠完全解決這件事。」

「當然，」山德森法官說，「請傳喚您的證人。」

蓋布雷望著門說：「我要傳喚奈吉．弗萊明教授。」

丹尼問孟羅是否認得這位教授。當這位學止優雅、身材高大，頂著滿頭灰髮的男人走進來時，孟羅回答：「只聞其名。」就在他宣誓時，丹尼覺得，這位教授令他想起一年一度造訪克萊門阿特利綜合中學頒贈獎品的達官顯要——不過他從沒得過獎就是了。

「弗萊明教授，請坐。」山德森法官說。

蓋布雷站著說：「教授，我認爲應該讓出庭的各位瞭解您的專業與權威，所以我要請教幾個有關您背景的問題，請見諒。」

教授聞言微微鞠了個躬。

「您的現職是什麼？」

「愛丁堡大學無機化學教授。」

「您是否寫了本有關犯罪的書，如今已是該領域的標準教材，成爲多數大學法律教學大綱的一部分？」

「蓋布雷先生，我不能說是多數大學，但在愛丁堡當然是這樣。」

「教授，您過去是否代表好幾國政府，針對這類爭議提供意見？」

「蓋布雷先生，我不想誇大個人權威。當兩、三個國家之間出現爭議時，不同的政府曾有三次請我到場，針對文件的效力提供意見。」

「的確，教授，那麼我請教您，當遺囑的合法性產生疑義時，您是否曾當庭提供證詞？」

「有的，先生，前後有十七次。」

「教授，您能告訴庭上，在這些訴訟案中，最後有多少判決支持了您的研究結果？」

「我絕對不會說，這些訴訟案的判決完全取決於我的證據。」

「說得好，」法官苦笑說，「無論如何，教授，問題在於，十七次判決中有多少次證實了您的意見？」

「十六次，先生。」教授回答。

這時法官說：「蓋布雷先生，請繼續。」

「教授，您是否曾檢視本案的關鍵，也就是已故亞歷山大・蒙可里夫爵士的遺囑？」

「我檢視過兩份遺囑。」

「我能請教您一些有關第二份遺囑的問題嗎？」教授點點頭。「撰寫遺囑的用紙是當時能買到的嗎？」

「蓋布雷先生，那究竟是什麼時候？」法官問。

「庭上，一九九八年十一月。」

「是的，根據科學證據，我認為它所用的紙張跟一九九七年立第一份遺囑時所用的相同。」教授說。

法官一臉驚訝，但並未打岔。蓋布雷又問：「第二份遺囑上的紅緞帶也屬於同一個年份嗎？」

「是的，我化驗了兩條緞帶，發現是同一個時期製造的。」

「教授，您對亞歷山大爵士出現在兩份遺囑上的簽名，是否有任何推斷？」

「蓋布雷先生，在我回答之前，您必須瞭解，我並不是書法專家。但我可以告訴您，簽名所用的黑墨水是一九九〇年前某個時期所製造的。」

「您是在告訴法庭，」法官說，「您可以鑑定一罐墨水生產的年份嗎？」

「甚至月份也可以，」教授說，「事實上，我認爲兩份遺囑上簽名所用的墨水都是一九八五年由威迪文所生產。」

「現在我要看第二份遺囑所用的打字機，」蓋布雷說，「它是什麼牌子的？最初是什麼時候上市的？」

「這是雷明頓二代打字機，最初是在一九六五年上市的。」

「只是要確認，」蓋布雷說，「紙、墨水、緞帶和打字機，全都在一九九八年十一月前便已存在。」

教授說：「根據我的判斷，毫無疑問。」

「謝謝您，教授，麻煩您等等，我想孟羅先生也有些問題要問您。」

孟羅緩緩起身說：「庭上，我沒有問題要問這位證人。」

法官一時沒會過意，蓋布雷的反應也很相似，只見他疑惑地睜大眼睛望著對手。雨果問妻子孟羅到底在想什麼，丹尼則直視前方，完全照孟羅所吩咐的保持不動聲色。

接著法官問：「蓋布雷先生，您還要傳喚其他證人嗎？」

「不，庭上，我只能認爲，我博學的朋友拒絕詰問弗萊明教授，這代表他接受教授的檢驗結果。」他停了一會兒又說：「這點毫無疑問。」

孟羅並未起身，也毫無反應。

「孟羅先生，」法官說，「您要做開庭陳詞嗎？」

「如您允許，我會簡要地說。」孟羅說，「弗萊明教授已證實，對我當事人有利的亞歷山大爵士第一份遺囑，毋庸置疑是眞的。我們接受他的判斷。庭上，誠如您在本次聽証庭開始所說的，此庭關注的唯一問題，就是第二份遺囑的有效與否，這……」

「庭上，」蓋布雷跳起來說，「孟羅先生是否在向法庭暗示，教授的專業足以判斷第一份遺囑的眞僞，但在評估第二份遺囑時，其專業素質就會打折扣？」

「不，庭上，」孟羅說，「我博學的朋友若能多些耐心，就會瞭解我的意思不是那樣。教授在法庭上說，他並非辨認簽名眞僞的專家……」

蓋布雷又立刻起身說：「庭上，可是他也證明，用來簽兩份遺囑的墨水是同一瓶。」

「我要說不是同一隻手簽的。」孟羅表示。

「您要傳喚書法專家嗎？」法官說。

「不，庭上。」

「您有任何證據顯示簽名是僞造的嗎？」

孟羅又說：「不，庭上，我沒有。」

這下法官挑起眉毛，「孟羅先生，您要傳喚任何證人以支持您的說法嗎？」

「是的，庭上！如同我可敬的同業，我也只要傳喚一名證人。」孟羅頓了一會兒，注意到房內所有人都急著想知道證人是誰，只有丹尼連眼睛眨都不眨。孟羅接著說：「我要傳喚金恩．洪塞克先生。」

這時門開了，只見這位德州佬挺著龐大的身軀緩步走進。丹尼覺得有點不對勁，接著才恍然大悟，這是他第一次見到沒抽雪茄的洪塞克，那簡直就是他的註冊商標。

洪塞克宣示時，洪亮的聲音在小房間內迴盪。

法官說：「洪塞克先生，請坐。由於在場只有我們幾個人，或許我們可以用較輕鬆的語氣交談。」

洪塞克說：「我很抱歉，法官大人。」

「不用道歉，」法官說，「孟羅先生，請開始吧！」

孟羅起身對洪塞克笑了笑：「以供記錄，能麻煩您說出您的姓名與職業嗎？」

「我叫金恩．洪塞克，我已經退休了。」

法官問：「洪塞克先生，您在退休前從事什麼工作？」

「也沒什麼。我阿爸和阿公[13]都是牧牛人。但我根本不喜歡那個行業，尤其是在我的土地上發現石油後。」

法官說：「所以您是位石油商人。」

---

⑬ 阿爸和阿公（My pa, like my grand-daddy）：原文特別彰顯洪塞克的牛仔習氣。

「也不盡然，先生，我在二十七歲時就把油田賣給英國石油公司，從此就一直在追求個人的嗜好。」

「眞是有趣，我能請教……」法官說。

這時孟羅斷然說：「洪塞克先生，我們等一下再來談您的嗜好。」法官身子退回椅子，臉露歉意。「洪塞克先生，您說將土地賣給英國石油公司，獲得可觀的財富後，就退出石油業了。」

「是的，先生。」

「爲了法庭的利益，我還想確認您在其他方面是否爲專家。例如，您是遺囑專家嗎？」

「不，先生，我不是。」

「您是紙張與墨水技術專家嗎？」

「不是，先生。」

「緞帶專家？」

「我年輕的時候，曾試著從女孩子的頭上取下一些，但也不太拿手。」洪塞克說。

孟羅等笑聲漸歇後，才繼續問：「那您或許是打字機專家囉？」

「不是。」

「簽名專家？」

「不是，先生。」

「無論如何，」孟羅說，「我說您是世上公認首屈一指的郵票權威，應該沒錯吧？」

「我有把握若不是我，就是渡邊友二，」洪塞克回答，「那要看您是問誰。」

法官再也無法自制：「洪塞克先生，您能解釋這話是什麼意思嗎？」

「法官大人，我和他都集郵超過四十年。我的收藏比較多，但爲友二說句公道話，那可能是因爲我比他有錢，出價老是比那個可憐的傢伙還高。」這時連瑪格麗特也忍不住笑了。「我是蘇富比拍賣行董事會的成員，友二則擔任富藝斯拍賣行的顧問。我的收藏在華盛頓特區的史密森尼博物館展出，他的則在東京的帝國博物館展覽。因此我無法告訴您誰是世上首屈一指的權威，但我們無論誰是第一，另一個當然就是第二名。」

「謝謝您，洪塞克先生，」法官說，「孟羅先生，我確信您的證人是該領域的專家。」

「謝謝您，庭上，」孟羅說，「洪塞克先生，您看過與本案相關的兩份遺囑嗎？」

「看過了，先生。」

「您對第二份遺囑，也就是亞歷山大爵士將財產留給兒子安格斯那份遺囑，有什麼專業看法？」

「那是僞造的。」

蓋布雷聞言立刻站起來。「好了、好了！蓋布雷先生，」法官在桌後向他搖手，並轉頭說：「洪塞克先生，我衷心希望您能就這主張提供具體證據。我所謂的『具體證據』，並不是您另一套粗糙的見解。」

洪塞克臉上愉快的微笑頓時消失，過了好一會兒才說：「法官大人，我將證明亞歷山大爵士的第二份遺囑，按照貴國的說法，『確切無疑』是僞造的。爲了證明這點，我將要請您參看原件。」於是山德森法官轉向蓋布雷，對方則聳聳肩，起身將第二份遺囑遞給法官。「好了，先生，」洪塞克說，「麻煩您翻到第二頁，就會看到亞歷山大爵士將名字簽在一枚郵票上。」

「您是說，這枚郵票是假的？」法官問。

「不，先生，我沒那麼說。」

「洪塞克先生，不過既然您說過，您不是簽名專家，那您究竟是什麼意思？」

「只要掌握到關鍵，人人都能輕易看出來。」洪塞克說。

「還請您指點。」法官聽起來有點惱怒。

洪塞克說：「英國女王在一九五二年二月六日登基，並於一九五三年六月二日在西敏寺加冕。英國皇家郵政製作了一枚郵票來紀念盛典，我很自豪收藏了一組嶄新無損的初版版票[14]。那枚郵票中的女王是位年輕女子，但由於她在位的時間很長，每隔幾年皇家郵政就會發行新版郵票，以反映女王年歲漸增的事實。至於貼在這份遺囑上的郵票版本，是在一九九九年三月發行的。」這時洪塞克轉身看雨果，想確認他是否有聽懂，可是他看不出來。儘管他也不確定瑪格麗特是否瞭解，但只見她緊嘛著雙唇，臉上頓時失去血色。

「法官大人，」洪塞克說，「亞歷山大．蒙可里夫爵士是在一九九八年十二月十七日去世的，也就是這枚郵票發行的前三個月。因此有一件事可以確定：劃過女王身上的簽名絕不是他的。」

⑭ 版票（sheet）：整版面額相同的郵票，通常有二十五枚。每版版票的白邊一般印有版號及條碼。

第四部　復仇

51

復仇這道菜，越冷越夠味。[1]

飛機穿越繚繞倫敦上空的濃密雲層，開始降落。丹尼將法國小說《危險關係》放入公事包。他想著要對那三個人施以冷酷的報復，因爲他們害死他的摯友、害他娶不了貝絲、剝奪他撫養女兒長大的權利，害他爲莫須有的罪名入獄。

如今他坐擁足夠的財力，能夠一個個慢慢解決他們，他打算在完成任務時，讓三個人都覺得生不如死。

---

① 原文爲英文諺語：Revenge is a dish best served cold. 中文現成的說法就是「君子報仇，三年不晚」。

「先生，請您繫好安全帶，我們幾分鐘內卽將降落希思羅機場。」

丹尼抬頭對打斷他思緒的空服員笑了笑。由於金恩．洪塞克一離開法官辦公室，其中一方隨卽撤銷主張，因此山德森法官根本沒機會爲「蒙可里夫對蒙可里夫案」下判決。

孟羅先生在愛丁堡的新俱樂部吃晚餐時向尼克解釋，如果法官判斷其中有人犯了罪，那他只能將一切相關文件送交地方檢察官。在城市的另一處，戴斯蒙．蓋布雷先生也正在告訴他的當事人，假使這眞的發生，雨果的侄子或許不會是蒙可里夫家唯一身陷牢獄的人。

儘管丹尼心裡清楚得很，當他上一次抵達希思羅機場時，是誰讓三名警察在那兒等他，但是孟羅建議尼克不要提起告訴。此外，在這個難得能鬆弛警戒的氛圍下，孟羅補充說：「不過如果令叔雨果再惹出任何麻煩，一切就不算數了。」

丹尼像尼克般思考，節制地感謝孟羅多年來所做的一切，並對他的回答感到訝異：「我不確定自己比較想打敗誰，是令叔雨果呢，還是道貌岸然的蓋布雷。」這位守護者保持一貫低調，丹尼一直認爲孟羅與自己同一陣營是多麼幸運，但直到最近才意識到如果孟羅是他的對手，會有多麼不堪設想。

端上咖啡時，丹尼邀請孟羅擔任家族財產的管理人兼法律顧問。他鞠躬說：「尼可拉斯爵士，如果您如此期望。」丹尼還明白表示，希望將登布洛希大宅與周圍土地交給蘇格蘭國家信託，並撥予任何必要的維護費。

「正如您祖父的構想。」孟羅說。「我確信換作是令叔雨果，在蓋布雷先生的協助下，一定會找出一些巧妙的方式擺脫這個承諾。」

丹尼懷疑孟羅是不是喝了太多威士忌。他無法想像如果老律師發現他打算對付另一位律師同業，會有什麼反應。

剛過十一點，飛機就降落希思羅機場。丹尼原本必須搭八點四十分的班機，卻因爲幾星期來第一次睡過頭而沒搭成。

當飛機停妥時，他將史賓賽．克雷格的事拋諸腦後，他解開安全帶，站在走道等機艙門打開，這回不會有警察在外面等他。稍早當訴訟案提前結束時，洪塞克拍了法官的背並遞上一根雪茄。山德森法官一時說不出話，但仍擠出一絲微笑，才委婉拒絕。

丹尼向洪塞克指出，如果當初他留在日內瓦，最後仍能擁有亞歷山大爵士的收藏品，因爲雨果可能樂意以較低的代價出售。

「那樣一來，我就無法信守跟你爺爺的約定了，」洪塞克回答，「現在我總算做了點事，回報他多年來的善意和精明建議。」

一個小時後，洪塞克便帶著一百七十三本集郵皮冊，搭著私人噴射機向德州出發。丹尼知道，整趟行程，甚至終此餘生，他都將沉迷於這些郵票中。

當丹尼搭上希思羅捷運時，思緒轉到貝絲身上，他迫不及待想再見她。法國作家莫泊桑一語道出了他的感受，可謂淋漓盡致：「倘若沒人與你分享，勝利又有什麼意義？」但他似乎聽見貝絲問：「如今有這麼多值得活下去的理由，復仇又有什麼意義？」若是能夠，他將會提醒她，無論是伯尼，或是後來的尼克，也都有太多值得活下去的理由。她會瞭解錢對他毫無意義。他會很樂意以每一分錢來交換……

但願他能讓時光倒轉……

但願他們第二天晚上才去倫敦西區……

但願他們沒去那家酒館……

但願他們是從前門離開……

但願……

十七分鐘後，列車進入帕丁頓站。丹尼看了看錶，在他與班奈特小姐會面前還有好幾個小時。這次他會搭計程車去，並提早在約定時間前在櫃檯等候。法官的話仍在他耳畔迴響：「我今天打算簽署一道命令，以確保萬一你再違反任何假釋條件，將會回到牢裡再關四年。」

儘管與三劍客算帳仍是丹尼的第一要務，但他仍須挪出足夠的時間攻讀學位，兌現他對尼克的承諾。他甚至開始懷疑克雷格是否和尼克的死有關？是否正如大艾爾所說，李區當初殺錯了人？

計程車停在他位於博爾頓街的宅邸外，丹尼第一次眞正覺得這彷彿就是自己的家。他付了車錢一打開大門，便發現有個流浪漢懶洋洋地斜臥在門階上。

丹尼拿出皮夾說：「算你今天走運！」這個打盹的傢伙穿著開領藍白條紋襯衫、一條破舊的牛仔褲，還有一雙八成早上才擦過的黑鞋。這時他身子動了動，並抬頭說：「嗨，尼克！」

丹尼隨卽上前擁抱他，這時茉莉開了門，雙手叉腰說：「他說他是你朋友，但我還是要他在外面等。」

「他是我朋友。茉莉，這是大艾爾。」丹尼說。

茉莉早已為尼克準備了愛爾蘭燉肉，不過她煮的分量向來太多，供他倆吃還綽綽有餘。他們才在廚房餐桌前坐下，丹尼就說：「好了，告訴我所有的事吧！」

「也沒什麼好說的，」大艾爾滿嘴食物，「跟你一樣，服完一半刑期後，他們就放了我。感謝老天他們要我滾蛋，不然我下半輩子可能都會待在那兒。」他不甘願地放下湯匙，才笑說：「我們知道這是誰搞的。」

「那你有什麼計畫？」丹尼問。

「目前沒有，不過你確實說過要我一出獄就來找你，」他頓了頓才說，「希望你能讓我過一夜。」

「你愛待多久就待多久，」丹尼咧嘴笑著說，「我的管家會準備客房。」

「我才不是你的管家，」茉莉伶牙俐齒說，「我是偶爾煮飯的清潔婦。」

「茉莉，再也不是了，現在妳是時薪十英鎊的管家兼廚子。」茉莉一時啞口無言。丹尼藉機又說：「此外，既然大艾爾加入了我們，妳需要雇一名清潔婦來幫忙。」

「不、不！」大艾爾說，「等我一找到工作就會離開。」

丹尼問：「你在軍中當過司機，不是嗎？」

大艾爾低聲說：「我當過你五年司機。」同時朝茉莉點了點頭。

「那你可以重拾舊業了。」丹尼說。

茉莉提醒他：「可是你沒車啊！」

「那我得買一輛了，」丹尼向大艾爾眨眨眼，「有什麼建議？我一直想要一輛BMW，我曾經在修車廠工作，知道哪一款……」

大艾爾將一根手指放在嘴唇上。

大艾爾是對的，昨天的勝利八成沖昏了他的頭，於是不知不覺又變回丹尼。他不能太常犯這個錯誤，思考要像丹尼，行為要像尼克，他又突然回到自己不眞實的世界。

「考慮車子之前，你最好先買些衣服。」他對大艾爾說。

茉莉第三次添滿大艾爾的盤子。「還有肥皂。」

「這樣茉莉就可以幫你刷背。」

「我才不會做那種事，但如果大艾爾要待上幾天，我最好去收拾一下客房。」茉莉脫下圍裙，離開廚房，這時丹尼和大艾爾都笑了。

門才一關上，大艾爾就隔著桌子靠過來說：「你還打算把那些王八蛋……」

「是的，你眞是來對了時機。」丹尼輕聲說。

「什麼時候動手？」

「你先洗個澡吧，然後幫自己買些衣服，」丹尼第二次拿出皮夾，「另一方面，我和觀護人有約。」

※※※

班奈特小姐的第一個問題是：「尼可拉斯，過去一個月你都在做什麼？」

丹尼故意板著臉回答：「忙著解決上次見面時說的那些家務事。」

「一切是否如你所計畫的解決了呢？」

「是的，班奈特小姐，謝謝您關心。」

「你找到工作沒？」

「沒有，班奈特小姐。我目前專心在倫敦大學攻讀商業研究學位。」

「噢，對喔，我想起來了。可是助學金一定不夠過活吧？」

「大致還過得去。」

於是班奈特小姐回到那一串問題上：「你還住在原來的房子裡嗎？」

「對。」

「我知道了。我或許該找個時間去參觀，好確定它符合內政部的最低標準。」

「看您什麼時候有空，都很歡迎。」丹尼說。

接著她念出下一個問題：「你跟獄中的任何前科犯有來往嗎？」

丹尼明白，向觀護人隱瞞任何事，獄方都會視為違反假釋條件，因此回答：「是的，我的前任司機才剛獲釋，目前跟我住在一起。」

「屋裡的房間夠你們兩個住嗎？」

「綽綽有餘，謝謝。」

「他有工作嗎？」

「有，他要擔任我的司機。」

「尼可拉斯，我認為如果你不是在開玩笑，那看樣子麻煩可大了。」

「班奈特小姐，事實絕不是那樣。我祖父留給我充分的資金，讓我能雇用司機。」

班奈特小姐低頭看著每個月例會時，內政部要她提出的問題，但似乎沒有任何關於雇用私人司機的項目。於是她又試了一次。

「自從我們上次會面後，你是否曾意圖犯罪？」

「沒有，班奈特小姐。」

「你吸食過任何毒品嗎？」

「沒有，班奈特小姐。」

「你目前有領取失業津貼嗎？」

「沒有，班奈特小姐。」

「你需要觀護局提供任何協助嗎？」

「不用，班奈特小姐，謝謝。」

她已經問到最後一個問題，但只用了預定的一半時間，於是又絕望地問：「你過去一個月在忙什麼？」

※※※

「我必須請你走。」貝絲仿效湯瑪斯先生每回炒員工魷魚的委婉說法。

「為什麼？」崔佛．薩頓問，「如果我走，妳就沒有經理了。除非妳已經另外找人接替。」

「我不打算找人來接替。」她照本宣科，背起湯瑪斯先生為她準備的臺詞：「但自從我父親去世後，修車廠就一直虧損。我不能讓這種情況持續下去。」

「可是妳沒給我足夠的時間好讓我證明自己。」崔佛抗議。

貝絲希望有丹尼來解決這個困境，但如果丹尼在，當初根本不會有這個問題。

「如果接下來三個月再像前三個月一樣，我們就要倒閉了。」貝絲說。

「我要怎麼辦呢？」薩頓將手肘放在桌上，傾身向前質問：「我知道老闆絕不會這樣對待我。」

聽他提到自己的父親，貝絲感到憤怒，可是湯瑪斯先生建議她試著站在崔佛的角度想像他的感受，尤其自從他高中畢業後就不曾在別的地方工作過。

貝絲試著保持冷靜：「我跟蒙提．休斯談過，他保證會幫你安插職位。」但她沒說休斯只有初級技工的職缺，這意味著崔佛的薪水將大幅縮減。

「很好，」他氣沖沖地說，「那資遣費呢？我知道自己的權利。」

「我願意付你三個月的薪水，」貝絲說，「並推薦說你向來是最勤奮的員工之一。」以及最笨的員工，貝絲徵詢蒙提．休斯的意願時，對方如此補充說。她等待崔佛回答時，突然想起丹尼的話：「只因為他不會算帳。」貝絲拉開父親的抽屜，抽出鼓鼓的包裹和一張紙。她撕開包裹，將裡面的東西全倒在桌上。崔佛低著頭目不轉睛看著那堆五十英鎊紙鈔，努力計算桌上究竟有多少錢，同時舔了舔嘴唇。貝絲把湯瑪斯先生前一天為她準備的契約沿著桌面推了過去。「如果你在這兒簽名，」她指著虛線說，「那七千英鎊就是你的了。」雖然貝絲很希望他趕緊簽名，但在崔佛猶豫不決時，她仍努力壓抑迫不及待的心情。她滿心期盼崔佛收下這筆錢，經過了好像一個世紀，他總算拿起準備好的筆，寫下唯一有自信拼出的兩個字，接著突然收起錢，一句話也不說就轉身大步走出房間。

崔佛才用腳將門踢上，貝絲便鬆了口氣，他原本很可能要求更大一筆錢的，不過事實上，從銀行提出七千英鎊現款，幾乎掏空了修車廠的帳戶。如今貝絲所能做的就只有盡快賣出修車廠的店面。

年輕的房地產經紀人向她保證修車廠至少值二十萬英鎊。畢竟這是可以終身保有的不動產，地點絕佳，出入市區又方便。二十萬英鎊不但能解決貝絲所有的財務問題，就連她和丹尼一直以來為女兒所規畫的教育，也有錢能完成了。

52

電話鈴聲響起時，丹尼正在看米爾頓．傅利曼的《稅務限制、通貨膨脹與政府的角色》，並針對房地產周期和負資產抵押效應的章節做筆記。研讀兩個小時後，他開始覺得自己的進步都該歸功於傅利曼教授。隨後他接起電話，聽到一個女人的聲音。

「嗨，尼克，這是來自你過去的聲音。」

丹尼迫不及待想知道是誰，於是說：「嗨，我過去的聲音。」

「你說巡迴公演的時候要來看我。我一直在觀眾裡尋找卻從沒看過你。」

丹尼絞盡腦汁，但卻想不出對方的名字來爲自己解圍，「妳目前在哪兒表演？」

「劍橋，藝術劇院。」

「好極了，哪一齣戲？」

「《無足輕重的女人》。」

丹尼發現自己沒有多少時間了，嘴上仍說：「又是王爾德的戲。」

「尼克，你根本就不記得我，對吧？」

「別傻了，凱蒂，」他及時說，「我怎麼可能忘記自己最喜愛的替角？」

「嗯，現在我當上女主角了，希望你能來看我。」

儘管丹尼明知道他幾乎每晚都有空，但仍迅速翻著日誌，「聽來挺好的，禮拜五怎麼樣？」

「再好不過了，我們可以共度周末。」

丹尼看著日誌上的空白頁說：「我星期六早上得回倫敦開會。」

「八成又是一夜情囉？」凱蒂說，「我可以接受。」丹尼並沒有回答。「七點三十開演，我會在售票處留一張票給你。請單獨來，因爲我不想跟任何人分享你。」

丹尼掛上電話，凝視書桌角落的銀色相框，裡頭是貝絲的照片。

※※※

「有三個男人走過來，」茉莉從廚房窗戶朝外望說，「看起來很陌生。」

丹尼向她保證：「他們沒什麼惡意，請他們到客廳，說我馬上就來。」

丹尼跑到樓上的書房，抓起三份為這次會面所準備的檔案，又迅速跑回樓下。

除了年齡之外，無論從什麼角度來看，三個男人都是一個模樣，穿著剪裁合身的深藍色西裝、白襯衫，打著一般的領帶，每個人都拎著黑色皮面公事包。任何人經過他們身旁都不會瞧上第二眼，這剛好合他們的意。

「眞高興再見到您。」丹尼說。

古柏坦深深鞠躬：「尼可拉斯爵士，受邀到您美觀的宅邸，令我們感動莫名。請容我介紹銀行執行長布列松先生，還有處理我們主要帳戶的塞加特先生。」丹尼與三人一一握手，茉莉端上放滿茶與餅乾的托盤。

丹尼坐了下來：「各位先生，首先我要請各位告知本人帳戶的最新狀況。」

「當然，」布列松先生打開不起眼的褐色卷宗，「您第一個帳戶的餘額有五千七百多萬美元，目前以百分之二·七五的年利率計息。您第二個帳戶的餘額則有一百多萬。據本行所知，這是令祖父的郵票帳戶，當他臨時要購買收藏品時就會動用這個帳戶。」

丹尼說：「我不會買任何郵票，因此您可以合併兩個帳戶。」布列松點了點頭。丹尼又說：「布列松先生，我必須告訴您，我認為百分之二·七五的資本報酬率令人無法接受，將來我將更有效的運用資金。」

於是塞加特問：「您能告訴我們您有什麼打算嗎？」

「我要投資房地產、股票，也許還有債券等三個領域，順便告訴各位，債券目前的報酬率普遍爲百分之七．一二。此外，我也將撥出不超過一成的小額資產總值來從事投資事業。」

「在這種狀況下，可否容我建議，」塞加特說，「將您的資金轉入三個無法追溯的戶頭，並指派名義董事擔任您的代理人。」

「在這種狀況下？」丹尼問。

「九一一攻擊事件之後，英美開始特別留意大筆資金的轉移。您的名字若不斷出現在他們的追蹤名單中，可能不太明智。」

「好主意。」丹尼說。

「假使您同意這麼做，我可否請教，您是否願意在管理投資上多多利用本行的專業？我這麼說是因爲我們的房地產部門雇用了四十多名業界專家，其中有七位在倫敦，目前所經營的投資組合幾乎達一千億美元，且我們的投資部門規模更大。」布列松說。

「我將利用您所提供的一切，」丹尼說，「如果您認爲我下了錯誤的決定，請立刻告訴我。過去的幾年裡我花了許多時間，密切注意二十八家特定企業的財富，並決定將個人部份資金投資其中十一家。」

塞加特問：「購買這些公司的股票時您有什麼策略嗎？」

「我希望只要它們上市，您就少量地買，絕不一下子買太多，我還不想影響整個市場。此外，對任何企業的持股絕不超過百分之二。」丹尼遞給布列松一張企業名單，早在逃離監獄之前，他已密切注意這些公司的營運狀況。

布列松一一指著這些公司行號，微笑說：「我們也在密切注意其中幾家企業，但我感到十分佩服，因爲裡面有一、兩家我們尚未評估過的公司。」

「那請再仔細查驗，如果您有任何疑慮就告訴我，」丹尼拿起一份檔案，「至於房地產方面，我想要積極些。此外，如果立即付款能夠獲得較合理的價格，那我希望您能迅速行動。」

布列松遞上一張名片，上面既沒有姓名、也沒有地址，只有以黑色浮凸印製的電話號碼。

「這是我的專線，只要按個鍵，我們就會將您需要的金額匯到任何國家。這支專線是聲控，您來電時不需要報出姓名。」

丹尼道了聲謝，便將名片放入內袋，並說：「此外，有件較緊迫的事我需要您提供建議。也就是我的日常生活開銷，我可不希望稅務員刺探私人事務，由於我顯然只靠助學金度日，但卻住在這棟大宅，又雇了管家和司機，可能會被稅捐稽徵處盯上。」

「我可以建議嗎？」古柏坦說，「我們曾爲令祖父每個月轉十萬英鎊到倫敦某個帳戶，那筆錢來自我們代他設置的信託。他爲這筆所得全額付稅，甚至透過一家在倫敦註冊的公司，進行一些較小的交易。」

「我希望您繼續進行，」丹尼說，「我要怎麼做？」

古柏坦從公事包中抽出薄薄的卷宗，拿出一張紙並指著虛線說：「尼可拉斯爵士，如果您在這兒簽名，我可以保證一切都將如您所願地安排。只要告訴我每個月該把錢轉入哪家銀行。」

「河岸街的顧資銀行。」

「就跟令祖父一樣。」古柏坦說。

※※※

三位瑞士銀行家都離開後，丹尼問大艾爾：「去劍橋要花多少時間？」

「大約一個半鐘頭，老闆，我們要趕緊出發。」

「好，我去換衣服並打包過夜的行李。」丹尼說。

「茉莉已經收拾好了，」大艾爾說，「我放在車後的行李箱。」

周五晚上交通擁擠，直到上了M11公路時速才能提高到五十公里以上。在開演幾分鐘前，大艾爾開進國王大道。過去幾個星期丹尼一直都在忙別的事，自從看完勞倫斯．達文波特的《不可兒戲》後，這是他第一次上戲院。

勞倫斯．達文波特。儘管丹尼已開始針對三名敵手研擬計畫，但每當想到達文波特腦海中就浮現莎拉。他心裡明白若不是她，自己很可能已回到貝爾馬什監獄。此外，由於她能打開他無從進入的大門，因此他必須再和她見面。

大艾爾將車停在劇院外。「老闆，你什麼時候要回倫敦？」

「我還沒決定，但不會在午夜以前。」

丹尼在售票處拿了票，又花三英鎊買好節目單，便隨著遲到的觀眾走進正廳前排席位。他一找到座位就開始翻閱節目單。他原本打算趁今晚之前先讀完劇本，但由於還在努力研讀米爾頓．傅利曼的書，因此劇本仍原封不動放在桌上。

丹尼翻到印有凱蒂迷人的大頭照那一頁，不禁停了下來，她的照片很新，和很多女演員的陳年舊照不同。接著他看起她的簡歷，在她短暫的演藝生涯中，《無足輕重的女人》顯然是扮演過最重要的角色。

帷幕升起，丹尼隨即沉浸在另一個世界中，並決定以後要固定上戲院。他好希望貝絲此刻坐在身旁分享這份喜悅。眼看凱蒂站在臺上插花，但他滿腦子想的都是貝絲。不過隨著劇情進展，他必須承認，凱蒂演技洗鍊，他很快就沉迷在這個女人懷疑丈夫不忠的故事裡。

中場休息時，丹尼下了一個決定。當《無足輕重的女人》謝幕，帷幕落下前，劇作家王爾德給了他一個靈感。他等劇院所有人都走光才走到後臺門前，說要找凱蒂．班森小姐，門房顯得一臉狐疑。

他查閱記事板質問：「您是哪位？」

「尼可拉斯．蒙可里夫。」

「喔，對了，她在二樓的七號化妝間等您。」

丹尼緩緩爬上樓梯，到了門上標有七號的房間，等了一會兒才敲門。

「請進。」他還記得這個聲音。

他一打開門就看見凱蒂只穿著黑色胸罩與內褲，坐在鏡子前面卸舞臺妝。

「我該出去等嗎？」他問。

她轉身面向他說：「別傻了，親愛的，你又不是沒看過，而且我想勾起一些回憶。」

她起身穿上黑洋裝，奇怪的是這使她顯得更誘人。他心虛地說：「妳表演得很精采。」

「親愛的，你確定嗎？」她仔細盯著他問，「你聽起來很沒說服力。」

「噢，對了，」丹尼說，「我真的很喜歡這齣戲。」

凱蒂盯著他說：「有點不對勁。」

「我有些急事得趕回倫敦。」

「星期五晚上？噢，尼克，少來了，你還眞不會掩飾。」

「只是……」

「你有別的女人，對吧？」

丹尼坦承：「對！」

她火冒三丈，轉過身背對他說：「那你當初何必跑這一趟？」

「對不起，對不起！」

「尼克，省得道歉了，顯然對你來說我就是個無足輕重的女人。」

53

大艾爾急忙吃完漢堡，接著說：「對不起，老闆，我以爲你說不會在午夜之前走。」

「我改變心意了。」

「那不是女士的特權嗎？」

「她也是。」丹尼說。

十五分鐘後，當他們開上公路時，丹尼已沉沉睡去。直到車子停在麥爾安德路的紅綠燈前他才醒來。如果丹尼早點醒來，會請大艾爾走另一條路。

燈號改變，接下來他們在一個個綠燈間疾馳，彷彿有人知道丹尼不該出現在這裡。他仰坐在後座上閉起雙眼，可是心裡明白，自己如果不看上一眼，無法任由這些熟悉的地標飛逝：克萊門阿特利綜合中學、聖瑪麗教堂，當然還有威爾森修車廠。

他睜開雙眼，但立刻就後悔了。「不可能。艾爾，停車！」

大艾爾停下車，轉頭看老闆是否安好，只見丹尼難以置信地凝視對街。大艾爾納悶他究竟在看什麼，但卻瞧不出任何異常之處。

「在這裡等等，」丹尼打開後車門說，「幾分鐘就好了。」

丹尼走到對街的人行道，抬頭凝視牆上的廣告。他從內袋拿出紙筆，抄下「出售」兩個字底下的電話號碼。當他看到一些本地人從附近的夜店一擁而出，立刻跑回對街坐在前座的大艾爾身旁。

他什麼也沒解釋，便說：「走吧！」

※※※

丹尼曾想叫大艾爾趁周六早上載他回東區，讓他看看從前住的地方。但他知道可能會被認出來，因此不能冒險。

他開始構思一項計畫，到了星期天傍晚幾乎已然就緒。每個細節都必須澈底執行，若有任何閃失，這三人就會揭穿他的計謀。但是在三名主角上臺之前，無論是跑龍套的小角色或替角，都必須早早各就各位。

星期一早上丹尼下樓吃完早餐後，擱著餐桌上的《泰晤士報》沒看便轉身離開。他不能留下白紙黑字，因此只能在心中盤算。假使阿諾．皮爾生先生問他茉莉這天早上準備了什麼早餐，他八成答不出來。丹尼回到書房鎖上門，拿起電話撥了名片上的號碼。

「我今天需要立刻提一小筆錢。」

「知道了。」

「此外，我需要有人針對一項房地產交易爲我提供建議。」

「今天稍後就會有人與您聯絡。」

丹尼掛上電話，並看了看錶。沒人會九點以前就上班，於是他在房內來回踱步，利用時間來演練自己的問題，聽起來一定要自然。九點一分時，他從口袋拿出那張紙撥了上面的號碼。

有個早上剛睡醒的聲音說：「道格拉斯．艾倫．史皮洛。」

「您在麥爾安德路的房地產外貼了求售廣告。」丹尼說。

「我幫您轉接帕克先生，他負責處理當地的房地產。」

丹尼聽到喀嗒一聲，對方便說：「我是羅傑．帕克。」

「您在麥爾安德路有處房地產要出售。」

「先生，我們在當地有好幾處房地產要出售，您能進一步說明嗎？」

「威爾森修車廠。」

「噢，對啊！那是一等一的房地產，是永久業權[2]。那個家族已經一百多年了。」

「求售了多久？」

「沒多久，已經有很多人感興趣。」

「求售了多久？」

「大概五、六個月吧！」帕克坦承。

丹尼想到貝絲的家人一定飽受煎熬，但他卻沒有幫上忙，不禁暗自咒罵自己。他想要問太多問題，但他知道帕克先生無法回答。「開價多少？」

「二十萬英鎊，或是接近的價格，當然其中包括裝修。請教先生貴姓？」

丹尼掛上電話，起身走到一個架子前，只見上面擺了三個分別寫有克雷格、達文波特與裴恩的檔案夾。他拿下裴恩的檔案夾查詢電話號碼，當初御用大律師阿諾．皮爾生先生曾熱切地告訴陪審團，裴恩是「貝克、川姆雷特與史麥思」史上最年輕的合夥人。不過丹尼今天不打算跟裴恩通話，對方巴不得要做這筆生意，勢必會主動上門。今天是要打給信差的，他撥了電話。

「這裡是『貝克、川姆雷特與史麥思』。」

「我想要在麥爾安德路置產。」

「我將爲您轉接負責東區的部門。」

---

② 英國房地產有兩種類型，一種是永久業權（Freehold），即永久土地所有權；另一種是租賃權（Leasehold），即有年限的土地租借權。

電話線另一頭傳來喀嗒聲，接起電話的人是否會發現自己不過是隨機中選的信差，就算之後情勢失控，也不是他的錯？「我是蓋瑞．霍爾，有什麼能爲您效勞的？」

「霍爾先生，我是尼可拉斯．蒙可里夫爵士，不知道……」丹尼十分緩慢地說，「我找對人了嗎？」

「先生，請告訴我您需要什麼，看我能否幫上忙。」

「我想買麥爾安德路一處求售的房地產，但不想直接聯繫賣方的房地產經紀人。」

「先生，我行事審愼，請放一百二十萬顆心。」丹尼卻想著「希望不要」。「請問是麥爾安德路幾號？」

「一百四十三號，」丹尼回答，「是一家修車廠，威爾森修車廠。」

「賣方的經紀商是哪家？」

「道格拉斯．艾倫．史皮洛。」

「我會跟對方談談，以瞭解所有的細節，然後再回您電話。」

「我稍晚會到貴公司附近，可能的話，您願意跟我喝杯咖啡嗎？」

「當然，尼可拉斯爵士，您想在哪兒碰面？」

靠近「貝克、川姆雷特與史麥思」的辦公室，且自己又去過的地點，丹尼只想到一個，於是他說：「十二點多徹斯特飯店，可以嗎？」

「好的，尼可拉斯爵士，十二點在那兒見。」

丹尼仍坐在書桌前，在面前的一長串清單上打了三個勾。要準備應付霍爾先生，還需要其他幾個角色在中午前就位。這時桌上的電話響了，丹尼接聽。

「早安，尼可拉斯爵士，我負責銀行在倫敦的房地產部門。」

※※※

剛過十一點半，大艾爾便載著丹尼到公園路，並將車子停在多徹斯特飯店的露臺入口外。門房走下階梯，打開後車門。丹尼走出來。

丹尼爬上階梯時說：「我是尼可拉斯・蒙可里夫，我約了位客人在十二點左右見面。請告訴霍爾先生我在會客廳等他。」接著他拿出皮夾，遞給門房一張十英鎊紙鈔。

門房舉起大禮帽說：「沒問題，先生。」

「你叫什麼名字？」丹尼問。

「喬治。」

丹尼道了聲「謝謝喬治」，便經過旋轉門走入飯店。

他在大廳停下腳步，向領班華特自我介紹，聊過幾句後，他又拿出另一張十英鎊紙鈔。

在華特的建議下，丹尼到會客廳等待飯店經理回來。這次丹尼在提出要求前，就先從皮夾裡拿出十英鎊紙鈔。

「尼可拉斯爵士，何不讓我帶您到比較隱密的包廂，等霍爾先生一到，我就會請人帶他過來。您在等候時想要任何東西嗎？」

「一份《泰晤士報》還有一杯熱巧克力。」

「沒問題，尼可拉斯爵士。」

「你叫什麼名字？」丹尼問。

「馬利歐。」

以三十英鎊的代價，喬治、華特與馬利歐都在不知不覺中加入了他的團隊。丹尼等待無辜的霍爾先生時，拿起《泰晤士報》翻到財經版以檢驗個人投資。還有兩分鐘就十二點了，這時馬利歐站到他身旁說：「尼可拉斯爵士，您的客人到了。」

「謝謝，馬利歐。」丹尼表現得像這裡的常客。

霍爾在丹尼對面坐下：「幸會，尼可拉斯爵士。」

丹尼問：「霍爾先生，您要喝點什麼？」

「咖啡就好了，謝謝。」

「馬利歐，麻煩一杯咖啡，還有我平常喝的。」

「沒問題，尼可拉斯爵士。」

年輕的霍爾穿著米色西裝、綠色襯衫搭配黃色領帶。像他這種打扮是不可能在古柏坦銀行工作的。霍爾拿出公事包裡的檔案夾說：「尼可拉斯爵士，我帶了您需要的所有資料。」他輕輕翻開封面，「麥爾安德路一百四十三號。這裡原本是家修車廠，所有人是最近去世的喬治・威爾森先生。」這時丹尼才意識到伯尼的死造成多大的影響，改變了這麼多人的生活，他臉上頓時失去血色。

「尼可拉斯爵士，您還好吧？」霍爾一臉關心的模樣。

丹尼隨即恢復鎮定說：「是的，我很好，沒事。」

當服務生端上熱巧克力時，他又說：「您剛才說到哪？」

「威爾森先生退休後，接手經營了好幾年的是位叫……」丹尼明知他要說的是誰，但仍等霍爾查完檔案，才說：「崔佛．薩頓。可是在那段期間，公司積欠了可觀的債務，因此業主決定停止虧損，加以脫售。」

「虧損？」

「是的，目前擁有這物業的……」他又查了一下檔案說，「是前業主的女兒，貝絲．威爾森小姐。」

「開價多少？」丹尼問。

「整塊地大約五千平方公尺，不過如果您考慮出價，我可以丈量確切的面積。」丹尼很想告訴他是四千七百八十九平方公尺。「一邊是當舖，另一邊是土耳其地毯量販店。」

丹尼又問：「開價多少？」

「噢對，不好意思。包括裝修在內共二十萬英鎊。但我相當有把握您以十五萬英鎊就能買到。沒什麼人有興趣買，對街的修車生意比這家好多了。」

「我沒閒工夫討價還價，所以聽好了，我準備照原價付。另外我打算買下當舖與地毯量販店，請您去找業主商量。」丹尼說。

霍爾逐字記下他的話，「好，尼可拉斯爵士，沒問題！」可是他遲疑了一下，「在我們著手進行前，需要請您付兩萬英鎊訂金。」

「霍爾先生，等您回到辦公室，二十萬英鎊就已存入您的顧客帳戶。」霍爾一臉懷疑，但仍勉強擠出一絲微笑。「您一得知另外兩筆物業的消息就打電話給我。」

「好的，尼可拉斯爵士。」

「我必須講明一件事，不能讓業主知道買家是誰。」丹尼說。

「尼可拉斯爵士，我行事很謹慎，您大可放心。」

「希望如此。因爲我發現上一家公司太不小心，他們因爲這樣失去了我的生意。」

「我瞭解，我要怎麼跟您聯絡？」霍爾問完，丹尼拿出皮夾，遞給他一張浮凸印製的新名片。

「最後，尼可拉斯爵士，我可以請教，哪家律師事務所將代表您進行這筆交易？」

這是第一個丹尼沒料到的問題，但他笑說：「『孟羅、孟羅與卡麥可』。您只要跟資深合夥人孟羅先生往來就行，他負責處理我的一切私人事務。」

「沒問題。」霍爾一記下名字，便起身說：「我最好馬上回辦公室，跟賣方的經紀人談談。」

丹尼眼見霍爾連咖啡碰都沒碰便急忙離去。他有把握不到一小時內，整間辦公室都將風聞尼可拉斯．蒙可里夫爵士，這怪人顯然是揮金如土。毫無疑問的，他們在發現二十萬英鎊進了顧客的帳戶前會揶揄年輕的霍爾，說他浪費了一早上。

丹尼以指尖彈開手機，撥了電話，只聽到傳來的聲音說：「是！」

「我要轉二十萬英鎊到倫敦『貝克、川姆雷特與史麥思公司』的顧客帳戶。」

「瞭解。」

丹尼關上手機，心裡想著蓋瑞．霍爾。他要多久才會發現多年以來艾塞克太太一直希望丈夫把當舖給賣了？他又會不會知道，地毯量販店僅能打平支出，卡馬爾夫婦希望退休後能回安卡拉，多和女兒及外孫相處？

馬利歐小心翼翼將帳單放在丹尼手邊的桌面上，丹尼想讓他留下印象，因此給了豐厚的小費，經過櫃檯時還停下腳步向領班致謝。

「尼可拉斯爵士，這是我的榮幸。未來若還需要我效勞請務必讓我知道。」

「謝謝，華特，我肯定會和你保持聯絡。」

丹尼推了旋轉門，走到露臺上，喬治連忙爲他打開後車門，於是丹尼又抽出十英鎊紙鈔。

「謝謝你，喬治。」

儘管第一幕的帷幕才剛落下，但是喬治、華特和馬利歐，都成了他付錢請來的演員。

54

丹尼從架上取出達文波特的檔案夾，放在書桌上。他翻到第一頁，只見上面寫著：

達文波特．勞倫斯：演員。二至十一頁。

達文波特．莎拉：姊姊，初級律師。十二至十六頁。

鄧肯．查理：製作人。十七至二十頁。

他翻到十七頁，另一個跑龍套的小角色即將上場參與達文波特的下一場演出。丹尼撥了他的電話號碼。

「查爾斯．鄧肯製作公司。」

「請找鄧肯先生。」

「請問是哪位？」

「尼克．蒙可里夫。」

「蒙可里夫先生，我會爲您轉接。」

電話傳來另一個聲音說：「我正在想我們在哪兒見過？」

「多徹斯特飯店，《不可兒戲》公演結束後的派對。」

「噢，對，我想起來了。我能爲您效勞嗎？」那聲音聽起來充滿懷疑。

「我在考慮投資您下次的製作，有位朋友投資了《不可兒戲》幾千英鎊，他說得到豐厚的獲利，所以我認爲這可能是適當的時機……」

「您打來的正是時候，」鄧肯說，「我剛好能幫忙，老友，您何不找個時間跟我一塊在常春藤餐廳吃頓午餐，我們好討論一下？」

丹尼心想眞有人會上當嗎？要是如此，那簡直比他原本想的要容易許多。「不，老友，讓我請您吃頓午餐，您一定很忙，如果可能，等您下次有空時麻煩撥個電話給我。」

「眞巧，」鄧肯說，「如果您剛好有空的話，碰巧有人取消明天的約會。」

「好啊，我有空。」丹尼接著設下陷阱：「您何不來我常去的酒館？」

「您常去的酒館？」鄧肯似乎意願不高。

「是啊，就是多徹斯特飯店的棕櫚閣，下午一點好嗎？」

「啊，當然好。就一點見。」鄧肯說，「是尼可拉斯爵士，對吧？」

丹尼說「叫我尼克就好」，接著便掛了電話，並在日記中加以記錄。

※※※

阿米爾汗．摩利教授凝視爆滿的階梯教室，臉上露出親切的微笑。上他課的人總是很多，因為他學識豐富，而且又很幽默。丹尼花了些時間才瞭解教授喜歡發表天馬行空的論點，藉此激發討論與爭辯，以觀察學生的反應。

「如果當初約翰．梅納德．凱因斯沒出世，我國的經濟可能會更穩定。我想不出他一輩子有做了什麼有價值的事。」這時，有二十個人立刻舉手。

「蒙可里夫，你覺得凱因斯留下什麼可自豪的遺產？」

丹尼想以其人之道還治其人，於是說：「他創立了劍橋藝術劇院。」

「此外，當他還是國王學院的學生時，曾在《第十二夜》一劇中演過奧西諾，」摩利教授說，「但當時他尚未向世人證明富國投資並扶助開發中國家的經濟意義。」這時教授背後的掛鐘敲響一點鐘，他丟下一句「我受夠你們了」，接著便大步走下講臺，留下背後的笑聲與掌聲，消失在旋轉門外。

丹尼心裡明白如果他要準時出席與觀護人的例會，根本連在餐廳匆匆吃頓午餐的時間都沒有，但他衝出階梯教室時卻發現摩利教授正在走廊等他。

教授問：「蒙可里夫，我們能私下談談嗎？」接著根本不等他回答就往前走去。丹尼跟著進入辦公室，準備爲對米爾頓．傅利曼的觀點辯護，因爲他知道自己剛寫的論文與教授的見解不同。

「請坐，孩子，」摩利說，「我該請你喝點東西，不過老實說，我也沒什麼好喝的。重點是我想知道，你有沒有考慮參加珍妮李紀念獎論文比賽？」

丹尼坦承：「我沒想過。」

「那你應該考慮，」摩利教授說，「在這批爲數不多的新生中，你顯然是最聰明的，我希望你能贏得這個獎。如果你有時間，應該認眞考慮。」

對丹尼來說，學業依舊只是人生中的第二要務，但他問：「有什麼規定？」

於是教授拿起放在桌上的小冊子，翻到第一頁大聲念：「參賽文章必須在一萬至兩萬字間，題目由參賽者自訂，同時必須在第一學期結束前交件。」

「您覺得我夠資格，眞令我受寵若驚。」

「我只是覺得驚訝，你在勞萊特學校的老師與其讓你去從軍，爲什麼沒勸你念愛丁堡或是牛津大學。」

丹尼很想告訴教授，克萊門阿特利綜合中學包括校長在內，根本就沒人上過牛津大學。

「也許你想好好考慮，等你決定好就告訴我一聲。」

丹尼起身準備離開時說：「我一定會的，謝謝您，教授。」

丹尼一回到走廊，便開始朝門口飛奔。當他衝過大門，看到大艾爾站在車旁等他時，總算鬆了口氣。

大艾爾沿著河岸街，經過購物中心開往諾丁丘門，途中丹尼仔細考慮教授的話。由於丹尼說得很清楚，他寧可付超速罰單也不願在貝爾馬什監獄再待四年，大艾爾不希望老闆例會遲到，因此不斷超速。但倒楣的是，就在班奈特小姐下公車時，大艾爾才開到觀護人室。她凌厲的眼神透過車窗掃進來，丹尼則設法躲在大艾爾龐大的身軀後。

大艾爾說：「也許她以爲你搶了銀行，而我是把風的司機。」

丹尼提醒他：「我確實搶了銀行。」

丹尼在櫃臺等了比平常久的時間後，班奈特小姐才再度出現，招手要他進辦公室。他才剛在桌子對面的塑膠椅坐下，班奈特小姐就說：「尼可拉斯，在我開始前，也許你能解釋，今天下午你是搭誰的車來？」

「我的車。」丹尼回答。

「開車的是誰？」

「我的司機。」

這時她問：「你申報的唯一收入來源就是學生助學金，怎麼買得起ＢＭＷ，還有錢請司機？」

「我祖父爲我設了信託基金，每個月會撥十萬英鎊給我，而……」

「尼可拉斯，」班奈特小姐厲聲道，「我們見面的目的在於提供機會，讓你坦白說出所面對的任何問題，這樣我才能給你建議與協助。我要再給你一次機會，老實回答我的問題。如果你再表現出這種輕浮的態度，我只好在下一份報告中呈報內政部。我們都知道那會有什麼樣的後果。你明白了嗎？」

丹尼說：「明白了，班奈特小姐。」同時想起大艾爾的話。他曾與觀護人發生相同的問題，他說：「老闆，說他們想聽的話，日子會比較好過。」

「我再問你一次，今天下午你搭誰的車來？」

「開車的那個人。」

「他是你朋友嗎？還是老闆？」

「我是在軍中認識他的，因爲快遲到了，他才讓我搭便車。」

「另外，請告訴我，除了助學金外，你還有其他任何收入來源嗎？」

「沒有，班奈特小姐。」

「這還差不多，看看，只要你合作，一切不是順利多了嗎？好了，你還有什麼事想跟我談？」

丹尼很想告訴她自己與三名瑞士銀行家會面的事，還有他設法整合房地產的來龍去脈，或是讓她知道他對製作人查理．鄧肯有什麼打算。但最後仍決定說：「教授要我參加珍妮李紀念獎論文比賽，您有什麼建議？」

班奈特小姐笑說：「那會提高你當老師的機會嗎？」

「是啊，有可能。」

「那我建議你參加比賽。」

「班奈特小姐，眞是太感謝了。」

「別客氣。畢竟我就是要幫助你的。」

※※※

丹尼在深夜時意外回到麥爾安德路，想起自己曾是長刑期囚犯，心裡重新燃起熊熊惡火。在光天化日下回到老貝利，將意味他必須面對更大的挑戰。

大艾爾開車轉進聖保羅教堂，丹尼看見中央刑事法院的屋頂上豎立著一尊司法女神像，雕像正試圖保持天平的平衡。丹尼迅速翻閱日誌查找空檔和查理・鄧肯共進午餐，卻想起自己原本打算早上要怎麼過。大艾爾經過公共入口後，便開到路底向右轉至建築後方，停在訪客入口外。

丹尼一通過安檢，就開始爬上又長又陡的石階，朝著能俯瞰不同法庭的挑高廳廊走去。爬到頂層時，身穿黑長袍的法院人員問他要去哪個法庭。

他說：「四號法庭。」接著法院人員指著走廊右手邊的第二道門。丹尼照他的指示走到旁聽席，座位上的人屈指可數，除了被告的親友外，只有少數好奇的旁觀者坐在前排能俯瞰法庭的長椅上，但他並未加入他們。

丹尼對被告絲毫不感興趣，他是要來看敵手在「主場」的表現，因此溜到後排角落。他猶如老練的刺客在任務中完美瞄準獵物。除非史賓賽・克雷格轉過頭來並抬頭朝旁聽席猛瞧，否則不可能看見他。但就算他發現了，丹尼也會表現得像是不相干的觀衆。

丹尼彷彿參加比賽的拳手，一心尋找對方的罩門與弱點，注視克雷格的一舉一動。在外行人的眼中，克雷格幾乎沒有弱點。經過一上午的觀察，他顯然具備技巧純熟、精明狡詐、冷酷無情等特質，這正是律師必備的武器。此外丹尼曾吃過虧，知道他爲達目的，會將法律的彈性發揮到極限。丹尼明白一旦與克雷格正面交鋒，就得保持最敏銳的狀態，因爲除非把對手打到斷氣，否則他是不會躺下的。

丹尼覺得他幾乎已知道有關克雷格的一切，而這只令他更小心。丹尼的優勢在於他已做好準備，且身在暗處；但他也有劣勢，因爲這裡是史賓賽．克雷格與生俱來的地盤，他卻只在這環境待了幾個月。隨著他每天扮演「尼克」的角色，一切變得日益眞實，如今任誰碰到他都深信他就是尼可拉斯．蒙可里夫爵士。不過丹尼還記得尼克曾在日記中寫道，若是遇上老練的敵人，就得誘使他離開自己的地盤，讓他無法感到輕鬆自在，唯有如此才能掌握突襲的良機。

丹尼每天都在測試新技巧，雖然他已獲邀參加公演結束後的派對、僞裝成多徹斯特飯店的常客、愚弄了渴望完成交易的年輕房地產經紀，並說服戲劇製作人接受他的投資，但這些都只是一長串競賽的開端。在這場競賽中，克雷格無疑是頭號種子選手，只要丹尼稍有疏忽，那個在法庭上昂首闊步的男人將會毫不遲疑地再度出擊。這次他會確保丹尼回到貝爾馬什監獄，在那裡度過餘生。

因此他必須將對方誘至無望脫逃的困境。或許查理．鄧肯能幫他奪走愛慕勞倫斯．達文波特的粉絲，蓋瑞．霍爾甚至能讓傑洛德．裴恩在同事與朋友面前蒙羞。不過，若要確保史賓賽．克雷格結束他的法律事業，讓他失去「庭上」的尊稱，無法戴假髮、穿紅袍，坐在那兒審判別人，而是站在被告席上以謀殺的罪名被陪審團定罪，就必須下更多的工夫。

55

門房爲他打開車後門，丹尼道了聲「早，喬治」。

「早安，尼可拉斯爵士。」

丹尼漫步走入飯店，行經接待區時向華特揮了揮手。馬利歐一看到自己最喜愛的顧客，便眉開眼笑。

等丹尼一坐進包廂，他就問：「尼可拉斯爵士，要熱巧克力和《泰晤士報》嗎？」

「謝謝，馬利歐。我還要爲明天下午一點的午餐訂位，要在不會被打擾的位子。」

「沒問題，尼可拉斯爵士。」

丹尼向後靠在椅子上想著卽將來臨的會面。過去一星期，古柏坦銀行房地產部的顧問打了三次電話來，對方並未報姓名、也不談天說地，只陳述事實和經過深思熟慮的建議。他們不僅提出當舖與地毯量販店的合理價格，還提醒他三筆房地產後方有一塊地方議會的空地。丹尼並未告訴他們自己對那塊地瞭如指掌，因爲自從孩提時起，在私人足球盃決賽中他便擔任前鋒，伯尼則擔任守門員。

此外，他們還能告訴他多年來議會的計畫委員會一直希望能在當地興建「平價住宅」，但由於修車廠靠得太近，因此健康安全委員會否決了這個構想。第二天早上他們便送來相關的會議紀錄。丹尼打定主意要解決問題。

「早安，尼可拉斯爵士。」

年輕的房地產經紀人在對面坐下，正在看報的丹尼抬起頭說：「早安，霍爾先生。」霍爾打開公事包，拿出寫著「蒙可里夫」的厚檔案夾，接著拿出一份文件遞給丹尼。

「這些是威爾森修車廠的契據，」他解釋，「我今早和威爾森小姐見面，雙方簽了約。」聽到這裡，丹尼還以爲自己的心跳停了。「這位迷人的小姐丟開燙手山芋，似乎鬆了口氣。」

丹尼笑了，貝絲會將二十萬英鎊存入當地的匯豐銀行分行，滿足地賺取百分之四・五的年息，但他心裡明白從這筆橫財中獲利最多的究竟是誰。

「兩邊的建築呢？有任何進展嗎？」

「我很訝異，」霍爾說，「我想兩邊都能達成交易。」但丹尼卻毫不意外。「艾塞克先生說，他的當舖要賣二十五萬英鎊，卡馬爾先生說地毯量販店開價三十六萬。兩處加起來大概會使您的持有地增加一倍。我們的投資人員估計，單是加起來的總值，便能使您原有的投資增加一倍的價值。」

「照艾塞克先生的開價付款，向卡馬爾先生開價三十萬英鎊，但以三十二萬英鎊敲定交易。」

霍爾說：「但我還是認爲我能爲您談成更划算的買賣。」

「想都別想！」丹尼說，「我要你同一天完成兩筆交易，萬一卡馬爾先生發現我們的盤算，那他就會知道自己持有『釘子地』。」

霍爾記下丹尼的指示，「知道了！」

「完成兩筆交易後請立刻通知我，這樣我才能針對這三處地點後面的狹長地，跟議會展開協商。」

「在我們跟對方交涉前，還爲您擬定一些腹案，」霍爾說，「那裡可能是小型辦公大樓，甚至超級市場的理想用地。」

「那可不行，」丹尼斷然道，「這樣只是在浪費你的時間還有我的錢。」霍爾顯得一臉尷尬。「在九十公尺外就有一家森寶利超市分店。倘若你研究過議會的十年開發案，就會瞭解他們唯一會核准的建案便是平價住宅。根據我的經驗，假使你一開始就讓議會認爲某些事是出自他們的構想，那完成交易的機會便高得多。別貪心了，霍爾先生，請記住，我上一位經紀人就是犯了這項錯誤。」

「我會記住。」霍爾說。

丹尼的顧問確實準備周全，使他凡事都比霍爾先一步想到。

「另一方面，我今天將在你的顧客帳戶存入五十七萬英鎊，好讓你盡快完成兩筆交易。可是別忘了要在同一天，而且不能讓任一方發現對方的交易，當然更不能讓他們知道這跟我有所牽連。」

「我不會讓您失望。」霍爾說。

「希望如此。如果你順利完成這個小企畫，那我還在進行一些更有趣的事。但由於其中涉及風險，因此需要貴公司一位合夥人的後援。這人最好要年輕、有膽識，並充滿想像力。」

霍爾說：「我正好有位適當的人選。」

丹尼根本懶得說「我也是」。

※※※

艾力克斯．瑞德曼問候：「妳好嗎，貝絲？」同時從桌後起身，帶她走向爐火旁舒適的座椅。

「我很好，謝謝您，瑞德曼先生。」

艾力克斯坐在她身旁，笑說：「雖然後來我和丹尼成爲朋友，他還是不願意叫我艾力克斯。或許我能成功說服妳。」

「瑞德曼先生，事實上，丹尼比我還害羞，他害羞又頑固。您千萬不要認爲，他沒直接叫您艾力克斯是因爲他不把您當朋友。」

「我很高興妳寫信說要和我見面，但我眞希望丹尼現在坐在那兒，親自告訴我這些話。」艾力克斯說。

「我想徵詢您的建議，但直到最近我才有能力這麼做。」貝絲說。

艾力克斯傾身握住她的手，看到她戴著上回沒戴的訂婚戒指，笑說：「有什麼我能爲妳效勞的？」

「我只是覺得應該告訴您，我去貝爾馬什監獄領回丹尼的私人物品時，發生了些奇怪的事。」

「妳一定感覺很糟吧。」艾力克斯說。

「就某些方面來說甚至比參加葬禮還糟。不過當我離開時碰巧遇到帕斯科先生。」貝絲回答。

「碰巧遇到，還是他一直在在附近徘徊，想要見到妳？」艾力克斯說。

「也許吧，可是我不確定。有什麼差別嗎？」

「差別可大了，」艾力克斯說，「帕斯科是個正派的人，始終相信丹尼是無辜的。他曾經告訴我自己這輩子見過上千名殺人犯，丹尼不是那種人。他跟妳說了什麼？」

「怪的是他告訴我他覺得『丹尼想要恢復清白』，而沒有說『要是他活著』。您不覺得奇怪嗎？」貝絲說。

「也許是口誤吧，」艾力克斯說，「妳有追問他嗎？」

「沒有，我想到要問的時候他已經走了。」貝絲說。

艾力克斯想著帕斯科話中的含意，因此沉默了一會兒，最後才開口說：「如果妳仍希望洗刷丹尼的冤屈，只有一個辦法，那就是向女王請求王室赦免。」

「王室赦免？」

「是的，如果高等法官確信發生冤屈，大法官便能建議女王推翻上訴法庭的判決。在仍有死刑的時期這種情況很常發生，儘管現在比較少見了。」

「丹尼的案子受理的機會有多大？」貝絲問。

「儘管包括我在內有許多人，甚至某些位高權重的人都認為丹尼蒙受冤屈，但請求赦免很少會獲准。」

「瑞德曼先生，您似乎忘了，當克雷格挑釁時，我也在酒館；當他攻擊丹尼時，我就在巷子裡；丹尼說刺傷我哥的人是克雷格時，我懷裡還抱著伯尼。我的說法始終沒變，但我並非像皮爾生先生所說的那樣，在審訊前經過仔細準備，我只是說出事實而已。另外還有三個人知道我說的是實情，至於第四個人托比·莫蒂默，則在自殺前幾天證實了我的說法。不過儘管您在上訴庭時盡了力，但法官根本就不聽錄音帶。這次會有什麼不同？」

聽到貝絲的責難，艾力克斯一時沒回過神，並未立刻回答。最後他總算說：「如果妳能再召集丹尼的朋友發起活動，就像他在世時那樣，那就算上院法官不開放重新上訴，大家也會群起抗議。不過……貝絲，假使妳決定這麼做，這條路會十分漫長而艱苦，再說，儘管我很樂意提供公益服務，可是代價仍不低廉。」

貝絲自信地說：「錢不是問題，最近我設法賣了修車廠，獲得遠比我想像多的錢。丹尼希望從小就好好培養女兒，所以我留了一半當她的教育基金，至於另外一半，只要您認為還有希望上訴，我很樂意花了它。」

艾力克斯再度傾身向前，握住她的手說：「貝絲，我能請教妳一個私人問題嗎？」

「任何事都行，每當丹尼提起您時總說『他是個難得的好人，妳什麼事都可以告訴他』。」

「貝絲，這太抬舉我了。不過這樣我就有信心問妳一件事，其實我已經苦惱好一陣子了。」貝絲聞言抬起頭來，雙頰閃著爐火帶來的紅暈。「貝絲，妳是位漂亮的小姐，擁有丹尼所認定的珍貴特質。可是難道妳不認爲是該繼續向前邁進的時候了嗎？自從丹尼過世至今已經六個月了。」

「七個月兩周又五天！」貝絲低著頭。

「想必他不希望妳下半輩子都在哀悼他。」

「不，他不會的，」貝絲說，「上訴失敗後，他甚至想斷絕我們的關係，但他不是故意的。」

「妳怎麼能確定？」

她打開手提袋，拿出丹尼寫給她的最後一封信，並遞給艾力克斯。

「這幾乎沒辦法讀。」他說。

「爲什麼？」

「貝絲，妳應該很清楚，妳的淚水……」

「那不是我的淚水。過去八個月來，雖然我每天都看那封信，但那些淚水是寫信的人流的，不是我。他知道我有多愛他，就算我們每個月只有一天的時間共處，還是能終身廝守。我很樂意能等二十年，甚至更久，只希望最後能得償所願，和自己這輩子唯一鍾愛的男人共度餘生。從我見到丹尼的那天起就深愛著他，再也沒有人能取代他。我知道無法讓他死而復生，但倘若我能向世人證明他的清白，那樣就夠了，綽綽有餘了。」

艾力克斯走到書桌前拿起一份卷宗，不想讓貝絲看見他泉湧而出的淚水。他從窗戶向外眺望，只見蒙眼的司法女神像屹立於建築上，向世人展示著手中的天平，接著他輕聲道：「我今天就寫信給大法官。」

「謝謝您，艾力克斯。」

56

在查理・鄧肯預定出現前十五分鐘，丹尼已經坐在角落的座位上。馬利歐挑了個理想的位子，以確保沒人能聽到他們的對話。丹尼有太多問題得問，一切都已在他記憶中歸檔。

趁客人抵達前丹尼已詳細研究過菜單。他預料鄧肯會準時赴約，畢竟，他迫不及待想要丹尼投資自己的新戲。或許日後他會想通當初受邀共進午餐的眞正原因……

就在差兩分一點時，查理・鄧肯身穿開領襯衫，抽著菸，活像卡通人物般走進了餐廳。餐廳領班與他審愼溝通好一陣子後，才遞上菸灰缸，並在抽屜裡四處翻找，拿出三條全與鄧肯橙紅色襯衫不搭的條紋領帶，這時，製作人鄧肯按熄了香菸。丹尼忍住笑，如果這是場球賽，那他一開賽就占盡上風。領班陪同鄧肯穿越餐廳走到丹尼的桌前。丹尼加倍給了他小費。

丹尼起身與鄧肯握手，只見對方的雙頰紅得就像身上的襯衫。

「您顯然是這兒的常客，」鄧肯坐下時道，「每個人似乎都認識您。」

「以前我父親與祖父從蘇格蘭南下倫敦時都會住在這兒，算是家族傳統。」丹尼說。

鄧肯看著菜單，同時問：「所以尼克，您是做什麼的？我以前好像沒在劇院看過您。」

「我原本是軍人，長時間在國外。但自從先父去世後，我就接管了家族信託。」

酒侍讓丹尼過目葡萄酒，這時鄧肯問：「您從未投資過戲劇？」丹尼端詳了標籤一會兒，便點了點頭。

馬利歐問：「尼可拉斯爵士，您今天要點什麼？」

「跟平常一樣，三分熟。」丹尼還記得，有一回尼克對貝爾馬什監獄熱食區的打菜員這麼說，當時引起哄堂大笑，最後差點讓尼克被寫進報告。酒侍在丹尼的玻璃杯裡倒了點葡萄酒，他先聞過香味，才稍加啜飲，接著又點了點頭。這也是尼克教他的，當時他們是用黑醋栗濃縮果汁、水與塑膠杯來練習。

「我要點一樣的，」鄧肯說完便闔上菜單交還餐廳領班，「但我要五分熟。」

「有關您的問題，我的答案是不曾，我從未投資過戲劇，很想瞭解劇場界是如何運作的。」丹尼說。

鄧肯說：「如果是新劇本，最好劇作家已經有點名氣；或是經典劇碼新演。但無論如何，製作人必須做的第一件事就是確認劇本。而您下一個問題就是選角。」

丹尼在鄧肯的玻璃杯內倒滿酒：「像勞倫斯・達文波特嗎？」

「不，那是一次性的舞臺演出。拉瑞・達文波特並不是舞臺劇演員，只要有堅強的演員陣容支持，他還能在輕鬆的喜劇中混過去。」

「但他還是能號召到滿場觀眾？」

「巡迴接近尾聲時，觀眾就會少一點，」鄧肯坦承，「老實說，如果他不能盡快回到電視螢幕，一旦貝瑞斯福醫生的粉絲跑光，他連一個公用電話亭的觀眾也號召不滿。」

丹尼已得到三個問題的答案，這時又問：「那財務怎麼運作呢？」

「在倫敦西區推出一齣戲需要四、五十萬英鎊。因此製作人一旦選定了劇本，就跟演員簽約，並訂好劇院，但這些事通常不可能同時到位，這時他就要靠贊助人來籌資了。」

「您有幾位贊助人？」丹尼問。

牛排端上來時，鄧肯說：「每個製作人都有自己的名單，他一定會嚴加保密，就像奇珍異寶。我大約有七十名經常投資的贊助人。」

丹尼又爲鄧肯倒了杯葡萄酒，並問：「他們平均都投資多少錢？」

「以一般的製作來說，約從一萬英鎊起跳。」

「所以每齣戲您需要五十位贊助人。」

鄧肯邊切牛排邊說：「您對數字很敏銳？」

丹尼暗自咒罵自己竟卸下心防，接著立刻追問：「所以贊助人，也就是抬轎人，要怎麼獲利？」

「要是在一輪演出中劇院有六成的滿座率，就能不賺不賠，拿回本錢。假使超過他就有豐厚的獲利入袋。但如果不到六成，他就可能慘賠。」

接著丹尼問：「演員能拿到多少錢？」

「以一般的標準來說，答案是很少。有時一星期只有五百英鎊，而我們只付拉瑞・達文波特一千英鎊。所以很多演員都寧願演電視劇、偶爾拍拍廣告甚至配音，也不願參與舞臺劇表演。」

「兩星期一千英鎊？他竟然會爲了那點錢爬起床演戲，我還眞訝異。」丹尼說。

當酒侍倒完瓶內的酒時，鄧肯坦承：「我們也一樣啊！」接著酒侍探詢地舉起酒瓶，丹尼點了點頭。

鄧肯說：「這酒眞好。」丹尼笑了笑，鄧肯又繼續說：「拉瑞的問題在於他最近工作機會不多，至少《不可兒戲》讓他的名字在廣告看板上出現了好幾周。肥皂劇明星就像足球員，很快就習慣一星期賺好幾千英鎊，也習慣了揮霍的生活方式。一旦財源中斷，縱使他們累積了些許資產，還是可能很快就花完現金。對許多演員來說，這始終是個問題，尤其有些人太相信自己的知名度，沒有未雨綢繆，後來才發現欠了一堆稅金。」

丹尼又獲得另一個答案，但爲了避免鄧肯起疑，他不想顯得對勞倫斯．達文波特太感興趣，於是問：「所以接下來您有什麼計畫？」

「我正要推出新劇作家安東．卡祖鮑斯基的戲《珠光寶氣》。去年愛丁堡藝術節時他贏得好幾項獎。我覺得這齣戲正是倫敦西區所期待的。幾位大明星已經表示感興趣，我打算再過幾天就放出消息。一旦確定是由誰主演就會告訴您。」他玩弄著玻璃杯問：「您考慮投資多少錢？」

「我會先從少量投資著手，大概一萬英鎊吧，如果夠成功，我很可能會成爲固定的投資人。」

鄧肯馬上說：「我就靠固定投資人生存。」接著將葡萄酒一飲而盡，又說：「我一簽定主角就會與您聯絡。順便告訴您，每當我推出新戲時，都會爲投資人舉辦小型雞尾酒會，這種宴會也會吸引一些明星。您會再見到拉瑞或他姊姊，看您想見的是誰。」

這時領班問：「尼可拉斯爵士，您還需要什麼嗎？」

丹尼原本想叫第三瓶酒，但鄧肯已經回答完所有問題，因此他說：「可以結帳了，馬利歐。」

※※※

大艾爾載丹尼回博爾頓街後，他隨即上樓走進書房，從書架拿下達文波特的檔案夾。接下來一小時他都在做筆記。他記錄完鄧肯所說的一切，就將檔案放回克雷格與裴恩的檔案中間，並回到書桌前。

他開始細看自己的參賽論文，但才看了幾段就確定了心中的疑慮，認爲這樣的內容無法讓摩利教授印象深刻，更別說是評審委員了。他決定把時間花在論文上，這樣在伺機採取下一個行動前可以有點事好做，讓自己免於衝動行事的誘惑。所謂欲速則不達，衝動很可能招來致命的錯誤。

蓋瑞．霍爾還有兩個星期能趁兩名賣方尚未發現丹尼的動機之前，設法完成麥爾安德路的兩筆房地產交易。丹尼宛如老練的垂釣客，只爲一個目的抛出假蠅，不是爲了釣到霍爾這種在水面游動的鱗魚，是要引誘像傑洛德．裴恩這樣的大魚跳出水面。

此外，必須等查理．鄧肯找到新戲的主角，他才得以名正言順和達文波特見面。他還得等待。這時電話響了，丹尼接起來，只聽到話筒傳來：「您提到的那個問題，我們或許已有答案。請找時間見面談談。」緊接著電話就斷了。丹尼也開始瞭解，爲何瑞士銀行業者始終能牢牢抓住謹慎行事的大戶。

他重新提筆寫論文，構思更吸引人的開場白：

凱因斯一定知道〈難道我們不快樂嗎〉這首流行歌曲，因為歌詞寫著「富人愈賺愈多，窮人愈生愈多，這是不變的真理」，他很可能想過，這適用於國家與個人。

57

「日本虎杖？」

「是的，我們認爲答案是日本虎杖這種植物。儘管我必須說我們對這個問題深感困惑。」布列松說。

丹尼才剛開始學習用瑞士人的行規跟他們打交道，因此並不打算開口指點，只問：「爲什麼會得到這個答案？」

「如果在建地發現日本虎杖這種植物，可能會讓建築許可證延遲核發至少一年。一旦經過確認，有關單位就必須請專家來清除，除非安全衛生委員會認爲建地已通過一切必要的檢驗，否則就無法動工興建。」

「你們要如何清除日本虎杖？」丹尼問。

「由專業公司放火燒了整片建地，接著必須等三個月，確定清除所有地下莖後，才能重新申請建築許可。」

「那可不便宜吧？」

「不便宜，對地主來說當然不便宜。我們在利物浦碰過一個典型的例子，」負責處理銀行主要帳戶的塞加特先生補充，「市議會發現廣達三十英畝的建地上有日本虎杖，這塊地已獲得一百幢社會住宅的建築許可。結果耗時一年多，花了三十多萬英鎊才澈底清除。房子蓋好時，幸虧開發商的收支還能打平。」

「爲何日本虎杖這麼危險？」丹尼問。

「這種植物會一路侵蝕建築地基，甚至鋼筋混凝土。十年後整幢建築會毫無預警坍塌，之後要付的保險賠償會讓很多企業破產。在大阪，日本虎杖便曾毀了整棟公寓大樓，這也是它名稱的由來。」布列松說。

「我要去哪裡找日本虎杖？」丹尼問。

「嗯，您當然不會在當地的花市找到。不過我想專業清除公司都能告訴您。」布列松停頓了一下，直視著丹尼說：「當然，在別人的土地上種日本虎杖是違法的。」

「在自己的土地上種就不犯法。」聽丹尼這麼回答，兩位銀行家啞口無言。接著他又問：「關於我另外一個問題你們有對策了嗎？」

這次回答的是塞加特：「同樣的，您的要求其實很尋常，當然也具有高度風險。不過我的團隊認爲，他們在東區或許能找到完全符合您標準的土地。」丹尼想起尼克糾正過他「標準」[3]這詞的適當用法，可是決定不要指點塞加特。對方繼續說：「您很清楚，倫敦正在爭取主辦二〇一二年奧運會，其中多數的主要比賽項目都暫定在東倫敦的史特拉福舉行，爲該區建地帶來龐大的投機市場。在奧林匹克委員會目前考慮的選址中，其中一個是可以舉行所有室內自行車賽事的場館。我的熟人告訴我已確定有六處可能的地點，但只有兩個會進入決選名單。您能買兩處用地眞是有福氣。儘管您最初得付一大筆錢，但仍可能獲得豐厚的利潤。」

---

③ 塞加特使用了「標準」的單數詞criterion，其實應該用複數的criteria。

「多大一筆錢？」丹尼問。

布列松說：「我們估過這兩塊地大約各值一百萬英鎊，不過現有的地主都要價一百五十萬。如果兩處都進入決選名單，最後價值可能都高達六百萬。若是其中一塊獲選價格可能還會翻一倍。」

「但如果都落選我不就要損失三百萬英鎊？在我願意拿那麼多錢冒險前，必須審愼考慮你們的報告。」丹尼說。

「您只有一個月的時間決定，因爲屆時就要宣布決選名單。如果兩個地點都入選，您就無法以那個價格買到了。」布列松說。

塞加特遞給丹尼兩份檔案夾：「裡面有一切必要的資料，可以協助您做出決定。」

丹尼說：「謝謝，這個周末我會把決定告訴兩位。」塞加特點點頭。「好了，告訴我，關於威爾森修車廠那塊地，你們跟哈姆雷特塔[4]議會談出什麼最新進展？」

塞加特說：「就在上星期，我們倫敦的律師見過議會的都市計畫主委，確認若您想申請規畫許可，委員會可接受的選項有哪些。議會想在那塊地興建平價公寓，不過他們也瞭解開發商必須從中獲利，他們已提出一項方案，表示若建地要蓋七十棟公寓，其中三分之一必須劃歸爲平價住宅。」

「從數學的角度來說那是不可能的。」丹尼說。

---

④　哈姆雷特塔（Tower Hamlets）是大倫敦市內的自治市。

塞加特首度露出笑容：「我們認爲不能明講六十九或七十二棟，這樣我們才有商量空間。然而，假使我們原則上贊成他們的建議，對方將以四十萬英鎊賣給我們，同時核發規畫許可。在這樣的基礎上，我們建議您接受對方的開價，但設法讓議會答應您蓋九十棟公寓。都市計畫主委認爲這將引發議會的激辯，但若我們將出價提高，比如說五十萬英鎊，這樣他就會設法推薦我們的提案。」

「要是議會核准，那您只要花一百多萬英鎊就擁有整片土地和地上建物。」布列松說。

「如果我們順利達成目的，兩位建議我下一步該做什麼?」

「您有兩個選擇。轉賣給開發商，或是自行興建並管理這項住宅工程。」布列松說。

「我沒興趣花三年在建築工地上，既然如此，一旦我們談好條件，並取得臨時建築許可證，就把地賣給出價最高的人吧！」丹尼說。

塞加特說：「我同意這或許是最明智的對策。我深信短期內您的投資仍能獲得雙倍的報酬。」

「你們做得很好。」丹尼說

「若不是您對這塊地的變遷瞭如指掌，」塞加特說，「我們不可能進展得這麼快。」

這顯然是在試探，但丹尼毫無反應，只說：「最後，如果可能的話，請告訴我最新的財務狀況。」

布列松邊說「當然」，邊從公事包內抽出另一份檔案：「我們如您所要求，合併兩個帳戶，並設了三家貿易公司，但都沒有用您的名字。目前您個人的帳戶中有五千五百三十七萬三千八百七十一英鎊，比三個月前略少了些。但您在那段期間做了幾項投資，最後應該有可觀的報酬。此外我們也按照上次您所指明的，代爲買進一些股票，又投資了兩百多萬英鎊，您可以在綠色檔案夾的第九頁看到交易細節。另外，我們遵照您的指示，將盈餘全投入三A級商業機構的隔夜貨幣市場，目前顯示年增收益約爲百分之十一。」

對於銀行原本支付的百分之二．七五利率，還有他目前獲得的百分之十一獲益率，丹尼並不打算評論其中的差異，只說：「謝謝，也許我們一個月後可以再見個面。」塞加特與布列松聞言點點頭，開始收拾檔案。丹尼起身時注意到兩人都絲毫沒興趣閒聊，於是便陪他們走到大門。

「等我一決定收購那兩處奧運用地，會立刻與兩位聯絡。」

等他們搭車離去後，丹尼回到樓上的書房拿出傑洛德．裴恩的檔案夾，接下來整個早上他都在記錄有助於對付裴恩的所有細節。要是他買下那兩塊地，就需要與裴恩面對面。對方這輩子聽過日本虎杖嗎？

※※※

貝絲走進女校長的研究室時心裡不禁想，是不是所有父母都希望子女能有好成就？

蘇澤蘭小姐走上前來與貝絲握手。她帶貝絲就座，重新看申請表，但臉上毫無笑容。貝絲努力壓抑緊張。

「威爾森小姐，您的意思是，」女校長特別強調「小姐」這兩個字，「希望令嬡下學期能就讀聖薇洛尼卡附設幼稚園嗎？」

「是的，」貝絲回答，「我想克莉絲蒂能在貴校的激勵下獲益良多。」

蘇澤蘭小姐看著克莉絲蒂的入學考卷說：「令嫒顯然比實際年齡成熟，然而我相信您能瞭解，在她獲准進入聖薇洛尼卡之前，我還必須考慮其他重要事項。」

「當然。」貝絲擔心最糟的狀況即將發生。

「例如申請表上沒寫孩子的父親是誰。」

「是沒寫，因爲他去年過世了。」貝絲說。

「眞是遺憾，我可以問死因是什麼嗎？」蘇澤蘭小姐聽起來一點也不遺憾。

貝絲向來覺得難以啓齒，因此吞吞吐吐地說：「他自殺了。」

「原來如此，」女校長說，「您當時與他結婚了嗎？」

「沒有，」貝絲坦承，「我們訂婚了。」

「威爾森小姐，很不好意思，我必須請問您的未婚夫是在哪兒過世的？」

貝絲輕聲說：「當時他在坐牢。」

「原來如此，」蘇澤蘭小姐說，「我能請教他犯了什麼罪嗎？」

貝絲說：「殺人罪。」但她確信蘇澤蘭小姐早就知道每個問題的答案。

「威爾森小姐，我相信您很清楚在天主教會的眼中，無論自殺或殺人都是不可饒恕的大罪。」

貝絲一語未發，女校長繼續說：「此外，我覺得有責任指出，目前在聖薇洛尼卡就讀的學生中並沒有非婚生女。不過，我會以最愼重的態度考慮令嫒的入學申請，並在未來幾天內告知您決定的結果。」

那一刻貝絲覺得，就連「巴爾幹屠夫」米洛塞維奇獲得諾貝爾和平獎的機會，也比女兒進聖薇洛尼卡就讀的機率大。

這時女校長從書桌後起身，走到門口並打開大門。

「威爾森小姐，再見！」

門才剛在貝絲身後關起，她便淚如雨下，心想，為什麼父親的罪過要……

58

丹尼很想知道當自己見到傑洛德．裴恩時會有什麼反應。他不能表現出任何情緒，當然，一旦動了怒，那他花那麼多時間籌劃讓裴恩身敗名裂，都將做白工。

大艾爾提前了幾分鐘將車開到「貝克、川姆雷特與史麥思公司」外，不過當丹尼推開旋轉門走進大廳時，發現蓋瑞．霍爾已站在櫃檯旁等著迎接他。

當他們走向成排的電梯時，霍爾興沖沖地說：「他是位相當優秀的人。」就在他按下電梯鈕，準備上頂樓時又補充說：「他也是本公司史上最年輕的合夥人。最近又獲得十拿九穩的議會席次，所以我想他不會在這兒再待太久。」

丹尼笑了，他原本只打算讓裴恩丟飯碗，要是加上放棄議會席次將會是額外的收穫。

當他們走出電梯時，霍爾帶著自己最重要的客戶一路沿著合夥人走廊前進，走到寫有「傑洛德．裴恩」幾個金字的門前才停下。霍爾輕輕敲門，打開後便站到一旁先讓丹尼進去。裴恩立刻從桌後起身走向他們，同時趕緊扣好西裝外套，不過光是搞定中間的釦子顯然就花了好一會工夫。他伸出手誇張地向丹尼眉開眼笑，但不管他怎麼努力，丹尼還是無法笑臉相對。

裴恩仔細瞧了瞧丹尼，問：「我們見過嗎？」

「是的，在勞倫斯．達文波特最後一晚公演的派對上。」

裴恩說：「噢對了，沒錯。」接著請丹尼在桌子對面坐下。蓋瑞．霍爾仍站著。

「尼可拉斯爵士，首先請讓我……」

「叫我尼克。」丹尼說。

「就像我剛說的，首先，關於您針對堡區用地在哈姆雷特塔議會上所運用的小策略，我深感欽佩。依我看來，這筆交易不到一年內便能使您的投資獲得雙倍報酬。」

「大部分的準備工作都歸功於霍爾先生。我一直在忙別的，恐怕遠比此事更令人費心。」丹尼說。

裴恩傾身向前問：「您在最新的投資中會用到敝公司嗎？」

「到了最後階段當然會，雖然我已經完成調查，但是向地主出價時還是有人得代我出面。」丹尼說。

裴恩又堆起滿臉笑意：「我們很樂意盡力協助。您認爲現階段能信任我們嗎？」

丹尼很高興的發現裴恩顯然只對有利自己的事感興趣。於是這次他報以微笑：「人人都知道，如果倫敦贏得二〇一二年奧運主辦權，在籌備期間就有錢可賺了。預算高達一百億英鎊，應該有足夠的金子讓大家淘。」

「在正常情況下我同意您的看法，」裴恩顯得有點失望，「不過難道您不認為市場已經有點飽和了？」

「是啊，我也這麼覺得，如果您一心只注意主場館、游泳池、體操館、選手村或馬術中心，那麼確實如此。不過我發現了一個機會還沒引起任何媒體或公眾的興趣。」丹尼說。

丹尼身靠椅背坐著，首度放鬆下來，裴恩則傾身向前把手肘靠在桌上。丹尼繼續說：「幾乎沒有人注意到，奧委會正在考慮六個選址興建一座自行車賽場。不過，我看大家連自行車賽場是幹嘛的都搞不清楚。」

「騎自行車。」蓋瑞．霍爾說。

「很好，」丹尼說，「兩星期內我們將得知奧委會挑了哪兩處候選用地。我敢打賭，就算宣布後也只是一則地方報紙的小新聞，而且只出現在體育版。」裴恩與霍爾都沒插嘴。丹尼又說：「但我有內線消息，花了四．九九英鎊才取得的。」

裴恩一臉困惑：「四．九九英鎊？」

「《自行車月刊》的售價，」丹尼從公事包拿出一本月刊，「在這一期的雜誌裡，他們已確定奧委會將選擇哪兩處用地。顯然他們的編輯在體育大臣那兒有消息管道。」接著他將雜誌翻到相關頁面，並遞給裴恩。

裴恩一看完雜誌的社論就說：「您的意思是說，其他媒體還沒追到這條新聞？」

「他們何必要追？」丹尼說。

「可是一旦宣布奧運場地，」裴恩說，「很多開發商都會爭取承包合約。」

「我對興建自行車賽場不感興趣，我打算在第一臺挖土機開進工地前就賺錢走人。」丹尼說。

「您想要怎麼做到那點？」

「我承認這花了比四．九九英鎊多一點的代價。您看《自行車月刊》的封底，」丹尼將雜誌翻過來，「出版社的名稱是不是印在右下角？下一期雜誌還要十天才會上架，可是我花了比定價多一點的代價弄到下一期的校樣。其中第十七頁有篇英國自行車協會主席寫的文章，他在文中指出，體育大臣鄭重告訴他認眞評估的地點只有兩處。就在雜誌上架銷售前一天，大臣將在下議院做類似的宣布。他將繼續公布奧委會將支持兩個地點中的哪一個。」

「太厲害了，不過地主想必知道他們可能坐擁龐大的財富吧？」裴恩說。

「除非他們能弄到下期的《自行車月刊》，因爲目前他們仍然認爲自己在六個決選名單上。」

於是裴恩問：「所以您打算怎麼做？」

「不久之前，自行車協會中意的地點才以三百萬英鎊轉手，儘管我不知道買主是誰。然而一旦大臣宣布後，那塊地可能值一千五百萬，甚至兩千萬。但由於決選名單上仍有六個可能的地點，要是有人向現有地主出價，好比說四、五百萬英鎊好了，我想他們可能巴不得趕快轉手，免得最後一無所獲。我們的問題在於，距離最後兩處決選名單宣布前只剩不到兩個禮拜，一旦自行車協會主席的意見公開，我們就無利可圖了。」

「我能提供建議嗎？」裴恩說。

丹尼說：「請！」

「如果您這麼篤定只有兩個候選地點，爲何不都買下？也許您的獲利不會那麼多，但能立於不敗之地。」

丹尼終於知道爲什麼裴恩會成爲他公司史上最年輕的合夥人了。

「好主意，但除非我們弄清楚自己眞正感興趣的地點能不能買，否則這樣做沒什麼意義。這下你們就派上用場了。除了地主以外，您可以在這檔案裡找到一切必要的細節；畢竟您得做點事才能賺取佣金。」丹尼說。

裴恩笑說：「我立刻就去查，等我一尋獲地主就會與您聯絡。」

「可別拖拖拉拉，」丹尼起身說，「行動要迅速，才能獲得豐厚的收益。」

裴恩起身與新客戶握手，臉上又堆起同樣的笑容。就在丹尼要轉身離去時，看到壁爐臺上放著一封熟悉的請帖，不禁感到驚訝：「您今晚會出席查理．鄧肯的雞尾酒會嗎？」

「會啊，我有時會投資他的戲。」

「到時見，這樣一來您就能告訴我最新進展。」丹尼說。

「行，在我著手進行之前能否請教一件事？」裴恩說。

「當然可以。」丹尼努力壓抑自己的焦慮。

「說到投資，您是否都是獨力出資？」

「每一分錢都是我的。」丹尼說。

「您不會考慮讓任何人分一杯羹嗎？」

「不會。」丹尼斷然說。

※※※

「主啊，我犯了錯，請寬恕我，自從我上次告解到現在已經有兩周了。」貝絲說。

麥可神父一認出貝絲溫柔的聲音，臉上便露出微笑。她的告解始終令他感動，因爲她心目中的過錯，在多數信衆眼裡根本不值得一提。

神父彷彿渾然不知花格窗的另一邊是誰，開口問：「孩子，請告解吧！」

「我對別人心懷卑劣的想法，希望他們發生不幸。」

麥可神父吃了一驚，「孩子，妳能告訴我，是什麼讓妳有這樣的邪念？」

「我希望女兒能有更好的起跑點，我覺得在我選擇的那所學校女校長對我不公平，不給我機會申辯。」

「或許妳沒從她的角度來想，」麥可神父說，「妳可能誤解了她的動機。」他看貝絲沒有搭腔，又說：「孩子，妳必須隨時謹記，由於天主也許對妳的小女兒另有安排，我們不便評判祂的旨意。」

「那我必須尋求主的寬恕，並等著領悟祂的旨意。」貝絲說。

「孩子，我認爲這麼做很明智。另一方面，妳應該祈禱，並尋求主的指引。」

「神父，我該如何贖罪呢？」

「妳必須學著懺悔，並寬恕那些不瞭解妳問題的人，先念主禱文，再念聖母經。」麥可神父說。

「謝謝您，神父。」

麥可神父聽見小門關上，確定貝絲已離開，接著又獨坐了一會兒，仔細思索貝絲的問題，並很慶幸沒有其他信眾來打擾。隨後他步出告解室，並走向辦公室。他迅速行經貝絲身旁，只見她低頭跪著，手裡還拿著念珠。

麥可神父一到辦公室便鎖上門，走到書桌前撥電話。這是罕見的時刻，他認為上帝的旨意也需要一點協助。

※※※

八點才過了幾分，大艾爾便將車開到大門外讓老闆下車。丹尼一走進去，不用任何人告訴他，他就知道查理·鄧肯的辦公室在哪兒。二樓傳來笑聲與吱吱喳喳的熱烈交談，還有一、兩名賓客只能站在樓梯間。

丹尼爬上破舊、陰暗的樓梯，行經一系列裝裱過的海報，上面全是鄧肯以往製作過的戲劇，但在丹尼的印象裡沒有一齣造成轟動。他經過一對纏綣的年輕情侶身旁，兩人連瞧都沒瞧他一眼。他走進鄧肯的辦公室時，立刻瞭解為何有人會被擠到樓梯間去。房內人滿為患，賓客幾乎寸步難移。一名站在門邊的女孩問他喝不喝酒，丹尼只要了一杯水；畢竟如果他希望投資獲得紅利，就需要全神貫注。

丹尼環顧室內想找個熟人，結果一眼就看到凱蒂，她隨即把臉轉開。看到凱蒂這樣，他不禁微笑並想起貝絲。貝絲總是揶揄他太害羞，尤其當他面對滿屋子的陌生人更是如此。假使貝絲在，可能早與一群素昧平生的人聊開了。他好想念她。這時有人碰碰丹尼的臂膀，打斷了他的思緒，一轉頭，原來傑洛德·裴恩就在旁邊。

「尼克，」他以老朋友的口氣說，「好消息，我找出代表其中一名地主的銀行了。」

「你在那兒有任何門路嗎？」

「可惜沒有，」裴恩坦承，「但他們的總部在日內瓦，地主很可能是外國人，不曉得那塊地的潛在價值。」

「也可能是個瞭若指掌的英國人。」丹尼發現裴恩的知識總像是半瓶醋。

「反正明天就會知道，有位銀行家塞加特先生答應我，早上會回電告知他的客戶願不願意賣地。」

「另一塊地呢？」丹尼問。

「如果第一個地主不願意賣，那也沒必要追查下去。」裴恩說。

丹尼心想這正是自己最初的建議，但他也懶得指出這點，只說：「也許你是對的。」

勞倫斯·達文波特招呼：「傑洛德。」同時彎下腰親了裴恩的兩頰。

丹尼很訝異達文波特沒刮鬍子，身上的襯衫這星期顯然已穿了不只一次。兩人打招呼時，他發現自己實在太厭惡眼前這兩個人，根本不想加入他們的交談。

接著裴恩問：「你認識尼克·蒙可里夫嗎？」

達文波特既沒作出回應，也沒表現出興趣。

「我們會在你最後一晚公演的派對上見過。」丹尼說。

達文波特這才好像有了點興趣：「噢，對啊！」

「那齣戲我看了兩次。」

達文波特露出專門留給粉絲的笑容說：「我眞是受寵若驚。」

「你會在查理製作的下一齣戲中演出嗎？」丹尼問。

「不會，」達文波特回答，「雖然我在《不可兒戲》中備受喜愛，但不能只把才華奉獻給舞臺。」

「爲什麼？」丹尼裝作一無所知。

「一旦投入長期巡迴公演，就得拒絕很多演出機會。而你根本不知道什麼時候會有人請你主演電影，或是在新的影集中領銜演出。」

「眞可惜，要是你參加演出，我就會投資更多錢。」丹尼說。

「眞高興你這麼說，也許有朝一日你還有機會。」達文波特說。

「我衷心希望如此，因爲你是眞正的明星。」丹尼逐漸察覺，只要和勞倫斯．達文波特聊勞倫斯．達文波特，對這位「明星」來說，再多的奉承也不夠。

「嗯，」達文波特說，「如果你眞想做精明的投資，我有……」

這時一個聲音叫道：「拉瑞。」於是他轉過頭親了一個比他年輕很多的男子。時機雖然消逝，但達文波特已敞開大門，丹尼打算日後再出其不意地切入。

等達文波特一走，裴恩就說：「眞可悲。」

丹尼立刻說：「可悲？」

裴恩說：「他是我們那一代劍橋人中的明星，我們都以爲他會有輝煌的事業，但事實並非如此。」

「我注意到你叫他拉瑞，」丹尼說，「就像勞倫斯·奧利佛。」

「這是他與奧利佛唯一的共同點。」

丹尼想起大仲馬的名言：有這種朋友，誰還需要敵人。差點爲達文波特感到難過，於是說：「哎呀，他還有時間。」

「沒戲唱了。他有那些問題。」裴恩說。

就在丹尼開口問什麼是「他的問題」，有人拍了他的背。

原來是另一個被錢吸引來的速成朋友——查理·鄧肯，他招呼說：「嗨！尼克。」

「嗨！查理。」

鄧肯爲丹尼的空杯倒滿香檳，「希望你喜歡這場派對。」

「喜歡啊，謝謝。」

鄧肯低聲說：「老友，你還考慮投資《珠光寶氣》嗎？」

「噢，是啊。你可以記下，我要投資一萬英鎊。」可是丹尼沒說他實在看不懂那劇本。

鄧肯稱讚他精明，同時在他背上又拍了一下，「我明天就把合約寄給你。」

「勞倫斯·達文波特目前在拍電影嗎？」丹尼問。

「爲什麼問？」

「他一臉鬍鬚，穿得又邋遢，我還以爲這和他飾演的角色有關。」

「不，不，」鄧肯笑說，「他沒演什麼角色，只是剛起床。」他再度壓低聲音，「我現在要避開他。」

「爲什麼？」丹尼問。

「他到處找人借錢。千萬別借他任何東西，因爲絕對要不回來。天知道光是這房裡的人，他就欠了多少。」

「謝謝提醒，」侍者經過時，丹尼將一整杯香檳放在托盤上，「我得走了，不過謝謝，這派對很棒。」

「這麼快啊？你連自己投資的明星都還沒見過呢。」

「我見過了。」丹尼說。

※※※

她接起桌上的電話，立刻認出話筒另一端的聲音。

「晚安，神父，我能幫您什麼忙？」

「不，蘇澤蘭小姐，是我要幫您的忙。」

「您有什麼打算？」

「關於我會衆中的小成員克莉絲蒂·卡特萊特，我想協助您做出決定。」

「克莉絲蒂．卡特萊特？」女校長說，「聽起來很耳熟。」

「應該的，盡責的校長都會注意到，在這個講求學校成績排行的糟糕年代，她很可能是得獎學金的人才。」

「任何盡責的校長也該注意到，這孩子的父母沒有結婚。想必您還記得，從您擔任聖薇洛尼卡董事時起，學校董事就不贊成這種狀況。」

「確實如此，蘇澤蘭小姐，」麥可神父回答，「不過我向您保證，我曾在聖瑪麗教堂發布過三次婚禮預告，並在教會布告欄還有教區雜誌上都公布過他們的婚期，希望這能使您放心。」

「不過遺憾的是這場婚禮始終沒有舉行。」女校長提醒他。

麥可神父喃喃說：「因爲出現意外的狀況。」

「神父，想必我不必提醒您，教宗若望保祿二世在《生命的福音》通諭中曾明確指出，在教廷眼中自殺，當然還有殺人，都仍是不可饒恕的大罪。恐怕我別無選擇，只能不再管這件事。」

「蘇澤蘭小姐，您不會是首開先例的人。」

「神父，您這樣做不值得。」女校長厲聲頂撞。

「蘇澤蘭小姐，您指責的甚是，容我道歉。恐怕我只是個凡人，因此很容易犯錯。或許錯誤之一，就是當一位才華橫溢的小姐提出申請擔任聖薇洛尼卡的校長時，我並未告知其他董事她才墮胎不久。蘇澤蘭小姐，想必我毋須提醒您，聖父也認爲那是不可饒恕的大罪。」

59

幾周以來，丹尼都避著不見摩利教授。他擔心論文比賽的表現未能受到這位囉唆的教授激賞。

但就在他上完早晨的課後，丹尼便看到摩利站在辦公室門口，根本躲不掉他的勾指召喚。丹尼就像知道會挨打的學童，乖乖跟他走進研究室，等著接受尖酸的批評、話中帶刺的妙語，還有瞄準靜止標靶的毒箭。

就在丹尼低下頭時，摩利教授說：「我很失望。」他能同時應付瑞士銀行家、倫敦西區的戲劇製作人、資深合夥人以及經驗豐富的律師，但在這人面前卻嚇得魂不附體。「現在你知道，」教授說，「奧運決賽選手最後無法上領獎臺時，必然有什麼感受了吧！」

丹尼聞言一臉困惑地抬起頭來。

「恭喜，」摩利教授笑容可掬，「你在論文比賽中獲得第四名，將計入你的學位成績，我期待你在期末考中能有很棒的表現。」他臉上仍帶著笑容，起身與丹尼熱烈握手，又道了聲：「恭喜！」

「謝謝您，教授。」丹尼試著理解教授的話。他彷彿聽到尼克說：「老弟，幹得好。」同時只想和貝絲分享這消息。她會感到很光榮。見不到她，他還能再撐多久？

他告別教授後，便沿著走廊狂奔，出了校門走下階梯，只見大艾爾焦急看著錶，站在後車門等候。丹尼置身三個不同的世界，在下一個世界裡，他可承受不起延遲向觀護人報到的後果。

※※※

丹尼已打定主意不告訴班奈特小姐下午他打算做什麼，因爲他確信班奈特小姐會認爲那根本不重要。然而她看起來確實很高興得知他在論文比賽中的成績。

等丹尼見完班奈特小姐回到家時，茉莉已爲塞加特先生倒了第二杯茶。丹尼走進房內，這位瑞士銀行家隨即起身相迎，他除了爲自己遲到幾分鐘致歉外，並沒有多加解釋。

塞加特重新坐下，微微頷首致意，接著說：「如今您已擁有兩處最有機會獲選奧運自行車賽場的建築用地。儘管您或許無法再期望能有那麼高的獲利，但原始投資的收益還是很不錯。」

「裴恩有沒有再打電話來？」丹尼只想知道這件事。

「有，他今天早上又來了電話，並爲最可能中選的地點出價四百萬英鎊。我想您會要我回絕吧？」

「對，不過告訴他只要趁大臣宣布決定前簽約，你會接受六百萬英鎊的價格。」

「可是如果一切照計畫進行，那塊地至少會值一千兩百萬英鎊。」

「請放心，一切都按計畫進行，裴恩對另一塊地有興趣嗎？」

塞加特說：「沒有，人人似乎都知道哪塊地會中選，在這種情況下他何必要感興趣？」

丹尼在獲得一切必要的資訊後，便轉移話題：「關於我們在麥爾安德路的那塊地，誰出價最高？」

「就是以往議會合作的一級建商費爾法克斯房屋。我研究過他們的提案，」塞加特遞給丹尼一份光面小冊子，「他們顯然受到計畫委員會的限制。未來幾周內，這方案應該會獲得核准。」

「出價多少？」丹尼努力壓抑自己的不耐煩。

「啊，對了，」塞加特核對數字，「記得您的投資是一百多萬，費爾法克斯房屋出價一百八十萬又一千一百五十六英鎊，利潤超出五十萬英鎊，我想您會滿意。這筆資金操作不到一年，報酬率算是不錯。」

丹尼問：「你怎麼解釋一百八十萬又一千一百五十六英鎊這個數字？」

「我猜是因爲法克斯先生預料，在一百八十萬英鎊附近會有好些人出價，乾脆在後面加上他的出生日期。」

丹尼聞言大笑，同時開始研究費爾法克斯的建案，只見在他曾任修車廠技工的地方，將興建一整片名爲「城市達人」的公寓式新豪宅。

「我能打電話給法克斯先生，通知他成功得標了嗎？」

「是的，請，等你跟他說完話後，我也想和他談談。」丹尼說。

塞加特打電話時，丹尼繼續研究費爾法克斯的建案，看著那令人印象深刻的新公寓大樓，他只有一個問題。

「法克斯先生，那我就把電話轉給尼可拉斯爵士，」塞加特說，「他想跟您談談。」

「法克斯先生，我剛看過您的建案，知道有一戶單位是頂樓豪宅。」丹尼說。

「沒錯，」費爾法克斯說，「四間臥室，四間全配的衛浴。超過八十坪。」

「還能俯瞰麥爾安德路另一側的修車廠。」

法克斯反駁說：「距離市區不到一．五公里。」語畢兩個人都笑了。

「法克斯先生，聽說頂樓豪宅你打算開價六十五萬英鎊？」

「沒錯，是這個價碼。」法克斯確認說。

丹尼說：「如果你把頂樓豪宅算進去，我願意以一百三十萬英鎊成交。」

「一百二十萬英鎊我們就成交。」

「有一個條件。」

「什麼條件？」

於是丹尼告訴法克斯先生他想做的更動，對方也毫不猶豫地同意了。

※※※

丹尼精心挑選了上午十一點這個時間，大艾爾先在紅崖廣場[5]繞了兩圈，才停在二十五號住宅門外。

丹尼步上最近兩旁都未修剪的走道，到了大門前他按下門鈴，但等了好一會兒都沒人應門。

---

⑤ 紅崖廣場（Redcliffe Square）：位於大倫敦的肯辛頓及切爾西皇家自治市（Royal Borough of Kensington and Chelsea），亦是倫敦數一數二的豪宅區。

接著他重重扣了兩下銅門環，聽到裡面有人回話，但還是沒人應門。於是他又按了一次門鈴，最後才放棄，並決定下午再來試試。就在他快要走到大門時，門突然開了，並傳來一聲質問：「你他媽的到底是誰？」

「尼克．蒙可里夫，」丹尼回到走道上，「你要我打給你，但你的電話並沒有登記，我剛好經過……」

達文波特穿著絲晨袍與拖鞋，顯然好幾天沒刮鬍子。他置身晨光下，猶如春天剛降臨時從冬眠醒來的動物般，眼睛眨個不停。丹尼提醒他：「你告訴我，有個我可能感興趣的投資機會。」

「噢對，現在我想起來了，」達文波特語氣放軟了一些，「好吧，請進！」

丹尼進入昏暗的走廊，回想起博爾頓街宅邸在茉莉接管前的模樣。

達文波特說：「先坐一下，我換換衣服就來。」

丹尼四處亂逛，欣賞蒙著灰塵的畫作與高級家具。他從後窗向外望去，只見一片未經整理的廣大庭園。

當天早上日內瓦來了電話，只聽到匿名人士的聲音說，廣場的住宅目前的轉手價約爲三百萬英鎊，達文波特是在一九九五年買下二十五號宅邸，當時的每個周六晚上都有八百萬觀衆打開電視，等著看《處方》中的貝瑞斯福醫生又要睡哪個護士。電話中傳來的聲音說：「他向諾威奇聯合保險公司抵押貸款一百萬英鎊，過去三個月來他都逾期未付款。」

達文波特回到房裡時，丹尼轉身離開窗口，只見他穿著開領襯衫、牛仔褲與球鞋。就連丹尼在獄中看過的人也比他會打扮。

「我能幫你倒杯酒嗎？」達文波特問。

「這對我來說有點早。」

達文波特說：「永遠不嫌早。」同時爲自己倒了一大杯威士忌。他喝了一大口後笑說：「我知道你很忙，所以就打開天窗說亮話。我只是現在有點缺錢，你知道這不過是暫時的，等有人跟我簽約拍電視影集就好了。老實說，我的經紀人今早才打電話來提了一、兩個構想。」

「你需要貸款嗎？」

「總而言之，是的。」

「你能拿什麼當抵押品？」

「嗯，先拿我的畫吧！」達文波特說，「我花了一百多萬英鎊收藏的。」

「整批收藏我可以給你三十萬英鎊。」丹尼說。

「可是我付了超過……」達文波特氣急敗壞，又爲自己倒了杯威士忌。

「那是假設你能提供證據，顯示你付的錢加起來確實超過一百萬英鎊。」這時達文波特瞪眼凝視他，彷彿在努力回想上回在哪兒見過他。「我會叫律師擬合約，等你簽字那天，就能拿到這筆錢。」

達文波特又喝了一大口威士忌道：「我會考慮考慮。」

「你好好考慮，如果你在一年內付淸貸款，我就不收利息，並歸還這批畫。」丹尼說。

「你想耍什麼詐？」

「沒有耍詐，但若你無法在一年內還錢，整批畫就歸我。」

達文波特咧嘴笑說：「我不可能輸。」

達文波特走向大門，丹尼也起身跟上，說：「希望不會。」

丹尼尾隨他走到玄關，說：「我會把合約連同三十萬英鎊的支票寄給你。」

「你眞好！」達文波特說。

達文波特打開大門時，丹尼說：「希望你的經紀人能想出適合你特殊才藝的點子。」

「那你就別擔心了，」達文波特說，「我敢打賭，你幾星期內就能拿回這筆錢。」

「很高興聽到你這麼說。噢，萬一你決定要賣了這棟房子……」

「我家？」達文波特說，「不，絕對不賣。根本不可能，想都別想。」

他關上大門，彷彿在應付上門兜售的推銷員。

60

茉莉倒黑咖啡時，丹尼正在看《泰晤士報》的報導。

議會報導最後寫著，體育大臣與南史特拉福議員比利・柯麥克在下議院有場辯論。

柯麥克（南史特拉福，工黨）：「大臣能否證實，她已經爲奧林匹克賽車場預定地選了兩個地點？」

大臣：「是的，我可以，我相信我尊敬的朋友會很高興得知，在目前仍考慮的兩個地點中，有一處就在他的選區。」

柯麥克：「感謝大臣的答覆。請問她是否知道，英國自行車協會主席已來函指出，委員會一致投票贊成選擇位在敝選區的地點？」

大臣：「是的我知道，部分的原因在於我尊敬的朋友體貼地寄了信件影本給我（哄堂大笑）。容我向他保證，在做出決定之前，我會非常慎重考慮英國自行車協會的意見。」

安德魯．克勞福（西史特拉福，保守黨）：「大臣是否瞭解，另一個決選地坐落在本選區的這項消息不會受到歡迎，因爲我們已經計畫在那塊地蓋新休閒中心，根本不想要自行車賽場。」

大臣：「做最後決定前，我會考慮尊敬的議員的意見。」

※※※

茉莉在丹尼面前放下兩顆水煮蛋，這時他的手機響了。他看到來電顯示裴恩的姓名，他一點也不意外，只是沒料到會這麼快打來。丹尼掀開手機蓋，道了聲「早」。

「尼克，早。這時候打來眞不好意思，你看到《每日電訊報》的議會報導了嗎？」

「我不看《每日電訊報》，不過我在《泰晤士報》上看到大臣與議員的對話，你的報上怎麼說？」

「就在大臣宣布最後決定前四天，英國自行車協會主席下周將獲邀對奧運選址委員會發表演說。顯然這只是例行公事——有內部消息告訴《每日電訊報》，大臣遲遲沒宣布決定，只不過是在等調查報告出爐。」

「《泰晤士報》的報導大同小異。」丹尼說。

「但我打來不是要說這個，我是要告訴你，瑞士方面今早已來電回絕了你四百萬英鎊的開價。」

「在這種狀況下毫不令人意外。」丹尼說。

「但他們說得很明白，只要在大臣宣布最後決定前十天內付清款項，願意以六百萬英鎊割愛。」

「我還是不需要考慮就能答應，但我也有不好的消息。我的銀行不願立刻貸款六百萬英鎊給我。」

「爲什麼不願意？」裴恩說，「想必他們看得出來這是個好機會吧？」

「沒錯，他們看得出來，但仍覺得有風險。也許我當初該先提醒你，因爲還有一、兩個案子沒有想像中那麼順利，我現在手頭有點緊。」

「你不是靠麥爾安德路那塊地發了大財嗎？」

「結果賺的沒預期多，最後我的獲利只比三十萬英鎊多一些。就像我前陣子跟蓋瑞・霍爾說的，上一個經紀人讓我失望透頂，現在我得因爲他缺乏判斷力付出代價。」丹尼說。

於是裴恩問：「你拿得出多少錢？」

「一百萬英鎊，代表我們還缺五百萬，這筆生意恐怕做不成了。」

緊接著是好一陣沉默，丹尼趁機喝了點咖啡，並取下兩顆蛋頂端的蛋殼。

「尼克，我想你不會讓我把這筆生意提供給其他客戶吧？」

「有何不可？想想你所下的一切工夫。碰上多年來最好的一筆交易，我只恨自己拿不出整筆資金。」

「你眞是寬宏大量！我絕不會忘記我欠你一份人情。」裴恩說。

丹尼說「確實如此」，接著便關了手機。

當手機再度響起時，他才剛要動手吃水煮蛋。丹尼查看手機螢幕，想請對方稍後再打，但一看到上面顯示爲「匿名聲音」，就知道沒辦法。於是他打開電話側耳傾聽。

「今早已經有好幾個人來電爲您的那塊地出價，其中有人出價八百萬英鎊。您要我怎麼應付裴恩先生？」

「他會打電話來，出價六百萬英鎊你就接受。」丹尼趁對方還來不及回答，又說：「但有兩個條件。」

「兩個條件。」

「他必須在今天營業時間結束前先在銀行存入六十萬英鎊。此外，大臣會在十天後宣布決定，他必須早一步付清餘款。」

「等他一聯絡我就回電給您。」

丹尼低頭看著凝固的蛋黃，說：「茉莉，再幫我煮幾個蛋好嗎？」

61

劍客晚餐照例每季舉行一次，這次輪到史賓賽．克雷格主辦，因此他五點就離開辦公室。儘管托比．莫蒂默已不在人世，他們仍一年聚會四次，第四次就成了所謂的「紀念晚餐」。

克雷格向來都是聘請外燴，這樣就不必費心準備，也不用管事後的清理，儘管他喜歡親自挑酒，並趁客人到齊前試吃菜色。當天稍早裴恩已來過電話，說他有令人興奮的消息和大夥分享，這可能改變他們的一生。

克雷格絕不會忘記上次改變他們一生的劍客聚會，不過既然丹尼．卡特萊特已經上吊自殺，就再也沒人談起那個話題。克雷格開車回家時想起其他的劍客夥伴。傑洛德．裴恩在公司裡步步高昇，如今還獲保守黨提名，其薩塞克斯郡的席次可說是十拿九穩，看來只要首相召開下次大選，他勢必會當上議員。至於拉瑞．達文波特最近顯得手頭餘裕許多，甚至把克雷格幾年前借他、根本沒指望再看到的一萬英鎊也還清了；或許達文波特也有事要告訴大夥。至於克雷格自己，今晚也有消息要與劍客分享，雖然那早在他預料之中，但仍值得提出來講。

隨著他不斷打贏訴訟案，委託業務再度蒸蒸日上，大眾對他在丹尼．卡特萊特審訊案中出庭的記憶已然模糊，多數的同業大概都忘了——除了一個人之外。至於他的私生活，最保守地說，依舊是時好時壞，雖然偶有一夜情，但除了拉瑞的姊姊，他都不想見第二次。莎拉已很清楚挑明她沒興趣，但他仍未放棄希望。

克雷格回到漢布頓街的家查看葡萄酒架，發現沒有適合劍客晚餐喝的酒。於是漫步到國王路角落常去的酒館，挑了三瓶梅洛紅酒、三瓶上等澳洲蘇維翁葡萄酒，還有一大瓶羅蘭百悅香檳。畢竟他有事情要慶祝。

當他捧著滿滿兩袋酒瓶回到家時，聽到遠方傳來警笛聲，令他想起出事的那晚。這些記憶似乎並未隨時間而消逝：他打完電話給傅樂巡佐，便跑回家脫下衣服迅速沖了澡，但沒弄濕頭髮，接著穿上幾乎一樣的西裝、襯衫，並打上相似的領帶，返回酒吧坐下，前後歷經了十七分鐘。

倘若在審訊前瑞德曼便查看過「敦洛普紋章」與克雷格住處之間的距離，或許能讓陪審員心中起疑心。感謝上帝這只是他第二次擔任主要辯護人，因爲要是他曾與阿諾．皮爾生交鋒，就會拿著碼表，仔細計算走回克雷格家的時間。

傅樂巡佐花了好長一段時間才走進酒館，這完全在克雷格意料之內，因爲他知道巷子內有更重要的事要處理：一個垂死的人，以及一個渾身是血、顯而易見的嫌犯。此外，傅樂沒有理由懷疑一個素昧平生的人會涉案，尤其其他三名目擊者都證實他的說法。酒保始終保持沉默，不過他曾與警方有過節，無論他代表哪一方都不會是可靠的證人。事後克雷格持續向「敦洛普紋章」酒館採買他所需的葡萄酒，且月底寄來的帳單金額並不一定相符時，他也默不吭聲。

克雷格一回家便將葡萄酒留在廚房桌上，並將香檳放入冰箱。接著他上樓沖澡，同時換上較休閒的穿著。他才剛回到廚房動手拔出瓶塞時門鈴就響了。

上回見到傑洛德如此愉快似乎是很久以前的事了。克雷格心想這一定與他說的好消息有關。

「還喜歡選區的工作嗎？」克雷格爲裴恩掛好外套，帶他走進客廳。

「有趣極了，我已經等不及大選舉行，好擔任下議院議員。」克雷格爲他倒了杯香檳，問最近是否有拉瑞的消息，他說：「上周有天傍晚我臨時想起，就去看他，但他不讓我進門，有點怪。」

「上次我去他家時整個地方簡直慘不忍睹，」克雷格說，「可能不會再更糟了，又或許只是家裡有另一個男友，他不想讓你看見。」

「他八成在工作，上星期他寄給我一張支票，還了我早就放棄的借款。」裴恩說。

克雷格才說完「你也一樣啊」，門鈴便再度響起。

達文波特緩步走進屋裡，似乎恢復了以往的傲慢與自信。他彷彿是檢閱軍隊的法國將軍，親吻了裴恩的雙頰。克雷格遞給他一杯香檳時心裡不禁想，拉瑞看起來比上次年輕了十歲。或許他即將透露什麼事能搶盡其他人的鋒頭。

「讓我們舉杯為今晚揭開序幕，」克雷格說，「敬缺席的好友。」三人舉杯大喊：「托比・莫蒂默！」

「接下來我們要敬誰？」達文波特說。

「尼可拉斯・蒙可里夫爵士。」裴恩毫不遲疑的說。

克雷格問：「他又是誰？」

「即將改變我們命運的人。」

達文波特問：「怎麼改變？」但他可不願透露自己之所以能還清欠款，都是拜尼克・蒙可里夫之賜。

「晚餐時我再告訴你們細節，不過今晚我堅持壓軸，我有把握你們贏不了我。」裴恩說。

「傑洛德，我可不會這麼肯定。」達文波特看來比平常更自滿。

這時一名年輕女子出現在門口說：「克雷格先生，等您準備好我們就可以開始了。」

於是三人一路漫步到餐廳，述說當年在劍橋的種種往事，年復一年，這些故事也變得愈來愈誇張。

兩份燻鮭魚端上桌，這時克雷格坐上主位，先嘗了一口葡萄酒，便點頭示意用餐，並轉向達文波特說：「我等不及了，拉瑞，顯然你的命運已改變，讓我們先聽聽你的消息。」

達文波特靠在椅背上，確定兩位聽眾都已聚精會神才開口：「幾天前BBC打電話來請我去談談。那通常代表他們要你在廣播劇中演出小角色，酬勞連紅崖廣場到波特蘭德街的計程車費都不夠付。但這次是一名資深製作人邀我去吃午餐，對方告訴我他們將為連續劇《霍爾比市》[6]加個新角色，我正是頭號人選。似乎貝瑞斯福醫生已在大家的記憶中逐漸消失……」

裴恩舉杯說：「敬逝去的記憶。」

「他們已經請我下星期試鏡。」

克雷格也舉杯道：「好極了！」

「經紀人告訴我，除了我之外他們不考慮任何人來演這個角色，因此他應該能敲定包括重播費還有嚴格續約條款在內的三年合約。」

「我得承認還不錯，」裴恩說，「不過我確信我還是能贏你們兩個。史賓賽，你又有什麼消息？」

克雷格在杯內倒滿酒，啜飲了一口才說：「大法官已開口說下禮拜要見我。」接著他又啜飲

⑥ 霍爾比市（Holby City）是BBC（英國廣播公司）於一九九九年上映，以醫療為主題的電視劇，該劇非常長壽，直至二〇二二年三月才播畢。

了一口酒，好讓大家消化這訊息。

達文波特問：「他要把職位讓給你嗎？」

「那是遲早的事，」克雷格說，「不過他要見我這種小人物的唯一原因，就是打算請我擔任御用大律師。」

「眞是當之無愧。」達文波特說著，和裴恩一同起身向主人敬酒。

克雷格揮手要他們坐下：「還沒宣布，千萬別漏了口風。」

克雷格與達文波特靠著椅背，轉頭看裴恩，克雷格說：「輪到你了。有什麼事會改變我們的一生？」

※※※

有人敲門。

丹尼說：「請進。」

大艾爾站在門口，手裡緊緊提著一個大包裹。

「老闆，這剛送來，我要放在哪兒？」

丹尼繼續看著書，一點也不關心包裹。「擱在桌上就好。」他一聽到門關上，便放下亞當．史密斯的自由市場經濟理論，走到書桌前，看見包裹上寫著「危險，小心輕放」，又瞧了好一會兒才打開棕色包裝紙，露出裡面的紙盒。他撕掉好幾層膠帶才打開盒蓋。

丹尼拿出一雙尺寸九．五的黑膠鞋，試穿了一下，剛好合腳。接著他拿出一雙薄乳膠手套還有一個大型手電筒，一打開開關就照亮了整個房間。接著他又從盒內拿出黑色尼龍連身衣褲以及遮住鼻子與嘴巴的面罩。店家要他選擇黑色或白色，他挑了黑色。至於丹尼留在盒內的唯一物品，就是由氣泡紙所包裹，寫著「危險」的小塑膠容器。他已經知道裡面是什麼，因此並未拆開。接著他將手套、手電筒、膠鞋、連身衣褲與面罩一一放回盒內，從書桌最上層的抽屜拿出一捲厚膠帶，重新封上盒蓋。丹尼笑了——這一千英鎊投資得眞有價值。

※※※

「你要爲這小投資貢獻多少錢？」克雷格問。

「我自己大約是一百萬英鎊，」裴恩說，「已經先轉帳六十萬英鎊，以確保這份合約。」

「這樣你手頭不會很緊嗎？」克雷格問。

「非常緊，」裴恩坦承，「但我這輩子不可能再碰到這種機會，等我當了議員勢必得辭去合夥人的工作，這份獲利仍足以讓我維生。」

「我這麼說沒錯吧，你保證無論我們拿出多少錢，不到一個月就能倍翻。」達文波特說。

「你不可能保證任何事。但這是雙馬競賽，我們的勝算顯然比較大。簡言之，我有機會以六百萬英鎊買一塊地，等到大臣宣布自行車賽場之後，這塊地將值一千五百萬到兩千萬英鎊。」裴恩說。

「那是假設她選了你的地。」克雷格說。

「我讓你看過國會議事錄上的紀錄，上面寫有她與兩名下議院議員的對話。」

「沒錯，我看過，」克雷格說，「但我還是不懂，如果這交易那麼划算，爲何蒙可里夫這傢伙自己不買？」

「最初我就認爲他根本拿不出六百萬英鎊，不過他還是從口袋掏出一百萬。」裴恩說。

「我總覺得有點不對勁。」克雷格說。

「你眞是憤世嫉俗，」裴恩說，「提醒你，上次我提供四劍客這等良機時，達文波特、莫蒂默和我在短短不到兩年內，都靠格洛斯特郡那塊農地賺了一倍的錢。現在我提供你更穩當的賭局，這次十天內就能賺一倍。」

「好吧，我願意冒險投資二十萬英鎊，」克雷格說，「但要是有任何差錯，我會宰了你。」

裴恩臉上頓時失去血色，達文波特更是嚇得目瞪口呆。於是克雷格說：「拜託，哥兒們，我只是開個玩笑。好了，我投資二十萬英鎊，拉瑞你呢？」

達文波特隨即恢復鎭定：「如果裴恩願意冒險投資一百萬英鎊，我也願意。我很有把握在不影響個人生活方式的情況下，能靠我的房子籌到那筆錢。」

「老友，你的生活方式十天內就會改變，從此我們都不必再工作了。」裴恩說。

達文波特起身說：「人人爲我，我爲人人！」

克雷格也大喊：「人人爲我，我爲人人！」裴恩也異口同聲地附和，接著三人都舉起杯子。

「你要怎麼籌剩下的錢？畢竟我們三個人出的錢還不到一半。」克雷格問。

「別忘了蒙可里夫的一百萬英鎊，我們董事長要出五十萬英鎊。此外，我也找了幾個好友，多年來我可是爲他們賺進不少錢。連查理．鄧肯都在考慮投資，周末前應該能籌到所有的錢。我負責主辦下一次劍客聚會，」他繼續說，「我想我該在哈利酒吧[7]訂位。」

「萬一大臣挑了另一個地點就得考慮去麥當勞了。」克雷格說。

62

貝絲抵達時，艾力克斯正眺望著泰晤士河畔的「倫敦眼」，他隨即起身相迎。她在他身旁坐下，他問：「妳上去過『倫敦眼』摩天輪嗎？」

「去過一次。剛開幕時我帶父親去過。以前從上面能看到我們的修車廠。」貝絲說。

「不久後，妳就能看到威爾森家園。」艾力克斯說。

「是啊，開發商能以我爸的姓來命名，眞是太好了。他知道的話會很高興。」

「我兩點以前得回到法庭，」艾力克斯說，「不過因爲有點新消息，我亟需見妳一面。」

「您眞好心，爲我放棄了午休。」

「我今天早上收到大法官辦公室的來信，」艾力克斯說，「他同意爲本案重新開庭。」貝絲聞言張開雙手抱住他。艾力克斯又說：「但前提是我們要提供新證據。」

⑦　哈利酒吧（Harry's Bar）：倫敦的會員制高級餐廳，以義大利菜聞名。

「錄音帶不能當新證據嗎？自從我們發起赦免丹尼的運動後，當地兩家報紙都曾提過這捲帶子。」貝絲問。

「我確信他們會列入考慮，但萬一他們認為裡面的對話是在脅迫下錄的，帶子的可信度就會打折扣。」

「但無論如何，有任何人能加以證明嗎？」

「妳還記不記得和丹尼與大艾爾同一間牢房的，有個叫尼克·蒙可里夫的人？」

「當然，他們是好朋友，他教丹尼讀書寫字，還來參加丹尼的葬禮，但當時我們都不能跟他說話。」

「嗯，蒙可里夫幾星期前獲釋，並寫信給我說他深信丹尼是清白的，因此願意盡全力幫忙。」

「有無數人相信丹尼的清白，」貝絲說，「如果您認為大艾爾不適合當證人，那尼克又有什麼差別嗎？」

「因為丹尼曾經告訴我尼克·蒙可里夫在獄中有寫日記，所以可能記下了錄音帶事件。日記是另一種證據，因此法庭看得很重。」

「那你只要聯絡蒙可里夫就好了！」貝絲掩飾不住興奮。

「沒那麼簡單。」瑞德曼說。

「為什麼？如果他真的那麼想幫忙……」

「他才獲釋不久就因為違反假釋規定被捕。」

「他又入獄了嗎？」貝絲又問。

「沒有，怪就怪在那裡。法官給他最後一次機會，爲他辯護的一定是位很棒的律師。」

貝絲又問：「那您爲何不設法拿到他的日記？」

「或許他在最近觸法後，不想再接到素昧平生的律師來信，要他參與另一宗訴訟案。」

「丹尼說無論要赴湯或蹈火，你總能信賴尼克。」

「那我今天就寫信給他。」艾力克斯說。

※※※

丹尼接起電話。

匿名聲音說：「裴恩今早匯了六十萬，如果他周末前付清剩下的五百四十萬，自行車賽場用地就是他的了。我認爲您會想知道今早又有人出價一千萬，不過當然，我們必須拒絕。我希望您知道自己在做什麼。」接著電話就斷了。這是匿名聲音首度對任何事表達意見。

丹尼撥電話給顧資銀行經理，他打算說服裴恩這筆交易不可能失敗。

「早安，尼可拉斯爵士，有什麼我能爲您效勞的？」

「早，華特森先生，我要從活期存款帳戶轉一百萬英鎊到「貝克、川姆雷特與史麥思」的客戶帳戶。」

「沒問題，先生，」華特森隔了好一陣子才說，「想必您瞭解這會讓您的帳戶透支吧？」

「我知道，」丹尼說，「不過等十月一日一到，你就會收到我祖父信託每個月的支票，這樣錢就夠了。」

「我今天會處理書面作業，回頭再與您聯絡。」華特森說。

「華特森，我不在乎你什麼時候處理書面作業，只要在今天傍晚營業時間結束前匯完全額就好。」丹尼掛掉電話，說了聲「該死」。這完全不像尼克在這種狀況下會有的表現，他必須立刻恢復尼克的作風。丹尼一轉身就看到茉莉站在門口，只見她渾身發抖，似乎說不出話來。

丹尼從椅子上跳起來問：「茉莉，怎麼回事？妳還好吧？」

她低聲說：「是他！」

「他？」丹尼問。

「那個演員！」

「哪個演員？」

「就是貝瑞斯福醫生，你知道啊，勞倫斯．達文波特。」

「眞的？」丹尼說，「那妳最好帶他進客廳，給他喝點咖啡，並告訴他我馬上就來。」

趁茉莉跑下樓時，丹尼在裴恩的檔案又記下兩筆資料，重新歸檔，接著拿出達文波特的檔案瞭解最新情況。

正當他要闔上檔案時，突然看到「早年生活」項目下的摘記，令他臉上露出微笑。丹尼將檔案放回書架後，便下樓招呼不請自來的客人。

丹尼一進房間，達文波特就立刻起身扎扎實實和他握了手。他的外表頓時讓丹尼愣了一下，如今他鬍子刮得乾乾淨淨，穿著合身的西裝還有入時的開領襯衫。他是不是要還那三十萬英鎊？

「這樣打擾您眞不好意思，」達文波特說，「要不是有點急，我是不會這樣做的。」

「請別客氣，」丹尼在他對面坐下，「有什麼我能效勞的？」

茱莉在茶几放下托盤，並爲達文波特倒了杯咖啡。

她問：「達文波特先生，請問要奶精還是牛奶？」

「都不用，謝謝。」

「達文波特先生，糖呢？」

「不用，謝謝。」

茱莉又問：「您要巧克力餅乾嗎？」

達文波特說「不用，謝謝」，同時拍了拍自己的肚子。

丹尼靠在椅背坐著，臉上露出微笑。他很想知道，要是茱莉明白她剛服侍的人是格林斯必自治市議會停車場管理員的兒子，還會不會這麼滿心敬畏。

茱莉忘了問丹尼要不要照常來杯熱巧克力，就退出客廳了，只跟達文波特說：「若您還需要任何東西，請告訴我。」丹尼等門關上後說：「對不起，她平時還挺正常的。」

「別擔心，老友，」達文波特說，「我已經習慣了。」

丹尼心想，再習慣也不會太久，接著問：「好了，有什麼我能效勞的？」

「我想在一樁生意上投資相當大筆錢，你知道，這不過是暫時的。頂多只要幾星期我就能還你錢，」他抬頭望著壁爐上的麥塔格特畫作，「還能拿回我的畫。」

丹尼發現自己很快就愛上這些畫，不禁感到訝異。要是失去這些戰利品他會很難過。他發現客廳內掛的全是達文波特的舊畫，於是說：「對不起，我實在太粗心了。請放心，等借款一付清就會物歸原主。」

「結果可能遠比我原先預料的快，尤其若你能幫我完成這筆小投資。」達文波特說。

於是丹尼問：「你想借多少錢？」

「一百萬英鎊，」達文波特有點遲疑，「問題在於我只有一星期籌這筆錢。」

「你這次要抵押什麼？」

「我在紅崖廣場的房子。」

丹尼想起上次兩人見面時，達文波特說過：「我家？不，絕對不賣。根本不可能，想都別想。」於是說：「你要拿你家來抵押，並在一個月內還清借款？」

「我確定。保證一個月內還。」

「如果你沒在期限內還錢呢？」

「那就跟我的畫一樣，這房子歸你。」

「就這麼說定了。你只有幾天籌錢，我最好立刻去找律師要他們擬好合約。」

當他們離開客廳走到玄關時，發現茉莉站在大門旁手裡緊抓著達文波特的外套。

她幫他穿上外套並打開門，達文波特向她道了聲謝。

丹尼說：「我會跟你聯絡。」接著沒和達文波特握手便步上通道，茉莉差點要行屈膝禮。

丹尼轉身準備走回書房時，撇過頭說：「茉莉，我要打些電話，可能會晚點吃午餐。」但茉莉沒搭腔，因此他轉過頭去，只見她站在門口與一名女子交談。

「他在等妳嗎？」茉莉問。

「沒有，」班奈特小姐回答，「我是抱著渺茫的希望登門拜訪。」

63

凌晨兩點鬧鐘響起了，但丹尼根本沒睡。他跳下床迅速穿好放在窗邊椅子上的短褲、T恤、襪子、寬鬆長褲與運動鞋。

他沒開燈，只看了看錶，已經是兩點六分。他關上臥室門緩步走下樓，打開大門，只見車子停在路緣旁。儘管看不到對方，但他知道大艾爾就坐在方向盤後。丹尼四下張望，區內雖然還有一、兩盞燈亮著，但沒看到任何人。他一聲不吭就坐進去。大艾爾發動車子，開了約九十公尺，才打開車燈。

大艾爾將車向右轉開往堤岸路[8]，路上兩人都沒說話。過去一星期來他已經跑過五趟，兩次在白天，三次在晚上，進行他所謂的「夜間行動」。但演習已經結束，今晚全面行動將登場。大艾爾將整件事視為軍事演習，他九年的軍旅經驗也剛好充分派上用場。白天時整趟行程平均約耗費四十三分鐘，可是到了晚上，在絕不超過速限的前提下，同樣的距離只要花二十九分鐘。

他們行經下議院沿著泰晤士河北邊開。丹尼專心想著等他們一到目的地需要做些什麼。接著

---

⑧　堤岸路：全名為倫敦維多利亞堤岸（Victoria Embankment），位於泰晤士河北岸的河濱公路。

他們穿越倫敦市駛進東區，行經一大片建築工地，丹尼不禁開心笑了，因爲巨幅廣告看板上描繪的想像圖，正是威爾森家園完工後的富麗堂皇模樣：六十幢豪華公寓、三十棟平價住宅，包括頂樓豪宅在內，其中有九幢已售出。

大艾爾繼續沿麥爾安德路向下開，直到寫著「史特拉福，二〇一二年奧運主辦地」的路標出現時才向左轉。十一分鐘後，他駛離馬路開上碎石小徑。由於他熟知到目標區的每一個轉彎，甚至連路上的每塊石頭都一清二楚，因此便關掉車燈。

他駛過小徑盡頭上寫著「私人土地，閒人勿進」的告示後，仍繼續朝前開；畢竟這塊地是丹尼的，未來八天也還屬於他。大艾爾將車開到小土墩停下，熄火後按下一個鈕，側窗便緩緩降下。他倆坐著不動，並側耳傾聽，但只聽到夜晚的聲音。有一次實施下午偵察時，他們曾碰過偶爾出現的遛狗人，還有在附近踢足球的小孩，但此刻什麼也沒有，連一隻與他們作伴的貓頭鷹都沒有。

過了幾分鐘後，丹尼碰碰大艾爾的手肘，接著兩人出了車子，走到車後。就在丹尼脫下運動鞋時，大艾爾便猶如前一晚所做的，打開後車廂抱出紙盒放在地上。這時丹尼沿著小徑走，看能不能找出白天放在縫隙、坑洞與裂縫內的七十一顆白色鵝卵石。先前他曾設法找出五十三顆，今晚他會做得更好，因爲當天下午演練時他趁機查看了原本漏掉的那些。

白天時只要兩個多鐘頭他就巡完整塊土地。可是昨晚他花了三小時又十七分鐘，加上今晚他得不停跪下，甚至會花上更久。

猶如氣象預報員所說，這是個晴朗、無風的夜晚，不過預報員也預測早上會有陣雨。丹尼彷佛播種的老練農民精心挑選了好日子和時辰。大艾爾從盒內拿出黑色連身衣褲遞給丹尼，他拉下前面的拉鍊後便鑽了進去。甚至連這簡單的動作他也在黑暗中演練了好幾次。接著大艾爾先後遞給他膠鞋、手套、面罩、手電筒，和最後寫著「危險」的塑膠小容器。

老闆行動時，大艾爾在車後把風。丹尼走到自家土地角落，又行進七步才找到第一個白色鵝卵石。他拾起來丟入口袋，接著跪下打開手電筒，並放了一小截根莖到地上的縫隙，隨後關掉手電筒再站起來。昨天他在沒有根莖的狀況下將這動作練了好幾次。丹尼又走了九步才找到第二顆鵝卵石，並重複了整個流程。接著他只再走了一步便找到第三顆，同時跪在一個小縫隙旁，小心翼翼地深深插入根莖。再走五步……

大艾爾很想抽菸，但他知道不能冒險。有回在波士尼亞，一名新兵在夜間行動中點菸，結果三秒鐘後子彈就打穿了他的腦袋。大艾爾知道老闆至少要在外頭忙三小時，因此他片刻都不能分心。

第二十三號鵝卵石在丹尼土地上遙遠的一隅，他拿手電筒向下探照一個大洞後，才又丟進一些根莖，並將另一顆鵝卵石放進口袋。

大艾爾伸了伸懶腰，並緩緩繞著車子走。他們計畫早在六點四十八分，也就是第一道曙光出現之前離開。四點十七分，有架飛機飛越上空，他們不約而同抬頭向上望——這是今早首班要降落希思羅的飛機。

丹尼將第三十六號鵝卵石放入右邊口袋，小心讓重量均勻分布。他不斷重複流程：隔幾步就跪下來，打開手電筒，把根莖丟進縫隙，接著撿起鵝卵石，丟進口袋，關掉手電筒，再起身往前走。感覺比前一晚累多了。

有輛車開到五十公尺外停下，大艾爾見狀嚇呆了。他不確定車裡的人究竟有沒有看見自己。於是他匍匐在地，開始爬向敵人。雲層移動，月亮露出臉來，但僅顯現出一絲光芒——連月亮都站在他們這邊。那輛車的大燈雖然關了，但車內的燈仍開著。

丹尼以爲看到車燈，立刻趴在地上。他們計畫若有任何危險，就由大艾爾閃三次手電筒警告他。丹尼等了超過一分鐘，並沒有看見警示燈光，因此便站起來走向下一顆鵝卵石。

大艾爾爬到距離車子幾公尺的地方，儘管窗上都是霧氣，但仍看到裡面的燈亮著。於是他跪起來透過後窗窺視。他看到一個女人躺在後座，兩腿張開呻吟，只好努力克制自己不大笑出聲。大艾爾看不見她身上男人的臉，可是能察覺到他褲子內的抽動。接著他又趴下去，開始爬過漫長的距離回到基地。

當丹尼找到第六十七號鵝卵石時，嘴裡低聲咒罵起來。他找完整片地區，但不知爲何遺漏了四個。他緩緩走回車子，每一步都更加沉重。有件事是他當初沒料到的，那就是鵝卵石的重量。

大艾爾一回到基地便繼續密切監視那輛車。他納悶老闆是否有發現那輛車。突然間，他聽到引擎發動，只見車的大燈全開，接著迴轉回到碎石路上，消失在夜色中。

大艾爾看到丹尼走過來，於是從行李箱拿出空盒放在面前的地上。接著丹尼從口袋拿出鵝卵石放入盒內，由於最輕微的聲音都可能引人注意，因此這工作十分累人。任務一完成，丹尼便取下面罩，脫掉手套、膠鞋與連身衣褲遞給大艾爾，由他放在盒內的鵝卵石上。最後要放進去的就是手電筒及空塑膠容器。

大艾爾關上行李箱，接著進入前座，老闆則繫好安全帶。他隨卽啓動車子，掉頭緩緩開回碎石路。甚至連車子開上大路時兩人都沒吭聲，因爲任務尚未結束。

過去一周，大艾爾找了不同的大垃圾鐵桶與建築工地，好丟棄夜間行動的一切證據。大艾爾先後停車七次，平常只要四十分鐘的行程這次卻花了一個多小時。等他們駛入博爾頓街已經七點半了。丹尼看到雨滴落在擋風玻璃上，啓動自動雨刷，不禁露出微笑。接著他走出車子步上車道，並打開大門，拿起放在門墊上的信，趁著爬上樓梯時將信撕開。當他看到信尾的簽名時，便直接走到書房鎖起門。

他看完信，卻不確定該如何回覆。思考要像丹尼，行爲要像尼克。

64

「尼克，眞高興見到你，」莎拉靠過來低聲說，「告訴我，你這陣子有沒有當個乖寶寶。」

丹尼邊在她身旁坐下，邊問說：「那要看妳所謂的乖是什麼。」

「你沒錯過與心愛女士的約會吧？」

儘管丹尼明白莎拉指的是班奈特小姐，但心裡卻想著貝絲。「一次也沒有。事實上，她最近登門造訪，認可我有合適的住所，並在相關空格都打了勾。」

「你完全沒有想出國嗎？」

「沒有，除非北上蘇格蘭拜訪孟羅先生也算。」

「很好，你還有什麼可以放心告訴你另一位律師的事嗎？」

「也沒什麼。勞倫斯最近好嗎？」丹尼很想知道，他是否有告訴姊姊借款的事。

「他很好，下星期四他要為《霍爾比市》試鏡，那個新角色是專為他寫的。」

「劇名叫什麼？謀殺目擊者嗎？」他話才說出口，就後悔了。

「不、不，你想的是他在《控方證人》中的角色，那已經是好些年前的事了。」莎拉笑說。

「確實，那是我難以忘懷的演出。」

「我不知道你已經認識拉瑞那麼久了。」

「只不過隔了一段距離。」丹尼說。

這時，有個熟悉的聲音說：「嗨，莎拉。」丹尼終於鬆了口氣，因為總算有人來解圍了。查理．鄧肯彎下腰親吻莎拉的臉頰。

「尼克，眞高興見到你，」鄧肯說，「當然，你們是舊識了。」

「沒錯。」莎拉說。

鄧肯低聲說：「你們坐在劇評後面，說話小心點。」接著他大聲說：「好好欣賞表演吧！」

丹尼看過《珠光寶氣》的腳本，但卻看不太懂，因此很想知道正式演出會如何呈現，也想看看自己投資的一萬英鎊花到哪裡去了。他打開節目表，發現這齣戲標榜「布萊爾時代英國可笑的風貌」。接著他翻頁讀劇作家的簡介，他是位捷克異議分子，逃離了……這時燈光轉暗，帷幕升起。

表演開始了十五分鐘，觀眾都沒笑，但這齣戲標榜為輕鬆喜劇，因此丹尼很訝異。主角總算登場時才傳出些許笑聲，但丹尼懷疑這是劇作家安排好的。中場休息，帷幕落下時，丹尼已經在竭力忍住打呵欠。

他懷疑自己是否遺漏了什麼，因此問莎拉：「妳認爲怎麼樣？」

莎拉將一根手指放在唇上，指著前面埋頭狂寫的劇評，「我們去喝杯飲料吧！」

他們沿著通道緩緩走去，莎拉碰了碰他的手臂：「尼克，這次輪到我尋求你的建議了。」

「關於什麼？我必須提醒妳，我對戲劇一無所知。」

她笑說：「不，我說的是現實世界。傑洛德．裴恩建議我在他參與的房地產交易上投資一些錢。他提到你的名字，所以我想知道你是否認爲這是筆穩當的投資。」

丹尼沒把握要如何回答，不管他有多憎恨她弟弟，他與這位迷人的女子並無過節，更何況她還幫助自己免於重返牢籠。他說：「我從不建議朋友投資，這對我來說穩輸不贏。因爲如果他們賺錢，就忘了當初是你建議的；假使賠錢，就會不停提醒你。我唯一的建議就是，別賭你負擔不起的東西，還有，千萬別拿可能令你失眠的金額冒險。」

「好建議，我很感激。」

丹尼隨她進入劇院酒吧，兩人走進人滿爲患的房間，卻發現裴恩站在桌旁爲克雷格倒了一杯香檳。丹尼很想知道是否有人勸克雷格投資那塊奧運用地。他打算在稍後的首演派對上探聽看看。

「我們避開這兩個人，我向來不喜歡史賓賽．克雷格。」莎拉說。

他們走向酒吧，丹尼一面說：「我也是。」

「嘿，莎拉、尼克！我們在這兒，」裴恩拚命揮手向他們大叫，「來喝杯香檳！」

兩人只好不情願地走過去，這時裴恩轉身向克雷格說：「你還記得尼克．蒙可里夫吧？」

「當然，」克雷格說，「就是那個即將讓我們發大財的人。」

丹尼輕聲說：「希望如此。」現在，他的一個問題已有了答案。

「在今晚的演出後，我們會需要一切援助。」裴恩說。

丹尼遞給莎拉一杯香檳，她說：「哦，情況可能更糟。」

「一坨屎，」克雷格說，「所以我其中一項投資已付諸東流。」

丹尼試探性地問：「希望你沒投資太多。」

「跟我投資你的小事業相比，這簡直小巫見大巫。」克雷格邊說話，視線始終離不開莎拉。

裴恩一副共謀的樣子，向丹尼低聲說：「我今早轉入所有的金額。這幾天我們找個時間交換合約。」

就在丹尼前往戲院前，瑞士人早已告訴他錢轉進來了，但他仍眞誠地說：「很高興聽到這個消息。」

「順便告訴你，」裴恩又說，「我在政界有些人脈，會設法弄到下周四議會質詢的幾張旁聽證。如果你想跟我一起聽大臣聲明，十分歡迎。」

「你眞好，但難道你不想帶勞倫斯或克雷格去嗎？」丹尼問。

「拉瑞那天下午要試鏡，史賓賽則和大法官有約，」他眨著眼睛說，「我們都知道是怎麼回事。」

「是嗎？」丹尼問。

裴恩低聲說：「噢，對了，史賓賽即將成爲御用大律師。」

丹尼看著克雷格說：「恭喜！」

克雷格連瞧也不瞧他一眼，便說：「還沒正式宣布。」

「下星期四就會宣布，」裴恩說，「所以尼克你何不在十二點三十分時，在下議院的聖史蒂芬禮拜堂入口外跟我碰面？這樣我們就能先聆聽大臣的聲明，再去外面慶祝這次的好運氣。」

鐘聲響了三次，這時丹尼說：「我會在那兒和你碰面。」他瞥見被克雷格困在角落的莎拉，很想解救她，但他被開始湧回戲院的人潮給推離了。

就在帷幕升起時莎拉回到了座位。結果證明下半場比上半場稍微好些，可是丹尼懷疑，那根本不足以取悅坐在他前面的劇評人。

帷幕落下後，劇評率先離開正廳前排席位，丹尼很想追上去。儘管全體演員謝了三次幕，但由於其他人都懶得站起來鼓掌，因此丹尼也不必起立。最後燈光亮起時，丹尼轉身向莎拉說：「如果妳要參加派對，要不要搭我的便車？」

「我不去，我想也沒多少人會去。」

「輪到我尋求妳的建議了，爲什麼不會？」

「內行人看得出失敗的作品，所以不願讓人看到他們出席派對，以免別人認爲他們有參與製作。」她頓了頓又說：「我希望你沒投資太多。」

「還不足以造成失眠。」丹尼說。

「我不會忘記你的建議，」她挽著他的手，「所以，你想帶一位寂寞的女孩去吃晚飯嗎？」

丹尼想起上次他接受這種提議時那晚是怎麼結束的。他不想在不得已的狀況下再向另一個女孩解釋，尤其是眼前這位，於是說：「對不起，可是……」

「你結婚了嗎？」莎拉問。

「但願。」丹尼說。

莎拉放開他的手。「但願我比她先認識你。」

丹尼沒有解釋，只說：「那是不可能的。」

「下次帶她一起來，我想見見她。晚安尼克，再次謝謝你的建議。」她吻了他的臉頰，接著便隨著人群移動，並與弟弟會合。

丹尼差點忍不住提醒她別投資裴恩的奧運投機事業，但他知道這女孩如此聰明，不會冒這麼大的險。

沉默的人潮以最快的速度從戲院湧出，丹尼也加入了他們，但仍躲不過站在出口旁垂頭喪氣、並對他露出苦笑的查理．鄧肯。

「唉，至少我不必在最後公演夜慶功宴上花半毛錢。」

65

丹尼在西敏宮[9]與裴恩碰面，也就是國會大廈的聖史蒂芬禮拜堂入口外面。這是他首度前來下議院，在他的計畫中，這將是裴恩的最後一次。

裴恩大聲對在入口站崗的警察說：「我有兩張旁聽證。」但他們還是花了很長的時間通過安檢。等他們掏空口袋並通過金屬探測器，裴恩便帶丹尼沿著長長的大理石通道走去，到了中央大廳。

許多訪客坐在綠長椅上等著進入旁聽席，裴恩解釋：「他們沒有旁聽證，就算能進去，也要等到很晚。」

裴恩向值勤警員報到，並出示票券，丹尼趁機參觀了中央大廳，只見議員與來訪的選民閒聊，而觀光客則目不轉睛，仰望華麗的馬賽克天花板。至於早已習慣這一切的人，則忙碌地穿越大廳，忙於個人業務。

裴恩似乎只對一件事感興趣，那就是趁大臣起身發布聲明前，確保自己占到好位子。同樣，丹尼也希望清楚看到議事程序。

警員指著右手邊的通道，裴恩隨即大步走去，丹尼加快腳步跟上他。裴恩儼然已經是個議員，昂首闊步走在鋪有綠地毯的通道，並爬上階梯到二樓。法警驗過票後，才讓他與丹尼在階梯

---

⑨ 西敏宮（Palace of Westminster）又稱國會大廈，位於倫敦西敏市，是英國國會的所在地。

頂端碰頭，並送他們進入旁聽席。丹尼的第一印象是旁聽席很小，留給訪客的座位非常少，因此很多人必須在一樓等。法警在第四排為他們找到兩個座位，並遞上議事日程表。接著丹尼往前傾向下看著議事廳，卻很訝異地發現雖然已經中午，但出席的議員十分少。儘管有些人的前途完全要看大臣的決定，但奧運自行車賽場究竟家落何處顯然並沒有很多議員感興趣。等待大臣決定前途的其中一個人就坐在丹尼身旁。

裴恩翻開議事日程表，低聲說：「多數是倫敦議員。」他指著頁面，讓丹尼看上面寫的「下午十二點半，體育大臣發表聲明」，但是手竟然在發抖。

丹尼努力理解下方的議事廳所發生的事。這時裴恩解釋上午是衛生大臣備詢，但十二點半就會準時結束。丹尼很高興看到裴恩這樣，他簡直迫不及待想當議員。

當議長座位上方的鐘即將指向十二點半時，裴恩開始把玩手裡的議事日程表，右腿也不停抖動。丹尼仍然很鎮定，不過話說回來，他早就知道大臣會對下議院說什麼。

十二點半一到，議長便起身大聲宣布「體育大臣發表聲明」。大臣從前座站起，將紅色卷宗放在公文箱上，這時裴恩傾身向前，想看得更清楚。

「議長先生，在您的許可下，關於未來的奧運自行車賽場建地，我將就選擇結果發表聲明。各位議員應該還記得，我本月稍早曾向下議院報告我已挑了兩個決選地點，但在拿到兩處詳細的調查報告前，不會做出最後決定。」丹尼瞥了裴恩一眼，只見他前額出現汗珠。而丹尼也故意假裝關心。「報告昨天已送到我辦公室，副本也分別送交奧運選址委員會、兩地選區的議員還有英國自行車協會主席。聲明完畢後，各位議員可以立即從議事處取得副本。」

「各方看過兩份報告後都表贊同只考慮一處進行這項重大工程。」這時裴恩嘴角閃現一絲微笑。「調查報告顯示，其中一處不巧出現有害植物蔓生，正是俗稱的『日本虎杖』（在場傳出笑聲）。我能瞭解各位議員就和本人一樣，從未遇過這種問題，因此我將花點時間說明它會造成的後果。日本虎杖是種極富侵略性及破壞性的植物，一旦生根發芽就會迅速蔓延，使該處土地不宜任何興建工程。我做出最後決定前曾尋求是否有簡單對策的建議。業界專家向我保證，日本虎杖能靠化學藥劑來清除。」裴恩聞言抬起頭來，眼中閃著一線希望的光芒。「然而過去的經驗顯示，第一次嘗試未必會成功。伯明罕、利物浦與丹地市議會名下的土地，平均花了一年多才清除完這種雜草，並通過成爲合適的建地。」

「各位議員將會瞭解，本部若冒險再等一年，甚至可能更久才得以在危害區動工，就太不負責任了。爲了這項工程，我只好選擇另一處絕佳的替代用地。」當裴恩聽到「替代」兩個字時，臉色變得慘白。「因此我要宣布，在英國奧委會還有英國自行車協會的支持下，本部已選擇南史特拉福的用地興建新自行車賽場。」接著大臣便回座等候接受議員質詢。

丹尼看著裴恩，只見他雙手抱頭。

這時法警從階梯跑下來，一臉關心：「你朋友沒事吧？」

丹尼冷漠地說：「恐怕有事。可以帶他去洗手間嗎？我覺得他快吐了。」

於是丹尼攙扶著裴恩幫他站起來，由法警帶兩人爬上階梯走出旁聽席。接著他跑在前面打開門，讓裴恩蹒跚踏進洗手間。裴恩還沒走到洗臉臺就開始嘔吐。

他拉鬆領帶，並解開襯衫的第一顆釦子，接著又開始作嘔。他低下頭，緊抓著洗臉臺邊緣，呼吸變得沉重，這時丹尼幫他脫掉外套，並迅速從外套內袋拿出裴恩的手機，按下通訊錄，接著開始搜尋，直到看見「勞倫斯」。當裴恩第三次將頭伸入洗臉臺時，丹尼看了手錶。達文波特應該在準備試鏡，趁上妝前最後再看一次腳本。裴恩跪著啜泣，宛如貝絲看到哥哥死去時那樣。這時丹尼開始發簡訊：「對不起，大臣沒選我們的地。我認爲你會想知道。」他面露微笑，按下「發送」鍵後，又回到通訊錄並向下搜尋，找到克雷格的名字。

※※※

史賓賽．克雷格看著穿衣鏡中的自己，他特別爲這個場合買了新襯衫與絲質領帶。此外他還叫了車，約好十一點半到事務所接他，與大法官約會遲到的風險他可冒不起。人人似乎都知道他的約會，因爲上從老闆，下至茶水間打雜的阿姨，都不斷向他微笑並低聲致賀。

最近有許多委託的訟案，克雷格獨自坐在辦公室內，假裝在看早上才送到桌上的案子。他不耐地等著時鐘指向十一點半，好在十二點時赴約。資深同事告訴他：「首先他會請你喝杯雪利酒，接著聊聊英格蘭板球的慘況，並說這都是雪橇運動害的。然後他會突然裝腔作勢，並信心滿滿地告訴你，他將建議女王將你列爲下一波名單，授予絲袍並任命爲御用大律師。隨後會聽他一番長篇大論，滔滔不絕表示這將賦予了新進人員繁重的責任。」

克雷格笑了，這是豐收的一年，他打算盛大慶祝這次的任命。於是他拉開抽屜拿出支票簿，開了張二十萬英鎊的支票給「貝克、川姆雷持與史麥思」。這是他這輩子開過金額最大的支票，因此已要求銀行給予短期透支。不過話說回來，他從未見過傑洛德對任何事有這麼大的信心。接著他靠在椅背上，腦中想像將如何花用獲利：一輛新保時捷，並在威尼斯度幾天假。就連莎拉也會想來趟東方快車之旅。

這時桌上的電話響起。

「克雷格先生，您的車到了。」

「告訴他我馬上下來。」克雷格一說完，便將支票裝入信封，寫上「貝克、川姆雷特與史麥思」的傑洛德．裴恩收，接著將它放在吸墨臺上，並緩步走下樓。他會早幾分鐘到，可不能讓大法官等待。車子沿著河岸街開到倫敦官府大道，並駛入國會廣場，在這短短的路程中他並未與駕駛交談。最後車子停在上議院入口，大門警衛核對他的姓名後便揮手讓車子通過。於是司機在拱門下左轉，並停在大法官辦公室外。

克雷格坐著等司機爲他開門，享受著每一刻。他通過小拱門後又有一位警衛迎上來，再度核對了他的姓名，陪他緩緩走上鋪著紅地毯的樓梯前往大法官辦公室。

警衛輕敲厚重的橡木門，隨即傳來「請進」的聲音。他打開門站到一旁，讓克雷格進去。房裡有位年輕女子坐在桌後，她抬頭微笑說：「是克雷格先生嗎？」

「是的。」

「您早到了些，我確認一下大法官是否有空。」

克雷格正要告訴她他很樂意等待，但對方已經拿起電話：「大法官，克雷格先生到了。」

一個宏亮的聲音回答：「請他進來。」

祕書起身穿越房間，打開另一扇厚重的橡木門，帶克雷格先生走進大法官辦公室。

這個氣派的房間鑲滿橡木，俯瞰泰晤士河，克雷格一踏進去，就覺得手心冒汗。牆上掛滿了歷任大法官的畫像，而紅金雙色的華麗壁紙，更令他毫不懷疑，自己正置身全英國地位最高的法官面前。

大法官打開桌子中央的紅色厚資料夾。「克雷格先生，請坐。」他開始翻閱文件，但沒說要喝雪利酒。克雷格凝視著眼前的老人，看著讓許多漫畫家引以爲樂的高額頭，還有濃密的灰眉毛。這時大法官緩緩抬起頭，隔著華美的大書桌注視著訪客。

「克雷格先生，我想在這種狀況下，應該先與你私下談談，而不是等你在報章雜誌上得知細節。」

完全沒提英格蘭板球的現況。

「我們接獲一項申請，」他繼續以不帶感情的平穩聲調說，「要求女王特赦丹尼爾·亞瑟·卡特萊特。」他停下來，好讓克雷格澈底瞭解話中的暗示。「在貝洛夫勳爵帶領下，三名上院法官告訴我，他們檢視所有證據後，一致建議我該薦請女王陛下同意全面對此案進行司法審查。」他顯然不想急著把話說完。「由於你在初審中是檢方證人，因此我應該提醒你，法官大人有意傳喚你，還有……」他低頭查資料夾，「傑洛德·裴恩與勞倫斯·達文波特先生，以訊問你們三人有關初審的證詞。」

他還沒來得及說下去，克雷格便打岔：「我以爲法官大人考慮推翻控訴前，不是也得要有供他們斟酌的新證據出現嗎？」

「新證據是現成的。」

「那捲錄音帶嗎？」

「貝洛夫勳爵並未在報告中提及錄音帶。但卡特萊特的前獄友……」大法官低頭看資料夾，「艾爾．柯雷恩聲稱你認識的莫蒂默先生當時說，他目睹了伯納德．威爾森先生遇害的經過，他當時在現場。」

「這只是一名罪犯的道聽塗說，在全英國任何法庭都站不住腳。」

「克雷格先生，要不是法官獲得另一項新證據，在正常狀況下我必然會贊同那個判斷，並駁回申請。」

「另一項新證據？」克雷格感到胃部一陣翻攪。

「是啊。與卡特萊特同牢房的似乎不只有艾爾．柯雷恩，還有一個每天寫日記的囚犯，他在日記內鉅細靡遺，寫下獄裡看到的一切，其中包括逐字記錄他所參與的對話。」

「所以這些指控的唯一來源，就是一名罪犯聲稱他在獄中寫下的日記。」

「克雷格先生，沒有人指控你。不過我想請證人出庭。當然你也有機會提出個人說法。」大法官平靜地說。

「這人是誰？」克雷格質問。

大法官翻了翻資料夾仔細查看姓名，接著抬起頭說：「尼可拉斯．蒙可里夫爵士。」

66

丹尼一如往常，坐在多徹斯特飯店的包廂讀《泰晤士報》。自行車特派員報導，體育大臣意外選擇另一處作為自行車賽場。而報導夾在獨木舟與籃球中間，只占了一小塊篇幅。

當天上午稍早，丹尼已查過多數全國性報紙的體育版，所有願意報導大臣聲明的報紙都贊同，她幾乎別無選擇。包括《獨立報》在內，沒有任何報社有足夠的篇幅來解釋「日本虎杖」是什麼。

丹尼看看錶，蓋瑞．霍爾遲到了一會兒，他可以想見在「貝克、川姆雷特與史麥思」的辦公室裡肯定發生了一陣互相撻伐。就在他翻到頭版閱讀北韓核武威脅最新的意外發展時，霍爾上氣不接下氣地出現了。

「不好意思遲到了，」他喘著氣說，「我要出辦公室時被資深合夥人叫去。大臣發表聲明後大家一直互相指責，每個人都在怪別人。」他在丹尼對面坐下，試著恢復鎮定。

當馬利歐走過來時，丹尼說：「放輕鬆，讓我幫你點杯咖啡。」

「尼可拉斯爵士，要再來杯熱巧克力嗎？」

丹尼點點頭，放下報紙向霍爾笑說：「嗯，至少沒人會怪你。」

「噢，根本沒人認為這跟我有關，」霍爾說，「所以我獲得升遷了。」

「升官啦？」丹尼說，「恭喜！」

「謝謝，這都是因為傑洛德．裴恩被開除了。」丹尼設法忍住笑。「今天一早就有人叫他去資深合夥人辦公室，要他把桌子清乾淨，一小時內離開公司。然後我們就有一、兩個人升遷了。」

「難道他們不知道當初是我們兩個向裴恩提出這點子的嗎？」

「不知道，結果只因爲您籌不出足夠的錢，這突然就成了裴恩的主意。事實上，您還被視爲投資虧損的客戶，甚至可能向公司求償。」在這之前丹尼壓根沒想到會這樣。

「不曉得裴恩現在會做什麼？」丹尼試探地問。

「他在這行絕對再也找不到工作，至少再也當不成資深合夥人。」

「那這可憐的傢伙要怎麼辦？」丹尼繼續試探。

「他的祕書告訴我，他已經南下薩塞克斯去和母親暫住幾天。她在當地選區擔任議長，他則還想在下一次選舉代表當地角逐議員。」

丹尼希望對方反駁，於是說：「我覺得這不會有任何問題，當然，除非他曾建議選民投資日本虎杖那塊地。」

霍爾笑說：「那人是隻打不死的蟑螂，我敢打賭，在短短幾年內他就會當上議員。到時根本就沒人會記得這場紛紛擾擾究竟是怎麼回事。」

丹尼皺起眉頭，儘管他認爲不管達文波特或克雷格都無法如此輕易復元，但突然意識到，自己可能只造成裴恩的皮肉傷。於是他打開公事包，抽出一疊文件說：「我要請你做另一件事，請你賣了紅崖廣場二十五號的房子。原本的屋主……」

這時有個聲音說：「嗨，尼克。」

丹尼抬起頭，只見一名從未見過的魁梧男子聳立在他眼前，膚色紅潤，穿著蘇格蘭褶裙，頂著一頭蓬亂的波浪捲棕髮，年紀想必與丹尼不相上下。思想像丹尼，行爲像尼克。成爲尼克。丹尼知道這種情況遲早會發生，但最近他的角色扮演進行得太過順利，讓他自認爲不大可能措手不及。但他錯了。這個人想必不會是尼克的獄友，因此首先他需要查明對方是在學校還是在軍中認識尼克的。接著他站起來。

「你好，」丹尼對陌生人露出熱誠的笑容，並與他握手，「爲你介紹一位生意夥伴，蓋瑞・霍爾。」

那人彎下腰，與霍爾握手說：「幸會。」接著以濃濃的蘇格蘭腔說：「我是山迪・道森。」

丹尼說：「山迪和我是舊識。」心裡卻納悶究竟是認識多久。

「沒錯，但自從出了校門以後我就沒見過尼克。」

丹尼笑著對霍爾說：「我們是勞萊特學校的同學。」接著他迫不及待想找出下一個線索，於是問：「山迪，你最近都在忙些什麼？」

「跟我爸一樣，還是在從事肉品業。謝天謝地，蘇格蘭高地牛肉始終是英國最受歡迎的肉。尼克，你呢？」山迪說。

丹尼想試探他是否知道尼克曾入獄，因此說：「我一直都過得滿輕鬆的，自從……」

「是啊，當然，」山迪說，「很不幸，眞是太不公平了。不過我很高興看到你經歷這一切仍能平安無事。」這時霍爾顯得一臉困惑，而丹尼卻想不出適當的回答。「我希望你還抽得出空偶爾打打板球，」山迪轉向霍爾說，「他當時是我們那一屆最棒的速球投手，我很淸楚，因爲我是守門員[10]。」丹尼拍了他的背。「而且一級棒！」

「不好意思打擾你們，但我不能連招呼都不打就這樣走過去。」

「沒錯，山迪，這麼久之後再見到你，我眞的很高興。」丹尼說。

「我也一樣。」山迪轉身離開，接著丹尼回座並鬆了一口氣，他希望沒被霍爾聽到。他正要從公事包拿出文件，山迪．道森就回頭說：「尼克，我想還沒人告訴你，史葵菲．漢弗瑞過世了吧？」

「沒有，很遺憾聽到這消息。」

「他跟校長打高爾夫球時心臟病發作。自從史葵菲退休後，十五人組就變了。」

「是啊，可憐的老史葵菲，眞是位很棒的教練。」

「那我就不吵你們了，我認爲你會想知道全穆塞爾堡的人都參加了他的葬禮。」

「那是他應得的。」聽丹尼這麼說，山迪點點頭便走了。

這次丹尼一直盯著對方，直到他走出房間。

接著他說：「不好意思。」

「多年後遇到老同學總是令人尷尬，」霍爾說，「我往往壓根就想不起他們的名字，但話說回來，要忘記他也很難。眞是個怪人！」

丹尼說「是啊」，接著連忙轉移話題，繼續談紅崖廣場住宅的房地契。

---

⑩ 守門員（wicketkeeper）：蹲在三柱門後方接球的選手，戴有手套及腳護墊，類似棒球的捕手。

霍爾研究了文件好一陣子，才問：「您想賣什麼價錢？」

「三百萬英鎊左右。這房子有一百多萬英鎊的抵押貸款，加上我已投資了一百萬，所以只要高於兩百二、三十萬英鎊，我應該就能獲利。」丹尼說。

「我必須做的第一件事就是安排調查。」

「可惜裴恩沒調查史特拉福那塊地。」

「他說他有，」霍爾說，「我敢打賭那個調查員根本沒聽過日本虎杖。但說句公道話，我們辦公室沒有任何人聽過。」

「我當然也沒聽過，最近才曉得的。」丹尼說。

霍爾翻到房地契的最後一頁問：「目前的屋主有任何問題嗎？」丹尼還沒回答，他又說：「是我想的那個人嗎？」

「沒錯，就是演員勞倫斯・達文波特。」丹尼說。

「您知道他是裴恩的朋友嗎？」

※※※

大艾爾駛出多徹斯特飯店的前庭，隨著車流開往海德公園角。「老闆，你上了《旗幟晚報》的頭版。」

丹尼嘴上問：「你說這話是什麼意思？」心裡卻憂慮發生了最壞的事。

大艾爾向後將報紙遞給他，丹尼盯著頭版大標題：「女王會特赦卡特萊特嗎？」

他大略看過整篇文章，接著才開始細讀。

「老闆，如果他們要尼可拉斯・蒙可里夫爵士出庭爲丹尼案提供證據，我不知道你要怎麼辦。」

丹尼看著數百名堡區活動分子圍繞貝絲的照片。「如果一切照計畫進行，要辯護的不會是我。」

67

克雷格訂了四個外送披薩。在這次的劍客聚會中，不會有女服務生送上冰冷的葡萄酒。

他一離開大法官辦公室，就利用空出來的每分每秒努力調查有關蒙可里夫的一切。他可以確定蒙可里夫在貝爾馬什監獄坐牢時，與丹尼和艾爾・柯雷恩都在同一間牢房。此外他也發現就在卡特萊特死後六周，蒙可里夫便從獄中獲釋。

克雷格實在想不通爲何有人願意像蒙可里夫這樣，窮盡全力去追蹤並毀滅三個素昧平生的人。除非……當他將蒙可里夫與卡特萊特的照片放在一起時，才開始尋思其中的可能性。不久他就想出一套計畫來確認這個可能性是否屬實。

這時有人敲門，克雷格一打開大門就看到傑洛德・裴恩孤寂的身影，只見他手裡緊握著一瓶廉價葡萄酒。他們在先前聚會時的自信全都蕩然無蹤。

他連手都懶得和克雷格握，便問：「拉瑞會來嗎？」

「我想他隨時都會出現，」克雷格帶著老友走進客廳，「你都躲在哪兒？」

裴恩安坐進舒適的椅子裡：「我在薩塞克斯與母親暫住，避避風頭。」

克雷格邊爲他倒酒邊問：「選區裡有任何問題嗎？」

「原本可能更糟，自由黨四處散播謠言，但因爲他們常這麼做，所以大家不是太在意。當地方小報編輯打電話來時，我告訴他我想在大選前爲選區工作投入更多時間，因此辭去公司合夥人的職位。第二天他甚至寫了支持我的社論。」

「你一定會撐過來的，」克雷格說，「老實說我比較擔心拉瑞。他不但沒弄到《霍爾比市》的角色，還到處跟人說就在他要試鏡前，你傳了大臣聲明的簡訊給他。」

「那絕對不是眞的。我太震驚了，根本沒和任何人聯絡，連你都沒有。」

克雷格說：「有人這麼做了。現在我明白如果傳簡訊給我們的不是你，那一定是某個知道拉瑞試鏡，還有我和大法官會面的人。」

「也是當時能拿到我電話的人。」

「就是無所不在的尼可拉斯・蒙可里夫爵士。」

「那個混帳，我要宰了他。」裴恩不假思索地說。

「我們早該把握機會這麼做。」克雷格說。

「你說這話是什麼意思？」

「你到時候就知道了，」門鈴響起，克雷格說：「一定是拉瑞。」

克雷格應門時，裴恩還坐著猜想，蒙可里夫一定是趁他癱在下議院洗手間時傳簡訊給這兩人，但他還是不懂爲何兩人會跟著他倒楣。裴恩無法置信就在這短短的時間內，拉瑞竟然變了個人。他穿著褪色牛仔褲和皺巴巴的襯衫。顯然從得知宣布結果後就沒刮過鬍子。一進門他就立刻癱坐在椅子上。

他一開口便說：「爲什麼、爲什麼、爲什麼？」

「你很快就會明白。」克雷格遞給他一杯酒。

克雷格爲裴恩重新倒滿酒，這時裴恩說：「顯然這是項精心策劃的行動。」

「我覺得他還不打算放過我們。」克雷格說。

「爲什麼？如果他早知道我會輸個精光，當初又何必自掏腰包借我一百萬英鎊？」達文波特說。

「因爲他有你的房子做抵押，他穩贏不輸。」裴恩說。

「結果你猜他第二天做了什麼？」達文波特問裴恩，「他委託你舊東家賣我的房子。他們已經在前院插了待售牌子，還帶有興趣的買主四處參觀。」

「他還做了什麼？」裴恩說。

「還有今天早上，我接到律師來信說如果我月底前不搬出去，他們就只好……」

克雷格希望他別說要搬來自己家，於是問：「你要住在哪兒？」

「莎拉已經答應，在解決這團混亂之前她會先收留我。」

「你沒告訴她什麼吧？」克雷格焦急地說。

「顯然她知道有什麼事不對勁，但我什麼也沒說。另外她還一直問我最初是何時認識蒙可里夫的。」

「你可不能告訴她，」克雷格說，「否則我們會惹上更多麻煩。」

「我們哪還能有更多麻煩？」達文波特說。

「如果蒙可里夫還想繼續報復，我們就有麻煩了。」聽克雷格這麼一說，裴恩和達文波特都無意反駁。「我們知道蒙可里夫已經把日記交給大法官，上院法官考慮特赦卡特萊特時一定會傳他出庭作證。」

「喔，老天！」達文波特一臉絕望。

「不必驚慌，」克雷格說，「我已經想出辦法將蒙可里夫斬草除根。」達文波特一臉懷疑。「此外，我們還可能拿回所有的錢。拉瑞，這包括你的房子和畫。」

「但是這怎麼可能？」達文波特問。

「忍耐，拉瑞，要忍耐，一切都會眞相大白。」

「他沒什麼好損失的，所以才會用這招對付拉瑞。不過他明知這是筆賠錢生意，爲何還要掏出一百萬英鎊？」裴恩說。

「這招眞是高明。」克雷格坦承。

「無疑你會點醒我們。」達文波特說。

克雷格不顧他的挖苦：「他投資那一百萬英鎊，就把你騙到跟我一樣深信自己一定穩贏。」

「但他要是早知道第一塊地注定不會中選，還是必定會損失一百萬英鎊啊！」裴恩說。

「如果當初那塊地就是他的，他就沒損失。」克雷格說。

兩位聞言都沉默了好一陣子，試著理解他話中的含意。

最後裴恩才說：「你的意思是我們出錢向他買他自己的地嗎？」

「更慘，」克雷格說，「裴恩，我想起你給他的建議，那意味著無論如何他都不會輸。結果到頭來他不但痛宰我們，自己還大賺一票。」

這時門鈴響起。

「誰啊？」達文波特差點從椅子上跳起來。

「只是我們的晚餐，」克雷格說，「兩位何不到廚房去？我們反擊的時候到了，一邊吃披薩，我一邊告訴你們，我對蒙可里夫究竟有什麼計畫。」

當達文波特與裴恩前往廚房時，他坦承：「我可能不想再跟那傢伙交鋒。」

裴恩說：「我們可能沒有太多選擇。」

達文波特看到桌上擺著四副餐具，便問：「誰會加入？」

裴恩搖搖頭：「完全不知道，但不可能是蒙可里夫。」

「沒錯，」克雷格走到廚房加入他們，「可能只是他的老同學。」接著他從盒子拿出披薩，放進微波爐。

「你要解釋整晚到底在暗示什麼嗎？」裴恩說。

「還不到時候，」克雷格看著錶說，「只要再等幾分鐘你就會知道了。」

裴恩要求：「至少告訴我，你說因爲我給蒙可里夫的某項建議，使他發了大財，這到底是什麼意思。」

「難道不是你要他買第二塊地，說這樣才能萬無一失？」

「沒錯，我是這麼說的。可是你還記得嗎，他連買第一塊地的錢都不夠。」

「或許他是那麼告訴你的，」克雷格說，「根據《旗幟晚報》，如今另一塊地可望賣得一千兩百萬英鎊。」

達文波特問：「假使他明知道第二塊地能賺大錢，又何必自掏腰包投資一百萬英鎊在第一塊地上？」

「因爲從頭到尾，他都想靠兩塊地發大財，」克雷格說，「只是要我們要當第一塊地的犧牲者，而他卻毫髮無傷。」接著他對達文波特說：「要是當初你告訴我們借你錢的是蒙可里夫，或許我們早就想通了。」

達文波特畏畏縮縮，絲毫無意爲自己辯護。

「但我還是不懂。他爲何這樣對付我們？不可能只是因爲他與卡特萊特同個牢房。」裴恩說。

達文波特說：「我也覺得一定不只這個緣故。」

「是有別的原因，」克雷格說，「如果事情跟我想的一樣，那蒙可里夫再也煩不了我們多久。」

裴恩與達文波特都一副不信的樣子。

「至少告訴我們，」裴恩說，「你怎麼會碰巧遇上蒙可里夫的老同學。」

「聽過『老同學』這個網站吧？」

於是裴恩問：「所以你嘗試聯絡誰？」

「任何在學校或軍中認識尼可拉斯．蒙可里夫的人。」

「有任何人跟你聯絡嗎？」達文波特才問完，門鈴再度響起。

克雷格離開廚房應門。「有七個人，但只有一位具備所有必要條件。」

達文波特與裴恩面面相覷，可是一語未發。

不久當克雷格再度出現時，身邊多了位魁梧的男人，他穿越廚房門時還得低下頭。

「兩位男士，這位是山迪．道森，」克雷格說，「尼克在勞萊特學校時跟山迪住同一棟宿舍。」

山迪說：「住了五年。」同時與裴恩及達文波特握手。克雷格先為他倒了杯酒，才帶他走向桌旁的空位。

「為何我們需要蒙可里夫的老同學？」達文波特問。

「山迪，何不由你來告訴他們？」克雷格說。

「我一開始聯絡史賓賽時，還以為他是我畢業後就再也沒見過的老友尼克．蒙可里夫。」

克雷格打岔：「山迪聯絡上我時，我告訴他我對自稱是蒙可里夫的人有所疑慮，於是他答應幫我考驗對方。傑洛德告訴我說，蒙可里夫約他同事霍爾當天早上在多徹斯特飯店見面。因此不久之後，山迪就出現在那兒。」

「要找他不難，從大廳服務生到飯店經理似乎人人都認識蒙可里夫爵士。正如櫃臺小姐告訴我的，他就坐在包廂裡。乍看之下，我確定那就是尼克，但因為我們已經十五年沒見，所以我想最好再仔細瞧瞧。可是當我上前與他交談時，他似乎完全不認識我，但要忘記我是沒那麼容易的。」山迪說。

「就是這樣我才找你，」克雷格說，「但這樣還不足以構成證據。」

「所以我上前打斷他們，看他究竟是不是尼克。」

「結果呢？」裴恩問。

「令我印象深刻，相同的容貌、聲音，連習慣動作都一樣，但我還是不確定，才決定試探看看。尼克在校時是板球隊隊長，還是頂尖的速球投手。但是當我說我曾擔任球隊的頭號守門員時，他卻連眼睛都不眨一下。那是他的第一個錯誤，我厭惡板球，在學校時從來不打，因爲我是英式橄欖球隊的二排鎖柱[11]，這或許不令人意外吧。後來我轉身走開，但心想他會不會只是忘了，所以又走回去告訴他史葵菲．漢弗瑞去世的噩耗，還有全鎮人都參加了『他』的葬禮。但他卻只說『很棒的教練』，這是第二個錯誤。史葵菲．漢弗瑞是我們的女舍監，她以鐵腕管束男學生，連我都怕她。他絕不可能忘記史葵菲。我不知道多徹斯特飯店裡的那個人是誰，但我可以肯定他不是尼可拉斯．蒙可里夫。」

「那他究竟是誰？」裴恩問。

「我知道他是誰，我還能證明。」克雷格說。

※※※

⑪ 二排鎖柱（second row forward）：英式橄欖球共有兩名鎖柱（lock）。

丹尼更新了三份檔案，他無疑已經傷了裴恩，甚至重創達文波特，但對於克雷格卻只是延緩他當上御用大律師的時機，幾乎沒動到他一根寒毛。如今他的掩飾已蕩然無存，這三個人都會發現自己是被誰搞垮的。

只要丹尼隱姓埋名，就能各個擊破敵人，甚至自行選擇戰場。但他已失去那項優勢，如今他們非常清楚他的存在，這首度使他暴露在外並輕易遭受攻擊。他們會想報仇，而他毋須接受提醒，上次這三人聯手時究竟發生了什麼事。

丹尼原本指望趁三人看清對手之前就將他們一舉擊敗。如今他唯一的希望就是將他們送上法庭。但這就代表他要坦承一切，說出在監獄淋浴間遇害的是尼克而不是他。若要冒險這麼做，就必須選擇理想的時機。

達文波特已失去房子與藝術收藏，甚至在完成試鏡前便丟了《霍爾比市》的角色。他搬去錢尼路與姊姊暫住，丹尼感到很內疚，他很想知道萬一莎拉發現眞相會有什麼反應。

裴恩瀕臨破產邊緣，不過霍爾會說他母親可能會爲他解圍，且在下一次選舉中他仍可望成爲中薩塞克斯區議員。

至於克雷格可說毫髮無損，當然更全無悔意。丹尼一點也不懷疑哪個劍客會帶頭反擊。

丹尼將三份檔案放回書架，他已經計畫好下一步，並有把握這三人最後都會鋃鐺入獄。他會如瑞德曼先生所要求的出庭面對三位上院法官，並提供必要的新證據，向衆人揭露克雷格是凶手、裴恩是共犯，還有達文波特做僞證，使得無辜者爲不曾犯下的罪刑入獄。

68

貝絲從陰暗的騎士橋地鐵站出來。在晴朗的午後，逛街人潮與吃完周日午餐的居民在人行道上熙來攘往。

過去幾星期，艾力克斯．瑞德曼都十分體貼又親切，不到一小時前她和他分別時，自覺信心滿滿。現在信心開始逐漸消失，就在她走向博爾頓街時，試著回想艾力克斯告訴她的一切。

尼克．蒙可里夫是位正人君子，在獄中成了丹尼的忠實朋友。他出獄前幾周曾寫信給艾力克斯，提議要盡力協助他深信無辜的丹尼。

艾力克斯決定接受他的提議，等蒙可里夫出獄後他便寫信給對方，要求看他的獄中日記，以及柯雷恩與莫蒂默進行錄音帶中的交談時，他所寫下的筆記。最後艾力克斯在信中詢問他是否願意出庭作證。

第一件令人訝異的事，就是隔天早上艾力克斯的事務所便收到這些日記。另外，他的司機艾爾．柯雷恩也非常配合，艾力克斯只要提出問題，他都知無不答，唯有問到爲何他老闆不願出庭時才開始有戒心。事實上，蒙可里夫連私下與他在事務所見面都不考慮。艾力克斯心想，他一定是想在結束假釋前盡量避免與警方打照面。但艾力克斯不願輕易放棄，吃午餐時，他說服貝絲說要是她能讓蒙可里夫改變心意，同意在上院法官面前作證，那或許會成爲丹尼恢復清白的關鍵。

貝絲原本笑著說「不要有壓力」，但如今她獨自走著，開始覺得每踏出一步，壓力便隨之增加。

艾力克斯給她看過蒙可里夫的照片，並提醒她乍看之下可能會以為眼前的人是丹尼。但是她必須全神貫注，不能讓自己分心。

艾力克斯選定了見面的日子，連時間也決定好了，就是星期天下午四點左右。他認為尼克那時會比較放鬆，當憂傷的未婚女子突然出現在門前，可能會因此無法招架。

當貝絲離開大路走進博爾頓街時，腳步變得更慢。唯一促使她繼續前進的就只有恢復丹尼清白的信念。她沿著中央有禮拜堂的半圓形庭園走，直到抵達十二號住宅。接著她演練了與瑞德曼商量好的話，才打開外面的大門。我叫貝絲．威爾森，抱歉在星期天下午打擾您，可是我想您曾與丹尼．卡特萊特同牢房，而他是……

※※※

丹尼看完摩利教授推薦的第三篇論文後，對會見老師開始有了一點信心。就在他翻到自己一年多前所寫，有關約翰．肯尼斯．高伯瑞低稅率經濟論的論文時，門鈴響了。他低聲咒罵。大艾爾去看西漢姆對雪菲爾聯的足球賽，原本丹尼想一起去，但他們一致認為不能冒這個險。他下一季可能去厄普頓公園球場看比賽嗎？隨後他將注意力轉回高伯瑞，希望門外的人快走開，無論是誰。接著門鈴又響了。

他不情願地起身，將椅子向後推。這次會是誰？是耶和華見證人教徒，還是雙層玻璃推銷員？無論是誰，對這決心打擾他周日午後的人，丹尼已經準備好開口的第一句話。他慢跑下樓，迅速沿著迴廊走，希望在注意力分散前能把對方打發掉。接著門鈴響了第二次。

他用力拉開門。

「我叫貝絲．威爾森，不好意思在星期天下午打擾您……」

丹尼目不轉睛看著他心愛的女人。過去兩年來他每天都想著這一刻，還有自己會對她說的話。但他卻站在那兒目瞪口呆。

貝絲臉色慘白，渾身發抖，「不可能的。」

丹尼擁她入懷。「親愛的，就是我。」

這時，坐在對街車內的男人不斷拍照。

※※※

「雨果．蒙可里夫先生？」

「請問是誰？」

「我叫史賓賽．克雷格，是位律師，對您有一項建議。」

「克雷格先生，敢問是什麼建議？」

「如果我能歸還您的財產，也就是法定屬於您的財產。這對您來說值多少錢？」

「開個價吧。」

「兩成五。」

「聽起來有點高得離譜。」

「歸還您在蘇格蘭的大宅、踢出博爾頓街宅邸現在的主人、將拍賣令尊郵票的所得完全物歸原主，更別說是讓您擁有，我猜您根本不知道吧，在倫敦的頂樓豪宅，並取回您在日內瓦與倫敦的銀行存款。不，蒙可里夫先生，我想不怎麼高。老實說，要是您不接受提議，那就一無所有，所以兩成五算是相當合理。」

「但這怎麼可能？」

「蒙可里夫先生，一旦您簽了約，令尊的財產就會物歸原主。」

雨果滿腹狐疑，「不會有任何費用，或其他變相收費嗎？」

「都沒有，」克雷格保證，「事實上，我還會額外添些小紅利，我想蒙可里夫夫人也會高興的。」

「是什麼？」

「只要您簽了約，等到下星期她就會成爲蒙可里夫爵士夫人。」

69

「你拍到他的腿沒？」克雷格問。

「還沒。」裴恩回答。

「一拍到就告訴我。」

「等等，他正從房裡走出來。」裴恩說。

「跟司機嗎？」克雷格問。

「不是，跟昨天下午進去的那個女人。」

「形容一下她的模樣。」

「年近三十，大概一百七十公分，身材苗條，棕色頭髮，腿很漂亮。他們一起坐進車後座了。」

「跟著他們。隨時回報他們的去向。」克雷格掛了電話，打開電腦尋找貝絲．威爾森的照片，並毫不意外地發現她與裴恩的描述吻合。但他很訝異卡特萊特竟然願意冒這種險。現在他認爲自己所向無敵了嗎？

一旦裴恩拍到卡特萊特的左腿，克雷格就會跟傅樂巡佐約時間見面。接著他會閃到一邊，讓傅樂獨享逮捕逃犯與共犯的功勞。

※※※

大艾爾讓丹尼在校門外下車。等貝絲獻上一吻後，他便跳下車，跑上階梯進入學校大樓。

這一吻還有接下來無眠的一夜，打亂了他所有計畫。隔天一早當太陽升起時，丹尼明白，就算要離開英國遠居海外，他也要待在貝絲身邊。

※※※

克雷格趁陪審團考慮裁決時悄悄溜出法庭。他站在老貝利的階梯上打手機給裴恩。

「最後他們去了哪裡？」他問。

「卡特萊特在倫敦大學下車，他在那兒修商業研究學位。」

「可是蒙可里夫已經有英文學位了。」

「沒錯，可是別忘了卡特萊特在貝爾馬什監獄時，曾參加數學及商業研究高級課程考試。」

「那是另一個他以為沒人會發現的小錯誤。司機讓卡特萊特下車後，又載那女人去哪兒？」克雷格說。

「他們去了東區的……」

「堡區培根路二十七號。」克雷格說。

「你怎麼知道？」

「那是貝絲．威爾森的家，她是卡特萊特的女友。難道你忘了？那晚就是她和卡特萊特在小巷裡。」

「我怎麼可能忘記！」裴恩厲聲說。

克雷格不理會他的火氣。「你有拍到她嗎？」

「拍到幾張。」

「很好，但在我拜訪傅樂巡佐前，還需要卡特萊特左腿的照片，要拍到膝蓋上方，」克雷格看了看錶，「我最好回法庭去，應該要不了多久陪審團就會判我當事人有罪。你現在在哪兒？」

「培根路二十七號外面。」

「千萬別被人看到，」克雷格說，「那女人隔著幾百步就能認出你。等一休庭我就打電話給你。」

※※※

午休時，丹尼決定趁摩利教授的課還沒開始前先去散散步，吃個三明治。他努力背好亞當・史密斯的六大理論，以免教授揮動的手指最後點到他。他並未注意到坐在對街長椅上的男人帶著相機。

※※※

才閉庭不久，克雷格便打手機給裴恩。

「她在屋裡待了一個多小時才出來，還拎了個大旅行箱。」裴恩說。

「她去了哪兒？」克雷格問。

「搭車去她公司梅森街的辦公室。」

「帶著旅行箱？」

「沒有，留在車後的行李箱。」

「所以她打算在博爾頓街至少再待一晚。」

「看來是這樣。還是你認爲他們打算潛逃出國？」裴恩問。

「除非他周四早上最後一次向觀護人報到，結束假釋期。否則他們不可能這麼做。」

「這表示我們只剩三天來收集必要的證據。」裴恩說。

「那他今天下午在幹嘛？」

「他四點時離開學校，搭車回博爾頓街的大宅，但司機立刻又離開。我跟蹤他，以防他去接那女人。」

「他有去接嗎？」

「有，他從辦公室接走她，載她回到大宅。」

「旅行箱呢？」

「司機提回家了。」

「也許她覺得現在搬進去很安全。他有沒有去跑步？」

「就算有，也一定是在我跟蹤那女人的時候。」裴恩說。

「明天就別管她了，現在專心對付卡特萊特。如果要逼他以眞面目現身，重要的只有一件事。」克雷格說。

「就是照片。但要是他早上不出來跑步呢？」裴恩說。

「那我們就更應該忽略那女人，專心盯緊他。另一方面，我會告訴拉瑞最新狀況。」克雷格說。

「有必要跟他說嗎？他又沒幫忙。」

「他是沒怎麼幫忙。但只要他還住在姊姊家，我們就得罪不起他。」克雷格說。

※※※

電話聲響起時克雷格正在刮鬍子。他低聲咒罵。

「他們又一起出門了。」

「那他今天早上沒跑步囉？」

「除非他是凌晨五點之前去跑。如果他的例行活動有任何改變，我會再打電話。」

克雷格關了手機繼續刮鬍子，但卻刮傷了臉，於是又低聲咒罵。

他十點以前必須出庭，屆時法官將對他的重大入室盜竊案作出判決。他的當事人最後可能獲判兩年徒刑。

克雷格將爽膚水輕輕拍在臉上，心裡卻想著卡特萊特最後可能被控冒充另一名囚犯逃獄、竊取價值逾五千萬美元的郵票收藏、僞造兩個銀行帳戶的支票，另外至少還必須考慮其他二十三項罪行。一旦法官考慮那些罪行，他就要等到領養老金的年紀才能重見天日。克雷格猜想那女孩最後也將因爲協助並教唆罪犯坐很久的牢。一旦人們發現卡特萊特逃獄後做了些什麼，就不再會有聲請特赦的呼籲了。克雷格甚至很有把握大法官會再召回他會面，並爲他倒上雪利酒，兩人也將聊起英格蘭板球運動的式微。

※※※

「有人在跟蹤我們。」大艾爾說。

「爲何這麼說？」丹尼問。

「我昨天發現有輛車在跟蹤我們，現在又來了。」

「在下個路口左轉，看他還跟不跟。」

大艾爾點點頭，連指示燈也沒亮就突然猛朝左轉。

「他還在跟嗎？」丹尼問。

大艾爾看了看後視鏡，「沒有，他直接開過去了。」

「哪一款車？」

「深藍色福特蒙迪歐。」

「你認爲倫敦有幾輛這種車？」丹尼問。

大艾爾轉進博爾頓街時，嘴裡咕噥著：「他在跟蹤我們。」

「我要去跑步，如果看見有人在跟蹤，我會告訴你。」丹尼說。

但大艾爾並沒有笑。

※※※

「卡特萊特的司機發現我了，我只好往前開，一路避開他。我要去租車公司換車。明早我就會恢復值勤，但他的司機很有一套，所以往後要更小心。我敢打賭他當過警察或軍人，這表示我每天都得換。」裴恩說。

「你剛說什麼？」克雷格問。

「我會需要每天換……」

「不是，上一句。」

「卡特萊特的司機一定受過警察或軍事訓練。」

「當然啊。別忘了，蒙可里夫的司機也和卡特萊特關在同一間牢房。」克雷格說。

「沒錯。他叫艾爾．柯雷恩。」裴恩說。

「大家都叫他大艾爾。我覺得傅樂巡佐有一手同花大順牌。先是國王、王后，現在又是小丑。」

「你要我今晚回去再仔細查個清楚嗎？」裴恩問。

「不，柯雷恩可能是額外獎勵，但我們不能冒險讓他發現就是我們在對付他們。現在可以確定的是柯雷恩已經在留意你了，明天下午以前先離他們遠一點。到時等他讓卡特萊特下車再開車去接他女友時，我想你就會發現卡特萊特要去跑步。」

※※※

丹尼沿著迴廊走去時，摩利教授正與某些參加考試的學生交談，一看到他便主動打招呼。他說：「尼克，一年後的今天將輪到你考畢業考。」丹尼已經完全忘了考試迫在眉梢，也不想費唇舌告訴教授自己根本不知道一年後會在哪兒。這時教授又說：「我期望你屆時有出色的表現。」

「希望我不會辜負您的期許。」

「雖然你是典型的自學者，又覺得程度不如別人。但我相信你的能力。我認爲等到考試時你不只會趕上大家，還會超越群倫。」摩利說。

「教授，我眞是受寵若驚。」

「我不說恭維話的。」這時教授轉向另一名學生。

丹尼大步走上街，發現大艾爾已打開後車門等候，於是問：「今天有任何人跟蹤我們嗎？」

大艾爾說：「沒有，老闆。」便回到駕駛座。

而丹尼沒告訴大艾爾他認爲很可能有人在跟蹤。若是克雷格尚未發現眞相，那在他發現之前還剩下多少時間？只要再過幾天丹尼就能結束假釋期，屆時全世界都將瞭解眞相。

車子開到博爾頓街外，丹尼跳下車跑進屋裡。

當他跑向樓上時，茉莉問：「你要喝點茶嗎？」

「不，謝了，我要去跑步。」

丹尼匆匆脫掉衣服，換上慢跑裝。他需要時間思考隔天一早和艾力克斯・瑞德曼會面的事，因此決定跑久一點。他跑出大門時看到大艾爾走向廚房，想必是趁著去接貝絲之前先跟茉莉喝杯茶。丹尼朝堤岸路的方向慢跑，坐著聽了大半天的課，這時突然釋出的腎上腺素令他精神一振。

他跑過錢尼路時故意不抬頭看莎拉的公寓，因爲他知道她的弟弟現在住在那兒。如果他這麼做了，或許就會發現自己認識的另一個人站在窗邊對他拍照。丹尼繼續朝國會廣場跑，經過聖史蒂芬禮拜堂通往下議院的入口時，他想起裴恩，不曉得他此刻人在哪裡？

對方就站在對街僞裝成和大笨鐘拍照的觀光客，拿著相機對準丹尼。

※※※

「有拍到什麼像樣的照片嗎？」克雷格問。

「足以掛滿一整個畫廊。」裴恩回答。

「幹得好，現在就帶來我家，一邊吃晚飯一邊看。」

「又吃披薩啊？」裴恩說。

「再吃也吃不了多久。等雨果・蒙可里夫付完錢，我們不但幹掉卡特萊特，還有可觀的獲利，我有把握他怎麼也算不到這一招。」

「我不太確定達文波特有什麼貢獻，值得分給他一百萬英鎊。」

「我同意，但他實在太不穩定了，我們不需要他在錯誤的時機開口說話。尤其他現在和莎拉同住。待會兒見，傑洛德。」

克雷格掛了電話，倒了杯酒來喝。他即將打一通期待了整個星期的電話，正盤算要說些什麼。

「請找傅樂探員。」

「是傅樂督察，我該轉告是哪位找他？」

「我叫史賓賽．克雷格，是位大律師。」

「先生，我幫您轉接。」

「克雷格先生，好久沒聽到您的消息了。我對您最後一次的來電可還是記憶猶新呢。」

「我也是。督察，恭喜恭喜，這也正是我這次打電話來的原因。」

「謝謝。但我不相信您打來只爲了恭喜我。」

「沒錯，」克雷格笑說，「可是我確實握有一項情報，可能讓您更快升上督察長。」

「我洗耳恭聽。」傅樂說。

「我得先聲明，督察，您不是從我這兒獲得這消息的。我相信一旦您發現這事跟誰有關，就會瞭解爲什麼。此外，詳情我不想在電話上談。」

「當然，您想要什麼時間、什麼地點見面？」

「明天十二點十五分，在福爾摩斯餐廳？」

「太好了。克雷格先生，就在那兒見。」傅樂說。

克雷格掛了電話，想趁裴恩來之前再打一通，但是才拿起話筒門鈴就響了。一打開門，發現裴恩站在門廊下咧嘴笑著，他有好一陣子沒這麼得意了。裴恩一聲不吭，直接越過克雷格進了廚房，將六張照片攤在桌上。

克雷格低頭看那些照片，立刻明白裴恩為何沾沾自喜。就在丹尼左膝上方有個被克雷格弄傷而留下的疤痕，儘管傷疤已褪色，但肉眼仍看得很清楚。

克雷格說：「傅樂需要的就是這些證據。」同時拿起廚房的電話撥了蘇格蘭的號碼。

「我是雨果．蒙可里夫。」

「您不久就會成爲雨果爵士。」克雷格說。

70

「尼克，如你所知，這是我們最後一次見面。」

「是的，班奈特小姐。」

「你或許不這麼覺得，但我衷心認爲我們平安地捱了過來。」

「我同意，班奈特小姐。」

「當你最後一次走出這裡，將是結束假釋的自由之身。」

「是啊，班奈特小姐。」

「但我正式簽名放你走之前，必須問幾個問題。」

「當然。」

她拿起咬過的原子筆，低頭看釋放犯人前內政部要求回答的一長串問題。

「你現在有吸毒嗎？」

「沒有，班奈特小姐。」

「最近有人教唆你犯罪嗎？」

「沒有，班奈特小姐。」

「過去一年裡，你是否曾與任何已知的罪犯廝混？」

「沒有已知的罪犯。」聽他這麼說，班奈特小姐抬起頭，於是他補充：「但我已經沒跟他們廝混。除非在法庭上，否則我也不想再見到他們。」

「聽你這麼說我才放心，」班奈特小姐又在空格內打了個勾，「你還有地方住嗎？」

「有，但我想很快就會搬家。」筆桿又搖動了一下。「那地方我看過，也經過官方認可了。」

她再次打勾。

「你目前和家人住嗎？」

「是的。」

班奈特小姐又抬起頭。「尼克，上次我問你這個問題時，你說你一個人住。」

「我們最近和好了。」

「我很高興聽到這個消息。」接著她打了第三個勾。

「你有任何扶養親屬嗎？」

「有，一個女兒，名叫克莉絲蒂。」

「你目前和妻女同住？」

「我已經和貝絲訂婚了，等我解決完剩下的一、兩個問題後，我們就打算結婚。」

「很高興聽到這個消息，」班奈特小姐說，「觀護局有辦法幫你解決這些問題嗎？」

「班奈特小姐，您眞好心，可是我想沒辦法。但我約了律師明早見面，希望他能幫忙。」

「瞭解。那你的伴侶有正職工作嗎？」

「有，她是倫敦一家保險公司董事長的私人助理。」

「所以等你一找到工作，你們就是雙薪家庭了。」

「是啊，可是不久之後，我的薪水就會比她少很多。」

「爲什麼？你想從事什麼工作？」

「一家大型機構可望找我當圖書館員。」丹尼說。

「這是十分值得從事的工作，」班奈特小姐又在空格內打了勾，「你最近打算出國嗎？」

「沒有。」

「最後，你擔心有朝一日可能再犯罪嗎？」

「我已經下定決心，絕不可能。」

「很高興聽到你這麼說，」她在最後的空格內打勾，「問完了，尼可拉斯，謝謝。」

「謝謝你，班奈特小姐。」

班奈特小姐從桌後站起來說：「我衷心希望你的律師能應付那些困擾你的問題。」

當兩人握手時，丹尼說：「班奈特小姐，您眞的很好心，我也希望如此。」

「萬一你需要任何幫忙或協助時，別忘了打電話給我。」

「我想不久後可能會有人與您聯絡。」

班奈特小姐說：「我期望聽到他們的消息，並祝你和貝絲一切順利。」

「謝謝您。」

「再見，尼可拉斯。」

「再見，班奈特小姐。」

尼可拉斯．蒙可里夫打開門，以自由之身走上街頭——明天他就會恢復丹尼．卡特萊特的身分。

※※※

「妳還醒著嗎？」

「嗯。」貝絲回答。

「妳還希望我改變心意嗎？」

「是啊丹尼，但我知道沒必要浪費力氣說服你，你總是頑固得像騾子一樣。我只希望你瞭解，萬一結果證明這是個錯誤決定，那麼今晚可能是我們共度的最後一夜。」

「但如果我是對的，我們就會有無數像這樣的夜晚。」丹尼說。

「可是你不必冒這樣的險我們就能一輩子享受這樣的夜晚。」

「自從我出獄後每天都在冒險。貝絲，我不斷回頭看，等人開口說『丹尼老弟，遊戲結束，你要回監獄過下半輩子』，妳不知道這究竟是什麼感受。我決心這麼做，因爲至少可能有人會聽聽我的說法。」

「你堅信唯有如此才能證明你的清白？」

「那是因爲妳，當我看到妳站在門口……」他模仿說：「尼可拉斯爵士，不好意思打擾您……我就明白我不想再當尼可拉斯・蒙可里夫爵士。我是丹尼・卡特萊特，深愛威爾森路的貝絲・培根。」[12]

「我都記不得你上次這樣叫我是什麼時候了。」貝絲笑說。

「當時妳還是綁辮子的骯髒小女孩，才十一歲。」

貝絲躺著，沉默了一會。丹尼以爲她睡著了，但她緊握他的手說：「最後你很可能在牢裡度過餘生。」

「我想了很久，相信只要我和艾力克斯・瑞德曼一起走進警察局自首，並放棄這棟房子、一切資產，最重要的是，還有妳。難道妳不認爲要是我這麼做，也許有人會覺得我是無辜的？」

「大部分的人都不會這樣冒險，他們會相當樂意使用尼可拉斯・蒙可里夫爵士的身分享受後半輩子，還有一切附帶的好處。」

「但這就是重點，我不是尼可拉斯・蒙可里夫爵士，我是丹尼・卡特萊特。」

---

⑫ 編按：此處應該是尼克與貝絲兩人的戀人絮語；正確說法應爲「培根路的貝絲・威爾森」。

「而我也不是貝絲・蒙可里夫；可是我寧願這樣，也不願意接下來二十年，都只能在每個月的第一個周日去貝爾馬什監獄探監。」

「但妳每天都會疑神疑鬼，對別人的話捕風捉影，還要避開可能認識丹尼或尼克的人。妳能和誰分享這個祕密？妳媽？我媽？妳朋友？答案是沒有人。等克莉絲蒂懂事了，我們要如何告訴她？我們該指望她繼續過著欺騙的生活，始終不知道父母眞正的身分？不，如果要選這條路，那我情願冒險。畢竟，如果三位上院法官[13]認爲情況對我有利，必須請求女王特赦，那或許看在我願意放棄一切來洗刷冤屈的份上，案子會更加有利。」

「丹尼，我知道你是對的，但過去幾天是我一生中最快樂的時光。」

「我也一樣，但要是我恢復自由之身我們會更快樂。我對人性有充分的信心，相信艾力克斯・瑞德曼、弗萊瑟・孟羅甚至莎拉・達文波特，在看到正義伸張前都不會罷休。」

「你相當喜歡莎拉・達文波特吧？」貝絲說，手指梳過丹尼的髮際。

丹尼笑說：「我必須承認尼可拉斯爵士・蒙可里夫喜歡，至於丹尼・卡特萊特呢？永遠不會。」

「我們何不再多待一天，讓這天成爲我們永誌不忘的回憶。這有可能是你自由的最後一天，所以我會讓你做任何你想做的事。」

---

⑬ 上院法官（Law Lords）：上議院常任上訴法官（Lords of Appeal in Ordinary）的俗稱。英國的上議院（House of Lords）昔日原本具有司法職權，不過自《二〇〇五年憲制改革法》（Constitutional Reform Act 2005）正式生效後，上議院的司法權已在二〇〇九年廢除，職權由最高法院繼承。本書故事背景爲二〇〇九年以前，因此仍行使舊制。

丹尼說：「就讓我們待在床上整天做愛吧！」

貝絲笑嘆：「男人啊！」

「早上我們可以帶克莉絲蒂去動物園，然後去雷姆西炸魚與薯條店吃午餐。」

「接下來呢？」貝絲說。

「我會去厄普頓公園球場看西漢姆隊的比賽，妳帶克莉絲蒂回娘家。」

「妳可以選一部喜歡的電影……只要是〇〇七新片就好。」

「然後呢？」

「就跟這星期的每個夜晚一樣。」丹尼擁她入懷。

「在這種情況下最好還是貫徹A計畫，並確保你明早準時赴艾力克斯·瑞德曼的約。」貝絲說。

「我等不及要看他的表情，他以爲是約尼克·蒙可里夫去討論日記的事，並且有可能改變心意答應出庭作證。但事實上他即將見到想自首的丹尼·卡特萊特。」

「艾力克斯會很高興，他一直說『但願我有第二次機會』。」

「嗯，他即將得到第二次機會。貝絲，我已經等不及要見他了，因爲這將是多年來我第一次感到自在。」丹尼靠過去溫柔地吻了她的雙唇。她脫下睡袍，他將手放在她的大腿上。

貝絲低聲說：「這是另一件你接下來幾個月都必須放棄的事。」這時樓下傳來如雷的轟然巨響。

丹尼打開床頭燈。「那是什麼鬼聲音？」他聽到沉重的腳步聲朝樓上逼近。他跳下床時，三名身穿鎧裝防彈馬甲、手持警棍的警員衝入臥房，另外三名則緊跟在後。儘管丹尼根本無意反抗，但前三名警察抓起他便朝地上摔。其中兩名將他的臉壓在地毯上，第三個把他雙臂押在背後，喀噠一聲銬上手銬。丹尼用餘光看到一名女警將赤裸的貝絲壓在牆上，由另一名女警銬住她。

他從警察手中掙脫往女警衝去，大叫：「她沒做什麼！」可是他還沒踏出第二步，警棍就重重落在後腦杓，讓他摔倒在地。

這時有兩人跳到他身上，一人用膝蓋抵住他脊椎中央，另一個坐在他腿上。傅樂走進房間時，他們將丹尼猛拉起來。

傅樂坐在床尾點起香菸：「看緊他們。」

這老規矩一結束，他就起身踱步到丹尼面前。

他面對著丹尼的臉，兩人只隔了幾公分。「卡特萊特，這回我會確保他們扔了鑰匙。至於你的女友，周日下午再也不能探監，因爲她會老老實實待在自己的牢房。」

「以什麼罪名？」丹尼怒吼。

「應該符合協助與教唆犯罪的條件。如果我沒記錯，刑期通常是六年左右。把他們帶走……」

丹尼與貝絲猶如兩袋馬鈴薯般先被拖下樓，再拖出大門，只見三輛閃著燈的警車正敞開後車門等著他們。這時整個街區住戶的臥室燈全亮了，好夢遭驚擾的鄰居紛紛從窗戶向外探視，瞧瞧十二號住戶出了什麼事。

警員將丹尼丟入中間那輛車，讓兩名員警把他夾在中間，只用浴巾蓋住他的身子。丹尼看見大艾爾在前面那輛車裡也遭受相同待遇。警車列隊開出街區，完全沒有超速，也沒有鳴警笛。傅樂督察很高興整個行動只花了不到十分鐘。事實證明他的線民很可靠，提供的細節都正確無誤。

丹尼心中只閃現一個想法：就算他告訴對方他約了律師當天上午稍晚見面，打算自首後就向最近的警察局報到，又有誰會相信他？

71

「你來得正好。」她說。

「那麼糟啊？」艾力克斯說。

「更糟，內政部難道還不懂嗎？當法官退休之後就是要回家度過餘生，不會再審判任何人，除了他們無辜的老婆。」母親回答。

當他們走向客廳時，艾力克斯問：「所以您有什麼建議？」

「法官活該在七十歲生日當天被射殺，感激的國家則薦請女王赦免他們的妻子，並給她們養老金。」

艾力克斯提議：「我有個對策或許比較可行。」

「像什麼？讓大家合法協助法官的老婆自殺？」

「沒那麼極端。不知道法官大人是否會告訴您，我已經把手裡這件案子的資料送交給他；老實說，我需要他的建議。」

「艾力克斯，如果他拒絕你，我以後都不幫他做飯了。」

這時父親踱入房內，艾力克斯說：「機會來了。」

「什麼機會？」馬修爵士問。

「您有機會爲我的案子提供協助，這個案子……」

馬修爵士往窗外凝視，問說：「卡特萊特案？」艾力克斯點點頭。老人家又說：「我剛看完法院紀錄副本，依我來看這小伙子沒違反的法律所剩無幾：殺人、逃獄、竊取五千萬美元、兌現別人帳戶的支票、出售並非自己所有的郵票收藏、拿別人的護照出國，甚至承襲應該由另一個人合法繼承的爵位。你實在不能怪警方重懲他。」

艾力克斯問：「所以你不肯幫我囉？」

瑞德曼法官回頭面對著兒子：「我可沒說，相反的，我願意幫忙，因爲有件事我百分之百確定——丹尼．卡特萊特是淸白的。」

第五部　贖罪

72

丹尼·卡特萊特坐在被告席的小木椅上，等著十點開庭。他低頭看著庭內的律師席，只見自己的兩位律師趁法官現身前，正熱烈討論著。

當天稍早，丹尼曾在法庭樓下的會客室內，與艾力克斯·瑞德曼及他的助手談了一小時。儘管他們再三保證，但他十分清楚雖然自己沒殺伯納德，卻無法辯解詐欺、盜竊、欺騙與逃獄等罪名。無論是監獄裡愛說長論短的囚犯，或是地位顯赫、在老貝利執業的御用大律師，似乎都一致認為加起來會有八到十年的徒刑。

丹尼很清楚，這刑期還要加上原刑期。下次他從貝爾馬什監獄出來時，將是躺著參加自己的葬禮。

丹尼左手邊的媒體區擠滿記者，只見他們打開記事本拿著筆，等著為過去半年來已寫過的無數報導再增添新頁。唯一從英國戒備最森嚴監獄逃脫的人——丹尼．卡特萊特的生平：他盜售郵票收藏後，從一家瑞士銀行竊取逾五千萬美元，最後在凌晨時，在性感的青梅竹馬未婚妻懷裡（《太陽報》），於博爾頓街落網（《泰晤士報》）。媒體打不定主意究竟要將丹尼比喻為紅花俠[1]還是開膛手傑克。好幾個月來，這故事令大眾深深著迷，開庭的第一天便彷彿倫敦西區首晚公演般，早自凌晨四點就有人在中央皇家法庭外大排長龍，好擠進雖僅有不到一百個座位、卻難得客滿的階梯式廳堂。多數人都認為丹尼比較可能在貝爾馬什監獄度過餘生，而不是博爾頓街。

※※※

過去半年來，儘管丹尼又關入只比茉莉打掃工具間略大的牢房，但艾力克斯．瑞德曼與他的助手卻幫了很大的忙。瑞德曼的助手正是他的父親——御用大律師馬修．瑞德曼二等勳爵[2]閣下。雖然他們都拒絕收丹尼任何一分錢，不過馬修爵士也警告丹尼，如果他們能說服陪審團過去兩年他的獲利屬於自己，而不是雨果．蒙可里夫，那他將會接到可觀的帳單，還有所謂的追加酬金。這時三人全都大笑起來，但這種歡樂的場合實在不多。

---

① 紅花俠（Scarlet Pimpernel）：匈牙利裔英國作家艾瑪．奧希茲（Emma Orczy）創作的小說主角，他是位英國貴族，在法國大革命期間，仗義營救許多落難的法國貴族。

② 二等勳爵（KCMG）：是由英國王室所頒發的聖米迦勒及聖喬治勳章（英語：Order of St Michael and St George），共分三等。

貝絲被捕的第二天早上便已交保獲釋。至於丹尼或大艾爾並未獲釋，也不令人意外。詹金斯先生在貝爾馬什監獄的櫃臺等著迎接他們，帕斯科則確保兩人能住進同一間牢房。不到一個月，正如丹尼曾告訴班奈特小姐的，他又當上圖書館員，只不過是在獄中。儘管大艾爾的廚藝比不上茱莉，但仍分配到廚房的工作；至少他們在最壞的狀況下都獲得最好的待遇。

艾力克斯．瑞德曼從未提醒丹尼，要是當初他接受建議，在初審時承認殺人罪，如今他已重獲自由，經營著威爾森修車廠，並與貝絲共結連理，生兒育女。怎樣的自由呢？艾力克斯彷彿可以聽到他這麼問。

禍福始終相倚，老天就喜歡這樣。艾力克斯．瑞德曼已經說服法庭，儘管嚴格來說貝絲確實犯下遭起訴的罪，但她得知丹尼還在人世前後也不過只有四天。此外，他們原本約了艾力克斯就在她被捕當天在事務所見面，於是法官判了貝絲六個月緩刑。從那時起，一到每個月的第一個周日，她都會到貝爾馬什監獄探望丹尼。

然而，針對大艾爾扮演的共謀角色，法官可就沒這麼寬大了。艾力克斯在開庭陳詞中指出，他的當事人艾爾．柯雷恩除了受聘當丹尼的司機，同時獲准在博爾頓街宅邸的頂樓小房間棲身外，並未從蒙可里夫的財產中牟利。代表皇家法庭的御用大律師阿諾．皮爾生先生，隨後卻投下令艾力克斯猝不及防的震撼彈。

「艾爾．柯雷恩先生能否解釋爲何在他出獄幾天後，私人帳戶就存入一萬英鎊？」

大艾爾並沒有解釋，縱使有，他也不打算告訴皮爾生那筆錢是打哪兒來的。

這並未讓陪審團留下好印象。

於是法官送大艾爾回貝爾馬什監獄，讓他服完原本剩下的五年徒刑。在入監服刑期間，丹尼確保他迅速獲得拔擢，同時行爲也無可挑剔。由於資深獄警帕斯科在報告中對他讚譽有加，典獄長也予以證實，因此大艾爾不到一年就能獲釋。到時丹尼會想念這位老獄友，雖然他明知道只要自己稍微暗示，大艾爾就會故意惹麻煩，確保自己能留在貝爾馬什監獄直到丹尼獲釋。

周日下午探監時，貝絲有喜訊要告訴丹尼。

「我懷孕了。」

「天啊，我們也不過共度了四個晚上。」丹尼將她擁入懷裡。

貝絲說：「我們做愛可不只四次。希望能爲克莉絲蒂添個弟弟。」

「如果是男生，我們可以叫他伯尼。」

「不，要叫他——」這時擴音器傳來探監結束的信號蓋過她說的話。

當帕斯科護送他回牢房時，丹尼說：「我能請教您一個問題嗎？」

「當然，但我不一定會回答。」

「您從頭到尾都知道對不對？」帕斯科笑笑，但沒回答。他們回到牢房時，丹尼又問：「爲何你那麼確定我不是尼克？」

帕斯科拿鑰匙開了鎖，用力拉開沉重的牢門。丹尼走進去，原本還以爲他不會回答，但帕斯科頭朝牆壁點了點，只見那裡有張丹尼用透明膠帶重新貼回去的貝絲照片。

「噢，天哪，直到尼克獲釋那天，我都一直貼著沒拿下來。」丹尼搖著頭說。

帕斯科笑笑，便走回通道，砰地一聲關上牢門。

※※※

丹尼抬頭望著旁聽席的貝絲，如今她已懷孕六個月，臉上帶著他從中學時便銘記在心的微笑。貝絲正低頭看著他，丹尼心裡明白，無論法官判他多久的刑，這微笑都將伴隨他到臨終那一天。

貝絲的兩側坐著自己與丹尼的母親，她們始終支持著貝絲。同時坐在旁聽席的還有許多丹尼的朋友與支持者，他們都來自東區，至死也會堅稱他的淸白。

丹尼的目光先停在阿米爾汗．摩利教授身上，眞是個雪中送炭的朋友；接著目光移到座位末端，他沒想到會再次見到莎拉．達文波特，她往前傾身，面帶微笑望著他。

在律師席那頭，艾力克斯與父親仍熱烈討論著。《泰晤士報》以一整頁的篇幅報導這對將共同出庭爲本案辯護的父子檔。高等法院法官重作馮婦擔任辯護律師，在英國還是史上第二遭，至於由兒子來領導父親，更是任何人記憶所及的第一次。

過去半年來丹尼與艾力克斯已再續友誼，他心裡明白，兩人下半輩子都將是密友。艾力克斯的父親與摩利教授成長背景相同，都是「稀世佳釀」。兩人同樣充滿熱情，只不過摩利教授追求學問，馬修爵士追求正義。看見老法官出庭，就連經驗豐富的律師和憤世嫉俗的記者都開始審愼評估本案。但他們仍然不解老法官爲何相信丹尼．卡特萊特可能是無辜的。

御用大律師阿諾．皮爾生先生和助手坐在長椅另一頭，逐條檢閱他的開庭陳詞，並不時略加修改。丹尼已做好面對連珠炮的惡毒陳詞的心理準備，他確信皮爾生將從他的座位起身，告訴法庭被告是邪惡、危險的罪犯，陪審團只能將他送到一個特定地點了卻餘生。

艾力克斯．瑞德曼已告訴丹尼，他預料只會有傅樂督察長[3]、雨果爵士和孟羅等三名證人提供證詞。但艾力克斯和父親已計畫好要確保法官傳喚第四名證人。艾力克斯也警告丹尼，無論奉派審訊本案的法官是誰，都會全力阻止第四名證人出庭。

馬修爵士則毫不意外，海克特法官在訴訟程序開始前，召集了兩造律師到辦公室，警告不能提及原先的殺人案審判，以及陪審團和上訴法庭三名法官皆同意的判決。接著他強調，如果任一造試圖讓某捲錄音帶的內容記錄在案，使它成爲證據，或是提及如今已是知名御用大律師的史賓賽．克雷格、獲選國會議員的裴恩和大明星達文波特等人的姓名，就準備好面對他的怒火。

法律圈內人盡皆知，過三十年來，海克特法官與馬修．瑞德曼爵士始終不對盤。當他們兩人都還是菜鳥律師時，馬修爵士在法庭打贏了太多案子，明眼人都看得出誰比較高明。媒體都希望審訊開始後，兩人會重新點燃戰火。

前一天陪審團的人選已經確定，如今他們正等著被傳喚進入法庭，於「皇家法庭對丹尼爾．亞瑟．卡特萊特案」做出最後裁決前，先聽取兩造證詞。

③ 編案：屢次捕獲丹尼的傅樂平步青雲，一路從巡佐（Detective Sergeant）、督察（Inspector）升至督察長（Chief Inspector）。

73

海克特法官環顧法庭，猶如先發打者，檢視能將他接殺出局的外野手部署。他的視線停留在馬修．瑞德曼爵士身上，只見對方正在二壘的方向等待開球。他絲毫不擔心其餘球員，但他明白只要馬修爵士上場就不能鬆懈。

接著他注意到地主隊先發投手阿諾．皮爾生先生，這位御用大律師向來不是以早早取得三柱門[4]聞名。

「皮爾生先生，您準備好發表開庭陳詞了嗎？」

「庭上，準備好了。」皮爾生緩緩起身，用力拉律師袍上的翻領，並摸了摸律師假髮的頭頂，接著將卷宗放在小講臺上，彷彿從未看過陳詞書般開始念第一頁。

他面帶微笑，環視十二名獲選爲本案裁決的公民，開口說：「各位陪審員，我是阿諾．皮爾生，於本案擔任皇家法庭的主控律師，並由大衛．席姆斯先生出任助手。辯方律師則是艾力克斯．瑞德曼先生，助手爲馬修．瑞德曼爵士。」這時全法庭的目光都轉往那位低頭坐在長椅角落、似乎已熟睡的老人家身上。

「各位陪審員，」皮爾生繼續說，「被告依五項罪名起訴。第一項是在前一次犯罪監禁期間任

---

④ 取得三柱門：板球術語，若投手投出的球能不被打者揮擊到，且球能擊倒打者後方的三柱門（wicket），則打者被判出局，此時可描述爲投手「取得他的三柱門」（taken his wicket）。「早早取得三柱門」意指爲強力投手。

意逃出位於倫敦東南方、戒備森嚴的貝爾馬什監獄。」

「第二項，被告竊取了雨果．蒙可里夫爵士在蘇格蘭的莊園，包括一幢有十四間臥房的豪宅以及一萬兩千畝耕地。」

「第三項，非法占有民宅，也就是倫敦博爾頓街十二號宅邸。」

「第四項，竊取價值不菲的郵票收藏，繼而將收藏以逾兩千五百萬英鎊[5]出售。」

「第五項，被告兌現倫敦河岸街顧資銀行某帳戶的支票，並從瑞士某私人銀行轉帳以從中獲利。而他根本無權這麼做。」

「皇家法庭將證明五項罪名都環環相扣，並全由一人所爲，也就是被告丹尼爾．卡特萊特。他冒充尼可拉斯．蒙可里夫爵士成爲亞歷山大．蒙可里夫遺囑的法定受益人。爲了證明這點，首先必須談到貝爾馬什監獄，說明被告如何犯下這些膽大妄爲的罪行。因此，或許我有必要提出卡特萊特原先犯過的罪。」

海克特法官厲聲打岔：「你不准這麼做，被告原先犯的罪與本庭所審訊的罪行無關。除非你能證明先前的案子與本案有直接關聯，否則不准提。」這時，馬修爵士寫下「直接關聯」這幾個字。法官又問：「皮爾生先生，清楚了嗎？」

「庭上，非常清楚，我要向您致歉。這是我的疏忽。」

馬修爵士皺起眉頭。艾力克斯若不想惹火海克特法官，並遭他滔滔不絕的高論所制止，就必

---

⑤ 第四十八章中，郵票的售出價格「五千七百五十萬」是以美元計。

須想出一套巧妙的說詞證明兩罪相關。而馬修爵士早已澈底想過這件事。

皮爾生翻開下一頁卷宗，說：「以後我會多注意。」

艾力克斯懷疑皮爾生是故意的。因爲他知道法官這麼做對控方遠比辯方有利，才會先下手爲強，希望海克特嚴厲申斥他。

「各位陪審員，」皮爾生繼續說，「我希望你們記住這五項罪名如何環環相扣，我卽將加以說明；也因此，這些罪只可能由一個人所犯下，那就是被告丹尼爾・卡特萊特。」皮爾生又用力拉了律師袍的翻領說：「二〇〇二年六月七日，這可能是各位銘記在心的日子，當天英格蘭在世界盃足球賽擊敗了阿根廷。」說到這裡，他很高興許多陪審員都笑著沉浸在回憶中。「就在那天貝爾馬什監獄發生了一場悲劇，因此我們才在這裡齊聚。正當大多囚犯都在一樓看電視轉播的足球賽時，有一名犯人自殺了，那人就是尼可拉斯・蒙可里夫。大約下午一點十五分時，他在獄中的淋浴間內上吊。而在先前兩年間，蒙可里夫都與另外兩名囚犯同牢房，其中一名就是被告丹尼爾・卡特萊特。」

「這兩人身高大致相同，年紀也只差幾個月。事實上他們的外貌十分相似，身穿獄服時經常被誤認爲兄弟。庭上，蒙您允許，我將提供給陪審員蒙可里夫及卡特萊特的相片，好讓他們看看兩人之間的相似程度。」

法官點點頭。法院書記隨卽從皮爾生的助理手中接過一疊相片，先呈給法官兩張，再將剩下的分發給陪審員。皮爾生靠在椅背上，等到每位陪審員都看完照片，並仔細思考之後才說：「現在我將闡述卡特萊特如何利用兩人的高度相似，修剪頭髮並改變口音，利用蒙可里夫悲劇性的死亡牟利。他的所作所爲正是名副其實的『牟利』。然而，猶如一切膽大妄爲的犯罪，這需要一點運氣。」

「首先，蒙可里夫要求卡特萊特爲他保管銀鍊與鑰匙、刻著他家徽的圖章戒指，以及他隨身佩戴的手錶。平常除非淋浴，否則他不會脫下，上面還刻有他姓名的第一個字母。接著，卡特萊特又幸運找到一位合適的共犯。」

「好了，各位陪審員，你們很可能會問，卡特萊特要服二十二年徒刑，他怎會這麼做？他當初不是因爲……」艾力克斯正打算起身抗議，法官就開口了：「皮爾生先生，除非你要考驗我的耐性，否則別再這麼做了。」

「庭上，眞是抱歉。」皮爾生很清楚，要是陪審員沒關心六個月來媒體的大幅報導，就不會知道卡特萊特當時是爲了什麼罪被判刑。

「誠如我所說的，各位或許很納悶，服二十二年徒刑的卡特萊特，怎麼能與僅獲判八年徒刑，更重要的是，預定六星期內就將獲釋的囚犯交換身分。當然，他們的DNA不符、血型可能不同，牙齒紀錄也不一樣。也就是在這時候，第二個好運適時出現了。要不是卡特萊特有位在監獄醫院當勤務員的共犯，這一切都不可能發生。那名共犯就是艾爾．柯雷恩，也是與蒙可里夫及卡特萊特同牢房的第三人。當他得知淋浴間上吊的消息時，便交換了醫院病歷表上的姓名，於是醫生驗屍時誤以爲自殺的是卡特萊特，而不是蒙可里夫。」

「幾天後，葬禮便在堡區聖瑪麗教堂舉行，就連被告最親的家人，包括他女兒的母親在內，都深信下葬的是丹尼爾．卡特萊特。」

「或許各位會問，怎麼有人會欺騙自己的家人？告訴各位，就是這個人，」他指著丹尼說，「他甚至有膽冒充尼可拉斯・蒙可里夫出席葬禮，親眼目睹自己下葬，好確定他已僥倖逃過刑罰。」

皮爾生又靠在椅背上，讓陪審團沉澱沉澱，這些話就會烙印在腦海中。接著才說：「從蒙可里夫死亡的那一天起，卡特萊特便隨身佩戴他的手錶、圖章戒指還有銀鏈與鑰匙，以欺騙監獄人員和獄友，讓他們相信他就是只剩六周刑期的蒙可里夫。」

「儘管丹尼爾・卡特萊特還有二十年刑期，但在二〇〇二年七月十七日那天他卻以自由之身走出貝爾馬什監獄大門。對他來說，光是逃獄就夠了嗎？不，他立刻搭第一班火車去蘇格蘭主張自己對蒙可里夫家產的權利，接著回到倫敦，占據尼可拉斯・蒙可里夫爵士在博爾頓街的宅邸。」

「各位陪審員，一切尚未結束。接著卡特萊特更膽大妄為，開始從尼可拉斯・蒙可里夫爵士在顧資銀行的帳戶提取現金。各位或許會認為這樣就夠了吧，但還不夠。隨後他搭機去日內瓦和瑞士銀行的總裁會面，並出示蒙可里夫的護照與銀鑰匙，藉以進入尼可拉斯・蒙可里夫已故祖父，也就是亞歷山大・蒙可里夫爵士的保管庫，染指名聞遐邇的郵票收藏。當卡特萊特取得亞歷山大爵士耗費逾七十年收集的傳家寶時，他做了什麼？第二天他就把郵票賣給上門的第一名出價者，淨賺兩千五百萬英鎊。」

馬修爵士揚起眉毛，心想這還眞不像是阿諾・皮爾生的作風。

「既然卡特萊特成了大富翁，」皮爾生繼續說，「各位或許會自問他下一步可能做什麼。我將告訴各位，他搭機返回倫敦，買下一輛頂級BMW、雇了司機與管家，並定居博爾頓街，冒充尼可拉斯・蒙可里夫爵士。此外，各位陪審員，要不是傳樂督察長爐火純青的專業能力，他至今可能還在冒充。早在一九九九年卡特萊特初次犯法時，就是被督察長加以逮捕，如今他又『獨力』追蹤並逮捕對方，將其繩之以法。各位陪審員，這都是起訴內容。稍後我會傳喚一名證人，各位就會確信，被告丹尼爾・卡特萊特確實犯下遭起訴的五項罪名。」聽到這裡，馬修爵士寫下「獨力」兩個字。

皮爾生回座時，馬修爵士望著老對頭，用手碰了碰前額，彷彿舉著隱形的帽子說：「佩服……」

「謝了。」皮爾生回答。

「各位，」法官看著錶說，「我想現在該午休了。」

法警大喊「休庭」，所有的官員隨即起身並低頭鞠躬，海克特法官回禮後便離開法庭。

「還不錯！」艾力克斯向父親坦承。

「我同意，只是親愛的老阿諾確實犯了一個可能會後悔一輩子的錯。」

「什麼錯？」

馬修爵士遞給兒子一張紙，上面寫著「獨力」兩個字。

74

「你必須讓這位證人承認的只有一件事；但不能讓法官或阿諾・皮爾生知道你在打什麼主意。」馬修爵士說。

看到海克特法官進入法庭，所有人都起立。艾力克斯微笑說：「沒問題。」

法官向眾人深深鞠躬，才坐回高背紅皮椅，並打開筆記本翻至他分析皮爾生開庭陳詞的最後一頁，再翻到新的一頁，寫下「第一位證人」。接著他朝皮爾生先生點點頭，皮爾生從座位起身說：「我傳喚傳樂督察長。」

自從四年前的初審後，艾力克斯就沒見過傳樂。不過傳樂那次出庭的表現令艾力克斯居於下風，因此他不可能忘記。若說有什麼差別，那就是傳樂看起來比以前更有自信，甚至連瞧都不瞧卡片一眼，便自行宣誓。

皮爾生說：「傳樂督察長，請您先向法庭確認身分。」

「我叫羅德尼・傳樂，是倫敦警察廳在職人員，隸屬切爾西肯辛頓宮綠地[6]。」

「丹尼爾・卡特萊特上次犯法時，是否由您將他逮捕，並讓他入獄服刑？」

「是的，先生。」

「您怎麼知道卡特萊特可能逃出貝爾馬什監獄，並冒充尼可拉斯・蒙可里夫爵士？」

「去年十月二十三日，我接到可靠消息來源的來電，對方說有急事需要見我。」

「當時對方說了任何細節嗎？」

「沒有，先生。他不是那種會在電話上高談闊論的男士。」

---

⑥ 肯辛頓宮綠地（Palace Green）是英國皇室居所肯辛頓宮（Kensington Palace）西側的公園綠地，周遭有外國使館以及高級住宅。由此顯示傳樂不但升職，且發配到好單位。

馬修爵士寫下「男士」這兩個字，通常警方在提及線民時不會這樣形容。這是今早比賽他接殺的第二球。當皮爾生向督察長投出軟弱的斷球[7]時，他心想這種機會眞不多。

「所以，你們說好要見面談？」皮爾生問。

「沒錯，我們決定第二天碰面，時間和地點由他選。」

「你們隔天見面時，他告訴你有關丹尼爾．卡特萊特的消息。」

傅樂說：「對，我很意外。因爲我以爲他已上吊自殺了，事實上我麾下一名警官還參加了他的葬禮。」

「他透露這件事當時您有什麼反應？」

「事實上這位男士以往很可靠，因此我認眞以對。」

馬修爵士在「男士」兩字底下畫線。

「接下來你做了什麼？」

「我派人二十四小時監視博爾頓街十二號，並很快就發現，那位自稱蒙可里夫爵士的人的確酷似卡特萊特。」

「不過想必那還不足以讓你發動突襲並逮捕他。」

「當然不夠，我需要更具體的證據。」督察長回答。

「具體的證據，像是什麼？」

---

⑦ 斷球（off break）：板球術語，變化球的一種類型。

「監視的第三天，貝絲．威爾森小姐便造訪嫌犯，並留下過夜。」

「貝絲．威爾森小姐嗎？」

「是的，她為卡特萊特生下女兒。他在獄中時她都會固定探監。因此我確信這個情報是正確的。」

「你當時就決定要逮捕他？」

「是的，但我知道他有暴力前科，因此要求鎮暴警察支援。這涉及公共安全，我不願意冒險。」

「相當合理，」皮爾生很滿意，「您能向法庭說明您是如何逮捕這名暴力犯的嗎？」

「第二天凌晨兩點，我們包圍博爾頓街的宅邸進行突襲搜捕。我先針對逃獄一事警告卡特萊特，接著才逮捕他。此外，我控告貝絲．威爾森協助並教唆罪犯。同時我有理由相信同住的艾爾．柯雷恩也是共犯，因此我麾下的另一組人馬便將他逮捕。」

接著皮爾生問：「同時落網的另外兩名犯人狀況如何？」

「貝絲．威爾森當天早上交保獲釋，後來緩刑六個月。」

「艾爾．柯雷恩呢？」

「由於他當時在保釋期間，因此由警方送回貝爾馬什監獄服完原有刑期。」

「謝謝您，督察長。目前我沒有任何問題要請教您了。」

「謝謝皮爾生先生。瑞德曼先生，您要詰問這位證人嗎？」法官說。

「當然，庭上。」艾力克斯起身說。「督察長，您告訴法庭有位公民自願提供情報，讓您得以逮捕丹尼爾·卡特萊特。」

傳樂手抓著證人席的圍欄，回說：「對，沒錯！」

「所以並不像我博學的朋友所說，是警方獨力完成的？」

「不，瑞德曼先生，我深信您會瞭解警方依賴線民網，要是沒有他們，目前在獄中的半數罪犯將會在街頭犯下更多罪行。」

「所以，您的線民，也就是這位『男士』主動打電話到貴辦公室？」督察長點點頭，「接著您就安排隔天在彼此都方便的地方碰面？」

「是的。」傳樂決定不透露任何口風。

「督察長，會面的地方在哪裡？」

傳樂轉頭向法官說：「庭上，我希望能不必說出地點。」

「這是可以理解的，」海克特法官說，「瑞德曼先生，請繼續。」

「督察長，要是我要求您說出拿錢的線民是誰，那就沒有意義囉？」

傳樂脫口說出：「他沒拿錢。」但立刻就後悔了。

「嗯，至少現在我們知道他是位沒拿錢的專業人士。」

馬修爵士故意大聲地自言自語：「幹得好……」

法官聞言皺起眉頭。

「督察長，為了在凌晨兩點逮捕一對上床的男女，您認為有必要部署多少員警？」

傳樂躊躇不語。「督察長，多少人？」

「十四個人。」

艾力克斯說：「不是二十個嗎？」

「如果把支援小組也算進去，可能有二十個。」

艾力克斯說：「對一男一女來說，聽起來是多了點。」

傅樂說：「他可能有武器，我不願意冒險。」

艾力克斯問：「事實上他眞的有武器嗎？」

「不，他並沒有……」

這時艾力克斯開口：「或許這不是您第一次……」

法官打岔：「瑞德曼先生，夠了！」

馬修爵士用大得足以讓法庭內人人都聽到的聲音說：「試得好！」

這時法官厲聲說：「馬修．瑞德曼爵士，您想發表高見嗎？」

馬修爵士彷彿沉睡中遭驚醒的叢林野獸張大眼睛，緩緩起身說：「庭上，您會這麼問眞是太好了，可是我現在不想，可能等等吧。」接著他癱坐回椅子上。

第一個邊界球[8]得分，媒體區突然動了起來。艾力克斯緊噘著嘴，怕自己會突然大笑。連海克特法官也在勉強克制。

法官說：「瑞德曼先生，請繼續。」但艾力克斯還來不及回答，父親就又起身好聲好氣地

⑧ 邊界球：板球術語，將球擊出邊界線（boundary）外，就能得到四分或六分。

問：「庭上，真對不起，您指的是哪位瑞德曼？」

陪審團突然大笑，不過法官無意搭理，於是馬修爵士又坐回座位，閉起眼睛低聲說：「直攻要害吧！艾力克斯。」

「督察長，您告訴法庭您目睹威爾森小姐走進屋內後，才確信住在那兒的是丹尼爾・卡特萊特，而不是尼可拉斯・蒙可里夫爵士。」

傅樂仍抓著證人席的圍欄，回答：「是的，沒錯！」

「督察長，可是當您羈押了我的當事人，難道沒有片刻不安，懷疑可能抓錯了人嗎？」

「沒有，瑞德曼先生，自從我看到疤痕在他……」

「自從您看到疤痕在他……」

督察長改口：「在警方電腦上查過他的DNA後。」

「坐下，」馬修爵士低聲說，「你已經獲得一切必要的資訊，海克特法官八成還沒想通傷疤的重要性。」

「督察長，謝謝您。庭上，沒有問題了。」

海克特法官問：「皮爾生先生，您要再詰問這位證人嗎？」

皮爾生說：「不，謝謝庭上。」同時寫下「自從我看到傷疤在他……」，並試圖想出其中的含意。

「督察長，謝謝，您可以離開證人席了。」法官說。

督察長走出法庭時，艾力克斯靠向父親，低聲說：「我還沒讓他承認那位『專業人士』就是克雷格。」

「他絕不會說出接頭人，但你還是有辦法讓他再度落入陷阱。別忘了，還有一名證人必定知道究竟是誰報警抓丹尼，而且他在法庭內八成渾身不自在。不用等到海克特想通你眞正的意圖應該就能將他逼入絕境。千萬別忘了上一次訴訟還有那卷未播放的錄音帶的教訓，我們沒本錢再犯相同的錯誤。」

就在艾力克斯點頭的同時，海克特法官看著律師席說：「或許這是休庭的好時機。」

「全體肅立！」

75

阿諾・皮爾生正與助手熱烈交談時，海克特法官大聲說：「皮爾生先生，您準備好傳喚下一名證人了嗎？」

皮爾生起身，「是的庭上，我要傳雨果・蒙可里夫爵士。」

雨果爵士走進法庭時，艾力克斯仔細觀察他。自小父親便教他絕不要貿然評判證人，可是雨果顯然很緊張，還沒走到證人席就從口袋拿出手帕擦額頭。

法警帶領雨果爵士走上證人席，並遞給他一本聖經，他看著面前的卡片念完誓詞後，便抬頭看旁聽席，似乎在尋找願意代自己提供證詞的那個人。皮爾生先生回頭向下看，親切地向他微笑。

「雨果爵士，為了記錄起見，能請您說出姓名與住址嗎？」

「我是雨果．蒙可里夫爵士，住在蘇格蘭登布洛斯莊園。」

「雨果爵士，首先讓我請教您，上次見到令姪尼可拉斯．蒙可里夫是什麼時候？」

「就是我倆參加他父親葬禮那天。」

「在那悲傷的場合，您有機會和他說上話嗎？」

「很遺憾，沒有。兩名陪同他出席的獄警說我們不能和他有任何接觸。」雨果說。

「您與令姪的關係如何？」皮爾生問。

「很親，我們都很愛尼克。他是個好孩子，家人都覺得他被虧待了。」

「所以當您與令兄得知他繼承了令尊的龐大遺產時，心中並無不滿？」

「當然沒有，尼克在他父親去世後便會自動繼承頭銜及家產。」

「所以當您得知他在獄中上吊自殺，並有人冒充他時，一定十分震驚？」

雨果低著頭一會兒後才徐徐說：「對我和內人瑪格麗特來說，這是個沉重的打擊。但幸好有警方的專業，還有親朋好友同心協力幫忙，我們正逐漸接受事實。」

馬修爵士低聲說：「臺詞背得眞熟。」

皮爾生忽視馬修爵士的批評，說：「雨果爵士，您能否證實嘉德紋章官[9]已認證您繼承家族頭銜的權利？」

⑨ 嘉德紋章官（Garter King of Arms）是英國國王的禮儀和紋章顧問。

「是的，皮爾生先生，我幾星期前已收到開封特許證[10]。」

「您是否也能證實，蘇格蘭的莊園、倫敦的宅邸還有倫敦與瑞士的銀行帳戶等，都已回到家族手中？」

「皮爾生先生，恐怕不能。」

海克特法官問：「爲什麼不能？」

雨果爵士面對法官時顯得有點慌張，說：「庭上，根據兩家相關銀行的政策，當法庭訴訟程序仍在進行時，不能確定所有權。他們已經向我保證，只要案子一結束，陪審團做出裁決，就會合法轉移給法定所有人。」

法官親切地對他笑說：「別怕！您長久以來的折磨卽將結束。」

馬修爵士立刻起身，笑容可掬地問：「抱歉打擾閣下，可是您如此回答，是否暗示您對本案已有定見？」

這次輪到法官一臉慌張：「不，馬修．瑞德曼爵士，當然不是。我只是說無論這次審訊的結果如何，雨果爵士漫長的等待終將結束。」

「感謝您，庭上。現在我瞭解在辯方尚未有機會陳述本案前，您並未有所定見，眞是大大鬆了口氣。」語畢他便坐下。

皮爾生怒視馬修爵士，可是老人家已經閉起雙眼。接著他回頭對證人說：「雨果爵士，很遺

---

⑩　開封特許證（letters patent）：由國家或國王授予的任命狀。

憾您必須承受別人所造成的痛苦磨難。但重點是讓陪審團瞭解，被告丹尼爾．卡特萊特爲您的家庭帶來什麼浩劫與痛苦。誠如庭上所明言的，這折磨終於要結束了。」

「我可不敢這麼肯定。」馬修爵士說。

「庭上，沒有別的問題了。」皮爾生再度忽視他的干擾，接著便回座。

馬修爵士仍閉著雙眼，低聲說：「每句話都經過演練。帶那該死的傢伙走上黑暗的漫漫長路，趁他不注意時把刀插入他的心臟。艾力克斯我跟你保證，既不會有藍色，也不會有紅色的血流出來。」

「瑞德曼先生，不好意思打擾您，不過您想詰問這位證人嗎？」法官說。

「是的，庭上。」

「孩子，慢慢來。別忘了，他才是想盡快解脫的人。」馬修爵士靠回椅子上，低聲說。

「雨果爵士，」艾力克斯開口了，「您告訴法庭，您與令姪尼可拉斯．蒙可里夫之間的關係很親密，我記得您說『很親』。若非獄警阻止，您就會在令兄的葬禮上和他交談。」

「是的，沒錯。」雨果說。

「讓我請教您，您到什麼時候才發現令姪其實死了，而不像您原本所以爲的住在他博爾頓街的宅邸？」

「就在卡特萊特落網前幾天。」

「那距離您參加那場葬禮大概有一年半了吧？」

「對，我想有吧！」

「既然如此，雨果爵士，在這十八個月中間，您與『很親』的令姪見面或通話過幾次？」

「重點就在這，他不是尼克。」雨果一臉得意。

艾力克斯附和說：「對，他不是。可是您剛剛告訴法庭，直到我的當事人落網前三天您才發現這事實。」雨果抬頭望著旁聽席想得到提示，但這並不在瑪格麗特預料的題庫中，因此她也無法說要怎麼回答。於是他臨機應變：「嗯，我們都很忙，他住在倫敦，我則大部分都在蘇格蘭。」

「據我瞭解，如今蘇格蘭已經有電話了。」這時法庭四處傳來一陣笑聲。

雨果諷刺地說：「先生，發明電話的就是蘇格蘭人。」

艾力克斯說：「那您就更有理由打電話啊！」

「你在暗示什麼？」雨果問。

「什麼也沒有。可是在二〇〇二年九月，兩位在倫敦蘇富比出席同一場郵票拍賣會，接下來幾天又在日內瓦和那位您以爲是令姪的人住同一家飯店，當時您都沒有想要與他交談嗎？」

雨果提高聲調：「他大可以跟我說話啊！要曉得這是雙向道。」

「也許我的當事人並不想和您說話，因爲他很清楚您和令姪的關係。也許他知道過去十年間您不曾寫信給他或說上半句話。也許他知道令姪憎恨您，也知道令尊，也就是他的祖父，早已將您剔除在遺囑外？」

「我知道您決定要相信犯人，而不是家族成員的話。」

「不，雨果爵士。我是從貴家族成員那兒得知這一切的。」

雨果傲然質問：「是誰？」

艾力克斯回答：「就是令姪尼可拉斯・蒙可里夫爵士。」

「可是您根本不認識他。」

艾力克斯坦承：「我確實不認識，但他待在您四年來從不曾探望，也不曾去函的獄中時，天天都寫日記，事實證明，這是最能呈現眞相的。」

皮爾生立刻起身說：「庭上，我必須抗議。我博學的朋友所提及的日記，短短一周前才放進陪審團的參考卷證中，儘管我的助手逐句仔細檢視，但共有一千多頁。」

艾力克斯說：「庭上，我的助手已逐字看過日記。爲了方便法庭起見，他已畫出稍後想要陪審團注意的段落，無疑這些證據足以被採納。」

海克特法官說：「日記很可能獲得採納，但我並不認爲這和本案有任何關聯。受審的不是雨果爵士，至於他與姪子的關係並非本案關鍵，因此瑞德曼先生，我建議您繼續。」

馬修爵士猛拉兒子的律師袍，於是艾力克斯問法官：「我可以跟助手說句話嗎？」

海克特法官說：「如果有必要的話。但是請快一點。」想起上回與馬修爵士交鋒的情形，內心仍隱隱作痛。

於是艾力克斯坐下，聽馬修爵士低聲說：「孩子，你已經表達了自己的論點。無論如何，日記內最重要的臺詞應該留給下一位證人用。此外，海克特這老傢伙在懷疑他是否放得太鬆，讓我們有足夠的彈藥能訴請再審。他會不惜代價避免給我們下一次機會。這將是他退休前最後一次在高等法院出庭，他可不想爲了再審而被人記住一輩子。所以你繼續辯護時，就說『無異議接受閣下的意見』，但由於稍後可能需要提及日記的段落，因此希望你的博學朋友找時間思考，看看你的助手爲他標出的語句。」

接著艾力克斯起身說：「我無異議接受閣下的意見，但由於稍後可能需要提及日記內的某些段落，只希望我博學的朋友撥出足夠的時間，看看某些已標出供他參考的語句。」就在馬修爵士面露微笑時，法官皺起眉頭，雨果則一臉困惑。

艾力克斯將注意力轉回證人身上，只見他不時拿手帕擦擦前額。

「雨果爵士，我能請您證實，如令尊在遺囑中所明示的，他希望將登布洛斯的莊園交給蘇格蘭國家信託，並撥出充分的經費好加以維護嗎？」

雨果坦承：「據我瞭解是這樣。」

「那您是否也能證實，丹尼爾．卡特萊特信守那些心願，如今莊園已在蘇格蘭國家信託手中？」

雨果有點勉強地回答：「是的，我能證實。」

「您最近有空造訪博爾頓街十二號看看房子的狀況嗎？」

「有，可是我看不出跟原來有太大的差別。」

「雨果爵士，您要我傳喚卡特萊特的管家，讓她向法庭詳述，起初受雇時那房子究竟是什麼狀況嗎？」

「沒有必要，那房子可能多少被忽略了，但如我所說，我大部分都住在蘇格蘭，難得到倫敦來。」

「雨果爵士，既然那樣，就讓我們談談令姪在河岸街顧資銀行的帳戶。您能告訴法庭，當他不幸過世時帳戶裡有多少錢嗎？」

雨果厲聲回答：「我怎麼可能知道？」

「雨果爵士，容我為您解答，」艾力克斯從檔案夾裡抽出銀行對帳單，「七千英鎊多一點。」

「但重點是現在帳戶裡有多少錢。」雨果爵士得意地反駁。

「我非常同意，」艾力克斯拿出第二份銀行對帳單，「昨天結帳時，帳戶裡有四萬兩千多英鎊。」雨果拿手帕擦前額，並不斷抬頭瞄旁聽席。「接著我們該仔細想想，令尊亞歷山大爵士留給孫兒尼可拉斯的郵票收藏。」

「卡特萊特瞞著我把郵票給賣了。」

「雨果爵士，我要說，他是當著您的面賣掉。」

「家人始終視其為無價的傳家之寶，我絕不會同意賣了它。」

「不知道您需不需要多點時間來重新考慮這說法，我有您的律師戴斯蒙·蓋布雷先生所擬的法律文件，上面同意以五千萬美元的代價，將令尊的郵票收藏賣給德州奧斯汀的金恩·洪塞克先生。」艾力克斯說。

「就算那是真的，我也根本沒看到一毛錢，因為最後把收藏賣給洪塞克的是卡特萊特。」雨果說。

「他的確賣了。不過是以五千七百五十萬美元的代價，比您原本交涉的價格多出七百五十萬。」艾力克斯說。

這時法官問：「瑞德曼先生，您說這個有何用意？就算您的當事人很會為蒙可里夫的遺產開源節流，但竊取一切的還是他。難不成您想說，他一直打算將財產還給合法所有人嗎？」

「不，庭上。然而我想證明，也許卡特萊特並不像控方想讓我們相信的，是名罪大惡極的罪犯。事實上拜他的理財之賜，雨果爵士將遠比他所期望的還富有。」

這時馬修爵士獻上默禱。

「那不是事實！」雨果爵士說，「我會更窮。」

馬修爵士睜開雙眼，身子坐得筆直，低聲說：「老天有眼，孩子，幹得好！」

「我現在整個頭都昏了，」海克特法官說，「雨果爵士，既然戶頭裡的錢比您預期的還多出七百五十萬，您怎會變得更窮？」

「因為有第三方表示，除非我同意拿出兩成五遺產，否則不願透露我姪子究竟發生了什麼事，所以我最近和對方簽下法律契約。」

馬修爵士喃喃低語：「袖手旁觀，什麼也別說。」

法官大聲要求維持法庭秩序，直到恢復安靜後，艾力克斯才提出下一個問題。

「雨果爵士，您什麼時候簽約的？」

雨果從內袋拿出一小本日誌翻到要找的地方，「去年十月二十二日。」

艾力克斯查閱筆記說：「就是某位專業人士聯絡傅樂督察長，安排在不明地點會面的前一天。」

雨果說：「我不知道您在說什麼。」

「您當然不知道，您無從得知幕後所發生的事。不過雨果爵士，我得問在您簽下同意若是能拿回家產，將分給對方數百萬英鎊的法律契約後，這位專業人士究竟是說出什麼來換取您的簽名？」

「他告訴我家姪已經死了超過一年，那個坐在被告席的男人已侵占他的住處。」

「您聽到這驚人的消息時有什麼反應？」

「起初我並不相信，可是後來他給我看了幾張卡特萊特和尼克的相片，我必須承認他們眞的很像。」

「雨果爵士，我覺得難以置信，像您這麼精明，竟然看到這點證據就同意將兩成五的家產拱手分人。」

「不，那還不夠。此外，他又給我看了好幾張照片以支持他的主張。」

艾力克斯滿懷希望地提示：「另外幾張照片？」

「是的，其中一張是被告的左腿，上面顯示他膝蓋上面有條疤痕，證明他是卡特萊特而不是我姪子。」

這時馬修爵士低聲說：「轉移話題。」

「雨果爵士，您告訴法庭，要求瓜分您兩成五合法財產來交換這消息的人是位專業人士。」

「他當然是。」

「雨果爵士，也許您該說出這位專業人士是誰。」

「我不能說。」

艾力克斯必須等法官維持法庭秩序後，才能提出下一個問題。接著法官質問：「為什麼不能？」

馬修爵士低聲說：「就讓海克特去問吧！只要祈禱他別自己想出這專業人士是誰。」

雨果擦了擦前額：「因爲契約的條款之一，就是我絕不能洩露他的姓名。」

這時海克特法官將筆放在桌上，說：「雨果爵士，給我仔細聽著，如果你不想背負藐視法庭的罪名，在牢房裡待上一晚以促使自己恢復記憶，那我建議你回答瑞德曼先生的問題，告訴法庭這位要求瓜分你兩成五家產，才願意說出被告是騙子的專業人士是誰。我說得夠清楚了嗎？」

雨果開始不由自主地發抖，他抬頭看著旁聽席，只見瑪格麗特點點頭，於是回頭向法官說：「御用大律師史賓賽．克雷格先生。」

頓時法庭內開始議論紛紛。

馬修爵士說：「孩子，你可以坐下了，因爲我認爲他們置身丹尼的地盤，必定禍不單行。當然，除非我們德高望重的法官想要再審，否則現在他別無選擇，只能讓你傳喚史賓賽．克雷格。」

這時馬修爵士向阿諾．皮爾生望去，只見他抬頭看著自己的兒子，舉起假想的帽子說：「佩服之至，艾力克斯！」

76

「您覺得，要是孟羅與皮爾生交手，他會怎麼應付？」艾力克斯問。

馬修爵士回答：「事實證明，當老公牛對上老鬥牛士，橫衝直撞比不上經驗與老謀深算，所以我押孟羅贏。」

「那我什麼時候要對著公牛揮動紅布？」

馬修爵士說：「你不必動手，把樂趣留給鬥牛士吧。皮爾生抗拒不了這挑戰，起訴所產生的影響也將大得多。」

這時法警宣布：「全體肅立。」

等所有人就定位，法官便向陪審團說：「早安，各位陪審員。昨天各位聽皮爾生先生發表完控方陳詞，現在辯方也將獲得陳詞的機會。與兩造協商後，我將請各位撤銷一項罪名，也就是被告企圖竊取蒙可里夫在蘇格蘭的家產。雨果．蒙可里夫爵士已證實這並不屬實，同時根據他父親亞歷山大爵士的心願，莊園已交由蘇格蘭國家信託接管。然而被告仍面臨四項嚴重的罪名，各位有責任做出判斷。」

他親切地朝陪審團笑了笑，便看著艾力克斯，以遠比前一天尊重的語氣說：「請傳喚您的第一位證人。」

「謝謝庭上，」艾力克斯起身，「請傳喚弗萊瑟．孟羅先生。」

孟羅走入法庭的第一件事，就是向被告席的丹尼露出微笑。過去六個月來他曾赴貝爾馬什監獄探視他五次，丹尼知道他也曾與瑞德曼父子商議過好幾次。

同樣的，他也都沒收服務費。由於丹尼所有的銀行帳戶都已凍結，他僅有的就是擔任監獄圖書館員的十二英鎊周薪，根本不夠付孟羅從蘇格蘭人俱樂部到老貝利的計程車費。

弗萊瑟．孟羅走進證人席。他身穿黑色燕尾服、細直條紋褲與翼領白襯衫，並打了黑色絲領帶，散發出會影響許多蘇格蘭陪審團的權威感，看起來更像是法院官員，而不是證人。他先向法官鞠躬，才宣讀證詞。

接著艾力克斯說：「爲了記錄起見，能請您說出姓名與住址嗎？」

「我叫弗萊瑟・孟羅，住在蘇格蘭登布洛斯阿蓋爾街四十九號。」

「您的職業呢？」

「我是蘇格蘭高等法院的初級律師。」

「您能證實曾擔任過蘇格蘭法學會主席嗎？」

「可以，先生。」這是丹尼所不知道的。

「您是愛丁堡市的榮譽市民嗎？」

「我是有這榮幸，先生。」這又是丹尼原本不知道的。

「孟羅先生，請您向法庭說明您與被告之間的關係好嗎？」

「當然。和家父一樣，我也有幸代表亞歷山大・蒙可里夫爵士，也就是蒙可里夫家族的第一爵位保有人。」

「您是否也代表尼可拉斯・蒙可里夫爵士？」

「是的，先生。」

「當他在軍中，後來入獄時，您是否代理他的法律事務？」

「是的，當他在獄中時偶爾會打電話給我，不過我們多數作業都靠長期的書信往返進行。」

「當尼可拉斯爵士坐牢時，您曾探視過他嗎？」

「不，我沒有。尼可拉斯爵士明確地要求我別這麼做，而我也順從他的心意。」

艾力克斯問：「您第一次見到他是什麼時候？」

「他在蘇格蘭長大，我從小就認識他，可是在他回登布洛斯參加父親的葬禮前，我有十二年都沒見過他。」

「當時您能和他交談嗎？」

「當然，參加葬禮的兩名獄警十分體恤，讓我私下和尼可拉斯爵士談了一小時。」

「您下一次見到他是在七、八個星期後，也就是他剛離開貝爾馬什監獄，回到蘇格蘭時。」

「沒錯。」

「您有任何理由認爲，當時拜訪您的不是尼可拉斯．蒙可里夫爵士嗎？」

「沒有，先生。過去十二年來我只見過他一小時，那個走進我事務所的人不僅看起來像尼可拉斯爵士，連穿的衣服都跟我們上次見面一樣。此外，他還有我們之間多年來的所有通信，並戴著刻有家徽的金戒指，以及他祖父幾年前曾給我看過的銀鏈和鑰匙。」

「所以從任何一方面來看，他都是尼可拉斯．蒙可里夫爵士嗎？」

「就肉眼看來，先生，是的。」

「以後見之明來回想，您是否曾懷疑過自己所認爲的尼可拉斯．蒙可里夫爵士其實是個冒牌貨？」

「不曾，就各方面來說，他都展現出禮貌與魅力，在這麼年輕的人身上是很難得的。事實上，他比家族中任一名成員都更能讓我想起他祖父。」

「您最後是怎麼發現您的當事人其實不是尼可拉斯・蒙可里夫爵士，而是丹尼・卡特萊特？」

「在他被捕並控以目前審訊的種種罪名後。」

「孟羅先生，爲了記錄，您能證實從那天起，您就重新肩負起監管蒙可里夫家產的責任嗎？」

「沒錯，瑞德曼先生。然而我必須坦承，我個人並未處理卡特萊特日常進行的交易。他在那方面很有天賦。」

「目前家產的財務狀況比幾年前好，這點屬實嗎？」

「毫無疑問。但自從卡特萊特再度入獄，信託就無法維持原有的成長。」

這時法官打岔說：「孟羅先生，我衷心希望，您不是在暗示這件事減輕了指控的嚴重性？」

「不，庭上，我沒有這個意思，但隨著年紀漸長，我發現鮮少有事情是非黑卽白，往往是不同程度的灰色。總而言之，庭上，我有幸能爲尼可拉斯・蒙可里夫爵士效勞，並與卡特萊特先生合作。儘管他們種在不同的森林裡，但都是橡樹。不過庭上，話說回來，我們也全都是『生而爲囚』，受到出身的烙印所影響。」孟羅說。

這時馬修爵士睜開雙眼，凝視著這位他覺得相見恨晚的人。

艾力克斯繼續說：「孟羅先生，陪審團不可能忽視，您對卡特萊特先生懷有最大的欽佩與敬意。念及這點，他們或許覺得難以置信同一個人怎會涉及如此無法無天的詐欺。」

「瑞德曼先生，過去六個月來我不斷想著那個問題，並推論出他唯一的意圖，必定是要反擊遠比這更大的不公，而那……」

「孟羅先生，」法官斷然打岔，「您很淸楚，這並非表達個人意見的時間與場所。」

孟羅轉身面向法官，「庭上，感謝您的指點。但我發誓要澈底說出眞相，我想您也不願意我有所隱瞞吧？」

法官厲聲說：「先生，我當然不願意你隱瞞，但我再說一遍，這不是表達這類觀點的適當場所。」

「庭上，如果不能在中央皇家法庭坦誠表達個人意見，或許您能告訴我，還有什麼地方能隨心所欲說出自己所認爲的眞相？」

旁聽席傳來鼓掌聲。

海克特法官說：「瑞德曼先生，我認爲該繼續進行了。」

「庭上，我沒有其他問題要問證人。」法官聞言似乎鬆了口氣。

當艾力克斯回座時，馬修爵士靠過去低聲說：「老實說，我覺得親愛的阿諾．皮爾生有點可憐。他一定覺得很掙扎，不知究竟要冒著遭羞辱的危險正面迎戰這位大人物，還是乾脆迴避他，讓陪審團記得這一幕，日後能拿來娛樂孫子孫女。」

孟羅先生毫不退縮，定睛瞧著皮爾生，只見他正與助手熱烈討論，但兩人似乎同樣不知所措。

這時法官說：「皮爾生先生，我不想催您，可是您要詰問這位證人嗎？」

於是皮爾生比平常更緩慢地起身，既沒摸假髮，也沒用力拉律師袍的翻領。他瀏覽耗費整個周末準備的問題清單，但卻改變了心意。

「是的，庭上，但我不會耽擱證人太久。」

而馬修爵士喃喃說：「希望夠久就好了。」

皮爾生充耳不聞地說：「孟羅先生，我正費盡心思想瞭解，像您這麼精明又這麼嫻熟法律事務的人，怎會完全沒懷疑自己的當事人是個冒牌貨。」

孟羅用手指輕敲著證人席的圍欄，等到他估計法官已經沒耐心了，才開口說：「那很容易解釋，丹尼・卡特萊特始終都無懈可擊，不過我承認在我們為期兩年的關係中，他僅有一次片刻放鬆心防。」

「那次是什麼時候？」皮爾生問。

「當我們談到他祖父的郵票收藏時，我提醒他，他曾出席華盛頓特區史密森尼博物館收藏展的開幕典禮。我很訝異他似乎不記得那次的場合。由於他是蒙可里夫家族成員中唯一受邀的人，因此我覺得百思不解。」

皮爾生問：「您沒針對那問題質疑他嗎？」

孟羅說：「沒有，當時我覺得並不適當。」

「不過就算僅有片刻，」皮爾生連瞧也不瞧，便指著丹尼說，「只要您懷疑這人不是尼可拉斯爵士，想必就有責任要追根究底吧？」

「我當時不那麼認為。」

「可是這人不斷對蒙可里夫家族進行龐大的詐欺，且您也成為共犯。」

孟羅回答：「我不這麼認為。」

「可是您既然是蒙可里夫家產的管理人，當然有責任揭穿卡特萊特是騙子。」

孟羅平靜地說：「不，我並不認爲那是我的責任。」

「孟羅先生，那是否令您警覺到這人在沒有權利的狀況下，占據了蒙可里夫家族位於倫敦的宅邸？」

孟羅回答：「不，那並沒有讓我產生警覺。」

「這麼多年來，您如此小心翼翼地爲蒙可里夫家族保管財產，當您想到如今這非法侵入者掌控了一切，難道不感到膽戰心驚嗎？」

「不，先生，那想法並未讓我震驚。」

皮爾生質問：「可是後來，當您的當事人因詐欺、竊盜等罪名被捕時，難道您不覺得自己怠忽職守嗎？」

「皮爾生先生，我不需要請您告訴我，我是否怠忽職守。」

這時馬修爵士睜開一隻眼睛，而法官仍低著頭。

皮爾生的音調愈來愈高：「可是套另一句蘇格蘭人的話說，這人竊取了家產，您卻袖手旁觀。」

「不，先生，他並未竊取家產，而且我相信哈羅德．麥米倫[11]要是還活著，也會贊同我的看法。皮爾生先生，丹尼．卡特萊特唯一竊取的就只有家族姓氏。」

法官已從孟羅先生上次突襲中充分復元：「請向法庭解釋，您這段假設令我我面臨道德困

⑪ 哈羅德．麥米倫（Harold Macmillan）：蘇格蘭出身的英國前首相。

境。」

孟羅先生轉身面向法官，察覺包括門口的警察在內，法庭內人人都在注意自己，於是說：「閣下毋須爲任何道德困境煩惱，因爲我只對本案的法律細節感興趣。」

海克特法官步步爲營地說：「法律細節？」

「丹尼．卡特萊特先生是蒙可里夫家產的唯一繼承人，因此我想不通，就算他眞有違法，違反的究竟是哪條。」法官向後靠著椅背，旁觀皮爾生一步步深陷孟羅所設的泥淖。

皮爾生低聲問：「孟羅先生，您能向法庭解釋您這究竟是什麼意思嗎？」

「皮爾生先生，事情眞的很簡單。尼可拉斯．蒙可里夫爵士生前立下遺囑，除了給前司機艾爾．柯雷恩先生一萬英鎊的年金外，將一切都贈與倫敦堡區培根路二十七號的丹尼爾．卡特萊特。」這時馬修爵士睜開另一眼，不確定要注意孟羅還是皮爾生。

皮爾生拚命想找出可能的逃生路線，於是問：「這份遺囑經過澈底執行，並有人見證嗎？」

「尼可拉斯爵士是趁舉行他父親葬禮那天下午，在我的事務所簽署的。皮爾生先生，誠如您熱心指出的，我鑒於身爲蒙可里夫家產法律監護人的責任，以及整個狀況的重要性，因此在事務所另一名合夥人在場下，要求高級警官雷．帕斯科，以及亞倫．詹金斯見證尼可拉斯爵士簽名。」

孟羅轉身面向法官說：「庭上，要是您想過目，我有遺囑正本。」

法官回答：「不用，孟羅先生，謝謝。我很樂意相信您的話。」

皮爾生癱坐在長椅上，完全忘了說「庭上，沒有其他問題了」。

法官問：「瑞德曼先生，您要再詰問證人嗎？」

「庭上，只有一個問題，孟羅先生，尼可拉斯·蒙可里夫爵士留了任何財物給他叔叔雨果·蒙可里夫嗎？」

「沒有，」孟羅說，「一毛都沒有。」

「庭上，沒有其他問題了。」

當孟羅步出證人席，走到被告席前與被告握手時，整個法庭突然充斥著竊竊私語。

就在孟羅走出法庭時，艾力克斯問：「庭上，不知我能否向您提出一個法律問題。」

「當然，瑞德曼先生，但我得先讓陪審團離開。各位陪審員，如各位剛聽到的，辯護律師要求和我討論一個法律問題。或許它與本案沒有任何關係，但要是有關，當各位回來時，我會原原本本地報告。」

陪審團離開時，艾力克斯抬頭看著人滿爲患的旁聽席，最後眼光停留在一位迷人的年輕女性身上。他已注意到自從審訊開始後她每天都會坐在前排一端的位子上。艾力克斯原本想問丹尼她究竟是誰。

不久法警便走向法官席說：「庭上，已經清場了。」

「賀波先生，謝謝，」法官說，「瑞德曼先生，有什麼我能爲您效勞的？」

「庭上，令人敬重的孟羅先生作過證後，辯方將建議，沒有理由再答辯第三、四、五條罪狀，也就是侵占博爾頓街宅邸、出售郵票收藏牟利，還有簽發顧資銀行帳戶的支票。我們將要求撤銷這三項罪名，因爲不證自明，被告不能竊取已經屬於自己的東西。」

法官考慮了一下才回答：「瑞德曼先生，您說得很有道理。皮爾生先生，您意下如何？」

「庭上，我自認應該指出，儘管被告很可能是尼可拉斯・蒙可里夫爵士的遺囑受益人，但沒有任何跡象顯示當時他知道這點。」皮爾生說。

艾力克斯立即反駁：「庭上，我當事人很清楚這份遺囑的存在，也知道受益人是誰。」

法官說：「瑞德曼先生，那怎麼可能？」

「庭上，如同我上次所指出的，尼可拉斯爵士在獄中天天都寫日記。就在他參加完父親葬禮回到貝爾馬什監獄後的那天，便寫下有關個人遺囑的細節。」

法官指出：「可是那無法證明卡特萊特知道他的想法。」

馬修爵士聞言說：「庭上，要不是被告親自指出日記的相關段落以供我的助手斟酌，我會贊同您的觀點。」

「既然這樣，」皮爾生爲法官解圍，「皇家法庭不反對從訴狀中撤銷這三項罪名。」

法官說：「皮爾生先生，感謝您。當陪審團回來時我會這麼告訴他們。」

「庭上，感謝您，」艾力克斯說，「我很感激皮爾生先生對這件事的協助。」

「不過瑞德曼先生，想必我不用提醒您，最嚴重的罪行就是在監禁與起訴期間越獄。」法官說。

「庭上，我確實瞭解。」

法官聞言點點頭：「我將請法警帶陪審團回來，告訴他們這個進展。」

「庭上，還有一件相關的事。」

法官放下筆問：「瑞德曼先生，什麼事？」

「庭上，在雨果・蒙可里夫爵士作證後，我們已傳喚御用大律師史賓賽・克雷格先生出庭作證。由於他目前在另一個法庭主控一件訟案，因此要求閣下體諒，他要等到明天早上才有空出庭。」

這時幾名記者衝出法庭，打電話給編輯台。

法官說：「皮爾生先生？」

「庭上，我們不反對。」

「謝謝，等陪審團回來我告知他們這兩件事後，今天就先讓他們回去。」

「庭上，就照您的意思，」艾力克斯說，「不過在您這麼做前，可否容我提醒您明天的訴訟程序略有改變？」這時海克特法官再度放下筆，並點點頭。

「庭上，您應該知道，根據英國法界公認的傳統，在一宗訴訟案內，助手可以訊問其中一名證人，好從經驗裡學習，並確實獲得推升事業的機會。」

「瑞德曼先生，我想我瞭解這麼做的用意。」

「庭上，那麼在您的允許下，當我們訊問下一名證人史賓賽・克雷格先生時，將由我的助手馬修・瑞德曼主辯。」

其餘的媒體兵團全衝出門外。

77

丹尼在貝爾馬什監獄的牢房內又是一夜無眠，令他睡不著的並不僅僅是大艾爾的鼾聲。貝絲坐在床上想要看書，但一心想著另一個故事的結局，始終連一頁都沒翻。艾力克斯・瑞德曼明白，如果他明天失敗，將不再有第三次機會，因此也沒闔眼。馬修・瑞德曼爵士反覆查閱問題的順序，根本懶得上床。至於史賓賽・克雷格則是輾轉難眠，努力猜測馬修爵士可能問的問題，以及避不回答的策略。

阿諾・皮爾生始終沒睡。

海克特法官則睡得很好。

當丹尼登上被告席時，四號法庭早已人滿爲患。他環顧法庭，並很訝異的發現一群資深大律師與初級律師爭先恐後，努力尋找觀看訴訟的好位置。

媒體區擠滿了刑事記者，過去一周來他們已寫過無數報導，並提醒他們的編輯嚴陣以待明天頭條新聞的初稿出爐。他們等不及要看《泰晤士報》所描述的「F・E・史密斯[12]以來最偉大的律師，對決新世代最傑出的御用大律師」，也就是《太陽報》所比喻的「獴與蛇的交鋒」。

丹尼抬頭看旁聽席，並向照常坐在他母親身旁的貝絲微笑。莎拉・達文波特則低著頭坐在前

---

⑫　F・E・史密斯（Frederick Edwin Smith）：英國保守黨政治家及知名律師，曾擔任大法官。

排的末端。至於皮爾生則坐在律師席正與助手閒聊，只見他顯得比在審訊的任何時候都輕鬆。不過話說回來，今天他只是旁觀者，而不是參與者。

法庭律師席上唯一空著的，就是艾力克斯與助手在長椅另一頭的位子。法庭額外派了兩名員警守在門口，好向遲到者說明現在只有因公者才能進入法庭。

丹尼坐在被告席中央，也是法庭內最好的位子。這是場帷幕升起前，但願自己已先看過劇本的演出。

人人都等著四名要角出場，庭內瀰漫著期待的竊竊私語。九點五十五分，員警打開法庭大門，那些找不到座位的人紛紛站到一旁，好讓艾力克斯．瑞德曼與助手走向律師席，聚集的人群頓時也鴉雀無聲。

今天早上馬修爵士不再閉著雙眼坐在角落假寐。他甚至沒有坐下，而是筆直地站著環顧法庭。上次他以辯護律師的身分出庭已經是許多年前的事了。他一觀察好身邊的情勢，便打開前一晚妻子從閣樓取下、十年都不曾用過的小木架。他將架子放在面前的桌上，並從袋內拿出一疊紙，上面以工整筆跡所寫的，正是克雷格花了一整晚想猜測的種種問題。最後他交給艾力克斯的，是他們心裡都明白，可能決定丹尼．卡特萊特命運的兩張照片。

等一切都就緒後，馬修爵士才轉身向老對手笑說：「早安，阿諾。希望我們今天不會太麻煩你。」

皮爾生也回笑說：「我完全贊同你的看法。事實上，馬修，儘管我在法界的這些年從來不會希望對手贏，但今天例外，我要打破這輩子的老習慣，祝你好運。」

馬修爵士欠身鞠躬說：「我會盡力達成你的願望。」接著他坐下閉起雙眼，開始讓自己鎮定下來。

艾力克斯則忙著準備文件、副本、照片還有各種資料，一疊疊放得整整齊齊。這樣當父親猶如奧運接力選手猛然伸出右手時，他就能立即交棒。

海克特法官走進來，無關緊要的嘈雜閒談聲馬上停止。他從容走向擺在臺上正中央的三把椅子，試圖讓人覺得當天早上法庭不會發生任何麻煩事。

他端坐在中間的椅子，花了比平常久的時間準備用筆，並查閱筆記本，以等陪審員一一就座。

等他們一就位，他便以相當和藹可親的聲調說：「早安，各位陪審員，今天第一位證人將會是御用大律師史賓賽・克雷格先生。各位應該還記得當雨果・蒙可里夫爵士接受詰問時曾提過他的名字。雖然克雷格先生既不是控方，也不是辯方的證人，卻接受傳喚出庭，代表並非自願這麼做。各位必須謹記，你們唯一的責任就是判斷克雷格先生所提供的證詞，是否與本庭審訊的案子有任何關係，亦即被告是否非法逃獄？請根據這一點並且只針對這項罪名，做出裁決。」

海克特法官低頭朝陪審團笑了笑，才轉向助理律師說：「馬修爵士，您準備好傳喚證人了嗎？」

馬修・瑞德曼緩緩起身回答：「庭上，我當然準備好了。」不過他並未傳喚證人，而是先爲自己倒了杯水，接著在鼻端戴上眼鏡，最後才打開紅皮資料夾。他確定自己準備好迎戰後，才說：「我傳喚史賓賽・克雷格先生。」他說出的每個字都彷彿敲起喪鐘。

這時一名法警走向通道大喊：「史賓賽．克雷格先生！」

這時人人的注意力都集中在法庭門口，等著最後一名證人走進來。不久穿著律師袍的史賓賽．克雷格大步走入法庭，儼然不過是繁忙律師生活中的另一天。

克雷格走入證人席，拿起聖經並面向陪審團，以堅定自信的態度宣誓。他明白只有陪審團能決定自己的命運。接著他把聖經交還法警，並轉身面向馬修爵士。

馬修爵士彷彿想盡力協助證人似的，以平靜的語調輕聲說：「克雷格先生，爲了記錄起見，能請您說出姓名與住址嗎？」

「史賓賽．克雷格，住在倫敦漢布頓街四十三號。」

「您的職業呢？」

「我是大律師，也是御用大律師。」

「所以我沒必要提醒這樣傑出的法界人才有關宣誓的重要性，或是這法庭的權威囉？」

克雷格回答：「馬修爵士，雖然您似乎已經這麼做了，但卻毫無必要。」

「克雷格先生，您什麼時候發現，尼可拉斯．蒙可里夫爵士其實是丹尼爾．卡特萊特先生？」

「我有位朋友曾與尼可拉斯爵士同校，他無意中在多徹斯特飯店碰到對方，隨卽察覺他是個冒牌貨。」這時艾力克斯在第一個空格內打了勾，克雷格顯然料到他父親的第一個問題，並給了個準備萬全的答案。

「這位朋友爲什麼會特別挑上您告知這項驚人的發現？」

「他並沒這麼做，只是有天吃晚飯閒聊時無意間提起。」

再打了個勾。

「那又是什麼促使您冒險推斷，那位冒充尼可拉斯．蒙可里夫爵士的人其實是丹尼爾．卡特萊特？」

克雷格說：「直到過了一段時間，某晚在戲院裡，有人介紹大家信以爲眞的尼可拉斯爵士給我，令我震驚的就是他與卡特萊特之間除了行爲舉止，就連容貌也酷似，我才這樣推論。」

「是不是就在這時候，您決定聯絡傳樂督察長，並提醒他有關您的疑慮？」

「不，我認爲那麼做是不負責任的，所以先聯絡蒙可里夫家族的一位成員，以免如您所說的『冒險』。」艾力克斯在問題表上又打了個勾。到目前爲止，他父親尚未攻擊克雷格。

馬修爵士心裡清楚得很，但仍問：「您聯絡了哪位家族成員？」

「雨果．蒙可里夫先生，也就是尼可拉斯爵士的叔叔。他告訴我姪子大約兩年前出獄那天起就從不會和他聯絡，這只令我更加懷疑。」

「您是在那時告訴傳樂督察長這些疑慮嗎？」

「不，我還是認爲自己需要更具體的證據。」

「不過克雷格先生，督察長大可提供協助，減輕您的負擔啊。我不瞭解爲什麼像您這麼忙碌的專業人士，會選擇繼續捲進去？」

「馬修爵士，如我已經解釋的，我認爲自己有責任確保警力不會被浪費。」

「您還眞是熱心公益。」克雷格不顧馬修爵士話中帶刺，逕自向陪審團露出微笑。馬修爵士接著說：「但我必須問，是誰提醒您若能證明尼可拉斯爵士是冒牌貨，可能會得到好處？」

「好處？」

「是啊，克雷格先生，好處！」

克雷格說：「我不太確定您的意思。」這時艾力克斯在表上打了第一個叉——證人顯然在拖延時間。

「那就讓我幫幫您。」馬修爵士邊說邊伸出右手，從艾力克斯手裡接過一張紙。馬修爵士緩緩掃視那張紙，讓克雷格有時間懷疑那上頭可能有什麼驚人的問題。

「克雷格先生，這樣說對不對？」馬修爵士說，「要是您能證明在貝爾馬什監獄裡自殺的是尼可拉斯．蒙可里夫，而不是丹尼．卡特萊特，那雨果．蒙可里夫先生不僅能繼承家族頭銜，還能連帶繼承龐大的家產。」

克雷格毫不畏懼的說：「當時我並不知道那點。」

「所以您純然是出自『利他』的動機囉？」

「是的，先生，還有出自見到危險的暴力罪犯入獄的願望。」

「克雷格先生，不久我就會談到那個該關入大牢的危險、暴力罪犯，可是在那之前，容我請教，您強烈的公益感是何時被迅速致富的可能性征服了？」

「馬修．瑞德曼，」法官打岔說，「我認爲助理律師跟御用大律師說話時不該用那種措詞。」

「庭上，抱歉，我要改變措詞。克雷格先生，當初您發現晚餐時從朋友那兒聽來的消息，或許能讓您賺進數百萬英鎊，究竟是什麼時候的事？」

「當雨果爵士請我私下代他採取行動時。」

儘管艾力克斯明知克雷格在說謊，但仍在另一個料到的問題上打了勾。

「克雷格先生，您認爲御用大律師以二手情報來換取某人遺產兩成五的收費，是合乎道德的事嗎？」

克雷格冷靜地說：「馬修爵士，大律師按結果收費如今已相當普遍。據我瞭解，這種慣例就是從您那時代才開始的，因此也許我該指出本人並未收取酬金或任何費用。萬一事實證明我的懷疑並不正確，那我將損失可觀的時間與金錢。」

馬修爵士對他笑說：「克雷格先生，您將會很高興的，因爲『利他』的動機已獲勝。」儘管克雷格迫不及待想知道馬修爵士所指爲何，但並未因他話中帶刺而心浮氣躁。馬修爵士好整以暇的說：「如您可能得知的，已故尼可拉斯．蒙可里夫爵士的初級律師，也就是弗萊瑟．孟羅先生最近告知法庭，他的當事人將全部家產都贈與摯友丹尼．卡特萊特。所以正如您所擔心的，您已浪費了可觀的時間與金錢。不過克雷格先生，讓我向您保證，雖然我當事人鴻運當頭，但我不會爲了自己的服務向他索取兩成五的遺產。」

「您也別想，」克雷格氣沖沖地打岔，「他至少還要在牢裡待二十五年，拿到這筆意外之財之前，必須經過漫長的等待。」

「克雷格先生，也許我說得不對，」馬修爵士平靜地說，「不過我覺得裁決的會是陪審團，而不是您。」

「馬修爵士，也許我說得不對，可是我想您會發現，陪審團好一陣子以前就已經做出裁決。」

「這恰好令我想起您與傅樂督察長的會面，這是您巴望沒人會發現的。」克雷格一副要回應的模樣，但重新考慮後顯然改變了念頭，還是讓馬修爵士繼續說。「督察長做事認眞負責，他告知法庭，在考慮動手逮捕前，除了兩人酷似的相片外還需要多一些證據。他在回答我主辯律師的問題時，證實您提供了證據。」

馬修爵士知道自己在冒險，要是克雷格回答說不明白馬修爵士在講什麼，他不過是把個人的懷疑告訴督察長，讓對方決定是否該採取行動，那馬修爵士就沒法追問後續問題了。這樣一來，他就必須換另一個主題，而克雷格也會瞭解到他不過是進行了一次一無所獲的試探。可是克雷格並未立卽回答，這令馬修爵士有信心冒更大的風險。他轉向艾力克斯，以大得足以讓克雷格聽到的聲音說：「給我卡特萊特沿著堤岸路跑步的照片，要能看出有傷疤的。」

艾力克斯遞給父親兩張大照片。

克雷格猶豫了好一會兒才說：「或許我曾告訴督察長，要是住在博爾頓街的人左大腿緊靠膝蓋上方有傷疤，那就能證明其實他是丹尼．卡特萊特。」

艾力克斯已能聽見自己的心跳，但卻面無表情。

「後來您交給督察長一些照片，以證明自己的論點嗎？」

「可能給了一些。」克雷格承認。

馬修爵士猛然將照片遞給他：「也許您需要看到照片才可能恢復記憶吧？」這是最大的風險。

「不必了。」克雷格說。

「我要看照片，我想陪審團也一樣。」聽法官這麼說，艾力克斯轉頭看見幾名陪審員正點著頭。

馬修爵士說：「當然，庭上。」於是艾力克斯遞了一疊相片給法警，由對方先遞了兩張給法官，接著分發給陪審團還有皮爾生後，最後才遞給證人。

克雷格疑惑地凝視著那些相片，這並不是傑洛德．裴恩拍攝卡特萊特傍晚跑步的那組照片。要不是他承認知道這疤痕，辯方早就一敗塗地，陪審團也將被矇在鼓裡。他知道挨了馬修爵士一拳，但他仍穩穩站著，而且不會傻傻再挨第二拳。

「庭上，」馬修爵士說，「您會在卡特萊特先生左大腿緊靠膝蓋的上方看見證人所提到的疤痕。雖然隨著時間消逝疤痕已經變淡，不過肉眼仍看得清清楚楚。」接著他將注意力轉回證人說：「克雷格先生，您大概還記得傅樂督察長在宣誓下說，他就是憑這證據才決定逮捕我當事人的。」克雷格無意反駁他。由於馬修爵士認爲這個論點已確立，因此並未再逼問。他在有把握提出令克雷格措手不及的問題前，必須讓這疤痕深深烙印在陪審團腦海，因此他頓了頓，好讓對方有更多時間來研究相片。

「您當初是什麼時候打電話給傅樂督察長的？」

由於除了艾力克斯外，克雷格就和法庭內的每個人一樣，努力想瞭解這問題的含意，因此又是一陣沉默。

最後他才回答：「我不太確定您的意思。」

「那請容我提醒您，克雷格先生，去年十月二十三日那天您打電話給傅樂督察長，第二天您便與他密會，交給對方顯示丹尼．卡特萊特疤痕的照片。不過您第一次與他接觸究竟是什麼時候？」

克雷格想藉由某種方式來避免正面回答問題。他望著法官想尋求指引，但並未獲得回應。最後他才設法說：「就是在我目睹丹尼．卡特萊特刺死他的朋友後，便打電話報案，當時出現在敦洛普紋章的警員正是他。」

馬修爵士趁法官還來不及介入前，就說：「他的朋友。」好讓這件事留在紀錄上。艾力克斯見識到父親的足智多謀，不禁露出微笑。

這時海克特法官皺起眉頭，明白既然克雷格無意間舊話重提，他再也無法阻止馬修爵士就初審問題追根究柢。馬修爵士望著陪審團複述：「他的朋友。」他原以爲阿諾．皮爾生會打斷他的話，但律師席的另一頭卻毫無動靜。

克雷格自信地說：「那是法庭紀錄副本對伯納德．威爾森的描述。」

「的確，」馬修爵士說，「我稍後會提及那副本。不過現在我要回到傅樂督察長身上。在伯納德．威爾森死後，您第一次見到他時曾做過一項陳述。」

「沒錯。」

「事實上，克雷格先生，您總共做過三項陳述：第一、刺殺後三十七分鐘；第二、當晚由於您睡不著覺，便著手記錄下來；第三、七個月後，當您爲丹尼．卡特萊特審判案出庭作證時。我擁有這三項陳述的紀錄，克雷格先生，我必須承認它們的一致性眞是天衣無縫。」由於克雷格等著話中帶刺的挖苦，因此並未吭聲。「然而令我不解的是，由於您在第一項陳述中提起丹尼．卡特萊特左腿上的疤痕——」這時艾力克斯遞給父親一張紙，馬修爵士念說：「我看見卡特萊特從吧檯抄起刀子，尾隨那女人還有另一個男人走進巷子。不久我就聽到尖叫聲，也就在那時，我跑到巷子裡，看到卡特萊特一遍遍刺著威爾森的胸膛。接著我回到酒吧立刻打電話報警。」接著馬修爵士抬頭說：「您想對那陳述做任何修正嗎？」

「不想，」克雷格斷然說，「事實就是那樣。」

「嗯，不盡然。」艾力克斯說，「警方紀錄顯示，您是在十一點二十三分報警的，所以有人一定會問，您在這中間——」

這時法官打岔說：「馬修爵士，」，但他很訝異皮爾生並未插話，只是雙手抱胸，文風不動地坐著。「請記住，您當事人在訴狀上留下的唯一罪名就是逃獄，而您能證明這個問題有關嗎？」

馬修爵士等到久得足以令陪審團好奇為何法官不准他問完上一個問題後，這才回答：「不，庭上，我不能。然而，我衷心希望能提起一個與本案有關的問題，也就是被告左腿上的疤痕。」這時他再度與克雷格四目相交。「克雷格先生，您能證實並未目睹有人刺丹尼．卡特萊特的左腿嗎？那起事件讓他的腿留下疤痕，在您交給督察長作為證據，好逮捕我當事人的照片中，都看得一清二楚嗎？」

艾力克斯屏息凝神，過了好一會兒，克雷格終於說：「是的，我沒看到。」

「克雷格先生，請滿足一下我的好奇心，並容我提出三套劇本以供參考。接著您就能依個人豐富的刑事犯罪經驗告訴陪審團，您認為其中哪個最可能了。」

克雷格嘆說：「馬修爵士，如果您認為玩遊戲能對陪審團有任何幫助，那就請便吧！」

馬修爵士說：「我想您會發現，這種室內遊戲對陪審團將有所助益。」兩人彼此凝視了好一會兒，馬修爵士才說：「請容我提出第一套劇本：丹尼．卡特萊特正如您所說，從吧檯抄起刀子尾隨未婚妻進入巷內，朝自己腿上刺下去，然後拔出刀子，再刺死最要好的朋友。」

這時法庭爆出一陣哄堂大笑，克雷格等笑聲漸歇後，才答說：「馬修爵士，您心裡明白那是個笑話。」

「克雷格先生，我很高興我們終於找到某些共識。接下來讓我提出第二套劇本：事實上，從吧檯抄起刀子的是伯納德・威爾森，他和卡特萊特跑進巷子，刺了卡特萊特的腿後，便拔出刀子再刺死自己。」

這次連陪審團都跟著笑了起來。

克雷格說：「那就更滑稽了，我不是很確定您認爲這比手畫腳遊戲能證明什麼。」

「這遊戲證明，」馬修爵士說，「刺丹尼・卡特萊特腿的那個人，正是刺伯納德・威爾森胸膛的那個人，因爲涉案的只有一把刀，也就是從吧檯抄起的那把。因此克雷格先生，我贊同您的看法，前兩套劇本很滑稽。不過在我提出第三套劇本前，請容我請教您最後一個問題。」這時法庭內人人的目光都集中在馬修爵士身上。「如果您沒看到有人刺卡特萊特的腿，又怎麼可能知道他腿上有這條疤痕？」

這下衆所矚目的變成克雷格，只見他不再冷靜。當他緊抓證人席的圍欄時，感到雙手直冒冷汗。

克雷格設法以自信的聲音說：「我一定在審訊紀錄副本裡看到過。」

「您知道，像我這種老兵退休後所面臨的問題之一，」馬修爵士說，「就是閒著沒事幹。所以過去六個月來我的床頭書正是這副本。」接著他拿起五公分厚的文件說：「我從頭到尾整整看了兩次。這些年我身在法界所發現的事情之一，就是讓罪犯露出馬腳的往往不是證據裡的東西，而是遺漏在證據外的事物。克雷格先生，讓我向您保證，從第一頁到最後一頁都沒提到丹尼．卡特萊特左腿的傷。」馬修爵士幾乎以耳語的聲音說：「克雷格先生，所以我要提出最後一套劇本：從吧檯抄起刀子再跑到巷內的人，是您。拿刀刺入丹尼．卡特萊特大腿的，是您。拿刀刺進伯納德．威爾森胸膛，讓他死在朋友懷裡的，是您。而要在牢裡度過餘生的，也是您。」

法庭裡頓時出現一陣騷動。

接著馬修爵士轉身面向阿諾．皮爾生，他絲毫沒有想要伸出一根手指頭協助自己的同僚，只是雙手交叉抱胸，弓身坐在律師席的角落。

等法警要求肅靜，法庭內恢復秩序後，法官才開口說：「我認為該給克雷格先生機會，以回應馬修爵士的指控，而不是任它們懸在半空中。」

克雷格平靜地說：「庭上，我很樂意這麼做。不過首先我要向馬修爵士提出第四套，也是至少具有可靠性的劇本。」

馬修爵士靠在椅背上說：「我等不及了。」

「以您當事人的背景看來，難道不可能在出事那晚之前就傷了大腿嗎？」

「不過那還是沒有解釋，當初您怎麼可能知道這疤痕的。」

「我不必解釋，」克雷格反駁說，「因為陪審團已裁決，您的當事人站不住腳。」他一副自滿的模樣。

馬修爵士說：「我可不會那麼有把握。」他轉向兒子，接過一個小硬紙盒，將盒子放在面前的架子上，接著好整以暇的拿出一件牛仔褲並高高舉起，好讓陪審團全都看個清楚。「這是當獄方以爲丹尼・卡特萊特上吊自殺時，歸還給貝絲・威爾森小姐的牛仔褲。我深信陪審團會有興趣看到，左大腿下方有條沾滿血跡的裂痕，這正好與……」

隨卽爆發的交頭接耳聲，淹沒了馬修爵士接下來所說的話。人人都轉頭看克雷格，想知道他會怎麼回應，可是他還沒來得及答覆，皮爾生終於站起來。

爲了讓大家聽到他的話，皮爾生只得以幾近大喊的聲音說：「庭上，我必須提醒馬修・瑞德曼，受審的不是克雷格先生，至於這件證物——」他指著馬修爵士仍舉著的牛仔褲說，「與判斷卡特萊特是否逃獄並無關聯。」

海克特法官再也無法掩飾自身的怒氣，一臉厲色取代了原本愉快的笑容。法庭內一恢復安靜，他就說：「皮爾生先生，我眞是很有同感。被告牛仔褲上沾滿血跡的裂痕無疑與本案無關。」他頓了頓，才低頭鄙視地看著證人說：「然而，由於依我所見，在『皇家法庭對丹尼爾・亞瑟・卡特萊特案』中，可能出現嚴重的誤判，因此我認爲，在本案與前案的庭訊紀錄副本全部送交檢方參酌前，除了中止審訊並解散陪審團外，已別無選擇。」

這時記者紛紛衝向門口，其中某些人甚至尚未離開法庭便已開始打手機，整個法庭出現一片騷動，但這次法官根本無意加以制止。

艾力克斯轉身向父親道賀，結果發現他閉著雙眼癱坐在律師席的角落。接著他睜開一隻眼睛，抬眼凝視著兒子說：「孩子，離結束還早得很呢！」

第六部　審判

78

——我若能說萬人的方言，並天使的話語，卻沒有……

麥可神父一祝福完新人，卡特萊特夫婦便加入聚集在丹尼·卡特萊特墓旁的其他會眾。

——我若有先知講道之能，也明白各樣的奧祕，各樣的知識，而且有全備的信，叫我能夠移山，卻沒有……

以這種方式向尼克致敬是新娘的意思，而麥可神父也同意舉行追思儀式，以紀念這位因死亡而使丹尼得以證明自身清白的人。

——我若將所有的周濟窮人，又捨己身叫人焚燒，卻沒有……

除了丹尼以外，在場的只有兩個人認識這名客葬異鄉的男子。其中一個人身穿黑色燕尾服、翼領襯衫，並打著黑色絲領帶，筆直地站在墳墓的另一側。弗萊瑟・孟羅從登布洛斯南下倫敦東區，以代表他服務的最後一位蒙可里夫家族成員。丹尼一直試圖感謝他的睿智與毅力，但孟羅先生只說：「但願我有幸能服務兩位。」接著這位蘇格蘭教會的長者又說：「可是這並非上帝的旨意。」這是另一個丹尼不瞭解他的地方。

婚禮開始前，他們齊聚在威爾森家的頂樓豪宅。孟羅花了相當多時間欣賞丹尼的畫，並說：「丹尼，我不知道您收藏麥塔格特、派普羅與勞德[1]的畫作。」

丹尼咧嘴笑說：「我想您會發現這是勞倫斯・達文波特的收藏。我只是買下來掛在家中，我打算再收藏更多蘇格蘭畫派的作品。」

孟羅說：「真像您祖父。」丹尼決定不要向孟羅先生點明他其實根本不認識亞歷山大爵士。「順便告訴您，」孟羅靦腆地說，「我必須承認，當您安全被關在監獄裡時，我不擇手段地攻擊了您的一個敵人。」

---

① 麥塔格特（William McTaggart）、派普羅（Samuel John Peploe）與勞德（Robert Scott Lauder）三位皆是蘇格蘭的畫家。

「哪一個？」

「就是雨果．蒙可里夫爵士。更糟的是，我沒徵求您的同意就這麼做，這眞是太不專業了。這陣子以來我始終想一吐爲快。」

「孟羅先生，如今您的機會來了，」丹尼故作正經，「所以我不在的時候您究竟做了什麼？」

「我必須承認，我把有關亞歷山大爵士第二份遺囑效力的文件，全送交地方檢察官辦公室，提醒對方我認爲可能有犯罪的事實。」丹尼沒吭聲，早自雙方有交情起，他便瞭解到當孟羅開始滔滔不絕時，千萬別打岔。「由於過了好幾個月都沒有動靜，我想蓋布雷先生已經設法掩蓋了整件事。」他頓了頓又說：「直到我今天早上搭機南下倫敦，才看到《蘇格蘭人報》的消息。」接著他打開隨身公事包，拿報紙給丹尼看。

丹尼盯著頭版頭條，上面寫著「雨果．蒙可里夫爵士因僞造文書與詐欺未遂被捕」。還搭配一大張蒙可里夫爵士的照片，不過依丹尼看來，那張照片拍得並不好。當丹尼看完文章時，笑著對孟羅說：「嗯，您確實說過，只要他再找我任何麻煩，那『所有的約定都不算數了』。」

「我眞的說過那些話？」孟羅厭惡地說。

——我們現在所知道的有限，先知所講的也有限。

丹尼的目光移向尼克在場僅剩的朋友身上，這人遠比他或孟羅都更熟識尼克，只見大艾爾立正站在帕斯科與詹金斯中間。典獄長准許他以事假的名義來參加朋友的喪禮。當他們的眼神相會時，丹尼露出微笑，但大艾爾卻立刻低下頭，因爲他不想讓在場的陌生人看到自己哭泣。

——等那完全的來到，這有限的必歸於無有了。

這時丹尼將注意力轉向艾力克斯・瑞德曼，當貝絲請他當兒子，也就是克莉絲蒂的弟弟的教父時，他顯然滿心歡喜。艾力克斯站在父親身旁，丹尼正是拜馬修爵士之賜，才得以恢復自由之身。

就在審訊中止後幾天，當他們齊聚艾力克斯的事務所時，丹尼曾問馬修爵士他所謂「離結束還早得很」究竟是什麼意思。當時馬修爵士將丹尼帶到一旁，以免讓貝絲聽到他的話，接著才說，儘管克雷格、裴恩和達文波特都被捕，並被控謀殺伯納德・威爾森的罪名，但仍自稱清白，而且顯然宛如團隊般同心協力。馬修爵士警告丹尼，他與貝絲將繼續承受審訊的折磨，爲葬在聖瑪麗教堂墓園的另一位朋友作證，說明那天晚上究竟發生了什麼事。當然，除非……

——我們如今彷彿對著鏡子觀看，糢糊不清；到那時就要面對面了。我如今所知道的有限，到那時就全知道，如同主知道我一樣。

丹尼忍不住朝對街望去，只見新漆好的招牌已架好，寫著「卡特萊特修車廠，嶄新經營管理」。他一完成協議，與蒙提・休斯談好價錢，孟羅便擬好合約，讓丹尼能接掌每天早上只要過條馬路就能通勤上班的事業。

瑞士銀行家已經說得很清楚，他們認為丹尼為對街修車廠付了太高的代價。但是丹尼不覺得塞加特或布列松會願意花那麼多時間去讀王爾德的劇本，因此懶得跟塞加特解釋「價格」與「價值」之間的差異。

——如今常存的有信，有望，有愛，這三樣，其中最大的是愛。

丹尼緊握妻子的手，明天他們將搭機赴羅馬共度姍姍來遲的蜜月。在蜜月期間他們將設法忘記，當自己重返英國時必須面對另一串漫長的審訊，最後整個折磨才會結束。就在這時，他們十周大的兒子號啕大哭來表達自己的感受，不過他不是要紀念尼可拉斯·蒙可里夫爵士，只是嫌儀式太長。無論如何，他已經餓了。

「噓，」貝絲抱著尼克安慰說，「再等一下，我們就可以回家了。」

——奉聖父、聖子和聖靈之名……

79

「把犯人帶上來。」

早在上午十點以前，老貝利的四號法庭就擠滿了人，不過話說回來，御用大律師、下議院議員還有演藝紅星被控殺人、鬥毆與串謀妨礙司法公正等罪名，可不是天天都有的事。

律師席上坐滿了頂尖的法律專家，他們在等待犯人至被告席就位之際，忙著核對檔案、整理文件，以及為開庭陳詞做最後的修飾。

代表三名被告的全是初級律師所能委託到的一流辯護律師。衆人在走道議論紛紛，說只要他們都堅持原本的說詞，十二名陪審團成員就很難做出一致的裁決了。當史賓賽·克雷格、傑洛德·裴恩與勞倫斯·達文波特在被告席上各就各位時，嘈雜的議論聲頓時靜了下來。

克雷格謹慎地穿上細直條紋深藍西裝、白襯衫，並打著他最喜愛的淡紫色領帶，看起來彷彿像是他走錯了門，本來應該是坐在律師席，等著發表開庭陳詞才對。

裴恩一臉鎮定，身穿深灰色西裝、乳黃色襯衫並打著校友領帶，穿著與他的國會議員的身分相稱得體。

至於達文波特則穿著褪色牛仔褲、開領襯衫與運動夾克。他一臉鬍子沒刮，第二天早上媒體將形容這是有型的短鬚，不過也會報導他看起來好像幾天都沒睡過覺。達文波特完全不理會媒體區，只抬眼朝旁聽席望去；同一時間，裴恩與克雷格則有如在熱鬧的飯館等待用午餐般，彼此正聊著天。達文波特一確認她就位後，便兩眼茫然地直視前方，等待法官出現。

當阿米塔吉法官走進來時，順利在擁擠的法庭內找到位子的人全站起來。他等大家行過禮並回禮後，才在法官席中間的位子坐下，並和藹可親地笑著向下望，彷彿這不過是另一個上班的日子。接著他指示法警帶陪審團進來。法警深深鞠了躬後消失在側門外，不久再度出現，身後跟著隨機選出、將審判三名被告的十二位公民。

當達文波特的辯護律師看到陪審團內有七名女性、五名男性時，臉上不禁閃現一絲笑容。他自信如今最壞的結果，就是出現意見不一、無法達成決議的陪審團。

陪審團就座後，克雷格心裡明白，唯有他們才能決定自己的命運，因此懷抱著高度的興趣端詳對方。由於他們只需要三名光想到勞倫斯．達文波特入獄就受不了的陪審員，因此他已經交代達文波特要與女陪審員做眼神接觸。只要達文波特能成功完成這項簡單的任務，他們就都能恢復自由。不過令克雷格煩惱的是，他看到達文波特並未遵從這簡單的指示，反倒顯得心事重重，只是兩眼發直地凝視前方。

陪審團一就位，法官便請法庭助理宣讀罪狀。「請被告起立。」

這時三個人都站了起來。

「史賓賽．馬爾坎．克雷格，你被控在一九九九年九月十八日那晚，殺害伯納德．威爾森，犯下一級謀殺罪。你認不認罪？」

克雷格反抗說：「我無罪。」

「傑洛德．大衛．裴恩，你被控在一九九九年九月十八那晚，參與最後導致伯納德．威爾森死亡的鬥毆。你認不認罪？」裴恩斷然說：「我無罪。」

「勞倫斯．安德魯．達文波特，你被控在二〇〇〇年三月二十三日那天，雖然經過宣誓，但在明知故犯下，仍就關鍵證詞做了偽證，妨礙司法公正。你是否認罪？」

這時法庭內人人都注視著這位演員，達文波特發現自己頓時又成了焦點，但他只是抬起頭，望著坐在旁聽席前排角落的姊姊。

莎拉對弟弟展露鼓勵的微笑。

達文波特低下頭，似乎猶豫了一下，才以幾乎聽不到的聲音說：「我認罪。」

（全書完）

生而爲囚（全新修訂版）

A Prisoner of Birth

作　　者　傑佛瑞・亞契（Jeffrey Archer）
譯　　者　楊幼蘭
責任編輯　黃少璋
校　　對　沈如瑩
封面設計　張巖
內頁排版　郭嘉敏

出　　版　惑星文化／遠足文化事業股份有限公司
發　　行　遠足文化事業股份有限公司（讀書共和國出版集團）
地　　址　231新北市新店區民權路108之2號9樓
郵撥帳號　19504465 遠足文化事業股份有限公司
電　　話　(02)2218-1417
信　　箱　service@bookrep.com.tw

法律顧問　華洋法律事務所 蘇文生律師
印　　製　成陽印刷股份有限公司
出版日期　2023年12月初版一刷
定　　價　590元
ＩＳＢＮ　978-626-97079-0-4

國家圖書館出版品預行編目(CIP)資料

生而為囚 / 傑佛瑞.亞契（Jeffrey Archer）著；
楊幼蘭譯. -- 初版. -- 新北市：惑星文化出版：
遠足文化事業股份有限公司發行, 2023.03
560 面；14.8x20.9 公分
譯自：A Prisoner of Birth

ISBN 978-626-97079-0-4（平裝）

873.57　　　　112000367